HEYNE
BÜCHER

Vom gleichen Autor erschienen außerdem
als Heyne-Taschenbücher

Treibhaus der Träume · Band 01/5902
Männerstation III · Band 01/5951
Mädchen im Moor · Band 01/6012
Kinderstation · Band 01/6060
Der goldene Kuß · Band 01/6099
Die braune Rose · Band 01/6148

STEFAN DOERNER

SAISON FÜR DAMEN

Roman

WILHELM HEYNE VERLAG
MÜNCHEN

HEYNE-BUCH Nr. 01/6182
im Wilhelm Heyne Verlag, München

Genehmigte, ungekürzte Taschenbuchausgabe

Printed in Germany 1983
Umschlaggestaltung: Atelier Heinrichs & Schütz, München
Satz: IBV Lichtsatz KG, Berlin
Druck und Bindung: Elsnerdruck GmbH, Berlin

ISBN 3-453-01697-1

Sie standen in der riesigen Bahnhofshalle und wußten nicht, was sie sagen sollten. Die Minuten, die sie im geheimen gefürchtet hatten, waren nun da... jene unendlich langen Minuten des Abschieds, bis man durch die Sperre gegangen ist, bis man im Abteil sitzt, bis der Aufsichtsbeamte mit der roten Mütze die grüne Kelle hebt und pfeift, bis der Zug langsam anruckt und aus der Halle gleitet, stampfend und prustend wie eine asthmatische Riesenschlange. Die Minuten, in denen man sich ansieht mit fragenden Augen und in denen man so viel zu sagen hat, als gälte es, für immer Abschied zu nehmen und nicht nur für ein paar Wochen. Und trotzdem man glaubt, sich soviel sagen zu müssen, sagt man unsäglich Alltägliches, Dummes, Gestammeltes, Verkrampftes, nur die Zeit Ausfüllendes, als habe man Angst, im Abschied seinen zur Schau gestellten Gleichmut zu verlieren.

»Hast du nichts vergessen, Irmchen?« Peter-Paul Bromme fragte es, als hinge eine Seligkeit davon ab. Er hatte es schon beim Zuschließen der Wohnung gefragt, während der Fahrt zum Bahnhof und jetzt zum drittenmal. Dabei zupfte er nervös an den Aufschlägen seiner Jacke und strich sich über den Schlips, wie früher die Großväter über ihre langen Bärte gestreichelt hatten.

»Nein, Männe, ich habe nichts vergessen.« Irma Bromme überblickte ihre drei Koffer, die neben ihr standen, und die pralle Einkaufstasche. Verpflegung für einen Tag war darin. Gekochte Eier, vier Stück, Schinkenbrote, einzeln eingepackt in Butterbrotpapier (Peter-Paul Bromme hatte es selbst getan, so wie er fast zehn Jahre lang die Schulbrote seiner Kinder überwacht und eingepackt hatte), eine Flasche Orangensaft, Schokolade (Mokka mit Sahne), ein Liebesroman (›Frauen haben stärkere Waffen‹) und eine Schachtel gefüllte Kekse.

Peter-Paul Bromme sah auf seine Armbanduhr und dann auf die große elektrische Uhr des Bahnhofs. Es war eine Differenz von zwei Minuten, aber Bahnhofsuhren stimmen selten mit normalen Uhren überein. Brommes Uhr stimmte, er hatte sie nach der Radioansage gestellt.

»Noch eine halbe Stunde, Irmchen«, sagte er. »Ich werde jetzt deine Fahrkarte holen.« Er griff in die Jacke und nahm seine Brieftasche heraus. Irma Bromme hielt seinen Arm fest. Ihre blauen Augen bettelten wie ein Kind, das sich etwas wünschen darf.

»Bitte, laß mich das machen. Ich bin ganz stolz, wenn ich sagen kann: Einmal Bad Moorbach.«

»Einmal Erster Bad Moorbach«, verbesserte Peter-Paul Bromme. »Ich bestehe darauf, daß du Erster fährst –«

Sie nickte: »Natürlich löse ich 1. Klasse.«

Irma Bromme nahm das Geld und sah ihren Mann dankbar an. Guter, alter Peter-Paul, dachte sie, und in ihrer Kehle bildete sich ein Kloß, der sich nicht hinunterschlucken ließ. Da stehen wir zwei Alten nun inmitten von Hunderten Menschen in einer lauten Bahnhofshalle und nehmen Abschied und zwingen uns, tapfer zu sein, und denken doch mit Grausen an die Tage und Wochen, in denen wir allein sein werden, nur verbunden durch ein paar bunte Ansichtskarten, einige dünne Seiten Briefpapier oder hin und wieder ein Telefongespräch mit der krächzenden Stimme des anderen – »Ja, mir geht es gut ... dir auch ...? Erhol dich gut ... Ja, und paß du auf Micki auf. Micki frißt kein fettes Fleisch, er hat zuwenig Magensäure ... Und jeden abend muß er noch einmal in den Garten ... du brauchst ihn nur rauszulassen, er hat seine bestimmten Ecken und Bäume ... Ja ... hier ist schönes Wetter ... und bei dir ...? Weißt du, daß ich froh bin, wenn ich wieder –«

Peter-Paul Bromme strich wieder mit leicht zitternden Fingern über seinen Schlips. Es ist ein psychologisches Geheimnis, daß langjährige Eheleute in bestimmten Augenblicken die gleichen Gedanken haben.

»Es ist das erstemal, daß du auf Erholung fährst ...«, sagte er etwas heiser. Er räusperte sich mehrmals, als käme dieser falsche Ton in seiner Stimme von einer plötzlichen Verschleimung.

»Und dann ohne dich, Männe –«

»Irmchen, was soll ich in einem solchen Bad? Fast nur Frauen. Du wirst sehen ... du kannst die Männer zählen. Dr. Hubert sagte ja, es sei ein ausgesprochenes Frauenbad ...«

»Aber ein berühmtes –«

Peter-Paul Bromme nickte wieder. »Erhol dich gut ... laß dich pflegen ... sieh zu, daß sie deinen Kreislauf wieder in Ordnung bringen ... und sag den Ärzten, daß auch deine Nerven, na, du weißt ja ...« Bromme schwieg. Er hatte alles, was er am Zug sagen wollte, schon vorweggenommen ... Nun blieb ihm nichts mehr, wenn sich Irma aus dem Fenster beugen würde und die Minuten bis zur Abfahrt dahintropften wie zäher Sirup. Nur ihre Hand konnte man halten und warten, warten ... Verdammt fremdartig war das Gefühl, dann dazustehen, ganz allein, und zu winken und zu wissen, daß das neue Haus öde und leer sein würde ohne Irma ... wochenlang ...

Irma Bromme lachte. Sie wandte sich um und ging zu dem Fahrkartenschalter. Dort beugte sie sich vor, blickte kurz zurück zu ihrem Mann und sagte schnell: »Einmal Zweiter Bad Moorbach.«

Warum soll ich 1. Klasse fahren? dachte sie. Es ist Verschwendung. Ich komme auch auf Kunststoffbezügen nach Moorbach, es braucht kein Plüsch mit weißen Schonbezügen zu sein. Aber man spart Geld, und für das Ersparte werde ich Peter-Paul etwas mitbringen. Vielleicht eine neue Angelrute, er angelt doch so gern am Sonntag und verschenkt dann die Fische in der Nachbarschaft. Nur einen zwölfpfündigen Hecht hatte er behalten und sich damit fotografieren lassen. Das Bild hing jetzt über seinem Schreibtisch, und in der Lokalausgabe der Zeitung hatte es auch gestanden: ›Dem Fabrikanten P-P Bromme gelang ein seltener Fang. Zwei Stunden kämpfte er mit dem kapitalen Burschen.‹ –

Sie schob das Geld auf den drehbaren Zahlteller und steckte die Karte schnell in die Manteltasche. Nur die Bahnsteigkarte für ihren Mann behielt sie in der Hand. Dann ging sie ein paar Schritte weiter zu einem Zeitungsstand und suchte sich eine Filmzeitschrift und eine Illustrierte aus.

Peter-Paul Bromme sah ihr nach. Wie jung sie noch aussieht mit ihren siebenundvierzig Jahren, dachte er. Lange, schlanke Beine hat sie, und immer noch einen Gang, so ein Wiegen in den Hüften, das ihn schon vor sechsundzwanzig Jahren aus dem Konzept gebracht hatte. Und auch ihre blonden Haare hatte sie noch, zwar etwas nachgeholfen mit Färbemitteln, aber man sah es nicht, es paßte einfach zu ihr, weil man sie nicht anders kannte. Mein Gott, und welch ein Leben lag dazwischen... Von den ersten schüchternen Worten nach einem Kinobesuch bis heute in der lauten, von Tausenden Stimmen brausenden Bahnhofshalle von Hannover. Eine zweiundzwanzigjährige, verheiratete Tochter hatte man, die in vier Monaten die Brommes zu Großeltern und damit zu wirklich alten Leuten machen würde, und einen zwanzigjährigen Sohn, der in Aachen Maschinenbau studierte. Nein, man sah es Irma Bromme wirklich nicht an.

Irgendwie hatte sie ihre Jugend über fünfundzwanzig Jahre und die schwere Arbeit eines kleinbürgerlichen Lebens hinübergerettet; es war ein Wunder, das Peter-Paul Bromme immer wieder bestaunte, wenn er in den Spiegel blickte und seine graumelierten Haare betrachtete, sein etwas dicklich gewordenes Gesicht, die gedrungene Figur mit dem Bauchansatz und die Falten um die Augen. Er war alt geworden, da gab es keinen Zweifel... aber Irma Bromme sah in seinen Augen noch so aus wie in jener Minute, in der er sich allen Mut zugesprochen und gesagt hatte: »Mein Fräulein – das war mal ein guter Film, was?« Es war eine saublöde Art des Ansprechens gewesen, aber vielleicht war sie so erfolgreich, weil das Fräulein Irma Sehlke über diese Blödheit wortlos erstaunt war.

Nun fuhr Irma Bromme nach Bad Moorbach. Zum erstenmal in ein Bad. Wegen der Nerven, die ein wenig zerflattert waren, wegen des Blutkreislaufs, der etwas gestört war, wegen des Blutdrucks, der zu niedrig war, und überhaupt, um sich im Ganzen einmal richtig zu erholen, auszuspannen, sich zu pflegen, eine Dame zu sein. Und um später in der Gesellschaft mitsprechen zu können. Bad Moorbach war ein Gesprächsstoff, von dem man zehren konnte.

Irma Bromme kam vom Zeitungsstand zurück. Sie sah auf die Bahnhofsuhr und hob die Einkaufstasche mit der Reiseverpflegung vom Boden.

»Ich glaube, Männe, wir müssen –«

»Alles klar, Irmchen?«

»Alles.«

Sie nahm in der Manteltasche die Fahrkarte in die Hand. An der Sperre wollte sie sie so hinhalten, daß Peter-Paul den kleinen Betrug nicht bemerkte. Außerdem hatte er mit den Koffern genug zu tun. Der Zug stand schon auf dem Gleis, man sah ihn blankgewaschen stehen. Zwei Frauen in blauen Kitteln gingen von Wagen zu Wagen und putzten die Türgriffe und Haltestangen ab.

Es dauerte noch neunzehn Minuten, bis die Riesenschlange sich schüttelte und aus der Bahnhofshalle kroch. Irma Bromme winkte mit einem Spitzentaschentuch, und Peter-Paul Bromme lief ein Stück neben dem Fenster her und rief noch einmal mit keuchenden Lungen all die Worte, die man in diesen Sekunden schreit.

»Erhol dich gut... und schreib viel... und zieh dich warm an bei Temperaturänderungen... und komm braun wieder... Mach dir keine Sorgen, zu Hause wird alles klappen... und... und...«

Dann verließ Bromme der Atem, er blieb keuchend stehen und konnte nur noch winken. Früher war er einmal dreitausend Meter gelaufen und Jugendmeister geworden. Das sind die Zigarren, dachte er. Und die Zigaretten. Und die zwei Flaschen Pils jeden Abend. Und fünfzig ist man auch. Nicht mal einen Bahnsteig kann man bis zum Ende rennen. Auf Wiedersehen, Irmchen... viel Spaß... viel Erholung...

Dann stand er allein auf dem Bahnsteig, wischte sich den Schweiß von der Stirn und sah den Zug in einer weitgeschwungenen Kurve im Sonnendunst verschwinden. Ich werde erst einmal ein Bier trinken, dachte er. Und dann werde ich mich so lange wie möglich in der Fabrik aufhalten. Was soll ich zu Hause? Er hatte Angst vor der Stille, die ihn erwartete und die bei ihm bleiben würde, sechs Wochen lang.

Es wird ihr gut tun, dachte Bromme und stieg die Treppen

des Bahnsteigs hinab. Bad Moorbach ist ein berühmtes Frauenbad. Ein Jungbrunnen, sagt man. Die tollsten modernsten Mittel soll man dort anwenden, Frischzellen und Blutwäsche und wie das so alles heißt. Man liest so viel davon. Na ja, für das Geld, das diese sechs Wochen kosten, kann man etwas verlangen. Für Irma wird es ein großes Erlebnis sein.

Bad Moorbach... Wenn man es genußvoll ausspricht, schmeckt man die Heilung schon auf der Zunge...

Der Bahnhof von Bad Moorbach ist ein kliener, lauter Tupfen in der sonst majestätischen Stille und Reserviertheit des Schwarzwaldortes. Gleich hinter den vier Gleisen und dem im Schwarzwaldstil gebauten Stationsgebäude beginnen die breiten, alleeähnlichen Straßen mit den Privatpensionen, Cafés, Geschäften und Privatvillen in gepflegten Parks, den Hotels und Sanatorien, aus deren Fenstern die weiße Sterilität weht und unsichtbar den ganzen Ort überdeckt. Im Hintergrund klettern die dunklen Tannenwälder die Berge hinauf und mit ihnen die weißen, langgestreckten Bauten der Kurheime, eine Front blanker, blitzender Fenster, hinter denen man das Geheimnis der Verjüngung ahnt.

Vom Kurpark her flatterten die Fetzen dezenter Musik, als der Zug schnaufend hielt und die Türen aufgerissen wurden. In einer Reihe, wie angetreten und kommandiert, standen die Hoteldiener und Boys auf dem Bahnsteig, mit grünen Schürzen und bunten Käppis, an denen auf goldenen Schildern die Namen der Pensionen und Heime blitzten. Zwei Boys gingen mit einem großen Schild den anhaltenden Zug entlang ›Kurheim Sonneneck‹ stand darauf. Man erwatete auf Sonneneck anscheinend einen ganzen Schwarm Gäste, denn ein Hausdiener zog hinter dem Transparent eine Flachkarre für das Gepäck über den Bahnsteig.

Irma Bromme kletterte aus dem Zug und hob ihre Koffer aus dem Gang. Die Hausdiener schwärmten aus, die vornehme Stille wurde durch ihr Rufen unterbrochen; es war wie bei dem Zusammentreffen von zwanzig Schäfern, deren Herden sich untereinander verwirrten und die nun das Gemenge der Leiber mühsam zu sortieren begannen.

Kurheim Tannenburg, so heißt meins, dachte Irma Bromme und sah sich um. Bestimmt ist jemand von ihnen hier, aber wie soll man sie finden in diesem Gewühl? Sie blieb neben ihren Koffern stehen und wartete. Wer sechs Wochen vor sich hat, braucht mit Minuten nicht mehr zu geizen.

Aus dem Wagen 1. Klasse kletterten zwei elegante Frauen. Eine hochbusige Dame mit falben gefärbten Haaren, engem Rock und straffer Bluse sprang kokett auf den Boden und ließ sich vier helle Schweinslederkoffer und zwei runde, große Hutschachteln aus dem Abteil reichen. Die andere Dame, mit hochgestecktem, rötlichem Haar, ein wenig pummelig und blaß, winkte einen Gepäckträger herbei und erklärte ihm, wo ihre Koffer standen.

»Da ist es!« rief die hochbusige Dame plötzlich. Ihre Hand fuhr wie ein Florett vor und zeigte auf einen schlanken, schwarzlockigen Boy in einer blauen Uniform, der wartend auf dem Bahnsteig stand und sich suchend umblickte. Auf seinem runden Käppi stand in Goldbuchstaben gestickt ›Kurheim Tannenburg‹. Auch Irma Bromme bemerkte ihn nun und ging auf ihn zu. Zusammen mit den beiden anderen Damen erreichte sie den Boy.

»Welch ein entzückender, bescheidener Junge, nicht wahr?« sagte die hochbusige Dame. »Ich nehme an, daß wir drei den gleichen Weg haben?« Sie musterte Irma Bromme, schätzte sie ab und kam zu keinem Ergebnis. »Haben Sie etwas Fahrbares mit, mein Lieber?« wandte sie sich an den Boy. »Unser Gepäck –«

»Vor dem Bahnhof wartet unser Wagen, gnädige Frau.« Der Boy lächelte breit. »Wenn Sie mir Ihr Gepäck zeigen wollen –«

»Das wollen Sie alles allein schleppen? Hat man keine Hilfe geschickt? Ich habe so schwere Koffer –«

»Ich bin es gewöhnt, gnädige Frau. Ich tue ja nichts anderes.«

Der Boy ging zuerst zu den Koffern Irma Brommes, nahm sie in die Hände, klemmte den dritten unter den Arm und schleppte sie weg.

»Wie stark er ist«, sagte die falbfarbige Dame. Ihre Zungenspitze schnellte über die geschminkten Lippen wie eine Schlangenzunge. »Man sieht es ihm gar nicht an–«

»Das also ist Moorbach.« Die andere, rötliche Dame sah sich um. Die Musikfetzen aus dem Kurpark flatterten wieder herüber. Auf den weißen Villen und Sanatorien lag die Nachmittagssonne wie Blattgold. Die sie umgebenden, dunkelgrünen Wälder sahen aus wie bizarre Scherenschnitte.

»Es hat einen guten Ruf«, sagte die Vollbusige. Der Bahnsteig leerte sich, die Hausdiener zogen mit ihren Gästen ab, Unteroffizieren gleich, die ihre Gruppe ins Gelände führen. Auch der Boy von Tannenburg kam wieder und trug die anderen Koffer weg.

»Machen wir's gleich hier«, sagte die falbfarbige Dame und drückte ihre Bluse noch straffer in den Rock. »Ich heiße Lydia v. Bercken.«

»Eva Sägert«, sagte die Rötliche kurz.

»Irma Bromme. Ich komme aus Hannover.«

»Hannover.« Lydia v. Bercken gab sich ein wenig theatralisch. »Eine schöne Stadt. Mein verstorbener Mann besuchte dort immer die Messe.«

»Ach, Sie sind Witwe?« fragte Eva Sägert.

»Ja, seit zwei Jahren. Ich habe ein hartes Schicksal hinter –« Der Boy kam wieder und nahm Lydia v. Berckens Hutschachteln. Er schwitzte und hatte das runde Käppi etwas nach hinten in den Nacken geschoben. Seine schwarzlockigen Haare glänzten wie gelackt. »Ist er nicht ein netter Bengel, was?«

»Ein Boy.« Eva Sägert sah in ihren Handspiegel und überpuderte schnell ihr bleiches Gesicht mit etwas bräunlichem Puder. »Ich schlage vor, wir gehen zum Wagen. Ich mag Bahnhöfe nicht.«

»Im Gegensatz zu mir. Ein Bahnhof hat so etwas Dynamisches an sich.« Lydia v. Bercken sah Irma Bromme an. »Was meinen Sie?«

»Mir ist das gleich. Ich habe noch nicht darüber nachgedacht. Für mich ist der Bahnhof ein Ort, wo Züge ankommen und abfahren. Und wo man Abschied nimmt –«, fügte sie leise hinzu. Lydia v. Bercken horchte auf.

»O je! Schon Heimweh?« rief sie. »Kaum da und schon seelisch wieder weg?! Sie lieben Ihren Mann?«

»Ja«, sagte Irma Bromme kurz und verwundert.

»Und Sie?«

»Gehen wir endlich.« Eva Sägert ging dem Boy nach, der die letzten Koffer wegtrug. »Mich hat die Fahrt sehr angestrengt.«

»Kreislauf?« Lydia v. Bercken seufzte. »Es ist schrecklich, wenn man nicht mehr so kann, wie man möchte. Aber warten Sie ab... Moorbach wird uns zwanzig Jahre jünger machen. Mein Arzt sagte zu mir: ›Sie kommen zurück und reißen Bäume aus.‹ Und wissen Sie, was ich geantwortet habe: ›An Bäumen bin ich nicht so interessiert...‹ Hahaha!« –

Am Fenster des Chefarztzimmers von ›Kurheim Tannenburg‹ stand der Oberarzt Dr. Hollrein und las den Behandlungsplan des nächsten Tages durch, den die Oberschwester Kathi Gerber täglich nach den Bedürfnissen der einzelnen Patienten ausarbeitete. Vier Frauen Blutsauerstoffwäsche, drei Frauen Kontrolle von Frischzellinjektionen, Beginn eines Heilschlafes bei zwei übernervösen Patienten, Untersuchungen der Neueingänge, Diätplan für Station III in der kommenden Woche.

»Wieviel kommen neu?« fragte Dr. Hollrein und legte die Liste auf die marmorne Fensterbank. Er drückte die Gardine zur Seite und sah auf die zum Ort abfallende Straße hinab.

»Heute drei und übermorgen noch einmal vier, Herr Oberarzt.« Kathi Gerber nahm eine Mappe vom Schreibtisch und schlug sie auf. »Frau Bromme aus Hannover, allgemeine Regenerationskur; Frau Lydia v. Bercken, Kreislauf, Frischzellkur. Fragte an, ob wir auch Affendrüsen verwenden und Geschlechtshormone spritzen –«

»O je!« Dr. Hollrein kratzte sich den Kopf. »Das wird lustig.«

»Frau Eva Sägert aus Düsseldorf. Abmagerungsdiät und Kreislauf. – Das sind die heutigen Neuzugänge, Herr Oberarzt. Sie müssen gleich eintreffen.«

»Das sind sie schon.« Oberarzt Dr. Hollrein nickte zum Fenster hinaus. Unten auf der weißleuchtenden Straße wand sich ein blauer Kombiwagen durch den Wald zum Kurheim Tannenburg hinauf. »Zimmer alle bereit?«

»Alles klar, Herr Oberarzt. Sie sehen sich die Damen morgen an?«

»Ja. Um neun Uhr. Hat der Chef angerufen?«

»Nein. Er ist auf der Jagd. Er kommt morgen wieder.«

»Danke.« Oberarzt Dr. Hollrein zog seinen weißen Kittel aus und warf ihn über die Lehne eines Stuhles. »Ich gehe noch eine Partie Tennis spielen. Wenn etwas Besonderes sein sollte, Schwester –«

»Ich rufe Sie an, Herr Oberarzt.«

Unten, vor dem breiten gläsernen Portal, knirschten die Bremsen des Wagens. Der Boy sprang vom Steuer weg und öffnete die Türen. Etwas steif kletterte Lydia v. Bercken als erste heraus, zupfte Rock und Bluse gerade und sah an der weißen Fassade mit den vielen kleinen Balkons und den darauf stehenden Sonnenschirmen empor.

»Wie im Prospekt... nur noch schöner«, sagte sie. »Ich glaube, hier werden wir uns wohl fühlen, nicht wahr?«

»Es ist wunderschön«, sagte Irma Bromme verträumt. Es war ihr, als trete sie in ein Märchen ein und als habe eine gute Fee gesagt: ›Wünsch dir alles, was dich glücklich macht. Es soll in Erfüllung gehen.‹

»So toll ist es nun wieder nicht.« Lydia v. Bercken musterte kritisch einen älteren Mann, der zur Hilfe des Boys aus dem Eingang kam und die Koffer annahm. Es war Nils Oberreuther, der Hausmeister. Er grinste die drei Damen breit an und nickte mehrmals. »Det is 'n Wetter, wat?« sagte er. »Det jibt Ozon für de Lungen.«

»Ein Berliner!« Lydia v. Bercken fuhr sich mit gespreizten Fingern durch falbfarbige Haare. »Aus meiner Heimat! Woher aus Berlin?«

»Aus Moabit, gnädige Frau.«

»Ich komme aus Dahlem.«

»'ne stinkfeine Jejend. Ick kenn se. Det war imma unsa Sonntagsausflug mit de Räder: Jroße Welt tanken! Dann schmeckte det Buttabrot wie Sahnekuchen –« Er nickte wieder und drückte einen Koffer mit den Knien höher unter seinen Arm. »Sie haben die Zimmer 14, 15, und 16. Ick bringe det Jepäck schon ruff.«

Eva Sägert dehnte sich, als sie in der Sonne stand. Unter einigen Sonnenschirmen auf den Balkons leuchtete bräunliche Haut auf. Ein paar Köpfe hoben sich über die Brüstungen und starrten nach unten auf die Neuankömmlinge. Vom Park her, der leicht ansteigend in den Hochwald überging, hörte man rhythmische, dumpfe Schläge.

»Tennis«, sagte Eva Sägert. »Ich werde hier viel Tennis spielen. Sie auch?«

Irma Bromme schüttelte den Kopf. »Ich kann nicht Tennis. Aber wenn man es lernen kann – ich will gern.«

»Ich habe mich beim Tennis einmal unsterblich verliebt.« Lydia v. Bercken sah wieder an der weißen Fassade empor. »Na, lassen wir uns überraschen. Ein Kurheim ist immer so gut und erfolgreich, wie seine Ärzte charmant sind. Das ist eine alte Badeweisheit. Lassen wir uns überraschen –«

Hinter dem Hausmeister und dem schlanken, schönen Boy betraten sie die Halle des Kurheims Tannenburg und wurden von der Oberschwester wie alte, gute Bekannte empfangen. Genau genommen waren sie dies auch, denn sie hatten vor einer Woche schon einen Vorschuß überwiesen...

»Ich tippe auf die üppige Blonde«, sagte Oberarzt a. D. Siegmund Plötzke. Er schob sein Scherenfernrohr zur Seite und brannte sich eine dicke, blonde Zigarre an. »Sie ist genau das, was man in einer Attacke anreiten kann.«

Das Haus des pensionierten Kavallerieobersten Plötzke lag an einer exponierten Stelle von Bad Moorbach. Links von ihm dehnte sich der Park des Kurheims ›Sonneneck‹, rechts hatte man durch einen Kahlschlag Einblick auf die Fassade von ›Tannenburg‹ einschließlich der Balkons und der sich auf ihnen sonnenden Damen. Als Oberst Plötzke sich dieses Haus kaufte – es war verfallen und kostete runde 30000 Mark Aufbaukosten –, war er der Ansicht, daß der Platz und die Luft unbezahlbar seien. Nach Entdeckung der beiderseitigen ›Feindeinsicht‹ aber gestand sich Plötzke, ein Glückskind zu sein, vor allem aber, als er durch sein Scherenfernrohr feststellte, daß er einen ungehinderten Blick auf zwei große Fenster hatte, hinter denen sich ein Brauseraum befand. Meist standen wegen des sonnigen Wetters diese Fenster offen, und Oberst Plötzke, der bald einen genauen Plan in der Hand hielt, bezog seinen Sitz hinter dem Scherenfernrohr jeden Tag um 8 Uhr und um 18 Uhr. Dann wurde drüben in Tannenburg gebraust. »Es ist schon ein erhebendes Gefühl«, sagte Oberst a. D. Plötzke einmal im vertrauten Kreise, »wenn man statt eines russischen Panzers eine nackte Frau im Fadenkreuz hat –«

Am heutigen Tag inspizierte Plötzke die Neueingänge in beiden Häusern und visierte mit Kennerblick vor allem Lydia v. Bercken an. Eberhard Thau, ein Handelsvertreter, der zum bevorzugten Freundeskreis Plötzkes gehörte, hatte sich für Irma Bromme entschieden. Frauen wie Lydia v. Bercken machten ihn immer ein wenig atemlos; er liebte die sanfte Fraulichkeit und anschmiegsame Wärme und betrachtete unter diesen Aspekten auch die nette, blonde Frau, die gerade vor Tannenburg angekommen war.

»Es ist erstaunlich, daß Sie noch nie eine Abfuhr erhalten haben«, sagte Eberhard Thau. »So schön sind Sie nun auch wieder nicht.«

»Abfuhr?« Oberst Plötzke beleckte das sich lösende Deckblatt der Zigarre. »Das Wort gibt es nicht in Moorbach. Wer hierhin kommt, will wieder jung werden... Glauben Sie wirklich, daß dies die Ärzte mit ihren idiotischen Therapien schaffen? Wie indianische Medizinmänner kommen sie mir vor, die den Teufel mit Wässerchen, Salben und murmelnden Gesprächen austreiben wollen. Nein, mein Lieber... noch immer war die ›naturgemäße Verjüngung‹ der Stein der Weisen. Wessen Blut kocht, dem verbrennen auch die Schlacken im Körper. Das ist doch klar!« Er lachte und sog kräftig an seiner Zigarre. »Im Mittelalter glaubte man an Liebestränke aus Kräutern, die man im Mondschein pflückt. Ich brauche nur den Mondschein –«

Der Oberst, mittelgroß, noch immer drahtig, mit langen, weißen Haaren und dem staksigen Gang des alten Kavalleristen, schob sein Scherenfernrohr wieder heran. Er stellte es auf Kurheim Tannenburg ein und tastete die Fassade mit den kleinen Balkons und Sonnenschirmen ab. Beim zweiten Stockwerk hielt er ein. Die Fenstertür hatte sich geöffnet, und Lydia v. Bercken trat hinaus auf den Balkon.

»Zimmer 16.« Oberst Plötzke wischte sich über die Augen und starrte wieder durch die Okulare. »Eine reife Dame –«

Eberhard Thau trat neben ihn. Mit bloßem Auge sah er nur undeutlich durch das Flimmern der sonnenheißen Luft die Gestalt auf dem Balkon. Nun öffneten sich auch die nebenliegenden Türen.

»Ihr Typ kommt auch«, sagte Plötzke. »Hat Nr. 14. Ich wette, es wird schwer sein, sie zu erobern. Sieht aus wie eine brave Hausfrau und treue Gattin. Lassen Sie die Finger davon, Thau. Die harmlosesten Festungen sind oft die härtesten. Drüben in Sonneneck sind zwei Weibchen angekommen, die man empfehlen kann. Das war ein Hüftenschwenken, sapperlot!«

Er drehte das Scherenfernrohr weg und legte die Zigarre in einen großen gläsernen Aschenbecher. Eberhard Thau kreuzte die Hände auf dem Rücken. Als Handelsvertreter kam er in einem bestimmten Turnus immer wieder nach Bad Moorbach und kannte Oberst a. D. Plötzke seit zwei Jahren. Immer hatte er ihn in Gesellschaft einer anderen attraktiven Dame gefunden, die keinen Zweifel darüber ließ, wie eng sie mit dem Oberst befreundet war.

»Wie machen Sie das bloß?« fragte Eberhard Thau.

»Was?«

»Daß Sie eine Frau, die Ihnen gefällt, auch bekommen.«

»Sie fragen nach so simplen Dingen, als handle es sich um streng geheime Formeln.« Oberst Plötzke strich sich das weiße Haar gerade. »Ich gehe spazieren –«

»Und?«

»Und? Weiter nichts. Ich gehe ganz einfach spazieren. Vor der Dame, die mich interessiert, um die Dame herum, hinter der Dame. Das ist alles.«

»Und dann?«

»Was dann? Sie sind ein Schaf, lieber Thau. Das andere machen die Damen.«

»Wieso?«

»Sie kennen einen Pfau –«

»Natürlich...«

»Ein Pfau bläht sich auf, er schlägt sein buntes Rad – und dann wartet er. Und siehe da: Die Weibchen kommen. – Das ist das ganze Geheimnis, mein Bester. Man muß den Frauen Gelegenheit geben, den Mann zu erobern. Früher war das umgekehrt. Noch zu meiner Jugendzeit. Da schmachtete man das Mädchen an, schickte Blumenbuketts, Pralinenschachteln, rosa Briefe und wartete auf einen züchtigen Blick. Wir waren allesamt Idioten. Keine Ahnung von der Frau. Heute zeigen wir, wer wir sind.« Oberst Plötzke winkte ab, als Eberhard Thau etwas erwidern wollte. »Mit Theorie können Sie nichts anfangen, ich weiß. Ihnen fehlt die Fantasie. Kommen Sie heute abend mit...« Er zeigte auf ein paar blankgeputzte Reitstiefel, die in einer Ecke des Zimmers standen. »Da... das sind meine wichtigsten Requisiten: Reitstiefel. Sie glauben gar nicht, welchen magnetischen Reiz Reitstiefel auf Frauen ausüben. Jeder Schritt klirrt in ihrer Seele wider.«

»Das will ich sehen.« Eberhard Thau nahm einen tiefen Schluck aus dem Rotweinglas, das ihm der Oberst schon vor einer halben Stunde gefüllt hatte. »Es revolutioniert meine ganzen Ansichten über die Frau.«

»Er hat Ansichten!« Plötzke stützte sich auf das Scherenfernrohr. Er sah Thau an, als habe dieser einen Rohrkrepierer verursacht. »Mein Lieber, wer hier nach Moorbach kommt, erwartet etwas. Ein Pülverchen für den Magen, ein Spritzchen für die Vene, ein Müsli für die Diät und ein Geheimnis für die Seele. Noch niemand ist aus Moorbach weggefahren, ohne voll zufrieden zu sein –«

»Sie sind ein Sarkast, Oberst.«

»Nennen Sie mich ruhig einen Satyr... Ohne ihn wären die Elfen an Langeweile gestorben –«

Irma Bromme stand allein auf dem kleinen Balkon ihres Zimmers und blickte über die Waldstraße, über Bad Moorbach, das der Hand eines liebevollen Intarsienmalers entflossen schien, über die weißen Fassaden der anderen Kurheime und auch über das mit zwei Terrassen verzierte Haus des Obersten Siegmund Plötzke.

Das Zimmer war eingerichtet wie ein kleiner Salon. Eine zierliche Sesselgruppe, ein Schreibtisch, ein Couchtisch, ein Radio, zwei Blumenkrippen mit blühenden Azaleensträuchern, auf dem Parkettboden ein heller indischer Teppich und ein Kristallüster an der Decke. Das Bett stand in einer Nische, verborgen durch einen bunten Vorhang mit orientalischen Motiven. Ein weißes Haustelefon war vorhanden, und auf dem Schreibtisch lag eine helle Rindsledermappe, die folgendes enthielt: die Hausordnung, auf Bütten gedruckt, einige Ansichtskarten von Bad Moorbach und dem Kurheim Tannenburg, Briefpapier und Kuverts mit eingeprägtem Kurheim, einen Veranstaltungskalender von Moorbach und einen Prospekt nebst Preisliste, in der man ausrechnen konnte, was die Sonderleistungen kosteten, die man für eine erfolgreiche Kur unbedingt benötigte, Unterwassermassagen, Spritzgüsse, Kräuterpackungen, römisch-irische Bäder, Sonnenbad, Gymnastik im Saal und im Freien und Benutzung eines Sole-Schwimmbades im Badekeller. ›Nur die Ausnutzung aller Möglichkeiten führt zum Erfolg und macht Sie wieder jung und lebensfroh‹, stand in roter Schrift unter den Preisen.

Irma Bromme hatte es kurz überflogen und sich vorgenommen, die umfangreichen Nebenleistungen am Abend gründlich zu studieren. Zuerst hatte sie ausgepackt. Das ging schnell. Die zerknitterten Kleider hängte sie an die Balkontür, damit sie über Nacht in der Luftfeuchtigkeit wieder glatt wurden. Auf der gläsernen Platte über dem Waschbecken gruppierte sie die Salbentöpfchen und Parfümfläschchen, die Haarbürsten und Kämme, die französische Seife mit dem Geruch frischen Heus, die Peter-Paul ihr zum Geburtstag geschenkt hatte, und zwei Waschlappen aus weichem Chenille. Dann war sie auf den Balkon gegangen. Wenn das Männe sehen könnte, dachte sie. Dieser herrliche Blick in die Schwarzwaldtäler, diese Stille, dieser Tannenduft, dieser Frieden...

Hinter ihr klappte die Zimmertür. Irma Bromme drehte den Kopf zurück. Eine fremde Frau stand im Raum und sah sich um.

»Ja? Bitte?« fragte Irma Bromme etwas unsicher. Sie kam vom Balkon zurück.

»Guten Tag.« Die Frau, braungebrannt, in langen Hosen und einer luftigen Nylonbluse, lächelte sie an. »Ich freue mich, daß ich wieder eine Nachbarin habe. Ich heiße Aggartz, Veronika Aggartz. Ich wohne auf Zimmer 13. Schon zwölf Wochen. Keiner will auf die 13... mir macht's nichts aus.«

»Es ist ja auch ein dummer Aberglaube, nicht wahr?« Irma Bromme lachte etwas gezwungen. Sie wußte nicht, was sie mit Veronika Aggartz anfangen sollte. Sie war noch jung, hatte herrliche, lange hellbraune Haare, die sie hinten zusammengefaßt hatte und wie einen Schleier um die Schultern wehen ließ. Das war das einzig Schöne an ihr. Sonst war sie knochig, mit einem eckigen Gesicht, vorspringenden Bakkenknochen und tiefliegenden, brennenden Augen, die – auch wenn sie lachte – immer aussahen, als jage das Fieber durch sie.

»Wer hat Ihnen Moorbach empfohlen?« fragte Veronika Aggartz und setzte sich, bevor Irma Bromme ihr einen Sessel anbieten konnte.

»Mein Arzt.«

»Und was haben Sie?«

»Eigentlich nichts. Mein Mann meinte nur, ich solle mich einmal erholen, ausspannen, nichts tun, an nichts denken. Als ob man das könnte! Gerade allein denkt man doppelt soviel an zu Hause. Männer sind doch so unselbständig, und erst mein Mann! Ja, und ein bißchen mit dem Kreislauf... aber das ist nicht so schlimm. Zu niedriger Blutdruck... Man ist manchmal nur immer so schlapp, wissen Sie. Immer etwas müde... ganz wenig nur...«

Veronika Aggartz nickte. Sie legte die Hände zusammen, Fingerspitzen auf Fingerspitzen, und sah über dieser Pyramide Irma Bromme nachdenklich an.

»Das hier ist ein Irrenhaus«, sagte sie leichthin. Irma Bromme zuckte zusammen.

»Wieso?«

»Ich bin zwölf Wochen hier... ich kenne es. Vierzig Frauen sind wir jetzt, mit Ihnen und den beiden anderen, die heute gekommen sind. Wissen Sie, was das bedeutet: Vierzig Frauen unter sich?«

»Ich war im Arbeitsdienst. Da waren wir auch...«

»Damals waren Sie jung. Aber die meisten hier sind über vierzig oder nahe davor, sind verheiratet und haben Kinder. Und nun sind sie allein, weg von den Männern, und die Männer fehlen ihnen, und sie sind hierhergekommen, um jünger zu werden, und fühlen, daß sie jünger geworden sind... Das ist ein schwieriges Problem. Ich sage Ihnen: lauter Verrückte. Aber Sie werden sie ja kennenlernen. Auf Zimmer 10 – Frau Bornsiefen. Ihr Mann ist Volksschullehrer und verhinderter Philosoph. Allen Leuten erzählt sie nur von ihrem Mann und seinen weisen Aussprüchen. Einer von ihnen ist: ›Die Liebe zwischen Mann und Weib ist ein chemischer Akt... Man träufelt etwas in eine Retorte, und es entsteht ein neuer Stoff...‹ Blöd, nicht wahr?«

»Außerordentlich blöd«, sagte Irma Bromme und nagte an der Unterlippe. Was soll das alles, dachte sie. Warum sitzt sie hier und erzählt mir das?

»In Nummer 17 wohnt Magda Harfenbeck. Das ist eine Nummer für sich. Sie hat einen religiösen Tick. Sie lehnt jegliche Injektionen ab, badet nur eiskalt und ist hierhergekommen, um sich in aller Ruhe zu kasteien. Die Küche muß ihr rohes Gemüse herrichten... Dafür zahlt sie auch noch einen Aufschlag wegen ›Sonderleistungen‹. Der Chefarzt hätte sie längst nach Hause geschickt, aber ihr Mann zahlt doppelt, nur damit sie bleiben kann. Tja... und dann bin noch ich da... das Zimmer 13 –«

»Sie?« Irma Bromme wich zur Balkontür zurück.

Veronika Aggartz nickte, ihr tiefliegenden Augen brannten.

»Ich bin hier zur allgemeinen Kräftigung. Ich war lungenkrank...«

»Das war ich auch... als Kind«, sagte Irma Bromme leise.

»Als Kind!« Veronika Aggartz machte eine wegwerfende

Handbewegung. Sie schleuderte ihre schönen Haare über die Schulter und begann, die Strähnen um ihre knochigen, langen Finger zu wickeln. »Ich bin verrückt auf alle Männer –«

»Was sind Sie?«

»Mannstoll! Warum sehen Sie mich so entsetzt an? Sie sollten neidisch sein. Nennen Sie mir etwas Schöneres, Wilderes, Brutaleres als einen liebenden Mann. Er ist das Urbild von Kraft und zerstörender Leidenschaft, er ist das aus dem Käfig der Zivilisation ausbrechende Raubtier, unter dessen Krallen man in Wonne verblutet. Haben Sie das nie gefühlt?«

»Nein –« stotterte Irma Bromme verlegen.

»Aber Ihr Mann –«

O Gott, Peter-Paul, Männe, dachte Irma Bromme. Ein Raubtier? »Er ist immer zärtlich –« sagte sie, nur, um diese Aggartz schnell loszuwerden.

»Zärtlich.« Die Lungenkranke sprang auf. »Sie haben es als zärtlich empfunden, weil Sie ganz in seinem Bann waren! Der Dämon Mann hatte sie betäubt!«

»Mein Peter-Paul ist alles andere als dämonisch. Das ist doch alles Quatsch!« Irma Bromme wehrte sich gegen ein Gefühl von Angst, das langsam an ihr emporkroch. Sie wünschte sich, daß jetzt Lydia v. Bercken erschien oder wenigstens Eva Sägert, die so nüchtern war, so illusionslos, daß sie sich nicht einmal über die Schönheit der Natur freuen konnte. »Warum erzählen Sie mir das eigentlich alles?« wiederholte sie ihre Frage.

»Weil Sie sagten, Sie seien nach Bad Moorbach gekommen, um sich zu erholen.«

»Das bin ich.«

»Es wird anstrengend werden ... Das wollte ich Ihnen damit nur sagen. Nicht die erste Woche, auch nicht die zweite – aber schon ab der dritten Woche sehen Sie das hier alles mit anderen Augen an. Sie werden vor Sehnsucht nach einem Mann nicht mehr schlafen können –«

»Dummheit.«

»Warten Sie's ab.«

»Ich bin eine Frau von siebenundvierzig Jahren. Ich habe erwachsene Kinder.«

»Eben. – Ein Alkoholiker braucht den Alkohol ... eine Frau braucht den Mann ... vor allem, wenn man dran gewöhnt ist. Vor vier Wochen haben sie eine Frau nach Hause geschickt. Drei Wochen war sie hier, und dann fing sie an und zerbiß nachts die Kissen. Am Morgen wachte sie auf, in einer Wolke von Federn liegend, und wußte von nichts. Als ihr Mann sie abholte, begann sie bei seinem bloßen Anblick schon zu zittern.« Veronika Aggartz zog die Finger aus den gedrehten Haarsträhnen. »In einer Stunde treffen wir uns unten im Speisesaal. Da werden Sie sie alle sehen. Vornehme Damen, reiche Damen, in Abendkleidern, mit Nerzen um die gepuderten Schultern, behangen mit Schmuck wie ein Weihnachtsbaum mit bunten Kugeln. Sie werden alle sehr distinguiert tun ... aber beobachten Sie mal ihre Augen oder die Hände oder die Füße ... diese unterdrückte Nervosität, dieses Flattern vor Langeweile, dieses innere Zittern vor Unausgefülltsein. Es sind alles Vulkane, bei denen nur eine dünne Schicht Tünche den Ausbruch verhindert –«

Irma Bromme trat wieder auf den kleinen Balkon und holte tief, ganz tief Luft, als Veronika Aggartz endlich gegangen war. Die Sonne sank als runder, glutroter Ball hinter den Bergen weg. Die Wipfel der Tannen leuchteten purpurn, die weißen Fassaden der Sanatorien wie Rosenquarz.

›... Es ist wunderschön hier, Männe ...‹, schrieb sie, bevor sie hinunterging zum ersten Abendessen in Bad Moorbach. ›Das Haus Tannenburg ist ganz exklusiv, und ich müßte eigentlich schimpfen, daß Du soviel Geld für mich ausgibst. Gleich werde ich essen gehen und dann noch ein bißchen im Park spazieren. Und dann werde ich allein im Bett liegen und an Dich denken. Wie lange ist es her, daß ich allein war wie heute? Wirklich ... zweiundzwanzig, nein zwanzig Jahre ... und es waren nur zwölf Tage – und jetzt sollen es sechs Wochen werden ...‹

So schrieb sie zwei Ansichtskarten voll, damit Peter-Paul sich auch ein Bild von der Schönheit machen konnte, in die er sie geschickt hatte. ›Vergiß nicht, abends die Kellertür zur Waschküche abzuschließen‹, schrieb sie am Schluß nach ›vielen Küssen Dein Irmchen‹. ›Und sag dem Bäcker, er soll morgen nur noch sechs Brötchen bringen. Ich hab's vergessen auszurichten ...‹

Die Karten steckte sie in ein Kuvert und nahm den Brief mit hinunter zum Essen. Auf dem Flur traf sie Lydia v. Bercken und Eva Sägert, die von Veronika Aggartz aufgehalten worden waren.

»Haben Sie das schon gehört, liebe Bromme!« rief Lydia über den Flur, als Irma Bromme aus ihrem Zimmer trat. »Wir sollen hier eine Spiritistin unter uns haben! Eine Geisterseherin! Das ist aufregend, sage ich Ihnen. In Berlin habe ich einmal eine Séance mitgemacht... Napoleon I. sollte kommen, aber es kam bloß der Marschall Ney. Haben Sie schon mal eine Séance mitgemacht?«

»Nein.« Irma Bromme drückte den Brief an ihren Mann an sich, als trage sie eine ungeheure Kostbarkeit in eine feindliche Welt. »Nur im Fernsehen –«

»Im Fernsehen. Unser liebes Dummerchen! Kinder, das wird aufregend. Wir werden uns ein paar Geister kommen lassen. Vielleicht Samson, den starken Mann.« Sie lachte etwas zu laut für ihre Vornehmheit, faßte Irma Bromme und Eva Sägert unter und stieg mit ihnen die Treppe zum Erdgeschoß hinab.

Der Speisesaal war wie alle Speisesäle exklusiver Häuser groß, von einer säulengestützten, gewölbten Decke überdacht, mit diskretem Licht erhellt und angefüllt mit weiß gedeckten runden Vierertischen, dem leisen Gemurmel einer gedämpften Unterhaltung. Bedienerinnen in schwarzen Kleidern mit weißen Spitzenschürzchen schwirrten umher. Einige der Damen saßen bereits in großer Toilette am Tisch. Sie wurden nach dem Essen von Taxen abgeholt zu einem Sinfoniekonzert im Kurhaussaal Bad Moorbachs. Vor den bunten Schirmchen der Tischlampen blitzten die Geschmeide und balancierte ein Vermögen auf den hochgeschnürten Busen.

Man hatte die Tische so eingerichtet, daß sie etagenweise in einer Reihe standen, ohne daß der Eindruck einer Zwangsgruppierung entstand. Es war eine lose Gruppe wie in einem Luxushotel, aber von der Essenausgabe aus konnte die diensthabende Schwester genau überblicken, wer aus welcher Etage zum Essen noch nicht erschienen war.

Von den Nebentischen sah man auf, als sich Irma Bromme, Lydia v. Bercken, Eva Sägert und Veronika Aggartz setzten.

»Wo ist die Spiritistin?« flüstete Lydia v. Bercken und beugte sich zu der Lungenkranken vor.

»Die am zweiten Tisch rechts. Die mit den aufgesteckten dunkelblonden Haaren. Sie trägt ein blaues Kleid mit weißem Pelzkragen.«

Das Essen wurde aufgetragen. Als Vorspeise eine knusprig gebackene Teigrolle, gefüllt mit Bohnensprößlingen und Bambusspitzen.

»Chinesisch«, sagte Frau v. Bercken. »Gekochte Jugend der Natur... Man könnte direkt sarkastisch werden...«

Langsam aß Irma Bromme ihre chinesische Frühlingsrolle. Zum erstenmal in ihrem Leben aß sie Bambus und Bohnensprößlinge. Wie gut, daß ich den Brief noch nicht zugeklebt habe, dachte sie. Das muß ich Männe noch drunterschreiben. Habe heute abend chinesisch gegessen. Himmel, wird der staunen...

Es schmeckte ihr vorzüglich, und sie genoß die Fremdartigkeit mit jedem Bissen.

Kaum hundert Meter weiter zog der Oberst a. D. Siegmund Plötzke seine hohen, blanken Reitstiefel an und band eine helle Krawatte mit roten Tupfen vor das schneeweiße Perlonhemd. Der helle Lederbesatz seiner Reithosen glänzte speckig. Man sah, daß es kein Schaustück war, sondern Gebrauchsware. Eberhard Thau sah ihm zu und rauchte hastig seine Zigarette.

»Wissen Sie, Oberst, daß Sie X-Beine haben? Und das als Kavallerist!« sagte er etwas gehässig.

Oberst Plötzke lachte jovial. »Sie sind ein Stümper, Thau. So etwas eignet sich besonders für 'nen harten Schenkeldruck... O-Beine haben die primitiven Reiter.«

Er sah auf seine goldene Uhr, die er aus der Hosentasche zog. Ein altes Erbstück, ziseliert und mit Rubinen eingelegt.

»Wir haben noch gut zwanzig Minuten Zeit. Unser Wild äst noch... Das ist wichtig, mein Bester. Ein satter Magen, aber eine hungrige Seele... Die Weiber werden hochexplosiv wie ein Aufschlagzünder –«

»Wie alt sind Sie eigentlich?« fragte Eberhard Thau und zerdrückte den Rest seiner Zigarette.

»Zweiundsechzig.«

»Und noch immer so aktiv.«

»Gewohnheit, mein Lieber. Kavalkade... Eskadron gaaloppppp... zur Attacke angeritten... fällt die Lanzen...« Er wiegte sich auf den Stiefelspitzen und strich sich über sein langes weißes Haar. »Wir sind zum Nahkampf erzogen worden...«

Der Abend war duftdurchtränkt vom Harz der Tannen. Es war eine milde Dunkelheit, fast ein wenig zu warm. Aus den Poren drängte Feuchtigkeit und überzog die Haut mit einem Schimmer.

Lydia v. Bercken öffnete noch einen Knopf ihrer Bluse und wedelte sich mit einem veilchenriechenden Taschentuch Luft gegen das Gesicht. Mit Eva Sägert und Irma Bromme ging sie durch den Kurpark spazieren, immer um die Musikmuschel herum, in der zwölf Musiker saßen und Melodien von Jacques Offenbach spielten. Nach dem Essen hatten sie einen Spaziergang in den Ort gemacht, hatten im Kurcafé einen Eisbecher gegessen und zogen nun im Strom der anderen Badegäste im Park umher, an den Blumenbeeten entlang und den weißen Bänken, die mit musiklauschenden Damen besetzt waren.

In der Nähe der Musikmuschel zuckte Lydia v. Bercken plötzlich kaum merkbar zusammen. Man sah es nur an einem Stocken der Wedelbewegung des Taschentuches und an dem Hochschnellen der nachgezogenen Augenbrauen.

»Wer war denn das?« fragte sie leise.

»Wer?« Irma Bromme hob die Schultern.

»Um Gottes willen, drehen Sie sich nicht um. Eben ist er an uns vorbeigegangen –«

»Wer denn?«

»Ein Mann in Reithosen. Mit wallenden weißen Haaren. Mir blieb das Herz fast stehen. Und einen Blick hatte er. Einen Blick. Jetzt bin ich nackt, habe ich gedacht... jetzt bin ich vollkommen... und da war er schon vorbei...«

»Solche Männer kenne ich.« Eva Sägerts Stimme klang hart und voller Abwehr. »Man geht ihnen besser aus dem Weg.«

»Aber wer denkt daran?« Lydia v. Bercken blieb stehen, als lausche sie auf die Klänge Offenbachs. »Wenn ich Ihnen sage, daß ich noch nie –«

»Bitte, ohne mich.« Eva Sägert sah sich um. Oberst Plötzke kam gerade um die Musikmuschel herum und schickte sich an, erneut auf die Damengruppe zuzusteuern. »Da kommt er wieder. Sie wollen doch nicht etwa –«

»Ich lasse die Dinge auf mich zukommen –«

»Gut. Noch viel Vergnügen. Ich habe die Nase voll von eleganten Männern.«

Eva Sägert wandte sich ab und ging weiter. Als Irma Bromme ihr nachwollte, umklammerte Lydia v. Bercken ihren Arm.

»Bitte, bleiben Sie bei mir. Bitte, bitte. Wie sieht es denn aus, wenn Sie mich beide stehenlassen. Das muß doch auffallen. Bitte, bleiben Sie wenigstens hier.«

Oberst Plötzke marschierte mit festem Schritt an den beiden Damen vorbei. Er sah nicht nach rechts und auch nicht nach links, wo sie standen... er starrte mit hocherhobenem Kopf geradeaus, und die Stiefel knarrten, der Reitlederbesatz glänzte, und sein Schritt war forsch und elastisch. Am Musikpavillon stand der Handelsvertreter Eberhard Thau und beobachtete das, was Plötzke den ›Pfauenmarsch‹ nannte.

»Er hat Sie ja gar nicht angeguckt«, sagte Irma Bromme, als der Oberst außer Hörweite war. Lydia v. Bercken atmete heftig.

»Aus den Augenwinkeln, meine Liebe. Sie haben es nicht bemerkt. Mein Gott, hat der Mann einen Blick! Ich spüre es bis ins Rückenmark.«

»Sie sind verrückt«, sagte Irma Bromme ehrlich. »Gehen wir weiter.«

»Unmöglich. Mir zittern die Knie. Ich würde stolpern wie eine Betrunkene. Daß Sie das nicht empfinden...«

»Vielleicht bin ich zu normal.« Irma Bromme sah den

Mann mit den wallenden weißen Haaren und den Reitstiefeln bis zu einem Blumenbeet gehen. Dort zögerte er, drehte sich um und kam den Promenadenweg zurück, die Hände auf dem Rücken, mit den Stiefelspitzen spielerisch ein paar Steinchen vom Weg weg in den Rasen tretend.

Plötzlich erinnerte sie sich an die Worte der lungenkranken Veronika Aggartz: »Vierzig Frauen sind wir hier in Tannenberg, und fast alle sind sie irgendwie verrückt.« Sie hatte es nicht geglaubt, es für eine Übertreibung gehalten, für einen Haßgesang eines Mädchens, dem die Natur zuviel Liebe, aber zuwenig Schönheit gegeben hatte. Nun sah sie schon am ersten Abend in Bad Moorbach, wie unter der Schminke von Unnahbarkeit und Arroganz sich nichts anderes verbarg als die bebende Lust nach Erleben, eine wilde Panik vor dem Altern und ein betäubender Selbstbetrug. Und sechs Wochen lagen noch vor ihr.

»Sie sind wirklich alle verrückt«, sagte Irma Bromme laut. »Sie benehmen sich wie ein dummer Backfisch.«

»Das können Sie nicht verstehen.« Frau v. Bercken tastete über ihre Haare und knöpfte mit zitternden Fingern ihre Bluse zu. »Er kommt zurück«, flüsterte sie.

»Natürlich. So, wie Sie sich benehmen –«

»Ich werde ihn fragen, was er will.«

»Aber das ist doch unmöglich.«

Irma Bromme sah sich um. Der Promenadenverkehr hatte sich verstärkt. Abendkleider und einige Smokings wurden zur Schau getragen. Im Kurhaus war Pause, die Besucher des Sinfoniekonzerts standen auf der großen Freitreppe zum Saal und rauchten. In der Musikmuschel war ebenfalls Pause, das Kurorchester saß unter den Scheinwerfern wie Puppen in einem Schaufenster. Der Dirigent stand im Hintergrund der Muschel an einem kleinen Tisch und trank verstohlen ein Glas Bier. Über den Wipfeln der gegen den Himmel bizarr gezackten Waldwände schwamm der Mond wie in einem milchigen See.

Oberst a. D. Plötzke schwitzte. Mit zweiundsechzig Jahren ist ein forscher Vorbeimarsch schon eine Anstrengung. Er spitzte die Lippen, als er in die Nähe der beiden Damen kam, und pfiff eine kecke und deutlich vernehmbare Melodie. Dabei drückte er die Knie durch und ließ seine Schritte auf dem Kies kräftig knirschen.

Lydia v. Bercken tat, als hörte sie es nicht. Sie wandte sich sogar ab und starrte auf das hellerleuchtete Kurcafé. Aber ihre Backenknochen zitterten, und vom Hals kroch eine helle Röte hinauf bis zu den Schläfen.

»Haben Sie das gehört?« fragte sie, als Plötzke vorbei war.

»Er hat geflötet.«

»Jawohl. ›Leichte Kavallerie‹ von Suppé. Als Kinder haben wir immer dazu gesungen: ›Wir lassen uns, wir lassen uns, wir lassen uns fotografieren ...‹«

»Es wird mir wirklich zu blöd.« Irma Bromme riß ihren Arm aus den ihn umklammernden Fingern Lydias und trat zwei Schritte zur Seite. »Entweder kommen Sie jetzt mit, oder ich gehe allein nach Haus.«

»Sie wollen mich diesem Mann ausliefern?«

»Sie brauchen ja nur mitzukommen –«

»Es ist schrecklich.« Frau v. Bercken strich sich über ihr gerötetes Gesicht. »Warum sind Sie so widerlich nüchtern? Reizt Sie denn kein kleines Abenteuer?«

»Nein. Ich bin zur Erholung hier.«

»Um Müsli zu essen und Tomatensaft zu trinken? Das ist doch banal. Man wird jung durch das Erlebnis. Ich habe einmal in einer Illustrierten darüber gelesen: Unsere Hormone sind unser Schicksal. Ich fand es hochinteressant. Es war, als habe man meine geheimsten Geheimnisse beschrieben. Ich bin eben ein Mensch mit aktiven Hormonen –«

Für Irma Bromme war dies alles zu dumm und überspannt. Sie war nach Moorbach gekommen, um Ruhe zu haben. Sie wollte in der Sonne liegen, ein wenig schwimmen, die angespannten Nerven beruhigen und alles tun, was die Ärzte ihr sagen würden. Peter-Paul hatte ihr ins Gewissen geredet. »Es ist ein berühmtes Frauenbad«, hatte er ihr gesagt, »und die Ärzte dort tun nichts anderes, als erschöpften Menschen wieder auf die Beine zu helfen. Vor allem laß dir eine Blutwäsche machen, das soll Wunder wirken.«

Blutwäsche, das war ein Wort, das Irma Bromme erschreckte. Sie konnte sich nichts darunter vorstellen, aber es klang geheimnisvoll und gefährlich. Blutwäsche. Sie hatte Angst davor und hoffte, daß die Ärzte es nicht für notwendig hielten, diese Prozedur bei ihr vorzunehmen. Auch vor den anderen Therapien hatte sie Angst, die in dem Prospekt des Kurheims Tannenburg aufgezählt waren: Bogomoletz-Kuren, Heilschlaf, psychosomatische Behandlung, Psychoanalyse, Kneipp- und Felke-Kuren, biologische Therapie, Diät nach Bircher-Benner... Namen und Begriffe, die ihr Peter-Paul zu erklären versuchte und die daraufhin nur noch mehr an Unheimlichkeit und Angst gewannen.

»Nicht wahr, Sie bleiben bei mir?« riß Lydia v. Bercken sie aus ihren Gedanken. Irma Bromme zuckte zusammen wie unter einem Schlag und fand zur Wirklichkeit zurück. In der Muschel stimmten die Kurmusiker ihre Instrumente, die Abendkleider und Smokings fluteten wieder in den Kursaal, um Brahms und Beethoven anzuhören. Von den Bergen flimmerte hundertfältiges Licht aus den Fenstern der Kurheime und Sanatorien, der Korso der promenierenden Kurgäste drehte sich wieder um die Blumenbeete und die Musikmuschel, wie fernes Meeresbrausen lag das Stimmengewirr unter den Scheinwerfern und Bogenlampen. Es war, als gähne ganz Moorbach vor Langeweile... aber hinter der vorgehaltenen Hand, schamhaft und mit einem Achselzucken vor dem Unvermeidlichen.

Eberhard Thau hielt Oberst Plötzke fest, als dieser wieder an der Musikmuschel vorbeiging. Das Kurorchester spielte ein Potpourri aus Walter-Kollo-Melodien. Plötzke wippte auf den Stiefelspitzen, als das ›Puppchen, du bist mein Augenstern‹ erklang.

»Abgeblitzt!« sagte Thau mit einem deutlichen Triumph in der Stimme. »Wenn ich gewettet hätte... Nicht alle Frauen sind so, wie Sie sie charakterisieren, lieber Oberst.«

»Sie liegt mir gedanklich bereits zu Füßen«, antwortete Plötzke steif. »Ich werde den Beschuß einstellen und sie aushungern –«

»Was wollen Sie?« Eberhard Thau schüttelte verblüfft den Kopf.

»Aushungern, mein Lieber. Man hält einem Hund eine Wurst hin, läßt ihn daran schnuppern und geht dann weiter. Wetten, daß der Hund hinterherläuft?« Oberst Plötzke blickte sich um. Die beiden Damen gingen weiter und entfernten sich zum Rosengarten hin. »Ich bin ein alter Jäger ... und wer die Tiere kennt, wundert sich nicht mehr über die Menschen. Und im übrigen haben wir Zeit. Gehen wir ein kühles Helles naschen ... es ist sehr schwül heute abend ...«

Am nächsten Morgen ließ sich der Chefarzt von Tannenburg, Dozent Dr. Ludwig Weber, die Aufnahmeblätter mit den Anamnesen vorlegen. Oberarzt Dr. Hellrein trug mit knappen Worten vor. Es waren immer die gleichen Beschwerden, über die er konferieren mußte. Kreislaufstörungen, Drüsenstörungen, Fettansatz, allgemeine Verschleißerscheinungen, einige Komplexe und Neurosen, denaturierte Ernährungsweise, Zivilisationskrankheiten. Und im Hintergrund, aber wie ein unangreifbares Gespenst wirkend, das Problem der unverstandenen, unbefriedigten, lebenshungrigen und in der Langeweile der Alltäglichkeit von Ehe und Pflicht nervösen Frauen.

Das Kurheim Tannenburg war ein merkwürdiger Zwitter. Weder Sanatorium noch Hotel, Klinik oder Pension, strengste Aufsicht oder großzügige Freiheit, war es alles in einem, ein Luxusbau unter ärztlicher Aufsicht, eine Kuranstalt voller Individualität, ein Jungbrunnen mit vielen Quellen, die zu sprudeln begannen, wenn man das nötige Geld hineinwarf.

Chefarzt Dr. Weber war nur ein Angestellter. Der Besitzer von Tannenburg war eine GmbH mit Sitz in Freiburg. Daß Dr. Weber als Dozent der inneren Medizin ein solches Haus als Chefarzt übernahm und nicht seine akademische Laufbahn fortsetzte, hatte eine besondere und unbekannte Bewandtnis. Es lag fünf Jahre zurück. Auf der Privatstation des St.-Johannis-Krankenhauses wurde der Generaldirektor eines bekannten Industrieunternehmens eingeliefert. Es war ein Betrieb von Weltgeltung, und so sah man in allen Erdteilen mitfühlend auf das Bett in der Privatstation von Dozent Dr. Weber.

Bei diesem Krankheitsfall, der Dr. Weber alle Türen für eine glänzende Karriere weit geöffnet hätte, geschah ein Mißgeschick: Dr. Weber irrte sich in der Diagnose, und mit diesem diagnostischen Irrtum ging eine falsche Therapie naturgemäß Hand in Hand. Der Generaldirektor starb, er wurde autopsiert, man erkannte den Irrtum, und Dozent Dr. Weber begrub seinen akademischen Weg. Wohin er sich auch wandte, er stand vor einer dicken Mauer des Schweigens und der Abwehr. Man darf sich irren bei einem Kassenpatienten, aber nicht bei einem weltbekannten Mann. So griff Dr. Weber, in größter Notlage, sofort zu, als die Kurheim Schwarzwald GmbH ihm die Chefarztstelle von Tannenburg in Bad Moorbach antrug. Der Titel Dozent, so glaubte man in Freiburg, wirke auf die Frauen wie ein Magnet. Und verderben konnte Dr. Weber auch nichts, denn alle akuten oder chronischen Krankheitsfälle, die über eine allgemeine Regeneration hinausgingen, lehnte man ab oder überwies sie einer internistischen Fachklinik.

»Wir geben neues Jugendgefühl, aber wir heilen keine Krankheiten«, sagte einmal der Direktor der Kurheim Schwarzwald GmbH zu Dr. Weber, als dieser eine Coronarinsuffizienz auf Tannenburg aufnahm. »Das unterscheidet unsere Häuser von den allgemeinen Kliniken. Bei uns nimmt man das vollkommene Gesundungsgefühl mit, das Bewußtsein, wieder aktiv zu sein. Wir sind gewissermaßen die Restauratoren in der Medizin... Wir kratzen die Patina ab und zeigen wieder die leuchtende Farbe. Sie verstehen, Herr Dozent?«

Dr. Weber hatte verstanden, die Zähne zusammengebissen und an sein Gehalt von 2500 Mark gedacht, bei freier Station und freiem Essen.

»Ich möchte zuerst diese Frau v. Bercken sehen«, sagte er zu seinem Oberarzt Dr. Hollrein. »Nach dem Bericht ihres Hausarztes hat sie eigentlich nichts als zuviel Geld.« Er blätterte in den Papieren herum und hob die Schultern. »Womit sollen wir sie behandeln? Sie soll sich in die Sonne legen, Diät essen und die sechs Wochen stilvoll umbringen.«

Dr. Hollrein lächelte versonnen. Seit vier Jahren arbeitete

er mit seinem Chef zusammen und kannte seine tiefe Abneigung gegen die Tätigkeit, die für Dr. Weber nichts anderes war als eine finanzielle Sicherheit. Er wußte, daß Dr. Weber heimlich als ›Berater‹ im Krankenhaus Moorbach tätig war und dort hinter dem Namen des Internisten die interessanten und wirklich kranken Patienten behandelte. Seine Meisterleistung war das Aufhalten einer hoffnungslosen Leukämie bei einem siebzehnjährigen Mädchen gewesen. Er hatte ein Serum aus der Milz von Kalbembryos entwickelt, die er sich vom Schlachthof beschaffte. Dieser embryonale Milzextrakt hatte eine hemmende Wirkung gezeigt, allerdings nur bei diesem Mädchen. Andere Anwendungen bei Leukämiekranken schlugen fehl, als habe Dr. Weber destilliertes Wasser injiziert.

»Ich würde vorschlagen, bei Frau v. Bercken die gesamte Skala unserer Therapien abrollen zu lassen«, sagte Dr. Hollrein. »Sie kennen doch diese Art Frauen, Herr Dozent... Nachher beschweren sie sich bei der Direktion, daß wir für ihr Geld zuwenig getan hätten. Für jede Mark, die sie bezahlen, wollen sie etwas sehen, ja sogar spüren. Sie wollen unter summenden, blitzenden Geräten liegen, sie wollen Nadelstiche haben und eine Diagnose mit möglichst vielen lateinischen Worten, sie wollen unsere ernsten Mienen sehen und mit Wollustschauern hören: ›Gnädige Frau, Ihr Fall ist sehr kompliziert. Aber keine Sorge... wir bekommen es hin.‹ Und dann wollen sie Pillen sehen, möglichst farbige Pillen, und begossen wollen sie sein, mal mit kaltem, mal mit heißem Wasser... das füllt sie voll und ganz aus, sie werden sich als der unglücklichste und kränkste Mensch auf der Erde fühlen... und wenn wir ihnen dann sagen: ›Na, gnädige Frau... sehen Sie... es schlägt an. Noch drei Wochen, und Sie fühlen sich wie Ihre jüngste Tochter...‹, dann werden sie aufblühen wie Pilze im Nadelwald und gesund und voller Lob Bad Moorbach verlassen. Und Ihr Ruhm fliegt um die Erde, Herr Dozent.«

»Es ist widerlich«, sagte Dr. Weber und warf die Papiere auf den Schreibtisch. »Ich schäme mich manchmal, wenn ich mich im Spiegel sehe.«

»Wem sagen Sie das, Herr Dozent?« Dr. Hollrein sah auf seine Armbanduhr. »Neun Uhr, Chef. Der Auftrieb beginnt. Soll ich Frau v. Bercken hereinbitten?«

»Es bleibt uns nichts erspart. Wir müssen unser Gehalt verdienen. Also denn – ich lasse bitten.«

Dr. Hollrein riß die Tür zu dem großen, amerikanisch modern eingerichteten Wartezimmer auf. Durch eine riesige Fensterwand flutete die Sonne herein, und der Blick ging weit hinunter ins Tal und über die im Sommerwind tanzenden Wipfel der Wälder.

»Der Herr Dozent läßt bitten«, sagte Dr. Hollrein gewandt.

Lydia v. Bercken betrat das Chefarztzimmer. Eine Wolke von Jasmin flutete ihr voraus. Bei jedem Schritt drehte sie sich in den Hüften, und ihre Lippen waren feucht und in einem maskenhaften Lächeln erstarrt.

O Gott, dachte Dr. Weber. O Gott.

Er setzte seine ernste, sorgenvollste Miene auf.

»Weber«, sagte er, sich vorstellend, und kam Frau v. Bercken zwei Schritte entgegen. Dann blieb er abwartend stehen und starrte in die gepuderte und geschminkte Maske, auf die falbfarbigen Haare und den wippenden Oberkörper.

»Sie sehen etwas angespannt aus, gnädige Frau –«

Lydia blieb mit einem Ruck stehen, als sei sie gegen eine unsichtbare Mauer gelaufen. Das gefrorene Lächeln erstarb. Ihr Gesicht zog sich in die Länge, als zöge jemand am Kinn.

»Sie erkennen es sofort, Herr Dozent...« Ihre Stimme vibrierte und gluckste unglücklich. »Ich habe eine böse Nacht hinter mir –«

»Oh, das tut mir leid. Ist Ihr Bett zu hart?« Dr. Weber führte Frau v. Bercken zu einem der tiefen Ledersessel und beobachtete, wie sie sich setzte. Aus dem Hinsetzen seiner Patientinnen zog er seine psychologischen Schlüsse, und meist waren sie genau und trafen in die Tiefe.

Es gab drei Arten des weiblichen Sitzens... das korrekte Platznehmen mit geschlossenen Knien und heruntergezogenem Rock, die lässige Art des Sichzurücklehnens mit übergeschlagenen Beinen und freien Knien und die herausfordernde Haltung mit aufwärtsrutschendem Rock, herausgedrücktem Busen und wippenden Schuhspitzen. Lydia v. Bercken gehörte zur letzten Gruppe. Kaum saß sie, machte sie den Nacken steif und schob ihre Brust gegen die an sich schon enge Bluse.

Dr. Weber erinnerte sich schnell an die Personalien. Geboren in Berlin vor fünfzig Jahren, zweimal verheiratet, zuletzt mit dem Baron v. Bercken, der an einem Herzinfarkt starb. Durch solcherart kassierte doppelte Erbschaft reich und unabhängig. Bewohnte eine Villa bei Hildesheim. Diagnose des Hausarztes, dem Dr. Weber ein stilles Beileid aussprach: neurotische Angst vor dem Altern, der Patientin gegenüber als Übersensibilität geschildert. Kurauftrag: psychogene Therapie und Beschäftigungstherapie.

»Mein Bett ist gut.« Lydia v. Bercken sah Dr. Weber mit flimmerndem Blick an. »Ich konnte nicht einschlafen. Ich habe die Nacht über wach gelegen. Ich war zu aufgeregt –«

»Dafür sind unsere Nachtschwestern da. Hätten Sie nur einmal geschellt... man hätte Ihnen ein Sedativ gegeben.«

Er sagte nicht Beruhigungsmittel, sondern nannte den lateinischen Namen. Es wirkte wissenschaftlicher und beruhigte schon allein durch den fremdartigen Klang.

»Es hätte nichts genützt, Herr Dozent.« Frau v. Bercken kratzte mit den langen, rosa Fingernägeln auf der ledernen Sessellehne. »Ich weiß aber nicht, ob ich es Ihnen erklären kann –«

»Mir können Sie alles erklären.« Die Stimme Dr. Webers war mild und kühl wie Morgentau. »Sie sind doch zu uns gekommen, damit wir Ihnen helfen, nicht wahr? Ihr Hausarzt schrieb uns von Ihren seelischen Nöten –«

»Dr. Kelling ist ein Rindvieh!« sagte Lydia v. Bercken grob. »Verzeihen Sie, Herr Dozent, daß ich so von einem Ihrer Kollegen spreche. Aber was ist das für ein Arzt, der mich auf Kreislauf behandelt, auf zuviel Magensäure, auf Allergie und zuletzt sogar auf Nervenschwäche... ich bitte Sie. In allen diesen Richtungen bin ich kerngesund.«

Dr. Weber nickte und sah kurz hinüber zu Dr. Hollrein. Der stand am Fenster und grinste breit. Er wußte, was er dachte. Armer Kollege Kelling. Es ist schwer, irgendeine

Krankheit zu finden, bei deren Behandlung man keinen Schaden anrichten kann. Man hätte verschreiben sollen: Morgens, mittags und abends ein kalter Guß. Dr. Weber lächelte still vor sich. Hier kann man es tun und nennt es Hydriatrie. Und keiner ist schockiert.

»Können Sie mir bestimmte Symptome schildern, gnädige Frau, die für Ihre Krankheit typisch sind?« fragte er höflich.

»Es gibt keine Symptome.« Frau v. Bercken sah zu Dr. Hollrein hinüber. Man sah, daß es sie eine Überwindung kostete, weiterzusprechen. »Es... es ist nur... Wie soll ich mich ausdrücken... Herr Dozent, ich offenbare Ihnen meine tiefste Seele –«

»Wir wollen doch helfen«, sagte Dr. Weber sanft.

»Ich bin fünfzig Jahre alt. Ich fühle es manchmal, an Kleinigkeiten, wissen Sie, an Ermüdungserscheinungen, an Herzklopfen, an sogenannter ›fliegender Hitze‹... Sie wissen, was ich meine... Aber das kann und darf nicht sein... Ich... ich habe vor, mich wieder zu verheiraten –«

»Hm«, machte Dr. Weber. Dr. Hollreins Grinsen verschwand.

»Mein Bräutigam ist fünfundzwanzig Jahre jünger als ich.« Sie stieß es hervor wie eine tödliche Waffe, die Dr. Weber treffen sollte. »Verstehen Sie jetzt. Herr Dozent... Ich *muß* jung bleiben... ich vergehe vor Angst bei dem Gedanken, daß Harry einmal zu mir sagen könnte: ›Du bist zu alt‹... Ich würde es nicht überleben. Sie müssen mir helfen, zehn Jahre jünger zu werden und auf diesem Stadium zehn Jahre stehenzubleiben.«

Mit einer fast kindlichen Gebärde hob sie flehend beide Hände. Ihr rosig gepudertes Gesicht verschwamm, als löse sich die Haut von den Knochen. Dr. Weber senkte den Kopf und begann, vor ihr hin und her zu gehen. Ihr Blick verfolgte ihn, als erwarte sie ein Todesurteil.

»Es gibt keine Wunder, gnädige Frau«, sagte Dr. Weber langsam. »Man ist fünfzig und bleibt fünfzig. Man kann weder die Zeit zurückdrehen noch die Lebensuhr anhalten. Man kann sie nur aufpolieren –«

»Dann... dann polieren Sie, bitte –«

»Es ist Selbstbetrug –«

Dr. Hollrein verkrampfte die Hände. Er ist verrückt, dachte er erschrocken. Er fängt wieder an, der große Dozent zu sein, und sagt die Wahrheit. Ein reicher, hysterischer Patient ist der Wunschtraum aller Privatkurheime ... und was macht *er?* Er grollt sie weg, anstatt sie zu melken. Er wird ihn nie lernen, diesen Geist von Bad Moorbach.

Lydia v. Bercken starrte Dr. Weber groß an. »Aber ich fühle mich doch jung, Herr Dozent. Und man sagt doch immer: Man ist so alt, wie man sich fühlt –«

»Das ist ein dummes Sprichwort, gnädige Frau. Man ist so alt, wie die Zellen alt sind. Eine Maschine, die fünfzig Jahre lang Tag und Nacht gearbeitet hat, kann man zwar ölen und anstreichen ... aber die Lager klappern trotzdem. Darüber müssen wir uns klar sein. Was ich tun kann, ist eben nur das Ölen, um profan zu sprechen.«

»Dann ölen Sie«, sagte Lydia v. Bercken heiser. »Tun Sie alles mit mir ... nur lassen Sie mich so jung wieder nach Hause gehen, daß ich Harry halten kann. Ich flehe Sie an, Herr Dozent, versuchen Sie alles! Auf Geld kommt es nicht an –«

Das ist ein gutes Wort, dachte Dr. Hollrein. Er stieß sich von der Fensterbank ab und kam in die Mitte des Zimmers, bevor Dr. Weber noch eine Antwort fand. Mit wissenschaftlichem Ernst hatte er ein großes Notizbuch, in Leder gebunden, in den Händen und begann mit einem goldenen Druckbleistift und großen Buchstaben zu notieren.

»Ich würde vorschlagen, daß wir zunächst eine große hämatogene Oxydationstherapie nach Frederico Wehrli durchführen. Wir entziehen Ihnen 250 ml Blut, reichern es mit Sauerstoff an und injizieren es Ihnen wieder. Durch Oxydation werden so auf katalytischem Wege gewisse aktive Peroxyde geschaffen, die normalerweise im Blut nicht vorkommen. Diese Peroxyde entziehen Wasserstoff und verwandeln so gesättigte Fettsäuren in ungesättigte. Das wiederum wirkt sich sehr vorteilhaft auf den Cholesterinspiegel aus –«

Lydia v. Bercken lauschte den Worten Dr. Hollreins mit leicht geöffneten Lippen und fast starren Augen. Ein paarmal nickte sie, als verstände sie alles. Als Dr. Hollrein schwieg und sein Notizbuch senkte, sah sie, daß einige Zahlen und Formeln auf dem Papier standen. Die Zauberformel meiner neuen Jugend, durchfuhr es sie.

»Dann wäre eine Bewegungstherapie sehr nützlich«, fuhr Dr. Hollrein fort, bevor Dr. Weber wieder dazwischenreden konnte. »Wanderungen in die Wälder, viel Schwimmen, tiefes Atmen zur Durchlüftung der Lungen, leichte Nahrung mit viel Vitaminen und Spurenelementen, Rückkehr zu einer natürlichen Lebensweise und als Schlußpunkt eine Zellkur.«

»Affendrüsen«, sagte Lydia v. Bercken dumpf. »Ich habe davon gelesen. Und Extrakte von jungen Bullen –«

»Das ist individuell. Auf jeden Fall sind es Geschlechtshormone.«

»Und sie halten an, Herr Oberarzt?«

»Eine gewisse Zeit. Auch das weißeste Hemd wird einmal schmutzig und muß gewaschen werden.«

»Und Sie beginnen sofort damit?«

»Im Laufe der nächsten Woche. Wir müssen Sie erst gründlich von Kopf bis Fuß untersuchen, um allen Komplikationen aus dem Wege zu gehen. Es gibt da gewisse Kontraindikationen –«

Fast glücklich und seltsam beschwingt allein durch die Hoffnung, verließ Frau v. Bercken das Chefzimmer. Dr. Weber hielt seinen Oberarzt zurück, als er die nächte Patientin hereinholen wollte.

»Das geht zu weit, Hollrein!« rief er erregt. »Das mache ich nicht mehr mit! Sie benehmen sich wie Dr. Eisenbart! Die Medizin ist kein Jahrmarkt, wo man Traktätchen verkauft und hysterische Weiber mit Zaubermittelchen noch hysterischer macht. Ich werde mit Frau v. Bercken ganz klar und eindeutig sprechen und ihr sagen, daß ein fünfundzwanzig Jahre jüngerer Mann zwar amüsant und unterhaltend ist, aber die Natur nicht aufhalten kann. Es ist doch Verblendung zu glauben, daß er sie liebt. Er liebt nur ihr Geld. Vor diesem Irrtum sollten wir sie bewahren.«

»Wir sind angestellt, Chef, um der Kurheim Schwarzwald GmbH einen guten Jahresabschluß zu verschaffen, nicht, um den Menschenfreund zu spielen.« Dr. Hollrein klappte sein

Notizbuch zu, nachdem er die Seite mit den Formeln herausgerissen und zerknüllt hatte. Es waren sinnlose Zahlen und Buchstaben. »Ich kann Sie verstehen, Chef... ich komme mir selbst schäbig vor... aber wenn ich anfange, gegen mich selbst kritisch zu werden, sage ich mir: Heinrich, was du tust, ist ein gutes Werk. Erstens ist alle Therapie, die wir durchführen, wirkliche interne Medizin, wie sie in Hunderten Sanatorien geübt wird – und mit Erfolg, wie bei uns. Die psychosomatische Medizin ist noch im Aufbau, ist Neuland wie so vieles in der modernen Medizin. Aber ist es nicht eine alte Weisheit, daß ein jungfräulicher Acker besonders gute Ernten gibt? Man wird in hundert Jahren ein völlig anderes medizinisches Denken praktizieren, das die Krankheiten und den Menschen als Ganzes sieht und als Wechselwirkung von Leib und Seele. Man wird die Immunitätstherapie ausgebaut und die Erkenntnis erweitert haben, daß in der Psyche der Grundstock vieler heute noch unbekannter Krankheiten liegt. Sehen Sie mich nicht so nachdenklich an, Chef... diese Frau v. Bercken würde in hundert Jahren nicht anders behandelt werden als jetzt: Man suggeriert ihr eine große Therapie mit klingenden Namen ein, und das Nichts, das sie belastet, wird wirklich nichts –«

»Sie hätten Volksredner werden sollen«, sagte Dr. Weber dumpf. »Ich habe noch meine hippokratischen Ideen. Mich ekelt das alles an.« Er sah auf seine Uhr. »Ich soll um elf Uhr in der Klinik sein. Ein Rhesus-Baby ist eingeliefert worden. Wir wollen einen großen Blutaustausch machen. Es ist ein klarer Morbus haemolyticus neonatorum mit Hepato-Splenomegalie.«

Dr. Hollrein nickte. »Ich kann mir denken, daß Sie das mehr interessiert als vierzig hysterische Frauen. Aber hier verdienen wir unsere Brötchen und die Butter darauf. Es kann nicht jeder ein kleines Genie sein wie Sie, Chef –«

»Führen Sie die nächste herein.« Dr. Weber setzte sich hinter seinen großen Schreibtisch. Dicke medizinische Bücher lagen als Illustration herum, einige Röntgenplatten und viele Schnellhefter mit Krankengeschichten. »Wer ist's denn?«

»Frau Eva Sägert aus Düsseldorf. Gattin des Prokuristen einer Autoreifenbesohlungsfirma. Diagnose: plötzliche Fettleibigkeit. Vorgeschlagene Therapie: Diät, Bewegung, Untersuchungen des Hormonhaushaltes und Stoffwechsels sowie der innersekretorischen Drüsen –«

»Das hört sich einmal vernünftig an, Hollrein.«

»Wenn es stimmt.«

»Das werden wir gleich feststellen. Ich lasse bitten.«

Die stille, in sich gekehrte, immer in Abwehr befindliche Eva Sägert betrat langsam das Chefarztzimmer.

Die lungenkranke Veronika Aggartz lag auf einer Bergwiese und sonnte sich. Sie hatte sich völlig ausgezogen, und ihr nackter, knochiger Körper mit den flachen Brüsten wirkte wie ein ins Gras weggeworfenes, eingetrocknetes Gerippe. Nur ihre langen Haare lebten und bewegten sich wie schwerelos in dem warmen Wind, der von den Waldhängen über die Wiese abwärts ins Tal kroch.

Carola Bornsiefen, die Frau des philosophisch begabten Volksschullehrers Emil Bornsiefen, saß neben ihr. Steif, sichtlich schockiert, sich immer wieder nach allen Seiten umblickend, als sei sie verurteilt worden, Schmiere für ein Verbrechen zu stehen.

»Wenn nun jemand kommt«, sagte sie unruhig. »So einsam ist es hier nicht... vom Wald aus kann man Sie sehen...«

»Was sieht man schon...« Veronika Aggartz schloß die Augen und legte die Arme unter ihren Nacken.

»Es ist unsittlich.«

»Was ist sittlich?«

Carola Bornsiefen nestelte an ihrer Bluse und strich sich über den Rock. Als Veronika Aggartz plötzlich den Spaziergang unterbrochen hatte und sich auszuziehen begann, mitten auf einer Wiese, nicht weit vom Kurheim Tannenburg entfernt, wollte sie erst weitergehen. Doch dann hielt eine gewisse Neugier sie zurück. Was wird sie tun, dachte sie. Man zieht sich doch nicht einfach aus. Aber Veronika Aggartz enttäuschte ihre Erwartungen. Sie legte sich ins Gras und dehnte ihren knochigen Körper in der Sonne.

»Mein Mann sagt immer: ›Die Moral ist der Panzer unserer Unzulänglichkeit. Ohne Moral zerbricht die Weltordnung.‹«

»Die Spruchweisheit eines sauren Bürgers.« Veronika Aggartz drehte sich auf den Bauch und stützte den Kopf in die Hände. Ihre langen Haare lagen wie ein seidener Schleier über ihrer Nacktheit. »Sie gilt für die Lebenden –«

Carola Bornsiefen starrte mit angezogenem Kinn und hochgezogenen Brauen das schmächtige Mädchen an.

»Was soll das heißen?«

»Ich gehöre nicht mehr zu den Lebenden –«

Es war, als fasse eine kalte Hand in das Herz der Lehrersfrau. Sie zog die Beine an und saß noch steifer als zuvor in dem hohen Gras.

»Was reden Sie da für einen Unsinn, Veronika –«

Das Mädchen schüttelte den Kopf. Sie riß eine lange Grasrispe aus dem Boden und steckte sie zwischen die Zähne.

»Ich bin schon tot... Nein, sehen Sie mich nicht so entsetzt an. Geistig bin ich normal. Ich weiß, wie es um mich steht. Ich weiß, daß ich gar nicht mehr hiersein dürfte und daß mein Vater den Chefarzt angefleht hat, mich in Moorbach zu behalten. Was soll mein Vater mit einer lungenkranken, langsam dahinsiechenden Tochter? Meine Mutter ist an der gleichen Krankheit gestorben... damals war ich neun Jahre alt. Dann hatte mein Vater seine Freundinnen... er wechselte sie schnell, denn er war ja noch jung... bis diese Elsa kam. Elsa hat pechschwarze Haare und ist jünger als ich. Vierundzwanzig ist sie. Ein wunderschönes Mädchen. Mein Vater ist zu einem Bajazzo geworden... er würde auf den Händen tanzen, wenn sie es verlangte. Was soll ein solcher Mann mit einer achtundzwanzigjährigen siechen Tochter? Er kann es sich leisten, mich in Moorbach zu begraben, er ist Aktionär großer Werke und sitzt in einigen Aufsichtsräten. Er ist ein geachteter Mann, der täglich dreimal seine Hemden wechselt und nur einfarbige, dunkle Schlipse trägt. Er ist elegant, charmant, ein blendender Verhandler und Gesellschafter, ein Salonlöwe. Und er hat eine lungenkranke, unheilbare Tochter. Das geht doch nicht... das sehen Sie doch ein, Frau Bornsiefen...«

Sie sagte es ohne Leidenschaft, ohne die geringste Ironie...

Es war tatsächlich ihre Überzeugung, wie Carola Bornsiefen mit einem leichten Schauder feststellte.

»So selbstverständlich ist das nicht«, sagte sie heiser. »Schließlich sind Sie sein Kind –«

»Sein achtundzwanzigjähriger Klotz am Bein. Was bedeutet eine Tochter, die älter ist als die zukünftige neue Frau? Männer in seinem Alter sind ein Spielball ihrer letzten Leidenschaften. Es gibt keine Medizin gegen diesen natürlichen, zur Entwicklung des Menschen gehörenden Irrsinn.« Veronika Aggartz drehte sich wieder auf den Rücken und kaute an der Rispe. Sie legte die Hände auf ihre flachen Brüste und zog die Knie an. »Wissen Sie, daß ich Medizin studiert habe?«

»Nein –«

»Ich mußte es im siebenten Semester abbrechen, als ich bei einer Visite in der Universitätsklinik, bei der wir Studiker am Krankenbett Kontakt mit den Krankheiten bekommen sollten, einen Blutsturz bekam. Das war ein Theater! Stellen Sie sich vor: Professor Portius erklärte ein Lungen-CA, und plötzlich beugt sich eine seiner Studentinnen vor und erbricht Blut, fällt über das Bett des Kranken und verblutet fast. Diese Aufregung, diese Blamage ... Professor Portius war nahe an einem Kollaps. Tja – und das war das Ende meiner Karriere als Medizinerin. Ich bin dann von Sanatorium zu Sanatorium gewandert, mit kurzen Unterbrechungen, in denen ich zu Hause war und ansehen mußte, wie meine vierundzwanzigjährige künftige Stiefmutter mir aus dem Weg ging, als hätte ich die Pest am Körper. Und ich hörte, wie sie zu meinem Vater sagte: ›Schaff sie aus dem Haus – oder ich gehe! Ich will mich nicht anstecken. Schon wenn ich sie sehe, friere ich vor Angst ...‹ Und mein Vater fuhr mich zum nächsten Sanatorium. Bis ich nach Moorbach kam ... zur Kräftigungskur. Es ist ein sanftes Märchen, das sie mir erzählen. Ich weiß, daß ich hier sterben werde ... In Wirklichkeit bin ich ja schon tot. Man hat mich begraben, in diesem Luxushaus, in einem Mausoleum, für das mein Vater monatlich eine Unsumme zahlt. Und nun sitzen sie draußen herum und warten darauf, daß man ihnen mitteilt: Es ist soweit. Sie ist weg. – Und Vater wird aufatmen und endlich seine Elsa heiraten. Er hat es bisher nicht getan, meinetwegen. Ein Rest von bürgerlicher Scheu und Scham ist ihm noch geblieben. Aber er ist ungeduldig... ich sterbe zu langsam –«

Carola Bornsiefen strich sich mit zitternden Händen über das Gesicht. Sie fühlte, wie ihre Handflächen eiskalt waren trotz der warmen Sonne, in der sie ungeschützt lagen.

»Ich glaube, das sehen Sie alles falsch, weil Sie diese... diese Elsa hassen«, sagte sie leise.

»Ich hasse sie ja gar nicht, o nein. Sie gibt meinem Vater ein wenig Jugend wieder, die er durch mich verloren hat. Sie macht ihn auf seine Art glücklich, das weiß ich. Er ist ein gesunder Mann... warum soll er sein Leben nach seiner kranken Tochter einrichten? Das wäre widernatürlich, nicht wahr? Warum soll ich sie hassen? Das ist es nicht.« Sie spuckte die zerkaute Rispe aus und schloß die Augen. »Ich habe Angst...«, sagte sie kaum hörbar, so leise, daß sich Frau Bornsiefen vorbeugen mußte, um sie zu verstehen. »Ich habe solche Angst.«

»Aber...« Carola Bornsiefen rang nach Worten. Emil hätte jetzt einen philosophischen Spruch zur Hand, dachte sie. Er war ein so kluger Mann. »Ich glaube, Sie grübeln zuviel –«

»Ich habe keine Angst vor dem Tod... das ist es nicht. Ich habe Angst zu sterben, ohne das Leben genossen zu haben. Es geht mir wie einem Trinker, der dürstend vor sich ein großes Glas Bier sieht, aber es nicht erreichen kann, weil eine Scheibe dazwischenliegt. Eine gläserne Wand. Und er verdurstet fast, er krümmt sich vor Durst und sieht vor sich den großen Krug, die Rettung, das Weiterleben... aber die gläserne Wand ist noch dazwischen. Was wird er wohl tun?«

»Ich... ich weiß es nicht –«

»Er wird sich auf die gläserne Wand stürzen, er wird die Fäuste heben und sie einschlagen, er wird sich mit dem ganzen Körper dagegenwerfen und nicht darauf achten, ob er sich schneidet, selbst verstümmelt, aus hundert Wunden blutet... trinken will er... trinken... nicht verdursten... Können Sie ihn verstehen –?«

»Vielleicht –«

»Warum nur vielleicht? Warum weicht ihr satten Bürger immer einer klaren Stellungnahme aus? Warum habt ihr Angst vor der grausamen Wahrheit? Ich will es Ihnen sagen: Sie paßt nicht zu dem ethischen Mantel, mit dem die Menschen ihre Unvollkommenheit bedecken. Alles, was wir sehen, was wir hören, was wir denken, ist eine fromme Lüge. Der seelisch nackte Mensch ist widerlich –«

»Man könnte fortlaufen, wenn man so etwas hört«, sagte Carola Bornsiefen dumpf. »Mein Mann sagt immer: ›Der Mensch ist gut, er ist ein Ebenbild Gottes. Das Schlechte an ihm ist das Unfertige, das man abschleifen muß... denn Gott hat ihn zu schnell gemacht.‹ Klug, nicht wahr?«

»Bequem. Wissen Sie, wie ich sterben möchte?«

»Nein.«

»In den Armen eines Mannes. Im Augenblick wirklichen Vergessens –«

»Das ist unerhört.« Carola Bornsiefen sprang auf. Ihre Entrüstung überdeckte das Mitgefühl, das sich in ihr ausgebreitet hatte und das sie wie eine wärmende seelische Decke empfand. »Das ist unerhört schamlos.« Sie sah auf den knochigen, etwas verkrümmten Körper hinab. Die langen Grashalme umklammerten ihn wie Tausende winzige Fangarme der Erde. »Wenn Sie mir nicht so leid täten, müßte ich Sie verachten.«

»Weil Sie satt sind... Denken Sie an den Verdurstenden hinter der gläsernen Wand –«

Mit langen Schritten entfernte sich Carola Bornsiefen und lief den Wiesenhang hinab zum Garten von Tannenburg. Sie hatte plötzlich Angst vor dem schmächtigen Mädchen mit den tiefliegenden, brennenden Augen. In drei Wochen bin ich wieder zu Hause, dachte sie. Unsere schöne, gemütliche Wohnung mit dem Perserteppich, der Musiktruhe und der Blumenbank. Abends saß Emil auf der Couch, trank eine Flasche Bier und las die Illustrierten in der Lesemappe und sprach so klug über die Unmoral in der Presse.

Carola Bornsiefen nahm sich vor, von heute ab Veronika Aggartz so weit wie möglich aus dem Weg zu gehen.

Im OP der chirurgischen Abteilung des Krankenhauses Bad Moorbach war alles vorbereitet, als Dozent Dr. Weber sich auszog, in die weißen Leinenhosen schlüpfte und sich den

OP-Mantel hinten zubinden ließ. Chefarzt Dr. Balcke wusch sich bereits und nickte Weber durch die Glasscheibe, die den OP vom Vorbereitungsraum trennte, freundlich zu, als der Kollege von Tannenburg eintrat. Der Säugling lag bereits unter warmen dicken Tüchern auf einer elektrisch beheizten Gummimatte. Die Stationsärztin der Kinderstation kümmerte sich um ihn und kontrollierte den Kreislauf.

Die Haut des Kindes war von zitronengelber Färbung; durch die Unverträglichkeit der Blutgruppen zwischen Mutter und Kind aufgrund einer Rhesus-Unverträglichkeit war es zu einer Hämolyse, dem Austritt von Hämoglobin aus den roten Blutkörperchen, gekommen, die im Bereich der Leber eine seröse Entzündung mit Gallenstauung, dem sogenannten Ikterus gravis neonatorum, hervorgerufen hatte. Um den Säugling zu retten, mußte ihm das gesamte Blut entzogen und durch neues, gesundes Blut ersetzt werden.

Dr. Balcke winkte Dr. Weber zu, als dieser den OP betrat, sich neben ihn stellte und mit der Waschung begann.

»Was macht deine Frauenburg?« fragte Balcke und seifte sich erneut ein.

»Um mit Hollrein zu sprechen: Es wird ein guter Jahresabschluß.« Dozent Dr. Weber bürstete die Finger einzeln und mit einer scharfen Wurzelbürste. »Ich habe mir einmal die Mühe gemacht und alle Untersuchungsbefunde durchstudiert, als wären sie normale Krankheitsfälle. Von meinen vierzig Frauen auf Tannenburg sind zwölf wirklich erholungsbedürftig und brauchen eine interne Fachbehandlung. Die anderen leiden unter ihrer Langeweile und dem Desinteresse ihrer geldschöpfenden Männer. Aber sie sind natürlich wesentlich schwerer krank als die zwölf wirklichen Patientinnen.« Dr. Weber ließ das heiße Wasser über seine Hände und Arme laufen und tauchte sie dann in eine antiseptische Lösung. »Man sollte viel ehrlicher und gröber sein, Wilhelm. Manchmal wünschte ich, so ungehemmt wie Sauerbruch zu sein, von dem die Anekdote geht, er habe zu einer eingebildeten Kranken mit lauter Stimme gesagt: ›Wissen Sie, was Ihnen fehlt? Dreimal täglich den Hintern vollgehauen!‹ So etwas befreit. Ich könnte es täglich mehrmals schreien.«

»Und warum tust du's nicht?«

»Weil ich zu feig bin, Wilhelm. Ich bekomme für meine Feigheit 1000 Mark mehr Gehalt als du. Darum schweige ich. Ich habe genug erlebt, was es heißt, vor der Tür zu stehen und darum zu betteln, einen einmaligen Irrtum durch doppelte Gewissenhaftigkeit vergessen zu lassen. Ich hatte mir geschworen, Materialist zu werden.«

»Das war der untauglichste Schwur, den es gibt. Du und die Abkehr vom Idealismus! Das ist mehr als paradox.« Dr. Balcke sah zu dem zitronengelben Kind hinüber. Die OP-Schwester legte die Apparaturen für den großen Blutaustausch bereit. Den Nélaton-Katheter, Kunststoffschläuche, große Spritzen, das Blutpumpengerät mit dem Mehrwegehahn, ein Beatmungsgerät mit einem gläsernen Atmungstrichter, Auffanggefäße und einen auf Körpertemperatur geheizten Sterilbehälter, in dem einige Flaschen mit Zitratblut lagen. Dozent Dr. Weber sah Chefarzt Dr. Balcke schnell an. Dieser nickte auf den fragenden Blick hin.

»Es geht nicht mit dem Frischblut der Mutter; es war eine schwere Geburt und der Blutverlust ist so groß, daß wir nichts mehr entnehmen können. Aber wir haben aus Freiburg mit einem Hubschrauber die Blutkonserven bekommen. Hier ist das serologische Attest des Blutes aus Freiburg. Es ist äußerst günstig.«

Dr. Weber nahm mit spitzen Fingern einen Zettel aus der Hand der OP-Schwester und las ihn schnell durch.

Blutgruppen- und Rhesus-Faktoren-Bestimmung
Bestimmung des Hämoglobins
Bestimmung der Stärke der Erythroblastämie
Bestimmung der Höhe des Bilirubinspiegels

Das Blut des unbekannten Spenders, das man zur Verhütung der Gerinnung mit Natriumzitrat versetzt hatte, entsprach weitestgehend den Anforderungen des zum Austausch benötigten Blutes.

»Hast du den Vater unterrichtet?« fragte Dr. Weber den Chefarzt. Dr. Balcke nickte wieder.

»Ja. Er wartet im Zimmer der Mutter. Ich habe ihm auch gesagt, daß du die Austauschtransfusion machst.«

Dr. Weber fuhr herum. Sein Gesicht war geisterhaft blaß geworden.

»Bist du verrückt, Wilhelm? Willst du deine Stellung aufs Spiel setzen?«

»Der Vater des Kindes ist Ministerialdirektor.«

»Er kann dir wieder alle Türen öffnen, Ludwig. Daran habe ich gedacht.«

»Auch das noch!«

»Und wenn die Transfusion mißlingt? Wenn der Kernikterus schon zu weit vorgeschritten ist? Wenn das Kind uns unter den Händen stirbt? Natürlich, wird man sagen. Wieder der Weber. Wir können beide in die Wüste gehen, Wilhelm.«

»Ich habe dem Vater alle Möglichkeiten geschildert. Das Kind ist zum sicheren Sterben verurteilt, wenn wir nicht den Austausch machen. So aber bekommt es eine Chance, als gesunder Mensch weiterzuleben... Das habe ich ihm gesagt. Er ist auf alles vorbereitet.«

Dr. Weber sah mit zusammengekniffenen Lippen auf den kleinen, abgedeckten, gelben Körper unter den grellen Scheinwerfern. Noch ist es Zeit, wegzugehen, dachte er. Balcke kann es auch allein machen mit einem Assistenten. Ich brauche mich nicht hier vorzudrängen. Ich habe mein Kurheim Tannenburg mit vierzig Frauen, ich habe ein gutes Gehalt und lebe sorglos, wenn sich die Aktiva der Kurheim GmbH von Jahr zu Jahr erhöhen. Ich habe alle Chancen, ein gesuchter Modearzt zu werden, ein Zauberer, der alternden Frauen die Illusion neuer Jugend einpflanzt. Ich brauche keinen Ruhm mehr, keine große Klinik, kein Podium in einem Hörsaal... ich kann wie eine schöne, runde, fette Made leben und mich mästen an der Zivilisationsneurose meiner Patientinnen. Warum ein Risiko...?

»Es ist alles bereit, Herr Dozent«, sagte die OP-Schwester in die lastende, heiße Stille hinein. Dr. Weber zuckte zusammen.

»Danke, Schwester«, murmelte er mechanisch.

Er ging an den OP-Tisch und beugte sich über den winzigen Menschenkörper. Das Kind hatte die Augen zusammengekniffen und schlief. Die Lokalanästhesie wirkte bei ihm wie eine Vollnarkose. Die schmächtigen Ärmchen und Beinchen waren mit dünnen Lederriemen an dem Nickelgestänge des Tisches festgebunden. Die Ärztin von der Kinderstation kontrollierte Atmung, Puls und Herztöne.

»Fangen wir an«, sagte Dr. Weber heiser. Er trat auf die andere Seite des Tisches und ergriff die Nélatonsche Kanüle. Chefarzt Dr. Balcke nahm das Skalpell aus der Hand der OP-Schwester und präparierte den Nabelrest heraus, legte die Nabelvene frei und sah zur Seite, wo der Behälter mit dem Zitratblut an den Dreiwegehahn angeschlossen wurde.

Dr. Weber beugte sich vor. Er führte die Kanüle durch die Nabelvene des Kindes bis in die Vena cava und schloß sie an den Kunststoffschlauch der Blutpumpe an, als aus der Kanüle das Blut des Kindes schoß. Was dann geschah, war eine langwierige und unter ständiger Atem- und Herzkontrolle stehende Arbeit. Jeweils 20 bis 30 ccm Blut wurden dem kleinen Körper entzogen und durch neues Blut wieder ersetzt. Es war ein ständiges Abziehen und Hineinpumpen, ein Wegnehmen des sicheren Todes und ein Eindrücken neuen Lebens.

Die OP-Schwester registrierte peinlich jede Phase des Austausches. Eine Faustregel sagt, daß das Empfängerblut zu 90 Prozent durch Spenderblut ersetzt ist, wenn das zugeführte Fremdblutvolumen die zweieinhalbfache Menge des Gesamtvolumens des Empfängers beträgt, eine Zahl, die aus dem Körpergewicht errechnet wird. Erst dann kann man mit Sicherheit sagen, daß der vollkommene Blutaustausch gelungen ist.

Dr. Weber regelte mit der Präzision eines Uhrwerkes das Wechselspiel zwischen Entziehen und Einfließenlassen. Das entnommene hämolytische Blut floß in einen Auffangbehälter. Es sah kaum anders aus als das gesunde Blut, das in kleinen Mengen durch die Nabelvene floß, und doch hatte es das Todesurteil des kleinen zitronengelben Menschen bedeutet.

»Alles normal«, sagte die kontrollierende Ärztin. »Puls weich, aber ruhig.«

Chefarzt Dr. Balcke zählte die Teilstriche an dem Auffanggefäß. »240 ccm bisher.« Dr. Weber zog wieder 30 ccm ab und ließ die gleiche Menge in den schmächtigen Körper fließen. »Es geht alles wie nach Wunsch, Ludwig.« Er richtete sich auf und blickte in das verkniffene Gesicht des Kindes. »Soll ich Lobelin geben?«

»Nur wenn es notwendig ist. Atmung?«

»Normal, etwas flach.« Die Ärztin drückte das Membranstethoskop auf die leise atmende, flache Brust des Säuglings und lauschte. »Herz normal bis auf ein leichtes Flattern.«

»Gratuliere!« rief Dr. Balcke.

Dr. Weber richtete sich auf. Sein Rücken schmerzte. Er hatte die ganze Zeit mit gekrümmtem Kreuz über dem Dreiwegehahn gestanden, als könne er jedem Kubikzentimeter Blut, der in den winzigen Körper floß, den Befehl mitgeben: Rette das Leben! Rette das Leben! –

Endlich war es soweit: Die zweieinhalbfache Menge Spenderblut war durch den Kreislauf des Kindes geflossen, der Körper war gewissermaßen durchgespült worden, er war gereinigt, nur gesundes Blut wurde jetzt von dem kleinen Herzen durch die Adern gepumpt. Dr. Weber schloß den Dreiwegehahn. Noch einmal kontrollierte er die eingeflossene und die ausgeströmte Blutmenge und errechnete die Differenz. Das war die Blutmenge, die im Körper des Kindes blieb.

Die Rechnung stimmte. Was ein Arzt tun konnte, war getan worden. Nun blieb abzuwarten, wie der Körper reagierte. Dr. Weber trat vom Tisch zurück, zog seine Handschuhe aus und warf sie in einen Kasten zur Sterilisation. Das Entfernen des Katheters und die Vernähung der Nabelvene waren technische Dinge, die Dr. Balcke schnell und wortlos verrichtete. Ein wenig müde, mit schmerzendem Kreuz, setzte sich Dr. Weber auf einen Stuhl neben die Waschbecken und wartete das Ende der Operation ab.

Was kann jetzt noch passieren, dachte er. Ein akuter Transfusionszwischenfall ist nicht eingetreten. Es kann also zu einer Späthämolyse kommen, aber dann liegt der Fehler in der serologischen Untersuchung und der Kreuzprobe mit dem Spenderblut. Es kann eine Eiweißunverträglichkeit eintreten, ins Konservenblut können Keime hineingelangt sein, die eine Bakteriämie auslösen, es gibt so viele Möglichkeiten der Komplikationen, und sie alle werden mir angekreidet werden, obgleich ich keinen Einfluß auf sie habe.

Wieder kroch Angst in ihm hoch und trieb ihm kalten Schweiß auf die Stirn und aus dem ganzen Körper. Chefarzt Dr. Balcke kam vom OP-Tisch zurück und klopfte ihm auf die Schulter.

»Ich werde dem Vater gleich berichten. Wetten, daß noch morgen ein Schreiben ans Ministerium rausgeht?«

Dr. Weber schüttelte den Kopf. »Warten wir es erst ab, Wilhelm. Wenn es zu neuen Antikörperbildungen kommt –«

»Warum sollte es das?«

»Das haben wir uns schon bei vielen Krankheiten gefragt.« Auf einem kleinen Bett wurde das Kind aus dem OP gerollt. Es war mit gewärmten Tüchern überdeckt, nur der kleine runzelige Kopf sah aus den weißen Laken hervor, gelb und wie vertrocknet. Warum erwartet man von uns Ärzten eigentlich Wunder? Wenn wir jemanden heilen, sind wir kleine Götter, aber ist eine Krankheit einmal stärker als unser Wissen, schon sind wir Nichtskönner, Stümper, elende Blender. Dann fallen sie über uns her und zerfleischen uns, in der Presse, im Funk, mit Filmen – mein Gott, wir sind doch auch nur Menschen –«

Dr. Balcke sah nachdenklich auf den Kopf seines Freundes. Man hat ihn aus der Bahn geworfen, dachte er voller Mitleid. Und nichts ist hilfloser als ein beiseitegestelltes Genie. Am furchtbarsten ist es, wenn man das Vertrauen zu sich selbst verliert.

»Du hast heute wieder deinen elenden Tag«, sagte er burschikos und boxte Dr. Weber in den Rücken. »Geh in mein Zimmer und trinke ein paar Kognaks. Das hilft. Ich werde dem Herrn Ministerialdirektor berichten, daß seine Tochter einmal ein strammes Mädchen werden wird –«

Dr. Weber schwieg. Er starrte vor sich auf den gekachelten Boden und saß noch immer da, regungslos und zusammengesunken, als die beiden Putzschwestern begannen, den Operationssaal zu schrubben.

Vor dem großen Spiegel an der Innenseite des eingebauten Kleiderschrankes stand Eva Sägert und betrachtete sich mit verkniffenem Gesicht. Sie hatte sich bis auf Hüfthalter und Hemd entkleidet. Taille und Hüften bildeten eine durchgehende Linie, und der Leib wölbte sich etwas aus dieser runden Walze hervor. Sie sah nicht schön aus, der Körper wirkte unnatürlich deformiert, und auch Dr. Hollrein, der Herz und Lunge abgehorcht hatte, wunderte sich über diesen merkwürdigen Fettansatz. »Es sind wirklich rätselhafte Ablagerungen«, sagte er zu Chefarzt Dr. Weber. »Ich kann sie mir nicht erklären. Vor allem ist mir rätselhaft, welche Drüsenfunktion so merkwürdig gestört ist, daß sich die Ablagerungen nur um die Hüft- und Bauchgegend konzentrieren, während das Gesicht, die Gliedmaßen und sogar die Oberschenkel, die ja zuerst ansetzen, völlig verschont bleiben.«

Eva Sägert wölbte die Unterlippe vor und betrachtete weiter ihr Spiegelbild. Wie wird es weitergehen, dachte sie und preßte die flache Hand gegen das wild schlagende Herz. Hans Sägert, ihr Mann, hatte volles Verständnis gezeigt, als sie vorgeschlagen hatte, nach Bad Moorbach zu fahren und eine Radikalkur zu machen. Er liebte schlanke Frauen, und Eva Sägert war immer eine zierliche Person gewesen, die es sich leisten konnte, knappe Bikinis zu tragen und enge Hosen wie ein junges Mädchen. Nur einmal war sie so dick gewesen, wie jetzt... vor zwölf Jahren, als sie Uschi bekam, das einzige, im Laufe der Jahre maßlos verwöhnte Kind. Uschi ging jetzt auf das Lyzeum. Sie war eine mittelmäßige Schülerin, die eben noch von Klasse zu Klasse rutschte, hart an der Grenze zum Nichtversetztwerden. Ihre Interessen lagen beim Tennis und beim Ponyreiten, bei Partys mit Twistplatten und beim Rollschuhlaufen, dessen Training sie ernst nahm und intensiv betrieb. In der Schule war sie lustlos und maulte herum, es sei alles so doof, was man lernen müßte.

Aber sie wurde versetzt. Uschis Klassenlehrer, der Studienrat Ernst Tommoth, sorgte dafür. Er sprach in den Lehrerkonferenzen von Entwicklungsschwierigkeiten, vom guten Willen, von Spätbegabungen, von mangelnder Nestwärme und erreichte so, daß Uschi Sägert mehr als wohlwollend in die höhere Klasse geschoben wurde.

Prokurist Hans Sägert revanchierte sich. Er lud Studienrat

Tommoth zu kleinen Schachpartien ein, zu Plaudereien am flammenden Kamin, zu Familienfeiern und zur Gesellschaft seiner Frau Eva, wenn er für seine Firma auf Messen repräsentieren mußte oder im Ausland die Technik der Reifenbesohlung der Konkurrenz erforschte.

Eva Sägert trat vom Spiegel zurück und warf die Schranktür mit verbissener Miene zu. Sie knirschte in den Scharnieren, öffnete sich nochmals und zeigte wieder das Bild der dicken Frau Sägert, von Sonne angestrahlt und überdeutlich die Verformungen herausleuchtend.

Eva Sägert trat aus dem Bildkreis des Spiegels.

»Was nun?« sagte sie laut.

Sie trat an das große Fenster und blickte über die Betonbrüstung des Balkons in den Park. Irma Bromme und Lydia v. Bercken lagen in Liegestühlen und unter Sonnenschirmen in der Nähe des Schwimmbeckens. Sie hatten Badeanzüge an und lasen in Illustrierten. Im Wasser schwammen einige Gäste und spielten mit einem riesigen, bunten, prall aufgeblasenen Ball. Am Waldrand brummte ein Motormäher. Hausmeister Oberreuther schnitt den Rasen vor den Blumenbeeten und den weißen Bänken an den kiesbestreuten Wegen.

»Was nun?« sagte Eva Sägert noch einmal und trat ins Zimmer zurück. »Mein Gott, wie soll das weitergehen? Was mache ich denn bloß –«

Sie strich sich über den Leib und ließ die Hände an der sich vorwölbenden Stelle liegen. Es war, als lauschte sie ... dann zuckten ihre Hände plötzlich zurück, als hätten sie sich verbrannt.

»Nein«, stammelte Eva Sägert, und eine wilde Panik sprang in ihre Augen. »Nein ... nein ... nein ... Was mache ich bloß? Was mache ich bloß ...?«

Sie wanderte im Zimmer umher, vom Balkon zur Tür und rundherum die Wände entlang, und jedesmal, wenn sie vor der offenstehenden Schranktür stand und der Spiegel das Bild ihres walzenförmigen Leibes zurückwarf, senkte sie den Kopf und ballte die Fäuste.

Schließlich setzte sie sich an den Tisch, nahm einen Briefbogen des Kurheimes Tannenburg und begann zu schreiben.

Ohne Anrede, ohne schöne Worte, kurz, knapp und doch wie ein einziger Aufschrei.

›Ich bin nun in Bad Moorbach, wie Du wolltest. Aber was soll ich hier? Ich habe nicht den Mut gehabt, den Ärzten die Wahrheit zu sagen: sie glauben an eine merkwürdige Drüsenstörung und wollen mich mit Hormonen behandeln. Sie reden von Störungen der Schilddrüse, der Thymusdrüse und anderen Dingen, aber auf das Einfachste kommen sie nicht.
Was soll ich tun? Es ist billig, mich wegzuschicken und mich dem Zufall zu überlassen. In solchen Fällen gibt es keine Wunder – es gibt nur eindeutige Konsequenzen. Bist Du bereit, sie zu ziehen? Nein! Du kannst es wegen Deiner Stellung nicht, Du hast es mir oft genug gesagt... hinterher! Es ist überhaupt so schäbig, hinterher zu sagen: Ich habe es nicht gewollt! Es war eben Pech. Das ist Eure ganze männliche Moral! Aber ich? Was soll ich jetzt machen?
Es bewegt sich, wenn ich die Hand auf den Leib lege, ganz deutlich spürt man es, wie es mit den Füßen tritt. Ich könnte mich so darüber freuen, wenn es nicht von Dir, sondern von meinem Mann wäre.
Die Adresse, die Du mir gegeben hast, habe ich noch in der Tasche. Ich war noch nicht dort... ich habe Angst, wahnsinnige Angst davor. Und wenn ich ganz nüchtern darüber nachdenke, muß ich sagen: Du bist ein Lump...«

Eva Sägert faltete den Brief zusammen und beschriftete das Kuvert. Herrn Ernst Tommoth, Studienrat, Düsseldorf, hauptpostlagernd...

Bevor sie das Blatt in den Umschlag legte, faltete sie es noch einmal auseinander und schrieb einen Nachsatz darunter.

›Vielleicht sage ich Hans alles... ob er mir verzeiht oder nicht, das ist mir jetzt fast egal.
Und auch, ob Uschi Ostern versetzt wird, ist mir gleichgültig. Der Preis war mir zu hoch –‹

Sie hatte das Kuvert gerade beleckt und zugeklebt – sie hieb mit der Faust drauf, als könne sie den Studienrat Ernst Tommoth damit treffen –, als es an der Tür klopfte.

»Einen Augenblick bitte!« rief Eva Sägert. Sie schlüpfte in einen bunten seidenen Morgenmantel, band den Gürtel eng um den runden Leib und fuhr sich mit gespreizten Fingern durch die Haare. »Ja –«

Oberarzt Dr. Hollrein trat ein.

»Sie, Doktor?« fragte Eva Sägert verwundert. Aber in ihrer Stimme schwang Angst mit. Hat er es gemerkt? dachte sie zitternd. Weiß er, woher die plötzliche ›Drüsenstörung‹ kommt? Sie werden mich aus Tannenburg wegschicken, natürlich, sie müssen es sogar ... und was dann? Wo soll ich hin? Welche neuen Lügen soll ich erfinden? Sie spürte, wie die Verzweiflung in ihr hochdrang und sich nicht mehr verbergen ließ. Sie wandte sich ab und ging zur Fenstertür, zog die Gardine vor und bemühte sich, den ersten Schock ihrer Angst zu unterdrücken.

»Ich habe mir Ihren Fall genau durchgedacht, gnädige Frau.« Dr. Hollrein setzte sich auf einen der modernen, bunt bezogenen Stühle. »Mir fehlen für die Anamnese noch einige Angaben, damit ich klarer sehe. Wann merkten Sie zuerst diese Drüsenstörungen?«

Er weiß es nicht, dachte Eva Sägert. Das Atmen wurde ihr wieder leichter. Oder spielt er nur den Ahnungslosen und will mich mit seinen Fragen einfangen? Sie hob die Schultern und drehte sich langsam zu Dr. Hollrein um.

»Ich weiß es nicht genau ... vor fünf, sechs Monaten vielleicht –«

»Plötzlich?«

Fast ein Jahr geht dieses Verhältnis, dachte sie. Aber das, ja, das kam plötzlich. Hans war verreist, Uschi hatte ihren Rollschuhtrainingsabend. Tommoth kam mit zwei Flaschen Sekt zu uns. Er wollte feiern. Er hatte im Lotto 2000 Mark gewonnen. »Das ist für einen Beamten ein Vermögen!« rief er lustig. »Das müssen wir begießen!« Uschi kam gegen 10 Uhr nachts zurück, Tommoth war schon gegangen, und sie spülte die Gläser und das Geschirr und war schon im Pyjama. »Dein Klassenlehrer war hier«, hatte sie gesagt, »er beschwerte sich über dich. Latein und Mathematik, immer das alte Lied. Aber wenn du dich anstrengst... vielleicht wirst du mit Ach und Krach doch noch versetzt. Aber anstrengen mußt du dich...« Und Uschi hatte nicht weiter gefragt. Sie erzählte nur begeistert davon, daß ihr die Pirouette gelungen sei. –

»Ja, es kam plötzlich«, sagte Eva Sägert. Dr. Hollrein schüttelte den Kopf.

»Wie haben sie es gemerkt?«

»Daß ich dicker wurde. Ich habe nur noch die Hälfte gegessen, das berühmte ›FdH‹... aber ich wurde immer runder. Unser Hausarzt hat alles versucht, er dachte erst an ein Magengeschwür, ich bin durchleuchtet worden... alles negativ. Aber ich wurde immer dicker. Da kamen mein Mann und... und ein Freund unseres Hauses auf die Idee, mich nach hier zu schicken. Ja, und nun bin ich hier und warte auf ein Wunder–«

Sie lächelte schwach, wie über einen faden Witz. Dr. Hollrein lächelte galant zurück.

»Wunder gibt es nicht, gnädige Frau.«

»Das befürchte ich auch –«

»Wir werden Sie noch einmal gründlich untersuchen müssen.«

»Ich denke...« Eva Sägert senkte den Kopf. Ich werde es nicht zulassen, dachte sie. Ich werde mich dagegen wehren. Ich werde sie Stümper nennen, ich werde sie beleidigen, ich werde ihre ärztliche Ehre anrufen, mein Gott, ich werde alles tun, um diese Untersuchung zu verhindern. Aber hat es einen Sinn? Hat überhaupt alles einen Sinn? Diese Flucht aus Düsseldorf nach Bad Moorbach. Das Wegrennen vor dem besorgten Blick des Ehemannes, der an eine ernste Erkrankung glaubt. Die Flucht vor Ernst Tommoth, der mit widerlicher Hartnäckigkeit klagte, daß seine pädagogische Karriere beendet sei, wenn der Skandal an die Öffentlichkeit käme. Die Flucht aber auch vor dem eigenen Gewissen, das keine Ruhe gab, nachdem die Wahrheit nicht mehr wegzuwischen war.

»Ich denke, Sie haben alles, was Sie für eine Kur brauchen, festgestellt«, sagte sie hart und voller Abwehr. Dr. Hollrein verstand. Er musterte die kleine, dickliche Frau und beobachtete das nervöse Spiel der Hände. Auch die Finger waren dikker als normal, wie aufgedunsen, als seien sie mit treibender Hefe gefüllt.

»Die serologische Untersuchung –«

»Ich wünsche mich zu erholen und abzunehmen.« Eva Sägert suchte in ihrer auf dem Tisch liegenden Handtasche nach dem Zigarettenetui. Als sie es gefunden hatte und sich eine Zigarette zwischen die bebenden Lippen steckte, beugte sich Dr. Hollrein vor und gab ihr mit seinem Feuerzeug Feuer.

»Sie haben gesagt, daß Diät und ›FdH‹ nichts nutzten. Es wäre also sinnlos, das gleiche hier zu versuchen. Ihr Fall ist kein üblicher Umgewöhnungskurs, sondern internistisch interessant.« Dr. Hollrein spielte mit dem Feuerzeug, ließ die Flamme aufflackern und erstickte sie wieder mit dem zurückschnappenden Deckel. »Wenn die Kur Erfolg haben soll, müssen Sie sich uns anvertrauen.«

»Was ich brauche, ist Bewegung, weiter nichts. Früher habe ich Tennis gespielt, ich war sogar eine ganz gute Leichtathletin ... man sieht's mir heute nicht mehr an. Aber damals war ich schlank und ... und ...«

Sie sah Dr. Hollrein an und bemerkte, daß ihre Worte wenig Eindruck auf ihn machten. Fast war es Bedauern, das in seinem Blick lag. Das erschreckte sie von neuem, sie sprang auf, zerdrückte die Zigarette und trat an das große Balkonfenster.

»Allerdings war ich auch zwanzig Jahre jünger. Aber man ist mit fünfundvierzig doch noch keine alte, dicke Frau, nicht wahr? Die Frau von heute mit fünfundvierzig ist in den besten Jahren, so heißt es doch immer. Und ich fühle mich ja auch noch jugendlich. Ich bin durchaus kein altes Eisen –«

»Aber nein, gnädige Frau.«

»Ich brauche viel Sport, das ist es. Nicht nur Bewegung – das natürlich auch –, aber vor allem Kraftsport.«

»Kraftsport?« fragte Dr. Hollrein ehrlich verblüfft.

Eva Sägert nickte eifrig. Ein Gedanke war in ihr geboren, ein rettender Gedanke, der alle Probleme auf ›natürliche‹ Weise lösen würde. An ihn klammerte sie sich jetzt in dem Bewußtsein, daß er allein ihre Zukunft bedeutete.

»Geräteturnen. Barren, Reck, Seitpferd, Springen mit Sprungbrett ... Schade, daß es nicht Winter ist. Man müßte rodeln über Stock und Stein, Bobfahren, mit den Skiern die Hänge hinabrasen. Der Körper muß gedehnt, strapaziert werden... dann... dann baut er das Fett ab –«

Dr. Hollrein hob wie in einer schwachen Abwehr die Schultern. »Das wäre eine regelrechte Roßkur, gnädige Frau.«

»Sie soll Erfolg haben... für den Erfolg tue ich alles. Sie haben doch einen Sportsaal, Doktor?«

»Allerdings. Aber –«

»Kein Aber. Ich werde morgen schon beginnen. Ich werde mir nichts schenken. Ich werde hart sein gegen mich selbst.«

»Versuchen wir es.« Dr. Hollrein erhob sich. »Ich werde morgen im Sportsaal sein und mir das einmal ansehen. Wenn Sie es so durchhalten, wie Sie eben sagten, glaube ich fast selbst daran, daß sich etwas Fett abbaut und Sie schlanker werden –«

Er nickte grüßend und verließ das Zimmer. Ev Sägert lehnte sich gegen die Wand.

»Das... das hoffe ich auch, Doktor...«, sagte sie leise, als Hollrein längst die Tür geschlossen hatte.

Auf dem Tisch lag die Handtasche, der Inhalt war beim Suchen des Feuerzeugs herausgefallen. Ein Spitzentaschentuch, eine Puderdose, ein Lippenstift in goldener Hülse, ein Portemonnaie aus marokkanischem Leder, ein paar Bilder von Uschi und Hans Sägert, dem Haus in Düsseldorf und dem neuen Wagen... und ein grauer, kleiner Zettel. Ein Fetzen Papier mit einem Namen. Die Adresse...

Bad Moorbach. Ulmenstraße 11. Dreimal klingeln.

Wer dreimal klingelte, brauchte nicht mehr zu sagen, warum er kam. –

Eva Sägert sank auf die Couch und drückte das Gesicht gegen den dicken, blauen Bezugsstoff. Sie grub die Zähne in das Polster, wie ein eingesperrter Hund, der wütend seine Umgebung zerfleischt.

Angst... Angst... Angst... schrie es in ihr. O Gott, habe ich Angst. –

Peter Sagrelli stand in schicklichem Abstand von Lydia v. Bercken in deren Zimmer und hielt den Blumenstrauß vor sich hin. Es waren tiefrote Rosen, umbunden mit einem hellvioletten Band, einer dicken Schleife und einem Kärtchen in einem durchsichtigen Pergamentkuvert.

Frau v. Bercken lag auf der Couch und hatte sich mit einem großen Taschentuch, das getränkt war mit Maiglöckchenparfüm, Luft und Kühlung zugewedelt. Draußen war es drükkend heiß. Nach einer Stunde Sonnenbad, einigen Schwimmrunden im Bassin und der Lektüre neuer Filmstaraffären in der Illustrierten war sie auf ihr Zimmer geflüchtet, hatte den Badeanzug mit einem knappen Luftanzug vertauscht und sich ein großes Glas eisgekühlte Orangeade bestellt.

Statt der Erfrischung war der Hausboy Peter Sagrelli eingetreten. Mit einem Rosenstrauß. Lydia v. Bercken fächelte verstärkt über ihr glänzendes, von der Hitze etwas aufgedunsenes Gesicht.

»Kommen Sie näher, mein Junge«, sagte sie mit einem mütterlichen Ton und winkte dem Boy mit dem Maiglöckchentuch zu. »Zwar dürstet es mich jetzt nach einer Erfrischung, aber Ihr Anblick erfrischt auch.«

»Ich soll diese Blumen abgeben, gnädige Frau.« Peter Sagrelli hob den großen Strauß höher, als hätte ihn Lydia v. Bercken übersehen.

»Mir?« Frau v. Bercken richtete sich auf. Mit jugendlichem Schwung warf sie die Beine auf den Teppich und genierte sich nicht, daß der Ausschnitt ihres Sonnenanzug-Oberteiles abwärts rutschte. »Ist das kein Irrtum?«

»Nein, gnädige Frau.« Peter Sagrelli sah auf die Karte in dem durchsichtigen Umschlag. »Frau v. Bercken ... hier steht es.«

»Wer sollte mir Blumen schicken? Etwa mit der Fleurop?« Von Harry, dachte sie plötzlich. Der liebe, gute Junge. Er hat Sehnsucht. Er bettelt mit roten Rosen.

Sie sprang auf und eilte dem Boy entgegen.

»Der Herr Oberst gab sie mir«, sagte Peter Sagrelli, bevor Frau v. Bercken ihn erreicht hatte. Lydia blieb ruckartig stehen. Nicht Harry! Ein Oberst. Wer ist Oberst?

»Welcher Oberst?«

»Oberst Plötzke.«

»Ich kenne keinen Oberst Plötzke.«

»Der Herr wohnt nebenan. Ein weißhaariger Herr, der oft in Reithosen –«

»Weiße Haare, Reithosen...« Frau v. Bercken nahm die Rosen, beschnupperte sie und stellte sie in eine Vase auf den Tisch. Es war nur ein Beiseitelegen, denn die Vase war ohne Wasser. Lydias Gesicht war gerötet, und ein Anflug von jungmädchenhafter Freude überdeckte einen Moment die Puderschicht und die Krähenfüße in den Augenwinkeln. »Natürlich, der Herr Oberst. Ich erinnere mich...« Sie riß die Karte ab, aber sie öffnete nicht den Umschlag. Es hat Zeit zu lesen, was er schreibt, dachte sie. Es ist natürlich, daß weißhaarige Männer mich anschwärmen, Reife findet zu Reife... aber mein Problem ist ein anderes. Mein Schicksal liegt in der Wirkung auf die Jugend.

Sie steckte die Karte des Obersten Plötzke in die Tasche ihres Sonnenanzugs und musterte den Boy, als stände er als Kleiderpuppe in einem Schaufenster und trüge ein Modell zur Schau.

Ein süßer Junge, dachte sie. Bescheiden und trotz seiner Jugend so erwachsen. Wie ein Italiener sieht er aus, und er heißt ja auch so. Sagrelli. Seine schwarzen Locken sind wie Pudellocken. Und wie groß und glänzend seine braunen Augen sind.

»Komm einmal näher«, sagte sie mit belegter Stimme.

»Es ist dem Personal verboten, sich länger aufzuhalten, als –«

»Schnickschnack! Wie alt bist du?«

»Fünfzehn Jahre, gnädige Frau.«

»Du siehst aus wie zwanzig.«

»Das sagt man.«

»Du bist hübsch.«

»Ich muß gehen, gnädige Frau...«

»Du bleibst! Soll ich mich beschweren, daß der Hausboy unhöflich war?«

»Nein, gnädige Frau.«

»Hast du schon geküßt?«

»Gnädige Frau –«

»Ja oder nein?«

»Ja.«

»Wen?«

»Ein Mädchen aus dem Ort. Sie bedient im Kurcafé.«

Lydia v. Bercken leckte sich schnell über die trocken werdenden Lippen. Ihr breites Gesicht wurde maskenhaft starr.

»Und?« fragte sie, sich vorbeugend. Peter Sagrelli starrte auf den Busen, der sich ihm entgegenwölbte. Er spürte ein rasendes Hämmern in seinen Schläfen.

»Ich muß gehen, gnädige Frau. Wirklich –«

»Wie alt ist sie?«

»Helga?«

»Ja.«

»Siebzehn.«

»Eine dumme Gans! Gackerig und dumm, nicht wahr? Sag, daß sie dumm ist –«

»Ich weiß es nicht –«

»Ist sie hübsch?«

»Ja.«

»Weißt du denn, was hübsch ist?«

»Ja... ich glaube... Hübsch ist, was mir gefällt.«

»Gefalle *ich* dir?«

»Gnädige Frau –«

»Antworte! Sieh mich an! Ich bin keine dumme Gans. Kann eine Frau in meinem Alter auch noch hübsch sein? Schnell... antworte...«

»Ich... ich weiß nicht... Sie sind... sind... sind... anders... Wenn ich jetzt gehen dürfte –«

»Wieso bin ich anders? Ich bin doch eine Frau –«

Lydia v. Bercken ging an Peter Sagrelli vorbei zur Tür. Mit einem schnellen Griff drehte sie den Schlüssel herum und zog ihn ab. Der Boy zuckte zusammen und wich zurück.

»Das ist ein Problem, das man klären muß«, sagte sie heiser. »Sag mir, daß ich jung genug bin für die Jugend –«

Der Nachmittag war durchglüht, als läge der Schwarzwald in einem riesigen Backofen.

Im Park des Kurheims Tannenburg lagen die Gäste unter

großen Sonnenschirmen in der Nähe des Schwimmbeckens. Die Trägheit der Hitze lag wie Blei in ihren Gliedern. Hausmeister Nils Oberreuther hatte eine halbe Stunde vergeblich auf den Boy Peter Sagrelli gewartet. Dieser sollte die Steinränder rund um das Schwimmbecken sprengen. Das auf den heißen Steinplatten sofort verdampfende Wasser zog dann wie eine kühlende Wolke über die Liegestühle hinweg. Es schaffte die Illusion der Erquickung. Aber Peter Sagrelli war nicht gekommen. Nils Oberreuther hatte ihn überall gesucht, in der Küche, im Schuppen, beim Tennisplatz, im Brauseraum ... er war nicht zu finden. Mißmutig hatte Oberreuther darauf selbst den Gartenschlauch genommen und verteilte mit hängender Unterlippe den Sprühregen. Er schwitzte und hielt ab und zu die Hand in den Wasserstrahl, trank etwas von dem kalten Wasser und schüttete sich den Rest über das Gesicht.

Tennisplatz, Spielwiese und sogar die Boccia-Bahn und das Minigolf waren verwaist. Nur im Wasser des Schwimmbekkens, das blau und lauwarm lockte, schwammen ein paar Damen einige lustlose Runden und flüchteten dann wieder unter die Sonnenschirme. Ein weißgekleidetes Hausmädchen fuhr mit einer Kühlbox von Schirm zu Schirm und verteilte eisgekühlte Fruchtsäfte. Ihr ›Bitte schön!‹, ›Danke sehr!‹, ein helles Stimmchen, war der einzige Laut in der brütenden Stille.

Über den Hügeln und den tiefgrünen Wäldern schwamm die Luft; wenn man durch sie hindurchblickte zum Tal und auf Bad Moorbach, lagen die Häuser und Straßen verzerrt und schief in der schattenlosen Glut. Es war ein Tag, den Leute in einem Regengebiet schön nennen würden.

Irma Bromme schüttelte den Kopf und stemmte sich aus ihrem niedriggestellten Liegestuhl heraus. Neben ihr, unter einer Gruppe zusammengeschobener Sonnenschirme, lagen die lungenkranke Veronika Aggartz und die Lehrersfrau Carola Bornsiefen. Sie lagen weit zurückgelehnt und dösten mit geschlossenen Augen. Auf ihren Gesichtern glitzerten die Schweißtropfen wie geschliffene Glasstückchen.

»Ich geh' ins Zimmer«, sagte Irma Bromme. Sie faltete ihre Illustrierte zusammen und setzte die Sonnenbrille auf den brennenden Nasenrücken.

»Im Zimmer ist's noch heißer.« Veronika Aggartz blinzelte unter halbgeschlossenen Lidern. Ihr schmaler, knochiger Körper in dem knappen Bikini wirkte zusammengeschrumpft, wie von der Hitze ausgetrocknet und mumifiziert.

»Unter die kalte Brause werde ich mich stellen. Und Schatten habe ich da. Ein ganzes Zimmer voll. Dieser kleine Fleck hier von den Sonnenschirmen... und drum herum glüht die Erde.« Irma Bromme sah sich um. Einige Liegestühle waren bereits leer. In einem lag noch eine Badetasche und ein rotes Frottierhandtuch. »Ist Frau v. Bercken auch schon weg?«

»Schon lange.« Carola Bornsiefen gähnte herzhaft. »Man mußte ja Angst haben, daß sie wegschmolz«, fügte sie ein wenig gehässig hinzu.

Irma Bromme legte sich ihr Badetuch um die nackten Schultern und ging. Veronika Aggartz richtete sich ein wenig auf und stützte sich auf die Ellenbogen.

»Ob sie ihrem Mann treu ist?« fragte sie.

Carola Bornsiefen hob die Hand und fächelte durch die heiße Luft, als verjage sie einen Mückenschwarm.

»Andere Gedanken haben Sie wohl nie, was?«

»Sie sieht so aus, als wenn sie treu wäre.« Die Lungenkranke starrte Irma Bromme nach. »Sie sieht sogar so aus, als wenn sie unschuldig in die Ehe gegangen wäre.«

»Sorgen haben Sie, Veronika –«

»Das ist wichtig.« Veronika Aggartz drehte sich zu der Lehrersfrau um. »Ich bin ein alter Badehase, wissen Sie. Ich kenne soviel Kurorte und Bäder –«

»Ich weiß, ich weiß –«

»Immer waren es die braven Frauen, die in Bedrängnis kamen. Es war, als reize der Glorienschein ihrer Treue besonders die Männer.«

»Dummheit. Auch ich bin treu –«

Veronika Aggartz machte den Kopf etwas schief, als betrachte sie ein verkehrt hängendes Bild. »Bei Ihnen ist das etwas anderes...«

»Wieso?« Carola Bornsiefen rutschte höher in ihren Liegestuhl. Mit den Zehen stemmte sie sich ab.

»Es gibt eine wirkliche und eine gemußte Treue. Ihre ist gemußt. Wenn Sie untreu werden wollten, müßten schon Sie den Mann erobern, nicht umgekehrt –«

»Sie sind ein freches Luder!« rief Carola Bornsiefen und rutschte wieder abwärts. »Ich weiß gar nicht, warum ich Ihnen überhaupt zuhöre und nicht aus dem Wege gehe.«

»Weil Sie lernen wollen, meine Beste. Weil ich in meiner Verworfenheit ein greifbares Stück Ihrer Traumwelt bin. So wie ich bin, möchten Sie sein – und weil es nicht geht, werden Sie mein Schatten. Schon das genügt Ihnen ... Oh, ich kenne Sie und alle, die da herumliegen und die reservierten vornehmen Damen spielen. Während ihnen die Sonne auf den Schoß brennt, träumen sie mit halboffenen Mündern von anderen heißen Dingen –«

»Hören Sie auf!« Carola Bornsiefen setzte sich steif auf. »Es ist unerträglich!«

Veronika Aggartz ließ sich in den Liegestuhl zurücksinken. »Wozu die Aufregung, meine Beste?« Sie legte die Fingerspitzen zusammen und sah über sie hinweg auf die Lehrersfrau, eine Haltung, die Veronika liebte und die zu ihr paßte. »Was haben Sie gestern in der Dunkelheit im Park gemacht?«

»Ich? Nichts? Ich war ...« Carola Bornsiefen wurde rot.

»Nein. Leugnen Sie nicht. Sie waren im Park. Sie standen in den Nußbüschen. Und Sie waren mäuschenstill ... denn Sie beobachteten etwas. Eine unserer Frauen traf sich im Park mit einem neuen Freund. Eine Stunde fast kauerten Sie versteckt im Nußbusch. Als Sie zurückkamen, waren Sie blaß vor Erregung. Ich konnte es deutlich sehen ... ich saß zwei Büsche weiter, und Sie gingen an mir vorbei –«

»Wie ... wie gemein Sie sind«, stotterte Carola Bornsiefen. »Ich war zufällig ...«

»Wollen Sie einem Lügner das Lügen beibringen?« Die Lungenkranke lachte laut und lehnte sich zurück. »Genießen wir die Wärme auf unseren Körpern – die ewige Kälte kommt früh und schnell genug –«

Das große Haus mit den weißen Gängen und den bunten Kunststofftüren war ausgestorben. Irma Bromme ging langsam die Treppe hinauf, es war ihr, als sei sie ein Stück Teig, das zu gären begann und auseinanderfloß. Die Fenster im Treppenhaus waren offen, aber kein Luftzug wehte herein.

An der Biegung, wo der Flur an das Treppenhaus stößt, blieb Irma Bromme stehen und lauschte. Irgendwo in der bleiernen Stille hörte sie leise Stimmen, ein Scharren, das knirschende Geräusch eines Schlüssels, der sich in einem Schloß dreht, das Knarren von Türangeln. Bis zu ihrer Tür waren es nur noch wenige Schritte, aber sie ging sie langsam, aus Neugier nur, um zu sehen, wer aus einem der anderen Zimmer kam. Vielleicht war es Frau v. Bercken. Das wäre weniger schön, dachte Irma Bromme. Man wird sie nicht wieder los. Ich werde sagen, ich hätte wahnsinnige Kopfschmerzen von der Sonne.

Noch einmal knirschte der Schlüssel im Schloß, dann öffnete sich eine Tür, und der Boy Peter Sagrelli schlüpfte auf den Flur. Er hatte seine Jacke über dem Arm, und das Hemd über seiner schwarzbehaarten Brust war bis zum Nabel geöffnet. Seine schwarzen Locken hingen verschwitzt und durchwühlt über der hohen Stirn.

Irma Bromme blieb stehen, obwohl es die Tür von Lydia v. Bercken war, die geöffnet worden war. Auch Peter Sagrelli blieb wie zurückgestoßen mitten auf dem Flur stehen. Sein Mund öffnete sich, aber es kam kein Ton von seinen Lippen. Nur Angst trat in seine Augen, Panik und ein flehendes Betteln. Im Türspalt erschien jetzt das Gesicht Lydia v. Berckens. Darunter hing ein großes Badetuch, das ihre Hände an den Körper preßten. Irma Bromme schüttelte den Kopf.

»Nein, so was!« sagte sie laut. Sie starrte Lydia an, dann Peter Sagrelli. Er stand noch immer mit offenem Hemd mitten auf dem Flur. Sein Kehlkopf hüpfte auf und ab, als schlucke er die dicke Luft wie ein Ertrinkender. »Ist das denn möglich...?«

»Bitte, bitte, verraten Sie mich nicht, gnädige Frau«, stotterte Sagrelli. Mit zitternden Fingern knöpfte er das Hemd zu und strich sich die wirren Haare aus dem Gesicht. »Ich fliege sofort hinaus. Und nirgendwo komme ich mehr unter. Ein Boy, der...« Er starrte auf den Türspalt, der sich vergrößert hatte. Lydia v. Bercken winkte Irma Bromme zu, während sie mit der anderen Hand das Badetuch an den Körper hielt.

»Kommen Sie! Kommen Sie!« rief Lydia halblaut. »Natürlich wird sie dich nicht verraten, mein Junge. Kommen Sie zu mir herein, Irma –«

»Ziehen Sie sich erst an!« Irma Bromme nahm ihr Handtuch, das sie sich um die Schultern gelegt hatte, vorn zusammen. Sie hatte das Gefühl, selbst nackt zu sein, und schämte sich vor sich selbst.

»Warum diese Umstände. Kommen Sie. Lassen Sie den süßen Knaben gehen. Man sucht ihn sicherlich schon.«

»Vor allem der Hausmeister.«

Peter Sagrelli zog seine Jacke an. Er atmete hastig und suchte nach erklärenden Worten. Da er sie nicht fand, rang er die Finger ineinander, daß sie knackten und seine hilflose Schlaksigkeit auch akustisch untermalten.

»Sie verraten mich nicht, nicht wahr?« stammelte er. »Bitte, bitte – ich konnte ja nichts dafür. Ich bin doch nur –«

»Gehen Sie!« sagte Irma Bromme streng. »Was hätte ich ein Interesse daran, Sie zu verraten? Sie sollten sich schämen –«

Peter Sagrelli senkte den Kopf und lief davon. Seine Schritte hallten in dem stillen Haus wider; er sprang die Treppen hinab und schlug die Tür zum Garten knallend zu. Lydia v. Bercken winkte mit der ganzen Hand und stieß ihre Tür weit auf. Mit deutlichem Widerwillen betrat Irma Bromme das heiße, nach Parfüm riechende Zimmer. Vor der Couch lag zusammengeknüllt der Sonnenanzug Lydias.

»Was wollen Sie mir erklären?« Irma Bromme blieb an der Tür stehen. Ungeniert ließ Lydia v. Bercken das Badetuch fallen, ging nackt zum Schrank und zog ihren Bademantel aus großgeblümter Chenille an. »Ich habe etwas gesehen und werde es auch wieder vergessen. Schließlich ist es Ihre Privatangelegenheit.«

»Nicht mehr. Sie sind jetzt meine Mitverschworene, meine Liebe.«

»Mitverschworene? Was soll das? Wäre ich zwei Minuten später oder früher gekommen –«

»Aber Sie waren zur richtigen Zeit auf dem Flur. Das freut

mich. Sie waren mir schon immer sympathisch ... schon vom ersten Augenblick an auf dem Bahnhof.« Lydia v. Bercken setzte sich vor die Frisiertoilette und begann, ihre falbfarbigen Haare auszukämmen und um den Kammstiel neue Locken zu drehen. Dabei sah sie sich kritisch an, drehte den Kopf hin und her, leckte sich über die Lippen und fuhr mit den Fingerspitzen unter den Augen her. »Ich muß Ihnen etwas gestehen –«

»Wenn es Ihnen Spaß macht«, sagte Irma Bromme abweisend.

»Ja. Und welchen Spaß!« Lydia warf den Kamm auf die Glasplatte und drehte sich um. Ihre Augen leuchteten. »Ich bin glücklich«, sagte sie aus vollem Herzen.

»Deswegen?« Der Arm Irmas beschrieb einen Kreis durch das Zimmer. »Das ist schamlos –«

»Für einen normal empfindenden Menschen, vielleicht. Das ist das Traurige, Irma, daß Sie so normal sind.«

»Und ich möchte es auch bleiben.«

»Sie sollen es ja, Sie sollen es. Nur verstehen lernen sollen Sie mich. Ich weiß seit einer halben Stunde, daß ich noch nicht zu alt bin. Wissen Sie, was das bedeutet? Für mich bedeutet? Ich kann einen Jüngling betören. Ich. Ich bin jung genug, ihn atemlos zu machen. Ich bin jung genug, daß er mir zu Füßen liegt und mich anbettelt, nicht mit dem Oberst auszugehen. Ein Jüngling wird eifersüchtig auf meine Liebe. Irma, das ist, als wenn im Winter die Kirschen blühen und die Schmetterlinge flattern. Das ist fast ein Wunder ... und ich, ich erlebe es in mir. Mein Gott, begreifen Sie das nicht? Kennen Sie nicht das unbeschreibliche Gefühl, zu erkennen, daß man noch Zeit hat, bis man dunkle, zugeknöpfte Kleider tragen muß? Haben Sie nie Angst, wahnsinnige Angst gehabt, in die Ecke hinter den Ofen gesetzt zu werden?«

»Nein«, sagte Irma Bromme schlicht.

»Dann sind Sie keine Frau!« rief Lydia v. Bercken. Sie sprang auf und rannte auf Irma Bromme zu. »Haben Sie nie vor dem Spiegel gesessen und die Fältchen gezählt. Da ... schon wieder eins, unter dem rechten Auge. Und dort, im linken Mundwinkel. Und wie die Stirn kraus wird ... und erst der Hals. Mein Gott, der Hals. Faltig wird er, faltig. Schrumpft man zusammen, oder wird die Haut zu weit? Und die Krähenfüßchen kommen immer mehr, und unter den Augen bilden sich Tränensäcke, häßliche Beutel, in die sich das Alter verpackt. Das haben Sie nie erlebt? Nie vor dem Spiegel gesehen? Sie haben nie zu Cremes und Massagen gegriffen, zu Gesichtswässern und Hautstraffern, zu Nährpackungen und Gurkenscheiben, zu Hormonsalben und Placentacremen? Sie lügen, Irma!«

»Ich habe arbeiten müssen.« Irma Bromme setzte sich auf einen der Stühle, die durcheinandergeschoben umherstanden. Nein, sie hat nie Zeit gehabt, sich im Spiegel länger als zum Haarkämmen zu betrachten. Sie hatte einen Mann und zwei Kinder. Morgens um sechs Uhr begann ihr Tag, und wann er aufhörte, war uhrlos. »Schon müde?« hieß es manchmal. Sie hatte nie protestiert, nie aufbegehrt, nie vorgerechnet, wieviel Stunden unter ihren Händen weggegangen waren. Sie hatte nur genickt. »Ja, ich bin müde. Du kannst ja noch was lesen. Mir tun die Beine so weh...«

»Du solltest mal zum Arzt gehen«, sagte dann Peter-Paul und griff zur Zeitung. »Diese Müdigkeit –«

Und sie hatte sich hingelegt und – wie so oft in ihrem Leben – den Kopf geschüttelt. Zum Arzt gehen. Konnte er verordnen: Ab sofort nicht mehr 16 Stunden Arbeitszeit!? Mehr Ruhe und Selbstpflege... bei zwei Kindern und einem Mann, der gut aß und ein gemütliches Heim liebte... Und so blieb es, bis Peter-Paul Bromme seinen Plastik-Bilderrahmen erfand, bis das Geld ins Haus floß, ein goldener Strom, vor dem die Familie Bromme mit offenen Schürzen wie das Mädchen im Märchen vom Sterntaler stand. Zeit, um im Spiegel die Krähenfüßchen zu zählen oder die Fältchen oder die Einkerbungen im Hals oder die Fettpölsterchen an den Oberarmen, den Hüften, den Schenkeln... Zeit hatte sie nie für sich bis zu dem Augenblick, wo Peter-Paul sagte: »Was hältst du davon, wenn du mal in ein Bad fährst? Ich höre am Stammtisch und auch so, daß die Frauen... Und schließlich bin ich jetzt Fabrikant und kann es mir leisten, meiner Frau sechs Wochen Erholung zu bieten.« Aber von diesem Augenblick an vergingen noch zwei Jahre, bis Irma Bromme nach Moorbach fahren konnte. Allein, nicht mit den Kindern und Peter-Paul in den großen Schulferien an die See, nach Juist, wo sie wieder arbeiten mußte, weil Peter-Paul die schönste Burg haben wollte, eingerahmt in einen Barockrahmen. Sie hatten auch zweimal den 1. Preis gewonnen. Drei Wochen lang war sie noch müder als vorher. Der Körper sehnte sich nach Ruhe.

»Nein. Ich habe nie solche Kosmetika benutzt«, sagte Irma Bromme. »Wozu? Mein Mann und ich sind zusammen alt geworden. Das ist doch keine Schande.«

»Sie sind wirklich ein glücklicher Mensch.« Lydia v. Bercken ging zu dem Spiegel zurück und betrachtete wieder ihr Gesicht. Dann verzog sie den Mund, griff mit beiden Händen in einen großen porzellanen Salbentopf und schmierte ihr Gesicht dick mit der weißen Creme ein. Wie die Fratze eines Clowns sah sie aus. Irma Bromme lachte leise. »Ich habe zwei Männer verloren«, sagte Lydia und legte den Kopf weit in den Nacken. »Wissen Sie, wie einsam eine alleinstehende, alternde Frau ist...?«

»Ich kann es mir denken.«

»Und... und die Sache mit dem Boy: Ich schwöre Ihnen... ich war irgendwie verzweifelt, aufgewühlt, von der Hitze wahnsinnig gemacht... Ich *mußte* eine Bestätigung haben, daß mein Leben nicht zu Ende ist –«

Irma Bromme hob die Schultern. »Sie brauchen sich vor mir nicht zu entschuldigen, Lydia. Ich könnte Ihnen nie beipflichten. Irgendwo ist bei mir eine Grenze des Verstehens... Hier ist sie überschritten. Es tut mir leid... aber ich bin nun mal so normal. Peter Sagrelli könnte Ihr Sohn sein –«

»Aber er liebt mich als Mann. Mich, mit fünfzig Jahren! Ist das nicht wunderbar?!« rief Lydia v. Bercken. Mit zitternden Händen verschmierte sie die Salbe in ihrem Gesicht... es sah aus, als reiße sie sich die Haut in Fetzen herab und zerreibe sie zu Brei.

Ohne Antwort ging Irma Bromme hinaus. Auf dem Flur ging sie nicht sofort in ihr Zimmer, sondern ein paar Schritte zurück bis zu einem der großen Flurfenster. Dort beugte sie sich weit hinaus und atmete tief. Immer und immer wieder. Obwohl die Luft flimmerte vor Hitze, war es ihr, als sei sie kühl und rein und befreie ihre Lungen von dem stickigen Dunst in Zimmer 16.

An dem Gartenzaun, der sein Grundstück von einer kleinen Wiese des Kurheimes Tannenburg trennte, wartete der Oberst a. D. Plötzke auf das Zurückkommen Peter Sagrellis.

»Ein Sauhaufen, das!« sagte er und sah mehrmals auf seine Uhr. »Wenn der Bursche nicht eine so lahme Flasche wäre, könnte er längst wieder hier sein.«

Er setzte sich auf einen Baumstumpf, beklopfte mit einem abgerissenen Zweig seine Stiefelspitzen und starrte mißmutig auf den schmalen Weg, der aus dem abgegrenzten Park über die Wiese zu seinem Zaun führte.

Endlich, nach fast einer Stunde Warten, erschien am Parkrand der schwarze Lockenkopf des Boys. Oberst Plötzke sprang auf. Er vollzog dies mit Elastizität, denn es war möglich, daß Frau Lydia v. Bercken irgendwo auf der Lauer lag und die Szene des Postillons d'amour beobachtete.

Peter Sagrelli ließ sich Zeit. Er ging gemütlich durch das Gras, rupfte einen großen, wiegenden Halm aus, steckte ihn in den Mund und sah, stehenbleibend, in die Sonne.

»Himmel, Arsch und Wolkenbruch!« Oberst Plötzke hieb mit der Faust auf den Zaun und beugte sich vor. »Du brauchst mir nicht vorzuspielen ›Als ich noch der Waldbauernbub war‹!« schrie er. »Was hat Frau v. Bercken gesagt?«

Peter Sagrelli blieb drei Meter vor dem Zaun stehen und grinste Plötzke an. Den Halm nahm er nicht aus dem Mund.

»Nein.«

»Was nein?«

»Sie sagte nein. Sie kommt nicht.«

»Warum?«

»Weiß ich es? Launen einer reichen Dame –«

»Idiot!« Oberst Plötzke knöpfte sich den Kragen auf. »Und die Rosen?«

»Im Mülleimer –«

»Du lügst, du Rindvieh!« Plötzke fuhr sich mit beiden Händen durch die weißen Haare. Unmöglich, dachte er. Der Kerl lügt mich frech an. Sie hat die Rosen nie weggeworfen. Welche Frau wirft rote Rosen in den Müll? Das gibt es einfach nicht, das wäre unnatürlich, das würde gegen jegliche weibliche Gefühlsregung sein. Rote Rosen in den Müll! Eher könnte man den Vesuv mit einem Korken verstopfen. »Du lügst!« brüllte Plötzke über den Zaun.

»Ich kann nur sagen, was ich gesehen und gehört habe. ›Sagen Sie bitte dem Herrn Oberst‹, sagte Frau v. Bercken, ›daß ich nicht gewillt bin, plumpe Abenteuer einzugehen.‹ «

»Das hat sie gesagt? In deiner rotznasigen Gegenwart?«

»Würde ich es sonst wiederholen?« Peter Sagrelli sah Oberst Plötzke aus großen, dunklen, treuherzigen Augen an. Augen eines getretenen, unschuldigen, wehrlosen Hundes. Plötzke winkte verwirrt ab. »Weiter –«

»Dann nahm sie die Rosen und... na, Sie wissen –«

»In den Müll...!«

»Mit Schwung sogar! Mir taten die Rosen so leid.«

»Und dann?«

»Dann konnte ich gehen. Mir schien, daß die gnädige Frau sehr erregt war. Sie bebte am ganzen Körper.«

»Sie bebte!«

»Vor Wut, Herr Oberst –«

Oberst Plötzke hob hilflos die Arme und ließ sie an seinen Körper klatschend zurückfallen. »Mir ein Rätsel. Ein großes Rätsel. Irgendwo in der Taktik eine Lücke? Unmöglich –«

»Trösten Sie sich, Herr Oberst.« Peter Sagrelli machte den Eindruck, als leide er mit. »Sie sind nicht der einzige Soldat, der eine Schlacht verloren hat.«

»Für diese Feststellung werde ich dir bei Gelegenheit eins kräftig hinter die Ohren hauen!« Oberst Plötzke drehte sich auf dem Absatz herum und stampfte durch seinen Garten zurück zum Haus. Er sah sich nicht mehr um. Grübelnd, den Kopf nach vorn gesenkt, die Hände auf dem Rücken, in der historischen Haltung aller nachdenkenden großen Männer, ging er durch das Gestrüpp. Wo liegt der Fehler, dachte er. Wie kann eine Frau rote Rosen wegwerfen? Wie kann man so widernatürlich handeln?!

Peter Sagrelli wartete, bis Oberst Plötzke zwischen den Büschen verschwunden war. Dann nahm er einen kleinen, hellrosa, nach Maiglöckchen duftenden Brief aus der Tasche, las die Adresse und zerriß ihn in kleine, winzige Stückchen. Die Schnipsel warf er in die Luft und ließ sie wie Schnee niederregnen. Dabei lachte er. Ein helles, jungenhaftes Lachen, voll Triumph und Siegesfreude.

Nach dem Abendessen blieben die meisten Kurgäste auf ihren Zimmern. Es war kaum merklich kühler geworden ... mit der Dunkelheit und dem Weggang der Sonne begann die Widerstrahlung von den Steinwänden des Hauses, die die Hitze gespeichert hatten. Es wurde schwül, drückend, atembeklemmend.

In den Zimmern lagen die Frauen fast durchwegs nackt auf den Betten, bei offenem Fenster, die Haut etwas gekühlt durch ein kaltes Brausebad. Nur Carola Bornsiefen war mit einem Luftanzug bekleidet und saß im Dunkeln auf dem kleinen Balkon vor ihrem Zimmer. Der aufgespannte Sonnenschirm ließ sie völlig im Schatten untergehen. So saß sie still und regungslos und beobachtete den erleuchteten Ausgang von Tannenburg.

Wer würde das Haus verlassen? Wer würde sich in den Park schleichen? Wer würde sich heute nacht mit jemandem treffen? Wie ein Jäger auf dem Hochsitz hockte sie auf einem platikbezogenen Sesselchen und wartete auf den Austritt des Wildes. Ihr Kopf zuckte ungläubig vor, als sie Irma Bromme aus dem gläsernen Eingang kommen sah, in einem hellgrünen, spitzenbesetzten Sommerkleid, das sie von weitem so jung wie ein Schulmädchen aussehen ließ. Die blonden Haare hatte sie hochgesteckt.

Irma Bromme war auf dem Weg zum Briefkasten. Er hing unterhalb der Bergstraße an einem eisernen Pfahl und wurde dreimal täglich, zuletzt gegen acht Uhr abends, geleert.

Sie war nun vier Tage in Bad Moorbach, und in diesen wenigen Tagen war mehr um sie herum geschehen als zu Hause in vier Wochen. Aber das hatte sie Peter-Paul nicht geschrieben. O nein, warum ihn in gedankliche Konflikte stürzen. Mir geht es gut, hatte sie geschrieben. Das Übliche, was man aus Erholungsorten schreibt. Die Sonne brennt, es ist schön hier, das Essen ist gut, ich erhole mich vorzüglich, nur schade, daß Du nicht hier bist... Was sollte man auch schreiben? Um so mehr berichtete Peter-Paul. Seine Briefe, mit der Maschine geschrieben, waren Lagedarstellungen aus Haus und Betrieb. Der Hund hatte zu fett gefressen und auf den Teppich gebrochen, ein Arbeiter hatte sich an einer Maschine die Hand aufgeschnitten, und nun würde es Krach mit der Berufsgenossenschaft geben, denn die Sicherheitsvorrichtung war gerade an diesem Tage abgeschraubt und wurde gereinigt. Und überhaupt war es langweilig ohne Irma... das las man aus allen Zeilen heraus.

Carola Bornsiefen schlüpfte schnell in einen weiten Rock, warf eine Bluse über und rannte die Treppen hinunter, lautlos, auf Gummisohlen, wie eine jagende Katze. Sie kam gerade zurecht, als Irma Bromme den Weg hinabging und im Schatten der Bäume verschwand.

Hundert Meter vom Kurheim Tannenburg entfernt saß auf einer Bank des Verschönerungsvereins Bad Moorbach der Handelsvertreter Eberhard Thau. Er war ein wenig atemlos. Mit offenem Mund saugte er die Luft ein und bemühte sich, das rasend schlagende Herz zu beruhigen. Er war gelaufen wie in alten Tagen, vom Haus des Obersten Plötzke durch den Wald bis zu dieser Bank, die er mit weichen Knien erreichte wie ein Verdurstender die Quelle. Nun saß er da, verfluchte das Experiment, wieder wie ein Jüngling zu rennen, und pumpte japsend Luft in seine pfeifenden Lungen.

Vor zehn Minuten hatte Oberst Plötzke ihn an das Okular des Scherenfernrohres gewunken. »Kommen Sie mal her! Ihr blonder Engel macht sich ausgehfertig!«

Eberhard Thau hatte durch das Scherenfernrohr geblickt. Die Hausfassade von Tannenburg war zum Greifen nahe. Vor der großen Fenstertüre von Irma Brommes Zimmer bewegte sich ihr Schatten hin und her. Thau sah, wie sie ein Kleid überstreifte, wie sie es zuknöpfte, wie sie die Haare kämmte und hochsteckte... eine scharf umrissene Silhouette, wie in einem chinesischen Schattentheater.

»Sie macht sich zurecht«, bestätigte Thau und gab das Fernrohr frei.

»Und zwar für einen Stadtausgang. Kleid, Haare ordnen – das sieht nicht nach einem Spaziergang im Park aus.« Oberst Plötzke boxte Thau in den Rücken. »Los, hauen Sie ab, Sie trübe Tasse! Nutzen Sie den Augenblick!«

Und Eberhard Thau war losgerannt, durch den Garten, quer durch den Wald, bis zu der Bank des Verschönerungsvereins. Er saß kaum dort und pumpte Luft wie ein müder Maikäfer, als er den knirschenden Schritt Irma Brommes auf sich zukommen hörte.

Dann war sie plötzlich da, beschienen vom Mond und von den trüben Straßenlampen, schlank, fast jugendlich in dem spitzenbesetzten Kleid, aus blonden Haaren einen Turban über dem rundlichen Gesicht. Eberhard Thau sprang auf.

»Guten Abend«, sagte er laut.

Irma Bromme schrak zusammen und blieb stehen. »Guten Abend«, sagte sie zögernd. »Ich kann Sie leider nicht sehen im Schatten. Ich weiß nicht –«

»Nein, wir kennen uns nicht.« Eberhard Thau trat in das Licht hinaus und verbeugte sich galant. »Das heißt, soeben hatte ich die Ehre, Sie kennenzulernen. Mein Name ist Eberhard Thau.«

»Und?« fragte Irma Bromme verschlossen.

Das ›Und?‹ brachte Thau aus dem Konzept. Er hatte sich viele und schön klingende Worte zurechtgelegt. Aphorismen von bekannten Dichtern und Zitate aus Dramen. Das hatte immer eine Wirkung auf Damen, denn sie verbreiteten den Schein von Klugheit und Lebensweisheit. Ein kluger Mann wird immer eine Chance haben, wenigstens angehört zu werden. Das alles verlor Eberhard Thau durch ein einfaches ›Und?‹. Verwirrt sah er Irma Bromme an.

»Und?« wiederholte er stockend. »Eigentlich nichts. Ich stehe hier, um Sie kennenzulernen ... das ist alles.«

»Und warum wollen Sie mich kennenlernen?«

Eberhard Thau fühlte es heiß unter seiner Hirnschale werden. Was soll man da antworten, dachte er verzweifelt. Himmel, so direkt hat mich noch niemand gefragt: Ich kann doch nicht sagen: Ich suche ein Ferienabenteuer. Ich habe die Absicht, Ihr ›Kurschatten‹ zu sein. Sie sind eine entzückende, noch jugendliche Frau, jene verteufelte Mischung von Reife und Naivität, die uns ergraute Männer um den Verstand bringt. Das kann ich doch nicht sagen... noch nicht...!

»Warum will ein Mann eine Frau kennenlernen?« fragte er.

»Das kann ich Ihnen sagen.« Irma Bromme faßte in die Tasche ihres Kleides und umklammerte den Brief an Peter-Paul. Gib mir Kraft, Männe, dachte sie dabei. Laß mich die richtigen Worte finden. Das ist seit fünfzehn Jahren das erstemal, daß mich jemand anspricht. »Aber ich habe keinen Bedarf an all dem, was Sie mir gleich vortragen werden: männlichen Schutz, Unterhaltung, Freizeitgestaltung, Vertreibung der Langeweile, zwanglose Geselligkeit. Auch einen Film oder eine Theateraufführung kann ich allein besuchen, und das kalte Büffet in den Pausen bezahle ich auch gern allein. Sekt am Abend bekommt mir nicht, ich kriege dann Sodbrennen. Tanzen kann ich nur Walzer und Tango, aber mit meinem Mann. Was also wollen Sie noch?«

»Nur Sie kennenlernen, gnädige Frau. Nur Ihre Stimme hören, wie jetzt... nur Ihre Gegenwart spüren –«

»Sind Sie im Primaneralter stehengeblieben?«

»Sie verweisen mich auf diese platonische Ebene.«

Irma Bromme senkte den Kopf und sah Eberhard Thau von unten herauf an. Den Brief an Peter-Paul hielt sie noch umklammert. Aber nun war er zerdrückt und zerknittert von ihren unruhigen, nervösen Fingern.

»Was bilden Sie sich eigentlich ein?« fragte sie hart. »Habe ich Sie nicht schon unten beim abendlichen Kurkonzert im Kurpark gesehen? Mit einem anderen Herrn in Reithosen, der sich unverschämt einer Bekannten von mir anbot?«

»Oberst Plötzke war das, gnädige Frau. Ja, ich war mit ihm an der Konzertmuschel. Es macht mich glücklich, daß Sie mich überhaupt bemerkt haben und sich daran erinnern –«

»Bitte, reden Sie nicht solche Hohlheiten! Ich möchte Ihnen eine Frage stellen.«

»Bitte.«

»Was bilden Sie sich eigentlich ein?«

»Wieso?«

»Sie stehen hier im Dunkeln, sprechen eine fremde Frau an

und glauben, daß sie Ihnen um den Hals fällt. Sie müssen doch nicht ganz klar im Oberstübchen sein.«

Eberhard Thau dankte dem Zufall, daß die Begegnung in der Dunkelheit und nicht am Tage stattgefunden hatte. Die Nacht verdeckte die tiefe Röte, die ihm ins Gesicht stieg. Dieser Oberst! dachte er wütend. Dieses Rindvieh mit seinen Theorien! Ein dummer Affe ist er, weiter nichts. Ich habe es gleich gesagt, daß seine Ansicht über die kurbedürftigen Frauen hinkt.

»Ich weiß darauf keine Antwort, gnädige Frau«, sagte er zerknirscht. »Ich habe mir gedacht –«

»Frauen, die allein in Bäder fahren, wollen ›was erleben‹, nicht wahr?«

»So ähnlich –«

»Nicht alle sind so.«

»Gott sei Dank.«

»Das widerspricht aber dem Motiv Ihrer Annäherung.«

Eberhard Thau wischte sich verzweifelt über das Gesicht. Er schwitzte vor lauter Verlegenheit.

»Sie haben mich völlig verwirrt, gnädige Frau«, sagte er ehrlich. »Ich bitte in aller Form um Entschuldigung. Aber trotzdem möchte ich Sie fragen, ob Sie etwas dagegen haben, wenn ich Sie auf Ihrem Weg in die Stadt begleite.«

»Sie dürfen.« Irma Bromme lachte. Sie holte den Brief aus der Tasche und hob ihn hoch. »Ich wollte nur zum Briefkasten. Wenn es Ihnen Spaß macht, können Sie mir helfen, einen Brief an meinen Mann einzuwerfen.«

»Ich würde mich zu einem Sklaven erniedrigen, wenn Sie mir verzeihen könnten –«

»Jetzt reden Sie wieder so schrecklich geschwollen. Kommen Sie... um acht Uhr wird der Kasten geleert. Peter-Paul wartet auf den Brief –«

Carola Bornsiefen, die seitlich von ihnen im Wald stand, setzte sich enttäuscht auf die Bank, als Irma Bromme und Eberhard Thau die Straße weiter abwärts zum Briefkasten gingen. Es war ein langweiliger Abend, wenn er so weiterging. Vielleicht war in diesem Augenblick hinter dem Kurheim im Park etwas los. Oder am Waldrand. Oder auf der

Bergwiese. Es war doch ein Abend, der nach Abenteuern verlangte.

So schnell es ihre staksigen Beine vermochten, rannte Carola Bornsiefen zum Kurheim Tannenburg zurück. Zusehen, dachte sie. Das ist das einzige, was mir geblieben ist. Das Glück beobachten, das Laster wie ein betäubendes Gas einatmen, die Verworfenheit wie einen heißen Wind spüren und das Verbotene mitempfinden. Eine kleine, verschlossene, geile Welt, von der nicht einmal Emil Bornsiefen, der biedere und philosophische Lehrer, etwas ahnte.

Keuchend traf sie, aus dem Wald tretend, an der Bergwiese ein. Sie sah ein Kleid im Gras leuchten und hörte Lachen zu sich herüberflattern.

Auf der Wiese. Sie liegen im Gras. Mitten auf der Wiese. Im Mondschein. Wie schamlos, wie schrecklich schamlos...

Sie leckte sich über die trockenen Lippen und schlich am unteren Waldrand entlang, im tiefen Schatten, und umging die Stelle, woher das Flattern des Kleides und das girrende Lachen kamen. Vom oberen Waldrand bin ich näher, dachte sie. Dann war sie endlich auf dem Hügel und sah hinunter auf den beweglichen Fleck im Gras. Sie grub die Zähne in die Unterlippe und umklammerte den Stamm der Fichte, hinter der sie stand. Wie Krallen waren ihre Finger, und die Nägel gruben sich in die harzige Rinde.

Jetzt, dachte sie. Und jetzt... und jetzt... und jetzt...

Schaum stand ihr vor dem Mund, und ihre aufgerissenen, starren Augen waren leblos und glasig. So fiel sie nach hinten in den Waldboden und wand sich zuckend hin und her.

Irma Bromme blieb vor dem Briefkasten stehen. Eberhard Thau tupfte sich mit einem Taschentuch einige Schweißperlen von der Oberlippe.

»Darf ich?« fragte er und ergriff mit den Fingerspitzen den Brief an Peter-Paul.

»Bitte.«

Thau hielt die Klappe des Kastens auf und warf den Brief hinein. Irma lachte leise.

»Warum lachen Sie?« fragte Thau.

»Daß ausgerechnet Sie einen Brief an meinen Mann einwerfen –«

»Beweist das nicht, daß ich ein anständiger Mensch bin?«

»Vielleicht.«

»Und mit einem anständigen Menschen kann man doch ein Eis essen gehen –«

»Fangen Sie schon wieder an?« Irma Bromme schüttelte den Kopf. »Ich wollte nur zum Briefkasten, den Brief an meinen Mann einwerfen und dann zurück zum Kurheim.«

»Ich respektiere Ihren Wunsch.« Eberhard Thau hob hilflos die Schultern. »Obgleich es dem Kleid sicherlich guttun würde, von den neidischen Blicken anderer Frauen bestaunt zu werden –«

»Sie sind wirklich ein schrecklicher Mensch«, sagte Irma Bromme. Sie blickte zu dem Briefkasten, in dem der Brief an Männe lag. Ein Eis, dachte sie. Nicht wahr, Männe ... ein Eis ist doch erlaubt. Ein ganz, ganz harmloses Eis zu 50 Pfennig. Ohne Sahne.

»Na?« fragte Thau. »Gehen wir?«

Irma nickte kurz. »Wir gehen –«

Eines Morgens kam Besuch nach Tannenburg. Er erschien unangemeldet, und Chefarzt Dozent Dr. Weber schüttelte den Kopf, als das Sekretariat anrief.

»Wer ist da?« fragte Dr. Weber.

»Herr Karchowski von der Kurheim Schwarzwald GmbH.«

»Ich stehe gleich zur Verfügung. Führen Sie den Herrn bitte ins Besprechungszimmer.«

Was soll das? fragte sich Dr. Weber. Warum kommt jemand unangemeldet aus Freiburg von der Direktion? Hat man erfahren, daß ich heimlich im Moorbacher Krankenhaus arbeite? Hat irgendeine Schwester oder ein Pfleger es weitererzählt? Oder ein Patient? Das wäre möglich. Wer aber konnte ihm verbieten, im Krankenhaus zu arbeiten, wenn das Kurheim darunter nicht litt?

Er ging hinüber in den großen Behandlungsraum. Dort arbeitete Dr. Hollrein mit einem Assistenten das Vormittagspensum durch. Fünf Blutsauerstoffwäschen, sechs Frischzellinjektionen, vier Durchleuchtungen. Anschließend sollte eine Patientin im zweiten Stock in einen Hypnoseschlaf versetzt werden. Es war eine Dame aus der besten Gesellschaft, Gattin eines Großindustriellen, die seit einiger Zeit von einer Neurose, einer Zwangsvorstellung, befallen war. Sie bildete sich ein, mit zunehmendem Alter in den Gliedern steifer zu werden. Alle Untersuchungen waren fehlgeschlagen, alle überzeugenden Beweise wie Röntgenaufnahmen, die keinerlei Verknöcherung der Gelenke zeigten, Bestimmung des Kalkspiegels und schließlich eine seelische Behandlung schlugen fehl und blieben wirkungslos. Als sich der Zustand der Altersangst schließlich derart ausweitete, daß eine Pseudoparaplegie, eine lähmungsartige Schwäche der Beine, wie sie bei der Rachitis vorkommt, entstand und die Kranke an ihrer Neurose fast wirklich starb, schaffte sie ihr Mann unter vielen Schwierigkeiten und unterstützt durch eine Sonderzahlung nach Bad Moorbach. »Das machen wir«, hatte man ihm in der Direktion gesagt. »Unser Chefarzt wird das mit seinem berühmten psychotherapeutischen Hypnoseschlaf hinbekommen.«

Und Lydia v. Bercken stand auf dem Morgenplan. Blutwäsche und Hormonuntersuchung. Dr. Hollrein hatte sie schon im Wartezimmer sitzen sehen und den Assistenten auf sie hingewiesen.

»Wenn sie drankommt, bleiben Sie immer in meiner Nähe, verstanden? Sie lassen mich keinen Augenblick mit ihr allein.«

»Verstehe.« Der junge Assistenzarzt lächelte und sah durch den Türspalt noch einmal auf die aufgeputzte Lydia v. Bercken. »Wir können ihr doch keine Follikelhormone injizieren. Die reißt uns ja das Haus ein.«

Dr. Hollrein zuckte mit den Schultern. »Sie ist gekommen, will jung werden und bezahlt gut. Die letztere Qualität reicht aus für eine gründliche Behandlung der Dame. Warten wir ab, und lassen wir erst einmal sechs Wochen ruhig herumgehen –«

Als Chefarzt Dr. Weber eintrat, hatte Hollrein gerade eine Eigenblutwäsche beendet. Die Patientin verließ das Behandlungszimmer mit einer dicken Zellstofflage, die sie sich auf die Armvene drückte.

»Ein Herr Karchowski ist da«, sagte Dr. Weber. »Von der Direktion. Ist Ihnen der Name schon mal untergekommen?«

»Karchowski?« Dr. Hollrein dachte kurz nach. Dann nickte er. »Ein neuer Mann in der Leitung. Kommt aus dem Ruhrgebiet zu uns. Ist seit zwei Monaten bei der GmbH. Lesen Sie nicht die Monatsblätter, Chef?«

»Nein.« Dr. Weber unterdrückte die Bemerkung, daß ihn die Geschäftsberichte der Gesellschaft nicht interessierten. »Wenn Sie nachher einen Augenblick frei haben, kommen Sie doch zu mir. Ich habe ein ungutes Gefühl bei diesem Besuch.«

Dr. Hollrein nickte. »Ich komme, Chef. Aber was soll er wollen? Wir sind voll belegt, kein Zimmer unter vier Wochen. Der Betrieb rollt doch –«

»Sie sprechen, als seien wir ein billiges Hotel.«

»Billig nicht, Chef –«

Dr. Weber verließ schnell das Behandlungszimmer. Ich flüchte vor der Wahrheit, dachte er. Seit Jahren flüchte ich davor. Aber lange halte ich es nicht mehr aus. Ich werde an meiner eigenen Feigheit zugrunde gehen. –

Fritz Karchowski war ein kleiner, dicklicher, lebendiger, freundlicher, ungemein beweglicher Mann mit tanzenden Äuglein, immer in der Luft herumfahrenden Händen und einer hellen Stimme, die man nicht überhören konnte. Er sprang auf, als Chefarzt Dr. Weber in den Verhandlungsraum kam, und machte einen höflichen Diener.

»Ich freue mich, Herr Dozent, Sie kennenzulernen«, sagte er. »Ich kenne Sie bisher nur von den Personalakten her. ›Das ist ein kluger und zielstrebiger Mann‹, habe ich beim Anblick Ihres Bildes gesagt. ›Mit dem kann man reden und Neuland gewinnen.‹ Habe ich recht?«

Dr. Weber winkte zu den Sesseln und bat, wieder Platz zu nehmen. Er öffnete eine Kiste Zigarren und schob sie Karchowski zu. Der kleine Mann dankte, nahm eine Zigarre und biß die Spitze ab. Man sah, daß er darin Übung hatte; das Deckblatt blätterte nicht ab.

»Ich bin gekommen, um Tannenburg anzusehen«, sagte Karchowski, ehe Dr. Weber etwas fragen konnte. »Ich habe – wie Sie in den Hausmitteilungen ja gelesen haben – in unserer Gesellschaft die wissenschaftliche Leitung übernommen.«

»Ach so«, sagte Dr. Weber und legte seine Zigarre weg. Sie schmeckte plötzlich bitter. »Wie soll ich das verstehen?«

»Was, Herr Dozent?«

»Wissenschaftliche Leitung. Sind Sie Kollege? Arzt? Fachinternist?«

»Muß man das sein, um eine Leitung zu übernehmen?« Karchowski sah Dr. Weber aus seinen jubelnden Äuglein freundlich an. »Denken wir nur an den Beruf eines Ministers. Es kommt auf die Ideen an, lieber Dozent.«

»Und Sie haben Ideen, Herr Karchowski?«

»Deshalb bin ich vor allem hier. Wir wollen einiges umstellen in Tannenburg.«

Dr. Weber horchte auf. Umstellung? Neue Ideen? War es möglich, daß Freiburg eingesehen hatte, daß das Kurheim Tannenburg alle Voraussetzungen mitbrachte, eine gute internistische Fachklinik zu werden? Die Krankenzimmer waren mustergültig, die Behandlungsräume und die Therapiegeräte tadellos, das Personal geschult, die Ärzte eingearbeitet.

»Sie machen mich gespannt«, sagte Dr. Weber und beugte sich vor.

Fritz Karchowski tippte die Asche seiner Zigarre ab und beleckte noch einmal, zur Sicherheit nur, das Deckblatt, wo er es abgebissen hatte. Dabei huschte sein Blick über das Gesicht des Chefarztes. Ein typischer Gelehrter, dachte er. Ein Idealist. Ein großer Könner, zugegeben, aber ein wenig zu weltfremd. In einer staatlichen Klinik wäre er ein Heros der Medizin ... bei uns ist er ein Schwungrad, das man immer wieder anstoßen muß, damit es rund dreht. Schade, sehr schade.

»Haben Sie schon etwas von Abhärtungs- und Reiztherapie gehört?« fragte er freundlich. Dr. Weber lehnte sich verblüfft zurück. Er war zu erstaunt, um diese Frage als eine Beleidigung anzusehen.

»Natürlich«, antwortete er sogar. »In den Nordseebädern –«

»Da liegt der fundamentale Irrtum, lieber Dozent.« Karchowski beschrieb mit der qualmenden Zigarre einen weiten Kreis durch die Luft. »Reizen kann man überall –«

»Vor allem beim Skat«, sagte Dr. Weber plötzlich bitter.

Karchowski war weit entfernt, dies als Sarkasmus anzusehen. Er lachte schallend. »Gut!« rief er fröhlich. »Sehr gut! Sie haben gesunden Humor. Den muß man haben, um heute nicht an Traurigkeit zu sterben. Kurz und gut: Wir wollen unsere Kurheime umstellen auf Reiztherapie.«

»Das ist doch wohl auch ein Witz«, sagte Dr. Weber hart.

Karchowski sah auf die glimmende Zigarrenspitze. Es war, als amüsiere er sich köstlich. Seine Augen glitzerten.

»Schon das Wort, lieber Dozent, birgt eine psychologische Heilchance in sich: Reiz! Stellen Sie sich vor: Eine Dame kommt zu Ihnen, klagt über Stiche hinten, Stiche vorne, über fliegende Hitze, über schnelle Ermüdung, der Ehemann ist nicht mehr zufrieden, die Haut wird schlaff, im Herzen sitzt die Panik: Emma – du wirst ja alt. Und nun sitzt sie Ihnen gegenüber, himmelt Sie an und hofft darauf, daß Sie, der große Medizinmann, ihr, der Dame von Welt, helfen. Und Sie sagen mit sonorer Stimme: Gnädige Frau... da hilft nur eins. Wir werden mit Ihnen eine Reiztherapie machen. Wir werden Sie abhärten, bis Sie stahlhart sind und das Eis aufhakken, um zu baden. Wir werden Ihren Körper zwingen, sich zu straffen. Wir werden Ihre Körpersäfte mobilisieren und die Zellen verjüngen, indem wir die Abwehrbereitschaft des Körpers bis zur Grenze reizen –«

»Das ist doch Blödsinn!« unterbrach Dr. Weber scharf. »Herr Karchowski, ich bin Mediziner, kein Scharlatan.«

»Ist die Aktivierung von Abwehrstoffen kein medizinisches Problem? Na also.« Fritz Karchowski wurde ernst. Er sah, daß Dr. Weber aufstand und unruhig in dem großen Verhandlungszimmer hin und her lief. »Man muß mit der Zeit gehen, Herr Dozent. Schon Paracelsus sagte, daß die Säfte in unserem Körper unser Schicksal bestimmen. Wollen Sie klüger sein als der große Paracelsus?«

»Er meinte es anders als Sie«, sagte Dr. Weber gequält.

»Das ist eine Frage der Auslegung, weiter nichts.« Karchowski legte seine Zigarre vorsichtig auf den Rand des Aschenbechers, damit sie nicht in die Asche oder auf das Teakholz der Tischplatte kippte. Dann legte er die Hände zusammen auf seinen Bauch, als habe er vorzüglich gegessen und nehme sich jetzt Zeit, im Gefühl des Sattseins zu verdauen.

»Wir werden also umstellen«, fuhr er fort. »Wir werden die Reiztherapie aufnehmen und forcieren. Die neuen Prospekte sind schon im Druck. Wir haben sogar einen Slogan gefunden, der Sie berühmt machen wird –«

»Mich?« Durch Dr. Weber zog eine eiskalte Welle. »Was haben Sie mit meinem Namen gemacht?«

»Wir haben einen sogenannten ›Weber-Effekt‹ propagiert: Gesundheit durch Reiz! Eine neue Form des politisch gestorbenen ›Kraft durch Freude‹.«

»Das ist unerhört!« schrie Dr. Weber. Er hieb mit der Faust auf den Tisch. Die Zigarre Karchowskis sprang vom Aschenbecher und fiel auf den Teppich. »Ich verbiete Ihnen, mit meinem Namen Ihre geldschneiderischen Methoden zu verbinden! Ich weigere mich, auch nur einen Gedanken an diesen Unsinn zu vergeuden! Ich verlange –«

Karchowski hatte sich gebückt und die Zigarre aufgehoben. »Mit diesen Schwierigkeiten haben wir gerechnet«, sagte er ruhig. Nur seine helle Stimme war nicht mehr fröhlich, sondern kalt und schneidend. »Gott sei Dank! Es ist kein Loch im Teppich geworden.«

»Ich verlange...« schrie Dr. Weber. Karchowski unterbrach seinen Ausbruch durch eine weite Handbewegung.

»Lieber Dozent – Sie verkennen völlig die Sachlage. Uns ist bekannt, daß Sie schwere, interne Behandlungen außer Haus übernommen haben. Gut, gut – man hat Ihnen damals die Approbation nicht entzogen, sondern nur die Tür der akademischen Laufbahn geschlossen. Aber ich glaube, daß eine gezielte Stimmungsmache noch sehr viel erreichen könnte –«

»Ich weigere mich, weiter mit Ihnen zu sprechen! Bitte verlassen Sie sofort das Zimmer!«

Karchowski sah Dr. Weber verwundert wie ein unschuldig bestraftes Kind an.

»Man kann doch einen Hauswirt nicht hinauswerfen«, sagte er mit leisem Tadel. »Ich habe vor, einige Wochen hierzubleiben und die Umstellung der Therapie zu überwachen. Wir haben genaue Pläne ausgearbeitet, in den Zeitungen laufen für die neue Saison die Anzeigen an, die Reise- und Verkehrsbüros haben unsere Prospekte bekommen, die Baupläne für den Umbau von Tannenburg liegen zur Genehmigung der Baubehörde vor – wir werden sogenannte Reizzimmer bauen, in denen die Damen elektrisch, magnetisch oder hydrotherapeutisch gereizt werden. Sie sehen, es ist alles im Fluß, um dem neuen ›Weber-Effekt‹ zum Siege zu verhelfen.«

Dr. Weber lehnte sich an das große Fenster, das zum Park hinausging. Er sah über das Schwimmbad hinweg, über die bunten Sonnenschirme, über den Tennisplatz, der jetzt in den kühleren Morgenstunden von weißen, hin und her rennenden Gestalten belebt war. Er sah die Gymnastikgruppe auf der Spielwiese ihre Atem- und Lockerungsübungen machen und eine andere Gruppe beim Seilspringen.

»Ich bitte um meine Entlassung«, sagte er heiser.

Karchowski nickte. »Auch damit haben wir gerechnet. Aber Sie haben einen Fünfjahresvertrag.«

»Ich weigere mich, weiter in Tannenburg zu praktizieren.«

»Man könnte dann eine Klage wegen Vertragsbruchs einleiten.«

Dr. Weber fuhr herum. Sein Gelehrtengesicht war bleich und verkrampft.

»Bitte, tun Sie das!« rief er heiser. »Ich würde mich freuen, die Methoden gerade Ihrer Gesellschaft in aller Öffentlichkeit darzulegen –«

Fritz Karchowski nickte mehrmals wie eine Spiralhalspuppe. Seine Zigarre war ausgegangen, aber er brannte sie nicht wieder an. Kalte Zigarren haßte er.

»Es ist eine dumme Situation, ich weiß, Herr Dozent. Wir sitzen in einem Boot, aber jeder rudert nach einer anderen Seite. Man sollte sich einmal alles in Ruhe überleben –«

»Es gibt da keine Überlegungen mehr. Solange die Therapie noch wissenschaftlich war – wenn auch teilweise bestritten –, konnte ich es verantworten, hier als Chef meinen Namen herzugeben. Aber was Sie jetzt planen... Ich werde heute noch das Haus verlassen.«

»Charakter haben Sie!« Karchowski erhob sich aus seinem Sessel und kippte mit Mittelfinger und Daumen die kalte Zigarre in den Aschenbecher. »Sie erlauben, daß ich in den Speisesaal gehe und mir einen Kognak bestelle. Wenn Sie mir anschließend Tannenburg zeigen wollen –«

»Mein Oberarzt steht zu Ihrer Verfügung«, sagte Dr. Weber steif.

Karchowski nickte fast wehmütig und verließ das große Sitzungszimmer. Auf dem Flur stieß er auf Dr. Hollrein, der aus dem Behandlungszimmer kam. Dort saß Lydia v. Bercken vor dem Assistenten und beobachtete, wie man 30 ccm ihres Blutes mit Sauerstoff anreicherte, bis es hellrot wurde und schäumte. »Das wirkt wie zwei Flaschen französischer Sekt, gnädige Frau«, sagte der junge Arzt dabei. Und Lydia entgegnete mit klappernden Augendeckeln: »Was mache ich damit, wenn man so schrecklich allein ist, Doktorchen –«

Karchowski blieb stehen, als er Dr. Hollrein mit weiten Schritten kommen sah.

»Ich nehme an, der Oberarzt«, sagte er.

»Und Sie sind Herr Karchowski von der Direktion?« Dr. Hollrein ahnte Böses. Karchowski allein auf dem Flur, das bedeutete, daß im Sitzungszimmer viel Porzellan zerschlagen worden war. »Sie haben mit dem Chefarzt schon gesprochen?« fragte er unschuldig.

»Er ist ein wenig aufgeregt, der Gute.« Karchowski hielt Dr. Hollrein am Ärmel fest, als dieser weitergehen wollte. »Lassen wir ihn allein, bester Doktor. Was halten Sie von Reizkuren?«

»Nicht übel«, sagte Dr. Hollrein schnell.

Karchowski nickte. »Darf ich Sie zu einem Kognak einladen?« fragte er. »Ich sehe, Sie sind ein aufgeschlossener junger Mann, der nicht an morgen, sondern schon an übermorgen denkt –«

Zwei Stunden später verließ Chefarzt Dozent Dr. Weber das Kurheim Tannenburg für immer.

Er verabschiedete sich weder von seinen Ärzten noch von seinen Schwestern. Weder von seinen Patientinnen noch vom anderen Personal. Er ging einfach, eine Aktenmappe unter dem Arm. Es fiel gar nicht auf, daß er fehlte. Es hieß nur: Der Chef ist aus dem Haus. Lediglich Nils Oberreuther, der Hausmeister, wußte, was geschehen war. Er stand im Zimmer Dr. Webers und sollte die Koffer packen, die am Abend abgeholt werden würden.

»Nee, so wat!« sagte er immer wieder. »Det kann doch nischt sein... Det ist doch nur ne Kurzschlußhandlung...«

Dann begann er die Anzüge aus dem Schrank zu nehmen. Bevor er sie zusammenlegte und in dem Koffer verstaute, bürstete er sie noch aus. Die Perlonhemden faltete er wie in der Wäscherei. So traf ihn Dr. Hollrein an, der Karchowski im Speisesaal kurz allein gelassen hatte.

»Es stimmt also!« rief Hollrein erregt. »Der Chef will gehen?«

»Det ist 'n Irrtum, bestimmt!« Oberreuther setzte sich auf einen der fertig gepackten Koffer und drückte die Schlösser zu.

»Warten Sie mit dem Einpacken.« Dr. Hollrein steckte sich mit bebenden Fingern eine Zigarette an. »Ich werde mit dem Chef sprechen. Und halten Sie den Mund, Nils. Sie haben nichts gehört und nichts gesehen.«

»Ick bin jejen Frajen impotent wie 'n Kastrat, Herr Doktor –«

Oberarzt Dr. Hollrein rannte aus dem Zimmer. Wenig später ratterte sein kleiner Sportwagen die Straße nach Bad Moorbach hinab. Fritz Karchowski saß unter einem Sonnenschirm im Garten und sah ihm nach.

»Daß sie sich das Geldverdienen so schwermachen...«, sagte er verwundert und schüttelte den Kopf.

Oberst Plötzke hatte es erreicht. Er hatte mit Lydia v. Bercken gesprochen. Die Begegnung kam unwillkürlich zustande. Oberst Plötzke goß seine Blumen, und Lydia spazierte über die Wiese und lauschte nach innen, ob die Blutsauerstoffwäsche schon spürbar war. Sie erwartete anscheinend so etwas wie ein Rauschen oder Perlen und meinte zu fühlen, daß ihr Herz regelmäßiger schlug und die Poren an ihrer Busenhaut rosiger geworden waren.

Als sie den weißhaarigen Oberst mit dem Gartenschlauch in der Hand bemerkte, stockte ihr einen Augenblick der Atem. Sie blieb stehen, starrte in den blauen, von der untergehenden Sonne goldgestreiften Himmel und stopfte die Bluse straffer unter den Gürtel ihrer engen, hellvioletten Leinenhose. Oberst Plötzke hielt den Gartenschlauch in die Luft und brüllte zum Haus zurück.

»Ausstellen! Aus! Aus!«

Eberhard Thau drehte den Wasserhahn zu. Mit jugendlichem Schwung warf Plötzke den Schlauch vor sich in ein Kameliengebüsch.

»Ein Himmel wie von Sisley«, sagte er und trat an den Zaun heran. Lydia v. Bercken zuckte beim ersten Ton zusammen und riß sich von den goldenen Streifen los.

»Sie sind Kunsthistoriker?« fragte sie zurück.

»Bedaure, meine Gnädigste.« Plötzke knallte die Hacken zusammen und machte eine straffe, zackige Verbeugung. »Oberst Plötzke, meine Gnädigste. Kavallerie. Geübt, mit jungen Pferden umzugehen... mit störrischen und mit schüchternen. Es ist eine Frage des festen Willens –«

Über Lydias Gesicht flutete eine leichte Röte. »Ich habe immer die Reiter bewundert«, sagte sie, und es klang kindlich naiv. Plötzkes Herz begann zu tuckern wie ein alter Treckermotor. »Wenn Sie so stolz zu Pferde saßen... in Uniform oder in ihren roten Röcken –«

»Sie sind selbst nie geritten, Gnädigste?«

»Nein. Nie. Als Großstädterin... und wir hatten immer ein großes Haus... die Zeit, wissen Sie... und Gäste, Personal, Verpflichtungen... Das Reiten blieb immer einer meiner ungestillten Wünsche –«

»Gnädigste haben noch mehr ungestillte Wünsche?« fragte Plötzke. Lydia v. Bercken riß theatralisch die Augen auf.

»Habe ich das gesagt, Herr Oberst?«

»Das Vibrato Ihrer Stimme verriet es mir.« Oberst Plötzke tastete den trennenden Zaun mit schnellen Blicken ab. Früher – vor zwanzig Jahren noch – da wäre es ein leichtes gewesen, die Hand aufzustemmen und mit einer Flanke hinüberzusetzen. Einen Versuch wagte er nicht, man konnte sich blamieren, hängenbleiben und sich die Reithosen zerreißen. »Sie interessieren sich für Hippologie?« fragte er, vor seinem Tribut an das Alter resignierend.

»Sehr! Ich hatte nur wenig Gelegenheit, wie gesagt... Mein erster Mann war völlig unsportlich, mein zweiter Mann liebte nur schnelle Autos...«

»Ich habe eine vorzügliche hippologische Sammlung.« Plötzke sah Lydia v. Bercken tief in die Augen. Zwei Männer, dachte er. Entweder zweimal Witwe oder zweimal geschieden. Und sieht aus, als wenn sie noch zehn entkräften könnte. »Wenn es Sie interessiert, Gnädigste –«

»Sie wohnen allein, Herr Oberst?«

»Ein Freund wird zugegen sein. Gleichfalls mit einer Dame.« Plötzke sagte es kühn. Dieser Thau muß jetzt spurten, dachte er. Wie er es schafft, ist mir gleichgültig, aber er muß sein blondes Hausmütterchen heute abend in meine Burg bekommen. »Ich werde mir erlauben, Ihnen anhand meiner Sammlung die Schönheiten des Reitsports zu demonstrieren, Gnädigste«, fuhr er fort. »Das Glück der Erde... na, Sie kennen ja den Spruch! Meine Turniertrophäen –«

»Sie haben Turniere geritten?«

»Ich war der wildeste Reiter in den Equipen...« Plötzke straffte sich wieder und hieb die Hacken zusammen. »Darf ich hoffen, Gnädigste heute abend zu sehen? Ich werde mir erlauben, Gnädigste gegen 20.30 Uhr vom Kurheim abzuholen.«

Lydia v. Bercken sagte weder ja noch nein. Wie ein junges Mädchen lachte sie verschämt und lief über die Wiese zum Kurheimgarten zurück. Plötzke sah ihr fasziniert nach. Sein weißes Haar flatterte im warmen Abendwind. –

An diesem Abend geschahen im Kurheim Tannenburg merkwürdige und geheimnisvolle Dinge.

Veronika Aggartz, die Lungenkranke, puderte und

schminkte sich und band ihre herrlichen hellbraunen Haare zu einem langen Pferdeschwanz. Carola Bornsiefen sah ihr zu und nagte an der Unterlippe »Was ist denn?« bohrte sie. »Warum machen Sie sich so schön? Haben Sie eine Verabredung?«

Aber zum erstenmal schwieg Veronika Aggartz. Sie rieb Rouge auf ihre Wangen und trällerte dabei ein Lied.

Einige Zimmer weiter stand Lydia v. Bercken ratlos vor ihrem Kleiderschrank. Kleider, Blusen, Röcke, Unterwäsche lagen herausgerissen und verstreut auf dem Boden.

»Das ist doch unmöglich!« sagte sie immer wieder und wühlte in der Wäsche. »Das ist doch nicht wahr –«

Dann riß sie den Bademantel vom Haken, warf ihn über und rannte zu Irma Bromme ins Zimmer.

»Ein Irrer muß im Hause sein!« keuchte sie und setzte sich auf Irmas Bett. »Stellen Sie sich vor: Ich will mich anziehen und stelle fest, daß alle Büstenhalter fehlen!«

»Was?« Irma Bromme, schon umgezogen für das Abendessen, sah Lydia verständnislos an. »Was fehlt?«

»Alle Büstenhalter! Weg. Aus dem Schrank. Gestohlen. Ein Fetischist muß hier herumspuken. Ich habe keinen BH mehr. Und gerade jetzt, wo ich eingeladen bin! Ich kann doch unmöglich ohne BH zu dem Oberst gehen.«

»Haben Sie den Diebstahl schon gemeldet?«

»Aber nein.« Lydia fuhr sich durch die kunstvoll aufgesteckten Haare und zerwühlte sie. »Ich bin ganz durcheinander, Irma. Der Oberst, der Boy ... und nun dieser Geheimnisvolle. Was soll ich denn machen? Ich kann doch dem Oberst nicht mitteilen: Kann nicht kommen. Alle BHs gestohlen. Ob mir jemand einen leiht? Wer hat denn meine Größe? Helfen Sie mir doch –«

Einige Minuten später geschah eine neue Überraschung.

Oberst Plötzke hatte seinen Zaun verändert. Er hatte am Waldrand die Latten durchgesägt und ein provisorisches Türchen gezimmert. Als er freudig erregt über sein Werk das Grundstück von Tannenberg betrat und ein paar Schritte durch den Wald ging, wuchs plötzlich vor ihm ein Schatten zwischen den Bäumen empor.

Bevor Plötzke etwas unternehmen konnte, bevor er an Abwehr denken konnte, bevor er überhaupt eine Gefahr erkannte, spürte er einen kräftigen Hieb gegen sein linkes Auge. Er wurde gegen einen Baumstamm geschleudert, eine Faust schnellte erneut vor, traf ihn in die Magengrube. Plötzke stöhnte auf, hob die Hände, aber der Schatten war mitleidlos. Ein dritter Schlag schloß das rechte Auge und warf den Oberst auf den Waldboden. Dort blieb er stöhnend liegen, während der Schatten sich zwischen den Bäumen auflöste.

»Hilfe!« schrie Plötzke. »Hilfe!«

Er tastete über sein Gesicht und spürte, wie seine Hand klebrig und warm wurde. Das kannte er. Blut, dachte er. Ich blute. Man hat mir beide Augen ausgeschlagen! Er versuchte, die Lider aufzureißen ... aber es ging nicht. Sie waren von den Hieben geschwollen, die Augäpfel brannten, und auch die Lippen brannten wie Feuer und bluteten.

Meine Augen, dachte Plötzke entsetzt. Himmel, meine Augen. Mein Gesicht, mein Gesicht ...

Er kroch auf allen vieren durch den Wald und auf die Wiese und schrie und schrie.

»Hilfe! Hilfe! Meine Augen! Hilfe!«

Wie ein verwundetes Tier kroch er auf der Wiese umher, und da seine Augen unter den geschwollenen Lidern nichts mehr sahen, verlor er die Richtung und kroch stöhnend und wimmernd auf den Garten des Kurheims zu.

Nils Oberreuther, der Hausmeister, und Peter Sagrelli arbeiteten im Garten in der Nähe des Schwimmbeckens, Sagrelli hatte gerade aus dem Schuppen einen eisernen Rechen geholt, um die Abfälle zusammenzuraffen, die sich den Tag über auf den Rasenflächen angesammelt hatten. Jetzt war es die beste Zeit, den Garten zu säubern. Man war ungestört, die Gäste aßen im großen Speisesaal oder waren schon hinunter nach Moorbach gefahren.

Nils Oberreuther hob den Kopf und hielt mit dem Zusammenfegen von Papier und Obstschalen ein. Er winkte Sagrelli zu, ebenfalls mit dem Kratzen aufzuhören.

»Da schreit doch jemand!« sagte Oberreuther. »Verdammt – sei doch mal still! Da – vom Wald her –«

Der Liftboy schüttelte den Kopf und grub die eisernen Zinken in das von der Sonne ausgedörrte, harte Gras.

»Wer soll denn schreien?«

»Da!« Oberreuther warf sein Gerät hin. »Hilfe – hörst du ... Kommt immer näher –«

Sagrelli schob die Unterlippe vor. »Ich höre nichts.«

»Mensch, hat der Kerl Mist in den Ohren?« Er hielt den Atem an, denn ganz deutlich wehte es jetzt vom Waldrand her zu ihnen durch die Büsche.

»Hilfe – meine Augen... meine Augen –«

Oberreuther starrte Sagrelli an. »Hast du's jetzt gehört...?«

»Ja –«

»Los!«

Sie rannten dem Parkende zu, liefen keuchend den Hang hinauf und erreichten die Waldwiese in dem Augenblick, in dem sich Oberst Plötzke aufrichtete und mit schwankenden Beinen ziellos umhertorkelte.

»Der Oberst!« rief Nils atemlos.

»Besoffen!« sagte Sagrelli und blieb stehen. »Sieh dir das doch an! So vollgesoffen, daß er sich nicht mehr auf den Beinen halten kann... Und deswegen rennen wir uns die Lunge aus dem Leib –«

Oberst Plötzke hatte beide Hände flach gegen die brennenden Augen gepreßt. Er blieb stehen, als er Stimmen vernahm, und riß den Kopf nach hinten.

»Helfen Sie mir!« rief er. »Einen Arzt... und die Polizei! Sofort die Polizei! Ich bin überfallen worden... ich bin –«

»Doch besoffen!« sagte Sagrelli und hielt Nils Oberreuther fest, der weiterrennen wollte. »Komm, laß den Alten schreien!«

»Aber wenn er wirklich –«

»Mensch, willst du dich blamieren? Willst du diese Schnapsleiche ins Haus schleppen? Der fällt gleich um und pennt seinen Rausch aus. Ist ja warm genug draußen –«

»Meine Augen!« schrie Plötzke, als er die Stimmen nicht mehr hörte. »Hilfe! Man hat mir die Augennerven zerschlagen! Ich kann nichts mehr sehen! Nichts mehr sehen...«

Seine Stimme brach plötzlich, als wenn man Glas zerbricht. Er blieb stehen und schob den Kopf, den seine Hände umklammerten, in Richtung der Stimmen.

Nils Oberreuther riß sich aus dem Griff Sagrellis los.

»Da stimmt wat nich!« sagte er rauh. »Ich seh' mir det Saufloch mal aus d'r Nähe an –«

Sagrelli schwieg. Er ließ den Hausmeister loslaufen und wunderte sich nicht, als Oberreuther nach einem kurzen Blick auf den Oberst mit den Armen durch die Luft fuchtelte.

»Peter!« schrie er. »Peter! Komm her! Er ist überfallen worden... sein ganzes Gesicht blutet... Mein Gott, Herr Oberst, wer war es denn? Haben Sie jemanden erkannt? Kommen Sie, stützen Sie sich auf meine Schulter –«

»Einen Arzt... sofort einen Arzt...« Oberst Plötzke legte die Hand auf Oberreuthers Schulter und stützte sich schwer. Er schien einen Schock bekommen zu haben. Alle Tapferkeit, aller Heldenmut waren geschmolzen. Er war nur noch ein Bündel Mensch, der ängstlich zitterte und immer wieder über die zugeschlagenen und dick geschwollenen Augen tastete.

Peter Sagrelli stützte Plötzke auf der anderen Seite. Langsam gingen sie zur Kurklinik zurück und nahmen den hinteren Kücheneingang, um die ahnungslos zu Abend essenden Gäste nicht durch den blutverschmierten Oberst zu erschrekken. Die Küchenschwester fragte nicht lange, was geschehen sei... sie rannte hinaus und alarmierte Dr. Hollrein und die Krankenschwester.

Nils Oberreuther tat zunächst das Wichtigste. Er wischte das Blut vom Gesicht des Verletzten und wusch es mit einem nassen Küchenhandtuch ab, das Sagrelli heranbrachte. Oberst Plötzke zuckte zusammen, als Oberreuther vorsichtig die Augenpartie reinigte.

»Zwei richtige Veilchen«, sagte Sagrelli etwas schadenfroh. »Das muß ein guter Boxer gewesen sein –«

»Ein Schwein war es! Ein hinterlistiges Schwein!« stöhnte Plötzke. Er versuchte die Lider zu heben, aber sie waren zu sehr geschwollen, um sich auch nur einen Millimeter zu bewegen. Und doch atmete Plötzke hörbar auf. Er konnte unter den Wimpern her verschwommen die Lampe der Küche sehen, den großen Herd, die Töpfe und Pfannen und den breiten Kopf des Hausmeisters. »Aus dem Hinterhalt hat er mich überfallen! Ehe ich an eine Gegenwehr denken konnte –«

Dr. Hollrein kam in die Küche gestürzt. Die Krankenschwester folgte ihm. Sie hatte sich gerade für einen Spaziergang umgezogen und knöpfte nun im Laufen noch den weißen Kittel zu.

»Herr Oberst – was ist denn das?« sagte Dr. Hollrein. Er hob das zerschundene Gesicht Plötzkes gegen das Licht. »Man könnte glauben, Sie hätten einen Weltmeisterschaftskampf verloren –«

»Bitte unterlassen Sie die unpassenden Bemerkungen!« Plötzke faßte seine Lage nicht humorvoll auf. Wem man beide Augen zuschlägt, der verliert den Sinn für Komik. »Ich verlange eine sofortige polizeiliche Untersuchung!«

Dr. Hollrein untersuchte das Gesicht. Er hob die Lider und sah, daß alle Reflexe normal waren. Dagegen waren die Augen blutunterlaufen. Um beide Augenhöhlen bildete sich ein dickes Hämatom.

»Ein Boxer würde jetzt ein altes Hausmittel anwenden«, sagte Dr. Hollrein, als er die Untersuchung beendet hatte. »Rohes Fleisch auf die Augen.«

»Ich bin kein Boxer!« schrie Plötzke. »Haben Sie Borwasser? Alkohol? Mein Gott, warum unternehmen Sie nichts!« Er sprang auf und stampfte mit dem Fuß auf. »In *Ihrem* Waldstück ist es passiert, Doktor! Auf dem Gebiet des Kurheims! Ich verlange eine Untersuchung, wer mich in dieser hinterhältigen Weise –«

»Bitte, kein Aufsehen, meine Herren! Wir werden das alles sehr diskret regeln müssen.« In der Tür zur Küche stand Fritz Karchowski. Er war gerade dabei gewesen, sich im Zimmer des Chefarztes eine Nelke in das Knopfloch seines hellgrauen Seidenanzuges zu stecken, als die Küchenschwester auf der Suche nach Dozent Dr. Weber in den Raum stürzte. Sofort war Karchowski nach unten gelaufen in der Ahnung, daß sich ein Skandal vorbereitete, der gerade jetzt, wo Dozent Dr. Weber Tannenburg verlassen hatte, eine spürbare Minderung des Ansehens der Anstalt verursachen würde.

»Wer sind denn Sie?« bellte Plötzke zurück. »Mein Niederschlag war nicht diskret, und ich verlange –«

»Karchowski!« stellte sich dieser vor. Der Oberst versuchte, ihn unter den geschwollenen Lidern hinweg zu fixieren.

»Nie gehört. Sind Sie hier Kurgast?«

»Man kann sagen – Chef.«

»Blödsinn! Wo ist Dozent Dr. Weber?«

»Doktor Weber fühlte sich unpäßlich und wird eine längere Kur antreten ... nehme ich an. Aber das ist ja jetzt nicht wichtig. Es muß geklärt werden –«

»Ich verlange die Polizei! Oder ich zeige Sie alle an wegen Mithilfe!« schrie Plötzke wild. Karchowskis asiatisches Lächeln verschwand.

»Wie Sie wünschen. Aber jede Geschäftsschädigung geht zu Ihren Lasten.«

»Schädigung?!« brüllte der Oberst. »In *Ihrem* Park ist es geschehen! Ich werde ... werde –«

»Sie werden erst einmal mit nach oben kommen und sich beruhigen.« Karchowski wandte sich zu Dr. Hollrein. »Können Sie ihm keine Schlafspritze geben, Doktor?« flüsterte er.

»Er wird mich nicht mit einer Injektionsnadel heranlassen«, antwortete Hollrein ebenso leise.

»Wenn Sie sagen, daß es zum Rückgang der Augenschwellungen ist ...«

»So idiotisch wird er nicht sein, das zu glauben ...«

»Versuchen Sie es. Er muß still sein, wenn die Polizei kommt. Morgen sieht alles anders aus. Und daß vor allem keiner der Gäste etwas merkt! Mir genügt der Knall mit Weber –«

Während Karchowski und die Krankenschwester den Oberst über eine kleine, enge Hintertreppe, die in einem Labor endete, hinauf in den Untersuchungs- und Behandlungstrakt brachten, rief Dr. Hollrein die Polizeistation von Bad Moorbach an. Dann eilte er hinterher, um Plötzke eine Beruhigungsinjektion zu geben. Es gelang ihm nicht. Der Oberst wehrte alles ab. Er rannte wie ein angestochener Stier in dem großen Chefarztzimmer umher, als suche er den geflüchteten Torero. Abwechselnd hielt er ein tropfendes Tuch mit Alkohol gegen das linke oder das rechte Auge.

Kaum zehn Minuten nach dem Anruf traf die Polizei ein. Sie fuhr nicht, wie Hollrein gebeten hatte, hinten herum an das Kurheim heran, sondern hielt vor dem erleuchteten großen, gläsernen Eingang und kam durch die Halle. Es waren zwei uniformierte Beamte und zwei Zivilisten von der Kriminalstelle. Verwundert sahen die in der Halle sitzenden und lesenden Gäste das Eintreffen des Überfallwagens und stürmten dann auf Nils Oberreuther zu, der hilflos dastand und unglaubwürdig stammelte: »Ich weiß nichts. Ich bin so erstaunt wie Sie. Ich werde mich gleich erkundigen.«

Mit diesen Worten flüchtete er aus der ihn umringenden Menge hinunter in die Küche. Dort saß noch immer der Boy Peter Sagrelli und trank Rum, den man sonst in der Küche zum Backen nahm. Mit stieren Augen sah er Nils entgegen und wackelte mit dem Kopf.

»Was, was macht unser Reiterchen?« lallte er und schob Oberreuther die Flasche zu. »Bumm. Auf beide Augen. Das warf ihn aus dem Sattel –«

Oberreuther nahm die Flasche und trank einen langen Schluck. »Die Polizei ist da.«

»Ich hab's gesehen«, lallte Sagrelli.

»Wir werden verhört werden.«

»Ich nicht. Ich nicht.« Sagrelli erhob sich und mußte sich am Tisch festhalten, um nicht umzufallen. »Ich bin nicht mehr vernehmungsfähig. Ich nicht. Die können mich alle ... ja, das können sie ...« Er lachte blöde und klammerte sich an Oberreuther fest. »Nicht vernehmungsfähig ... das ist 'ne Masche, was? Mich kann keiner mehr verhören ...« Er sank mit dem Oberkörper über den Tisch und blieb so liegen, während Nils einen neuen, kräftigen Schluck aus der Rumflasche nahm.

Die Ankunft der Polizei war auch von Carola Bornsiefen bemerkt worden. Sie stand noch immer im Zimmer von Veronika Aggartz, die wie ein frisch gemaltes Porträt aussah und sich im Spiegel betrachtete, als sähe sie einen fremden Menschen. Nach langem Drängen hatte sie endlich ihr Geheimnis gelüftet. Sie war eingeladen worden. Zu einem Barbummel. Zum Tanzen. Von Fritz Karchowski.

»Er hat mich im Garten angesprochen, und ich habe ja gesagt«, berichtete sie unbefangen. »Was sollte ich anderes tun? Hätten Sie nicht ja gesagt? Nein, sicher nicht. Sie nicht. Aber für mich ist es ein herrlicher Tag. Stellen Sie sich vor: Ein Mann interessiert sich für mich. Ist das nicht ungeheuerlich?«

»Er will von Ihnen doch nur das eine...«, sagte Carola Bornsiefen, tief atmend.

»Das weiß ich.« Veronika Aggartz zog die Augenbrauen nach und hauchte auf den Stift, damit die Farbe wärmer und damit weicher wurde. »Und wenn er es nicht wollte... ich werde ihn auf diese Möglichkeit aufmerksam machen.«

»Wie erschreckend schamlos Sie sind!« keuchte Carola Bornsiefen. Nun, da sie wußte, warum sich Veronika mit Hilfe von Lippenstift, Make-up, Pudern und Salben veränderte, wurde sie unruhig und trat hinaus auf den Balkon, um die Abendluft gierig einzuatmen. Dabei sah sie den Polizeiwagen vorfahren und rannte ins Zimmer zurück.

»Polizei ist gekommen!« rief sie. »Ist denn irgend etwas los im Haus? Haben Sie gehört, was geschehen sein könnte –«

»Nein.« Veronika Aggartz kämmte sich zum sechstenmal die langen Haare und steckte sie auf. »Vielleicht ein Selbstmord aus Langeweile oder ein Mord aus Eifersucht, oder Frau v. Bercken ist endlich übergeschnappt und hat Dr. Hollrein vergewaltigt –«

Carola Bornsiefen rannte aus dem Zimmer. Sie klopfte bei Irma Bromme, aber da niemand antwortete, hastete sie weiter. Bei Lydia v. Bercken stürzte sie hinein, ohne vorher anzuklopfen. Lydia stand noch immer hilflos mitten im Zimmer und hielt den Bademantel vor ihren Körper, als die Tür aufgerissen wurde.

»Die Polizei ist im Haus!« keuchte Carola Bornsiefen.

»Die... die Polizei?« Lydia v. Bercken riß die Augen auf.

»Aber wieso denn? Wie kann sie das denn? Haben Sie die Polizei benachrichtigt, Irma?«

»Wie hätte ich das können? Ich habe doch das Zimmer nicht verlassen...«

»Stimmt ja, stimmt!« Lydia fuhr sich aufgeregt durch die Haare. »Aber woher weiß denn die Polizei, daß mir alle BHs gestohlen sind?«

»Was ist gestohlen?« stammelte Carola Bornsiefen.

»Meine BHs. Alle. Ich stehe hier und kann nicht weg. Und dabei bin ich eingeladen.«

»Sie auch?«

»Wieso: Sie auch? Wer denn noch?«

»Veronika –«

»Von dem Oberst?«

»Nein. Von diesem Karchowski.«

Irma Bromme senkte den Kopf. »Auch ich bin eingeladen«, sagte sie, als schäme sie sich. Und sie tat es wirklich.

»Himmel!« Lydia schlug die Hände über dem Kopf zusammen. Der Bademantel fiel herunter, und sie stand nackt im Zimmer. »Noch eine!«

»Sie müssen das der Polizei sofort sagen!« rief Carola Bornsiefen heiser.

»Was?«

»Daß man Sie bestohlen hat.«

»Ich soll... daß man meine BHs... Nein, ich schäme mich. Es war bestimmt ein Fetischist, der jetzt glücklich mit meiner Wäsche spielt –«

Irma Bromme legte die Hände gegen die Ohren. »Das ist ein Irrenhaus hier!« rief sie. »Lassen Sie uns doch vernünftig denken. Und der Reihe nach. Sie kommen vom Essen herauf in Ihr Zimmer und sehen, daß alles durchwühlt ist. Nichts fehlt, nur Ihre Büstenhalter sind fort. Wer kann hier im Hause –«

»Sind Sie eine Kriminalistin?« rief Carola Bornsiefen dazwischen. »Die Polizei ist im Haus. Sie allein kann das auflösen. Wir müssen alle zur Polizei gehen.« Sie leckte sich mit schneller Zunge mehrmals über die Lippen. Die Sensation, der Skandal rann durch ihren Körper wie ein Gift, wie aufputschendes Kokain. Sie genoß im voraus alle Möglichkeiten, die entstehen konnten... Verhöre, Aussagen, Indiskretionen, geheime Liebschaften, Leidenschaften voller berauschender Abwegigkeiten, Enthüllungen... »Wir müssen zur Polizei!« rief sie heiser vor Erregung. »Sofort! Ehe man die Spuren verwischen kann –«

»Sie hat recht«, sagte Irma Bromme, wenn auch widerwillig. »Es geschehen hier wirklich Dinge –«

»Natürlich gehe ich zur Polizei!« Lydia v. Bercken sah an sich hinunter. Ihr Gesicht bekam einen völlig hilflosen Ausdruck. Sie raffte den Bademantel wieder vom Boden und bedeckte damit ihre Blöße. »Aber wie soll ich denn hinuntergehen... ohne Mieder... Ich kann doch nicht so...«

»Ach was!« Carola Bornsiefen winkte heftig ab. »Die von der Polizei sind Wasserleichen und anderes gewöhnt. Die sehen anders aus als Sie –«

»Danke!« zischte Lydia giftig. »Sie sind alle sehr zartfühlend mit einer bestohlenen Frau –«

Es klopfte. Veronika Aggartz kam ins Zimmer. Sie hatte einen mürrischen Ausdruck im grell geschminkten Puppengesicht und setzte sich aufs Bett.

»Mist!« sagte sie laut, als die anderen sie stumm fragend anstarrten. »Nichts wird aus dem Spaziergang. Karchowski muß den Hausherrn spielen. Im Chefzimmer ist der Teufel los –«

»Bei Dr. Weber?« Carola Bornsiefen ließ sich auf einen Stuhl fallen. »Ist etwas mit unserem Chefarzt?«

»Nein. Man hat einen überfallen und zusammengeschlagen –«

»Überfallen?« sagte Irma Bromme gedehnt.

»Ja. Droben am Waldrand. Den Oberst.«

Lydia v. Bercken stieß einen spitzen Schrei aus, ließ den Bademantel wieder fallen und sank neben Veronika Aggartz auf das Bett.

»Der Oberst...« Sie zerwühlte sich die Haare. »Mein Gott, mein Gott... Ist ihm etwas geschehen?«

»Beide Augen hat er blau.« Veronika tippte Lydia auf den weißen Rücken. »Wenn er Sie so sehen würde, wäre er allerdings wieder quicklebendig –«

»Mein Oberst«, stammelte Lydia.

»Irgendwie stimmt hier etwas nicht.« Irma Bromme ging nachdenklich hin und her. »Ich habe das dumpfe Gefühl, daß der Einbruch bei Frau v. Bercken und der Überfall auf den Oberst irgendwie zusammenhängen.«

»Dummheit.« Veronika Aggartz horchte auf, kaum daß sie es gesagt hatte.

»Wieso Einbruch?«

»Das erklären wir Ihnen später. Ich halte es für dringend notwendig, sofort der Polizei Bescheid zu sagen.« Irma Bromme winkte Veronika zu, und es war niemand mehr der ihr jetzt widersprach. »Bitte gehen Sie hinunter, und künden Sie den Beamten unser Kommen an. Wir anderen werden uns um Lydia kümmern.«

Eine Viertelstunde später glich das Chefzimmer einem summenden Bienenstock. Lydia v. Bercken hatte sich in das Mieder Irma Brommes gepreßt und saß nun steil aufrecht, weil jede hastige Bewegung die Haken auf dem Rücken wegreißen konnte. sie hatte sich wie zu einer Modenschau geschminkt und lächelte die Beamten ein wenig verzerrt an, weil ihr Lächeln eine Mischung aus Verlegenheit, Trauer, Freundlichkeit und Sympathiebeweis sein sollte.

Oberst Plötzke saß am Fenster und schämte sich. Er drückte noch immer seinen triefenden Alkohollappen auf die Augen. Der Hausboy Peter Sagrelli war unterwegs zu Plötzkes Villa, um neue Wäsche zu holen. Ein Oberhemd, ein Unterhemd und einen anderen Anzug. Nun saß der Oberst in seinen blutverschmierten Kleidern mit unterdrückter Erregung in der Ecke und ärgerte sich, daß Lydia v. Bercken ihn in einer solchen Situation sah. Erst als Lydia von dem fatalen Diebstahl berichtete, sprang er auf und trat aus der dämmrigen Ecke hervor. Lydia stieß einen tiefen Seufzer aus, voll Mitleid und fraulichem Mitempfinden.

»Da haben Sie es, meine Herren!« rief Plötzke mit bewußt starker Stimme. »Ein organisierter Überfall! Erst die gnädige Frau, dann ich... Punktum! Jemand im Haus oder von draußen muß ein Interesse haben, daß die gnädige Frau und ich den heutigen Abend nicht zusammen verbringen. Man wollte unser harmloses Beisammensein verhindern. Es ist ganz eindeutig. Aber wer, wer hat ein Interesse daran?«

Lydia v. Bercken senkte den Kopf und starrte von unten zu Irma Bromme hinüber. Sie bemerkte, wie auch Irma plötzlich kaum merklich zusammenfuhr und sofort zu ihr hinübersah. Bittend legte Lydia die Hände aneinander. Irma Bromme verstand und wandte sich stumm ab.

Er war es, dachte Lydia. Der Boy. Peter Sagrelli. Er ist eifersüchtig auf den Oberst. Er hat es getan. Nur er allein hat ein Recht, so zu handeln. Mein kleiner, süßer Junge mit den schwarzen Römerlocken und den schlaksigen, langen Beinen.

»Wer?!« fragte Oberst Plötzke noch einmal scharf.

»Wie sollen wir das wissen?« Karchowski verteilte Zigarren aus der Privatkiste Dr. Webers und entdeckte im Schreibtisch eine Flasche Kognak. Auch Gläser standen dabei. »Sie haben Feinde, Herr Oberst?«

»Aber nein.«

»Vielleicht betrogene Ehemänner?«

»Mein Herr!« Plötzke straffte sich. »Ich mache Sie darauf aufmerksam, daß ich ein zwar verträglicher, aber bei einem Angriff auf meine Ehre sehr empfindlicher Mensch bin. Ihre Bemerkung empfinde ich als anmaßend und flegelhaft.«

Fritz Karchowski stellte das Kognakglas, das er in der Hand hielt, hart auf den Schreibtisch zurück.

»Man braucht kein Hellseher zu sein, um zu wissen, daß...«, sagte er kampflustig. Oberst Plötzke winkte mit einem schnellen Blick auf Lydia v. Bercken ab.

»Lassen wir das. Ich bin gespannt, was die Spurensicherung ergibt. Es muß jemand gewesen sein, der mit den Örtlichkeiten von Tannenburg gut vertraut war.«

Die Spurensicherung am Tatort ergab nichts. Der Boden war von vielen Tritten zerwühlt, aber es war nicht mehr erkennbar, um welche Schuhgrößen oder Sohlenformen es sich handelte. Auch hatte jemand mit einem Spaten oder einem anderen Gartenwerkzeug versucht, die Spuren völlig unkenntlich zu machen. Es war ihm blendend gelungen. Sonst fand man nichts am Waldrand. Ein Hornknopf erwies sich als Besitz Plötzkes. Er hatte ihn sich vor Schmerz und Verzweiflung abgedreht. Das Stielchen aus Nähseide, auf dem er gesessen hatte, stak noch im Anzug.

»Wir können nichts Endgültiges sagen«, meinte der Polizeikommissar nach dreistündiger Untersuchung und Verhören. »Vielleicht ergreifen wir den Täter, wenn er ein zweitesmal versucht –«

»Noch einmal?« schrie Lydia v. Bercken auf.

»Wenn es sich um einen Racheakt handelt, wird der Täter bei jeder Gelegenheit versuchen, Herrn Oberst zu schaden.«

Peter Sagrelli kam zurück. Er trug über dem Arm einen dunkelgrauen Anzug, ein Hemd, Unterwäsche, sogar neue Schuhe. Eberhard Thau folgte ihm. Er hatte vergeblich auf Irma Bromme gewartet, war zu Plötzkes Villa fluchend und mißgelaunt zurückgekehrt und hatte dort erfahren, was geschehen war.

Der Polizeikommissar ließ die Schlösser seiner Aktenmappe zuschnappen. »Um so sicherer wird er es von neuem versuchen«, fuhr er fort, »als er – so glaube ich – eifersüchtig ist. Das hier ist eine typische Eifersuchtstat.« Er wandte sich noch einmal an Lydia v. Bercken. »Sie haben keinerlei Bekannte in Moorbach?«

»Aber nein. Ich sagte es schon.«

»Also, warten wir ab.«

Oberst Plötzke straffte sich. Sogar das Alkoholtuch ließ er sinken.

»Gnädigste«, sagte er zu Lydia v. Bercken und schlug die Hacken zusammen, »nun gerade! Ich habe in meinem ganzen Leben nie gekniffen, nie kapituliert, bin nie dem Feinde ausgewichen. Ich wiederhole meine Einladung für morgen abend ... wenn es Ihnen nicht zu unästhetisch ist, einem Mann in zwei blauunterlaufene Augen zu sehen –«

Lydia v. Bercken vermied es, Peter Sagrelli, der noch immer mit den Sachen des Obersts an der Tür stand, anzusehen. Sie nickte nur stumm und faltete ergeben die Hände in ihrem Schoß.

»Und ich werde ab sofort immer meine Pistole bei mir haben!« rief Plötzke. »Und ich werde rücksichtslos –«

»Ihre Kleidung, Herr Oberst!« unterbrach Sagrelli laut. Plötzke fuhr herum.

»Danke!« sagte er. »Sie und Herr Oberreuther haben mir sehr geholfen. Darf ich Sie zu mir zu einem Rotweinabend einladen?«

Lydia v. Bercken sah verzweifelt zu Irma Bromme. Nein! schrie ihr Blick. Das darf nicht sein! Dann warf sie den Kopf herum und sah, wie Peter Sagrelli breit lächelte. Er blickte über sie hinweg zu Plötzke und hob beide Schultern.

»Sehr gern... wenn ich frei habe, Herr Oberst.«

»Das werde ich mit Dr. Weber schon regeln –«

Karchowski schwieg. Er unterrichtete die Anwesenden nicht darüber, daß Dr. Weber das Haus für immer verlassen hatte. Das hat Zeit, dachte er. Und ich werde dem Boy nicht frei geben, dachte er gehässig. Dieser aufgeblasene Reiter hat mich flegelhaft genannt. Vor Veronika Aggartz! Man sollte ihm zu den Augen auch noch den Rücken blau prügeln!

Dr. Hollrein schwieg ebenfalls. Er sah keinen Anlaß, die Lage noch zu komplizieren. Karchowski hatte ihm die kommissarische ärztliche Leitung von Tannenburg angetragen und durchblicken lassen, daß aus einem ›kommissarischen Leiter‹ leicht ein Chefarzt werden könnte. Also schwieg Dr. Hollrein. Es sind schon viele Karrieren durch geschicktes und richtiges Schweigen gemacht worden...

Als die Polizei das Kurheim wieder verließ, war die Halle gefüllt mit Gästen. Kaum jemand hatte sich hinunter nach Moorbach begeben... Was die Kinos oder die Bars zu bieten hatten, die Kammermusikabende oder Volkstänze, würde wahrscheinlich alles winzig sein gegen das, was im eigenen Hause geschehen war. Gerüchte waren von Zimmer zu Zimmer gewandert und wuchsen zu einer Lawine an, die alle Gäste unter Schauern einer hautnahen Situation zu begraben schien.

Ein Mord, hieß es. Uniformierte Polizei *und* Kriminalbeamte! Das kann nur ein Mord sein. Ein Lustmord, wollte jemand wissen. Ein Unbekannter war über die Balkons ins Zimmer geklettert und hatte... Man erinnerte sich, beim Essen so etwas wie einen Schrei gehört zu haben. Mehrere hatten ihn gehört, aber sie hatten geglaubt, es sei eine quietschende Tür.

»Da sitzt man am Tisch und ißt ahnungslos, und eine Etage höher wird jemand viehisch ermordet!« rief eine ältere Dame und bespritzte sich mit Kölnisch Wasser. »Und nicht einmal informiert wird man! Ich finde das unerhört!«

»Schließlich sind wir ebenso gefährdet gewesen!« rief eine andere Dame.

»Man müßte wissen, wie es geschehen ist... dann könnte man sich besser schützen!«

»Er soll sie aufgeschlitzt haben!« rief jemand aus der Ecke der Halle. Ein Frieren zog über die Gäste. Man sah, wie es über ihre Rücken rieselte.

»Jack, the Ripper«, sagte die alte Dame, schwer atmend. »Ich habe davon gelesen –«

»Wenn's der ist, muß er heute fast hundert Jahre alt sein.«

»Es gibt Nachahmer –«

»Das ganze Zimmer soll voll Blut sein. Man hat's entdeckt, weil es unter der Tür her in den Flur lief...«

»Wie schrecklich!«

Nils Oberreuther saß in seiner gläsernen Pförtnerloge und aß ein belegtes Brot. Nachdem er gebrüllt hatte: »Ich weiß gar nichts! Fragen Sie doch die Polizei selbst!«, hatte man ihn in Ruhe gelassen. Er überblickte die aufgeregte Schar der Damen und kaute besinnlich an seinen Salamischeiben.

»Vor Neujier platzen se«, sagte er zu sich selbst und schnitt sich ein Stück von der Stulle ab. »Jar nischt sajen darf man ihnen, det es nur zwei blaue Oogen sind. Tief beleidigt wären se... so 'n netter, kleener Mord – det wär doch 'ne dufte Saisonabwechslung –«

Der Kurdirektor von Bad Moorbach, Dr. Adolf Spethmann, war ein massiger, kurzatmiger und rotgesichtiger Mann, der eigentlich gar keine Reklame für ein Herz- und Verjüngungsbad vom Range Moorbachs war. Seine Berufung zum Kurdirektor verdankte er einigen Umständen, die ihn für diesen verantwortungsvollen Posten prädestinierten. Einmal war er verheiratet mit Susanne, geborener Vornholz. Schwiegervater Prof. Dr. Vornholz war Leiter einer Riesenklinik mit sechshundert Betten. Die Rekonvaleszenten und solche Kranke, die eine Kräftigung des allgemeinen Organismus nötig hatten, wies er diskret auf Bad Moorbach hin, ohne es direkt zu empfehlen. Er sagte nur beiläufig: »Ach, da gibt es viele Bäder für Sie, gnädige Frau. Zum Beispiel Bad Moorbach im Schwarzwald, um nur eines zu nennen. Oder Bad Kissingen oder...« Die meisten entschlossen sich für Moorbach, weil es Prof. Vornholz zuerst genannt hatte. Ein solcher Schwiegervater ist Geld wert und verschaffte Adolf Spethmann die Aufmerksamkeit des Moorbacher Stadtrates, als die Wahl eines neuen Kurdirektors auf dem Sitzungsplan stand.

Als zweites war Dr. Spethmann Mitglied einer angesehenen Partei und Mitglied des Kulturausschusses im Landtag. Nach der alten Weisheit vom Knaben an der Quelle war Bad Moorbach bei der Verteilung von Landesmitteln, von Sonderkrediten und von Kulturspenden immer an zuteilungsfähiger Stelle der Liste, die der Kulturausschuß zusammenstellte. Auch das war imponierend für die Stadtvertreter, als sie die Möglichkeiten durchdachten, die in Spethmanns Bewerbungsschreiben diskret erwähnt waren.

Kurdirektor Spethmann bewohnte eine weiße Villa neben dem Kurhaus, dem Kurmittelhaus, der Badehalle und am Rande des Kurparkes, dort, wo der Rosengarten angelegt war. Ab und zu eröffnete er Tanzturniere und verteilte mit seiner Frau die Preise, hielt Vorträge über ›Die Gesundung in Bad Moorbach‹ und entwarf jedes Jahr neue Prospekte, deren Lektüre die psychologische Wirkung hatte, etwas von der neuen Kraft, die Moorbach versprach, schon aus den Worten zu spüren.

An diesem Tage nun war Dr. Spethmann entgegen seiner jovialen Art und seiner gelobten Freundlichkeit und Herzlichkeit ziemlich ernst, ja sogar kühl. Er saß in einem tiefen amerikanischen Sessel und sah intensiv auf die glimmende Spitze seiner Zigarre. Vor ihm, in dem anderen Sessel, saß Dozent Dr. Weber. Zwischen ihnen, auf einem gläsernen Rauchtisch, lagen ausgebreitet einige Akten und Schriftstücke.

»Ich kann da gar nichts tun, lieber Dozent«, sagte Dr.

Spethmann und blickte an die getäfelte Decke. »Es ist nicht die Aufgabe eines Kurdirektors, Ärzte zu vermitteln.«

»Ich weiß, daß im städtischen Kurheim eine Arztstelle vakant ist.«

»Auch das geht nur auf dem Wege der Ausschreibung.« Spethmann schloß die Augen. »Aber Sie werden doch nicht als Chefarzt und Dozent eine Assistentenstelle anschreiben! Ich bitte Sie –«

»Es geht mir darum, wieder vernünftig zu arbeiten.« Dr. Weber legte seine langen, schlanken Hände auf den Stapel Schriftstücke. »Ich habe Ihnen hier unterbreitet, mit welchen Methoden die Kurheim GmbH arbeitet, und...«

»... und es berührt mich eigentümlich, lieber Dozent, daß Sie jetzt ein Nest beschmutzen, das Sie jahrelang gewärmt haben. Ich verstehe das nicht.« Dr. Spethmann beugte sich vor und sah Dr. Weber wie strafend an. Was will er eigentlich, dachte er dabei. Gut, er verläßt Tannenburg, weil die Brüder in Freiburg einen neuen Zauber aufführen wollen, gegen den sich sein ärztlicher Ethos aufbäumt. Aber Ethos hin und Ethos her – wenn die Methode Erfolg hat, ist es ein Erfolg für Moorbach. Und das ist letztlich ausschlaggebend. »Sie haben doch auf Tannenburg gute Erfolge gehabt.« Man hört nur Gutes von dort. Oder wollen Sie Rache nehmen auf Kosten Moorbachs?«

Dr. Weber zog seine Hände zurück und raffte die Papiere zusammen. Er sah die Nutzlosigkeit ein, an dieser Stelle um Vernunft und Einsicht zu bitten. Auch Hilfe war nicht zu erwarten.

»Ich habe ausgerechnet«, sagte Dr. Weber langsam und betont, »daß zwischen Behandlungswert und Behandlungskosten eine solche Diskrepanz besteht, daß –«

Dr. Spethmann legte entsetzt seine Zigarre hin. »Sind Sie verrückt, Herr Weber?« Er fächelte durch die Luft, als Weber weitersprechen wollte. »Nein, bitte, hören Sie mich an! Beantworten Sie mir nur einige Fragen.«

»Bitte.«

»Hat sich schon eine Ihrer Patientinnen über zu hohe Kosten beschwert?«

»Nein.«

»Über mangelnden Erfolg der Therapie?«

»Nein –«

»Über das Gefühl, überfordert zu werden?«

»Nein.«

»Na also, was wollen Sie denn?!«

Dr. Weber umklammerte seine Aktenmappe. Sein Gesicht war kantig und bleich. »Ist das ein Maßstab?« fragte er.

Spethmann nickte heftig. »Aber ja. Ja!«

»Nein! Alle, die Tannenburg verlassen, sind seelisch betrunken. In sechs Wochen hat man ihnen erzählt, wie blendend die Kur anschlägt, daß sie jünger geworden sind, daß sie kräftig geworden sind, daß sie zehn Jahre gewonnen haben –«

»Jaja, der gute Glauben...«, sagte Spethmann melancholisch.

»Und was ist die Wahrheit?« rief Dr. Weber.

»Daß sie wirklich gesünder, stärker, jünger und um zehn Jahre beschenkt worden sind. *Das* ist die Wahrheit! Nichts ist heilsamer als der eigene Glaube an die eigene Gesundheit. Das wissen Sie doch von der Psychologie her. Gut denn – wir geben den Gästen in Moorbach den Glauben an die Gesundheit.«

»Für einige tausend Mark pro Kur.«

»Gesundheit ist gar nicht teuer genug. Manche gäben Millionen dafür.«

»Ich bedaure, aber mit diesen Ansichten gehe ich nicht konform.« Dozent Dr. Weber erhob sich. »Ich bin plötzlich in die Lage gekommen, mir meinen Lebensunterhalt sauer verdienen zu müssen. Bis ich eine eigene Praxis gründen kann oder anderswo eine Klinikstelle erhalte, können einige Monate vergehen. Ich habe mich sofort an verschiedene Häuser gewandt. Nur für die Übergangszeit...« Dr. Weber schluckte. Es fiel ihm schwer, wie ein Bettler vor Spethmann zu stehen.

Der Kurdirektor von Bad Moorbach empfand dies auch. Man sah seinen etwas ratlosen Gesichtszügen die Peinlichkeit des Augenblicks an. Er strich sich mehrmals über die dicke rote Nase und überlegte, wie man eine Absage in freundliche Worte kleiden konnte.

»Mein lieber Dozent«, begann er langgezogen. Dr. Weber winkte ab.

»Ich weiß. Karchowski hat mit Ihnen telefonisch gesprochen, nicht wahr?«

»Ja.«

»Dann brauche ich hier nicht zu sitzen wie ein dummer Schuljunge. Ich könnte mir alle Worte sparen. Verzeihen Sie, daß ich Ihnen eine Stunde Ihrer Zeit gestohlen habe.«

Dr. Weber sprang auf und klemmte die Aktenmappe unter den Arm. Auch Dr. Spethmann erhob sich mit einem leisen Seufzer.

»Was werden Sie jetzt tun?« fragte er, mehr aus Höflichkeit als aus Interesse.

»Ich werde schreiben.«

»Schreiben?«

»Ja. Die Erfahrungen eines Arztes in einem Modebad.«

Dr. Spethmann wurde dunkelrot. Seine dicke Hand umklammerte die Sessellehne. »Das ist doch wohl ein Witz?«

»Durchaus nicht.«

»Sie werden Ärger bekommen.«

»Das weiß ich.«

»Klagen.«

»Das glaube ich kaum. Man wird sich doch nicht in die geheimsten Karten blicken lassen.«

»Sie werden als Arzt unmöglich gemacht werden.«

»Unmöglicher als ich es jetzt bin? Das dürfte nicht zu konstruieren sein.«

»Sie werden eine kleine Stimme sein, die gegen ein Orchester anschreien will. Das ist doch Unsinn.«

»Haben Sie Angst, Herr Spethmann?«

»Angst? Vor wem? Vor Ihnen? Daß ich nicht lache! Sie werden nicht so heillos dumm sein, gegen etwas zu schreiben, das Sie selbst fünf Jahre lang mitgemacht haben.«

»Ich werde mich selbst anklagen.«

Kurdirektor Dr. Spethmann starrte Dr. Weber eine Weile stumm an. Er wird es wirklich tun, dachte er, als er das entschlossene Wesen des Arztes fühlte. Auch wenn wir es abfangen können, wenn wir ihn lächerlich machen... irgend etwas bleibt hängen. Die Menschen sind gar nicht so dumm, wie wir sie betrachten. Wir sagen ihnen nur, daß sie klug sind, und das macht sie dumm. Eine verrückte Welt.

»Ich glaube immer noch, daß Sie scherzen, lieber Dozent«, sagte Dr. Spethmann gedehnt.

»Durchaus nicht.«

»Bitte setzen wir uns wieder.« Der Kurdirektor dachte an seinen Schwiegervater und an seine Verbindungen durch den Landtag. »Man sollte solche Schritte nicht aus einer Verbitterung heraus tun. Wem nutzen sie denn? Ihnen? Na also...«

»Ich schaffe mir eine Art seelischen Frieden damit.«

»Seelischer Frieden. Davon wurden die Poeten des 18. Jahrhunderts satt, wenn man den Biographen glauben darf. Nein, lieber Dozent... lassen Sie uns Ihr persönliches Problem noch einmal durchsprechen. Bei einer guten Flasche. Es muß doch Möglichkeiten geben –«

Dr. Spethmann ging zu einem Wandschrank und nahm eine bauchige Flasche Rotwein heraus. Während er die Gläser vollgoß, beobachtete er Dr. Weber.

Er war stehen geblieben und setzte sich auch dann nicht, als der Kurdirektor wieder Platz nahm und die Gläser auf den gläsernen Tisch stellte.

Ein schlechtes Zeichen, dachte Dr. Spethmann. Dieser Karchowski muß ein Rindvieh sein. Einen Mann wie Dozent Dr. Weber macht man sich nicht zum Feind... einen Mann, der gar nicht ahnt, welche Möglichkeiten ihm offenstehen...

Oberst Plötzke war nach Hause transportiert worden. Eberhard Thau, Nils Oberreuther, Fritz Karchowski und Peter Sagrelli begleiteten ihn. Dr. Hollrein mußte in der ›Tannenburg‹ bleiben. Lydia v. Bercken bekam einen Schwächeanfall, als Plötzke das Chefarztzimmer verlassen hatte und sich auf die Schulter des hilfreich herbeispringenden Sagrelli stützte. Man brachte sie zu Bett, und Irma Bromme, Veronika

Aggartz und sogar Carola Bornsiefen erboten sich, bei ihr zu bleiben und ihre gereizten Nerven zu bewachen.

Auch am nächsten Tag mußte Lydia im Bett bleiben und erhielt ein Kreislaufmittel. Irma Bromme hielt geduldig bei ihr aus, während Veronika Aggartz mit Fritz Karchowski einen Ausflug nach Freudenstadt machte. Carola Bornsiefen saß verwaist herum und verzehrte sich in den Gedanken, was auf der Fahrt nach Freudenstadt passieren konnte, ohne daß sie es sehen würde. Das regte sie maßlos auf. Sie schellte nach der Schwester und ließ sich ebenfalls ein Mittel gegen Herzklopfen geben. Als es nicht half, brauste sie sich kalt ab und legte sich hin.

Nach dem Frühstück fuhr Eva Sägert mit einer bestellten Taxe hinunter nach Moorbach. Sie hatte zwei schlaflose Nächte mit ihrem Problem verbracht. Ein Brief, der mit der Nachmittagspost gekommen war, hatte den Ausschlag gegeben. Hans Sägert, der angesehene Prokurist, schrieb mit lieben Worten, daß es sehr langweilig zu Hause sei und daß er erst jetzt spüre, wie lieb er seine Eva habe und wie sehr sie ihm fehle. Alles sei verwaist, wohin er auch blicke. ›Es ist schrecklich ohne Dich!‹ war der letzte Satz.

Einige Stunden hatte Eva Sägert auf ihrem Zimmer gesessen und geweint. Immer wieder hatte sie den Zettel angesehen, den ihr Ernst Tommoth in die Hand gedrückt hatte. Eine Adresse. Nichts weiter.

»Wende dich dahin ... und alles ist gut«, hatte er gesagt. Sie brauchte nicht zu fragen; sie verstand ihn auch so. Nun gab es nur noch diesen Ausweg ... Eine Zeitlang hatte sie den Gedanken gehabt, ihrem Manne alles zu sagen und die Konsequenzen zu ziehen. Ganz gleich, ob Tommoth seine Stellung als Lehrer verlor, ob es einen gesellschaftlichen Skandal geben würde oder ob sich Hans von ihr scheiden ließ. Das Kind, das in ihr wuchs, sollte weiterleben.

Nach diesem Brief aber brach diese Illusion eines neuen Lebensabschnittes jäh zusammen. Hans liebte sie wie am ersten Tag ihrer Ehe ... das sah sie nun. Und er würde einen Betrug seiner Frau nie verwinden können. Was geschehen war ... es konnte nicht mehr geändert werden. Es war auch müßig, jetzt noch darüber nachzugrübeln, wie es überhaupt geschehen konnte. Es gab jetzt nur noch eins, wachsend aus einer Panik, die von Stunde zu Stunde größer wurde: Flucht vor der Konsequenz. Flucht vor dem wachsenden Leben in ihr. Flucht in das Unrecht.

Eva Sägert fuhr nach Moorbach.

Das Haus Ulmenstraße 11 lag am anderen Ende des Bades zu dem Tal hin, durch das man die Eisenbahn gelegt hatte. Es war eine stille Straße mit neuen Villenhäusern, gepflegten Vorgärten und großen Hintergärten, Tennisplätzen und kleinen Schwimmbecken. Eine reiche Gegend, die Ruhe, Reserviertheit und so etwas wie sterile Kühle atmete.

Das Haus Nr. 11 war weiß geputzt. Ein Bungalow, lang, etwas gewinkelt, mit einer Terrasse aus rotem Sandstein und sogar zwei Palmen im Garten. Ein vornehmes Schild aus gehämmertem Messing hing an dem Klinkerpfeiler des Vorgartentores.

Massage-Institut. Kein Name, keine weitere Bezeichnung.

Eva Sägert blieb stehen und sah verstohlen auf ihren Zettel. Ulmenstraße 11. Dreimal klingeln.

Sie lief unschlüssig ein Stück weiter, kehrte dann um und blieb wieder vor dem Bungalow stehen. Mit zitternder Hand drückte sie endlich auf den golden blitzenden Klingelknopf. Einmal, zweimal, dreimal...

Der elektrische Kontakt des Tores summte, Eva Sägert drückte es auf und ging schnell über die breiten Steinplatten zur Haustür. Eine dickliche, freundlich lächelnde Frau in einem weißen Kittel öffnete und strich mit einem schnellen Blick den Körper Eva Sägerts ab.

»Sie haben dreimal geklingelt?« fragte sie. Sie hatte eine joviale, bäuerlich derbe Stimme und legte, während sie sprach, wie eine Bäuerin, die einen guten Verkauf gemacht hat, die Hände übereinander auf den Magen.

»Ja. Ich bin Eva Sägert –«

»Eva Sägert?« Die freundliche dicke Frau gab den Eingang frei und schloß hinter sich schnell die Tür. Eva Sägert befand sich in einer großen, hellen Diele. Durch eine breite Glaswand sah man in das herrliche Wohnzimmer, das mit dem

Garten durch das riesige, versenkbare Fenster eine Einheit bildete. »Sägert?« wiederholte die dicke Frau. »Sie kommen auf Empfehlung zum Massieren?«

»Herr Tommoth hat mich angemeldet, nicht wahr?«

»Tommoth? Ich weiß nicht... Ich muß einmal in der Kartei nachsehen...«

Sie ließ Eva Sägert in der Diele stehen und verschwand durch eine Seitentür. Nach wenigen Augenblicken kam sie wieder und schwenkte einen Brief in der Hand. Ihr Gesicht war um einige Grade freundlicher und fast vertraut.

»Ernst Tommoth, Studienrat. Es stimmt. Na, das brauchen wir ja jetzt nicht mehr.« Sie zerriß den Brief und warf die kleinen Schnipsel in einen Aschenbecher. »Nun sind Sie ja da.«

»Ja... ich bin da...«, sagte Eva Sägert leise. Angst schnürte ihr die Kehle zu. Die pompöse Umgebung, die vollkommene Ruhe des Hauses, die dicke, lächelnde Frau im weißen Kittel... es war ihr wie ein luxuriöses Leichenhaus.

»Was... was wird nun geschehen?« fragte sie heiser.

Die dicke Frau lachte und musterte Eva Sägert erneut.

»Welcher Monat?«

»Ende des vierten –«

»Das ist ein schlechter Monat, Sie wissen das. Aber wir machen das schon. Sie haben doch Vertrauen, nicht wahr? Vertrauen ist dabei alles.«

»Ja.« Eva Sägert nickte bleich. »Ich habe Vertrauen...« Sie folgte der dicken Frau in ein anderes Zimmer. Einige Massagebetten standen dort, Sportgeräte, Vibrationsapparate, Heizkästen, Kurzwellenstrahler, Höhensonne, Infrarotlampe. »Ist es gefahrvoll?« fragte sie und setzte sich auf eines der Betten.

»Ein Risiko ist es immer.« Die dicke Frau wusch sich die Hände. »Ein paar Tage werden Sie schon bei mir wohnen müssen. Im Kurheim werden Sie sagen, daß Sie eine Bekannte in der Umgebung besuchen.« Sie wandte sich zu Eva Sägert um und nickte ihr zu. »Legen Sie sich mal hin. Ich muß erst untersuchen, wie wir es machen können. Wie ich sehe, haben Sie eine ganz gute Konstitution. Wie ist das Herz?«

»Ich habe nie etwas gespürt.«

»Kreislauf?«

»Auch nicht.«

»Sonstige Krankheiten?«

»Ein paarmal Bronchitis und so. Aber nie etwas Ernstes.«

Eva Sägert blieb sitzen, während sich die dicke Frau immer noch wusch. Scham und Angst hielten sie ab, sich hinzulegen wie ein Schlachtvieh auf dem Opferstein. Ein ungeheurer Haß auf Ernst Tommoth quoll in ihr auf. Er sitzt in Düsseldorf und spielt den Ehrenmann, dachte sie und biß in die Unterlippe. Er sitzt da und wartet ruhig, bis man ihm meldet: Alles in Ordnung. Oder: Nicht in Ordnung. Komplikationen; Frau Sägert verblutet... Und auch dann würde er aufatmen. Denn Tote sind schweigsam.

Eva Sägert zwang sich, nicht aufzuspringen und wegzulaufen. Sie starrte auf den Rücken der dicken Frau im weißen Kittel. So wird man geschlachtet, dachte sie und spürte es eiskalt in ihr werden. So wird man geschlachtet. Hilf, o hilf, mein Gott!

Die dicke Frau drehte sich um, ein breites, begütigendes Lächeln im Gesicht. »Angst?«

»Ja«, antwortete Eva Sägert ehrlich.

»Aber es geschieht Ihnen heute nichts. Ich will nur allgemein untersuchen. Die Lage und so... Übermorgen ziehen Sie dann bei mir ein... und auch dann werden Sie gar nichts spüren. Ich mache Ihnen einen kleinen Rausch...« Die dicke Frau strich mit fast mütterlicher Weichheit über Evas gesenkten Kopf. »Nur keine Scheu, kleine Frau... in ein paar Tagen ist alles vergessen...«

»Und... wenn es danebengeht?«

Die dicke Frau hob beide Schultern. Sie lächelte noch immer. »Da kann man auch nichts machen –«

»Aber man wird dann doch entdecken, daß Sie...«

»Das lassen Sie meine Sorge sein.« Das Gesicht der Frau veränderte sich. Es wurde hart und kalt. »Ich gehe jetzt die Instrumente holen... ziehen Sie sich in der Zeit aus und legen Sie sich hin. Und keine Angst... Sie sind ja nicht die erste, nicht wahr?«

Eva Sägert wartete, bis die dicke Frau das Zimmer verlassen hatte. Dann riß sie die Tür auf, rannte hinaus auf die Diele, stieß die Haustür auf und lief wie gehetzt zurück auf die Straße.

Sie rannte die ganze Ulmenstraße hinunter, keuchend, mit offenem Mund, die letzte Strecke taumelnd und mit einem bunten Flimmern vor den Augen.

»Nein«, stöhnte sie bei jedem Schritt. »Nein... nein... nein...«

Als die dicke Frau zurückkam, war der Massageraum leer. Da alle Türen nach draußen offenstanden, wußte sie, was geschehen war. Sie schloß sie zu und trug die Instrumente zurück in den heimlichen Tresor.

»Welch ein dummes Luder«, sagte sie dabei. »Das sind solche, durch die man auffällt –«

Zwischen Lydia v. Bercken und Irma Bromme war es zu einer wilden Auseinandersetzung und zu einem Bruch ihrer kurzen Freundschaft gekommen. Anlaß war Oberst a. D. Plötzke und das gute Herz Irma Brommes.

Eberhard Thau hatte sie im Garten der ›Tannenburg‹ abgepaßt und ihr mitgeteilt, daß der Überfall dem Oberst doch mehr zugesetzt habe, als man erwartete, und daß es in einem reinen Junggesellenhaushalt drunter und drüber ging, wenn der Rhythmus gestört sei und...

»Ich verstehe«, hatte Irma Bromme gesagt. »Ihr braucht eine Haushälterin, solange der Oberst liegt.«

»Genau.«

»Und warum sagen Sie das mir?«

»Weil Sie die einzige Frau inmitten all dieser aufgeputzten Weiblichkeit hier sind, mit der man über solche Dinge reden kann, ohne fürchten zu müssen, falsch verstanden zu werden. Im Grunde genommen ist der Oberst ein armes Schwein, der sich Illusionen vorgaukelt von nie verlorener Jugend. Wenn Sie uns helfen könnten... Ich weiß, daß es unerhört ist, das zu sagen. Sie sind zur Kur hier, wir sind Ihnen völlig fremd... aber wenn Sie nur einmal am Tag eine Stunde übrig hätten –«

Irma Bromme war viel zu gutmütig, eine Hilfe auszuschlagen. Sie sagte zu.

Das war der Anlaß zu einer wilden Szene Lydia v. Berckens, die auf ärztliche Anordnung Bettruhe hatte. Sie warf mit den Kissen nach Irma, schrie und weinte hysterisch.

»Sie Schlange!« schrie sie. »Sie Biest mit dem Gretchenkopf! Sie wollen mir den Oberst wegnehmen! Sie nutzen meine Hilflosigkeit aus! O wie gemein! Wie gemein!«

Es half nichts, als Irma Bromme den wahren Sachverhalt erklärte. Lydia v. Bercken hieb mit den Fäusten auf die Bettdecke.

»Sie lügen, lügen, lügen! Nur den Oberst wollen Sie! Gehen Sie raus! Raus! Ich will Sie nicht mehr sehen! Sie... Sie...«

Noch zweimal versuchten sowohl Irma wie auch Veronika Aggartz, Lydia von der guten Absicht zu überzeugen. Sie glaubte es einfach nicht. Und als Irma Bromme zum erstenmal hinüber in die Oberst-Villa ging und Carola Bornsiefen, die sofort Irmas Platz an Lydias Bett eingenommen hatte, vom Balkon aus meldete: »Jetzt geht sie durch das Gartentürchen... jetzt kommt der Herr Thau heraus... jetzt geht sie hinein... und wie sie lacht! Sie lacht wie ein junges Mädchen«, in diesem Augenblick bekam Lydia v. Bercken einen echten Herzanfall. Dr. Hollrein wurde gerufen und mußte ihr eine Herzinjektion machen.

»So ein Aas«, stammelte Lydia noch im Hinüberdämmern in einen tiefen Schlaf, »so ein Aas –«

Zwei Tage später erhielt Peter-Paul Bromme einen Brief. Er lag zwischen der Geschäftspost, und die Sekretärin hatte ihn mit aufgeschlitzt, weil er von außen nicht als Privatbrief zu erkennen war.

Das Schreiben war kurz:

›Lieber Herr Bromme,
ein guter Mensch hält es für seine Pflicht, einem anderen guten Menschen zu helfen. Wissen Sie, was Ihre Frau Irma in Bad Moorbach treibt? Sie betrügt Sie. Mit einem Oberst Plötzke und einem Eberhard Thau! Gleich mit zwei

Männern! Es ist mir schrecklich, es Ihnen zu sagen, aber mein Mitgefühl mit Ihnen treibt mich dazu.

Ein guter Mensch.‹

Peter-Paul Bromme las den Brief sechsmal, ehe er ihn in den Locher steckte und wie jeden Brief lochte für die Ablage. Dann las er ihn noch einmal und schellte seiner Sekretärin.

»Haben Sie den Brief gelesen, Fräulein Schmitz?«

»Ja. Ich konnte nicht ahnen, Herr Bromme. Ich bedaure, daß –«

»Sie halten darüber den Mund.«

»Aber das ist doch klar, Herr Bromme.«

»Ich werde nach Moorbach fahren. In drei Tagen bin ich wieder zurück.«

Fräulein Schmitz nickte. »Sie glauben doch den Quatsch da nicht... Die gnädige Frau und –«

»Natürlich ist es Blödsinn.« Bromme steckte den gelochten Brief in seine Brieftasche. »Ich will nur feststellen, wer diesen Mistbrief geschrieben hat.«

Mit dem Nachtzug noch fuhr Peter-Paul Bromme in den Schwarzwald. Er fuhr, wie gewohnt, 2. Klasse (1. Klasse war nur für Irmchen), klemmte sich in die harten Polster und benutzte, bis er einschlief, den Brief aus Moorbach als Reiselektüre.

Irmchen soll mich betrügen, dachte er. Mit einem Oberst. Das ist doch nicht wahr. Das kann gar nicht sein. Ich kenne doch mein Irmchen seit über zwanzig Jahren...

Aber trotz allem blieb ein bohrendes Gefühl im Herzen zurück. Es hinderte Bromme lange, einzuschlafen.

Früh am Morgen war er in Freiburg und stieg in den ersten Zug nach Moorbach um. Schon um 7 Uhr früh würde er dort sein. Wenn noch alles schlief. Auch Irma. Im Kurheim ›Tannenburg‹. Oder bei Oberst Plötzke...

In Peter-Paul Bromme stieg eine würgende Angst hoch, je näher er Bad Moorbach kam. Wenn es wahr ist, dachte er. Wenn es wahr ist... Was soll ich bloß tun?

Er riß das Fenster hinunter und steckte den Kopf in den Zugwind. Er bekam plötzlich keine Luft mehr.

Der Bahnhofsplatz von Bad Moorbach war einsam und menschenleer, als Peter-Paul Bromme mit steifen Beinen ausstieg. Über die mächtigen, dunkelgrünen Tannen glomm die Sonne empor und vergoldete den Sommerhimmel. Eine Straßenkehrmaschine ratterte den Bordstein entlang; sie fegte Papier und Obstschalen in den Absaugtrichter und bespritzte den Asphalt mit Wasser. Man erwartete einen heißen Tag, das Thermometer war um einige Striche gestiegen. Vor den Fenstern der Kurheime und Hotels hingen die geschlossenen Vorhänge, einige müde Kellner und Hausdiener stellten die weißen Boulevardmöbel hinaus auf die Veranden und deckten die Kaffeetische. Ein, zwei Bäckerwagen fuhren von Haus zu Haus und lieferten die frischen Brötchen ab.

Peter-Paul Bromme stand allein vor dem Bahnhof und sah die lange, sich in der Ferne hinaufwindende Hauptstraße Moorbachs entlang. Dort oben, irgendwo zwischen den Wäldern, lag Tannenburg. Dort oben würde jetzt Irma noch tief schlafen und nicht ahnen, wer gerade mit dem Zug angekommen war. Vielleicht aber lag sie gar nicht in ihrem Kurheimbett, sondern räkelte sich gerade an der Seite –

Bromme schnitt schnell den ekelhaften Gedanken ab und ging langsam, zögernd, wie ein unsicherer Dieb, die Straße hinunter nach Bad Moorbach. Über die Rasenflächen des Kurparks brummten die großen, fahrbaren Grasschneider, in der Musikmuschel wischte ein Boy den Staub und den Morgentau von den Notenpulten und Stühlen. Zwei Gärtner harkten die Grashaufen zusammen, eine Putzfrau ging von Bank zu Bank und wischte schnell über das weißlackierte Holz.

Bromme sah auf seine Uhr. 6.49 Uhr morgens.

Einen Durst habe ich, dachte er. Die ganze Nacht im staubigen Zug, hineingequetscht in die Ecke des Sitzplatzes, den Kopf ungemütlich nach hinten gedrückt, da soll man schlafen und am Morgen frisch sein! Und einen schalen Geschmack hatte er auf der Zunge, waschen mußte man sich auch und ein Zimmer suchen. Vor allem ein Zimmer. In Tannenburg konnte man nicht wohnen; das war eine Burg nur für Frauen.

Ein Oberst soll es sein, dachte Bromme, indem er völlig sinnlos eine Runde um den Kurgarten und die Musikmuschel drehte. Ein Oberst und eine Burg voller Frauen... das ist eigentlich eine logische Verbindung. Burgen muß man erobern. Bromme blieb stehen und wischte sich den Schweiß von der Stirn.

»Nicht Irma«, sagte er laut. »Auf gar keinen Fall Irma –«

Ein Gärtner, der nahe bei ihm die Blumenbeete von Unkraut säuberte, schielte zu ihm hin. Noch besoffen und von gestern übriggeblieben, dachte er. Lüftet sein Gehirn jetzt aus in der Morgenluft. Man kannte das in Moorbach.

Bromme sah sich um. Sein Hals war trockener denn je geworden. An einer Ecke des Kurplatzes sah er ein Restaurant. Man ließ dort gerade die orangefarbene Sonnenjalousie herunter und klappte die Stühle von den Tischen. Ein Mann in weißer Schürze stand hinter dem Tresen und putzte die Spülbecken aus blankem Kupfer.

Bromme setzte sich und starrte hinauf zu den Bergen und den weißen Kurheimen. Irma, dachte er, Irma, tu mir das nicht an! Nach zwanzig Jahren Glück und Vertrauen... bitte, laß alles nur einen gemeinen, anonymen Streich sein, eine bittere Lüge, ein Versehen... aber laß es nicht wahr sein. Ich weiß wirklich nicht, was ich tun würde...

Der Mann in der weißen Schürze schlurfte heran. Von weitem musterte er den frühen Gast und stellte fest, daß er noch nüchtern war.

»Jo – bitte?« fragte er und rieb sich die Hände an der Schürze ab.

»Ein Helles«, sagte Bromme und wischte sich wieder über die Stirn.

»A Viertele – sofort –«

»'n Helles!«

»Wie gewünscht –«

Bromme griff, ohne hinzusehen, zu, als das Glas vor ihm stand. Aber bevor er schluckte, setzte er es wieder ab.

»'n Helles habe ich verlangt!« sagte er laut. »Sie haben mir Wein gebracht.«

»Die Bierleitungen werden noch durchgespült, mein Herr!«

Der Mann in der weißen Schürze schraubte am Tresen herum. »Bis es wieder läuft, kann's gut zwanzig Minuten dauern. Wir müssen jeden Morgen die Bierleitungen durchspülen –«

Bromme nickte und trank. Ist ja auch Wurst, dachte er, ob Bier oder Wein. Nur trinken, trinken... Ich habe ja solche Angst um Irma... solche Angst –

»Wo kann man hier vernünftig wohnen?« fragte er, nachdem er das Viertele in einem Zug ausgetrunken hatte. Der Mann in der weißen Schürze sah Bromme fast entgeistert an.

»Zimmer? Sie wohnen noch nicht hier?«

»Nein. Bin eben mit dem ersten Zug angekommen.«

»Unangemeldet?«

»Ja.«

»Sie haben Mut. Und Nerven brauchen Sie. Ist alles belegt.«

»Es genügt ein kleines Zimmer –«

»Sogar die Badewannen haben sie vermietet. Jetzt, in der Hochsaison, ohne Voranmeldung zu kommen... wirklich, Sie haben Mut, mein Herr!«

»Aber irgendwo muß ich doch schlafen.« Bromme winkte mit dem Glas, der Mann mit der Schürze kam und goß aus einer Literflasche noch einmal ein. »Sie kennen doch sicherlich alle Leute hier und –«

»Was zahlen Sie denn?«

Bromme trank einen langen Schluck. »Ich zahle jeden Preis.«

»Und wie lange wollen Sie bleiben?«

»Vielleicht drei Tage – ich weiß es noch nicht.«

»Aha! Auf Geschäftsreise?«

»Mit viel Fantasie kann man's so nennen«, sagte Bromme, und wieder krampfte sich sein Herz zusammen.

»Ich habe ein Bett frei, das heißt, es ist mehr ein Sofa. So ein altes, wissen Sie, mit einer hohen Rückenlehne. Aber man kann drauf schlafen, wenn man nicht verwöhnt ist. Und Kaffee gibt's auch nicht... ich wohne allein, wissen Sie. Junggeselle. Ich trinke hier im Lokal Kaffee. Wenn es Ihnen nichts ausmacht... das Sofa wäre... Und es kostet pro Nacht zehn Mark.«

»In Ordnung.« Bromme nickte und umklammerte das Weinglas. »Kennen Sie das Kurheim Tannenburg?«

»Aber ja. Da oben, das weiße, mit den vielen kleinen Balkons und den Tennisplätzen, direkt am Wald – sehen Sie's? –, das ist es.«

»Ein schönes Haus, was?«

»Ein stinkfeiner Laden. Lauter Frauen, deren Männer dicke Brieftaschen haben. Wollen Sie zu denen?« Er musterte Bromme kritisch, ob er vielleicht gar einer der dickbrieftaschigen Männer wäre. Aber Bromme sah nicht danach aus. Er war mit der Bahn gekommen, hatte in der 2. Klasse übernachtet; man sah es an den zerknitterten Hosen, dem unrasierten Gesicht und den schmuddeligen Händen. Die Männer der Frauen von Tannenburg kamen mit großen Wagen und unterhielten sich vor allem nicht mit einem Schankkellner um knapp sieben Uhr morgens.

»Ja, ich muß«, sagte Bromme leise.

»Was verkaufen? Da oben hat sich allerhand getan in den letzten Tagen. Der Chefarzt ist weg, warum, weiß keiner genau. Man munkelt, er habe mit einigen Patientinnen ... na ja, Sie wissen. Kann man's dem Mann übelnehmen? Lauter gelangweilte, durch die Kur aufgekratzte Frauen! Man lebt ja in einem Tigerkäfig ruhiger als dort oben. Ein Glück, daß der alte Oberreuther mit seinen fünfundsechzig Jahren drüber ist –«

Peter-Paul Bromme ließ sich noch ein Viertele einschenken. Der Alkohol auf nüchternen Magen tat ihm wohl. Er machte ihn leicht, und auch das Denken wurde nicht mehr so schwer und von Tragik umwittert.

»So tolle Weiber sind da oben?« fragte er und zwinkerte. »Dann ist dieses Tannenburg wohl auch stark umlagert, was?«

»Kaum.« Der Mann mit der Schürze goß sich selbst ein Glas ein. Ein netter Gast, dachte er. Man kann mit ihm reden, er zahlt für das alte Sofa zehn Mark pro Nacht, und saufen kann er auch. »Die Frauen kommen runter nach Moorbach. Ein Aufmarsch, kann ich Ihnen sagen! Abends ist hier der Kurplatz eine riesige Modenschau. Wir haben ja jetzt in

Moorbach fast über dreitausend weibliche Gäste. Sie wissen doch, daß Moorbach ein Frauenbad ist –«

Bromme nickte. Wenn ich das gewußt hätte! dachte er. Nie hätte ich Irma hierhergeschickt. Nie.

»Kennen Sie einen Plötzke?«

Der Schankkellner lächelte breit. »Oberst Plötzke?«

Bromme spürte, wie sein Herz rasend gegen die Brustwand schlug. Der Kerl lächelte bei dem Namen Plötzke! Er muß hier bekannt sein wie eine Kuh mit vier Eutern!

»Ja, Oberst Plötzke«, sagte Bromme leise.

»Wollen Sie zu dem?«

Bromme nickte. Eine herrliche Lüge fiel ihm plötzlich ein, eine Möglichkeit, an den Oberst heranzukommen, nach der er seit dem Eintreffen des anonymen Briefes vergeblich gesucht hatte.

»Ich bin ein alter Kriegskamerad von ihm. Waren zusammen in Frankreich und Rußland. Und da habe ich mir gedacht, wenn ich das Private gleich mit dem Geschäftlichen –«

Der Schankkellner schob die Unterlippe vor. Plötzke hat ein großes, leeres Haus, dachte er. Und wenn das ein Kriegskamerad ist, wohnt er selbstverständlich bei dem Oberst. Und meine zehn Mark pro Nacht sind weg.

»Der Oberst...«, sagte er gedehnt. »Natürlich kennt den jeder hier –«

»Jeder?«

»Vor allem die Frauen.«

»Die Frauen –«

»Er sieht attraktiv aus. Aber Sie kennen ihn ja! Ganz verrückt sind die Weiber nach ihm. Ein schönes Haus hat er... aber immer wohnt er allein, seine besten Freunde läßt er im Hotel wohnen... Si wissen schon, warum, was?« Der Kellner zwinkerte. »Eigentlich wohnt der Oberst nie ganz allein –«

Brommes Herz stockte und begann dann, schmerzhaft zu hämmern. Irma, dachte er. Bitte, bitte, tue es mir nicht an. Ich glaube es nie und nimmer, ich vertraue dir, ich liebe dich doch...

»Noch 'n Glas«, sagte er schwach.

»Vier Viertele am frühen Morgen?« Der Kellner goß ein. »Sie haben einen ganz schönen Durst...«

»Wenn Sie wüßten, wie trocken mir die Kehle ist«, sagte Bromme leise. »Wie zugeschnürt ist sie...«

Den Vormittag verschlief Bromme auf dem harten, alten Sofa. Er schlief wie ein betäubter Bär und merkte nicht, wie sich zwei geplatzte Federn durch die Sofaabdeckung in seinen Rücken bohrten. Erst gegen Mittag wachte er auf, mit Blei im Gehirn und sehr schwankend auf den Beinen, wusch sich mit eiskaltem Wasser und zog neue Wäsche an. Dann aß er unten im Restaurant ein kräftiges Mittagessen und trank dazu Schwarzen Johannisbeersaft. Der Schankkellner, jetzt in einem schnittigen weißen italienischen Jackett, blinzelte ihm wissend zu.

»Wo wohnt der Oberst?« fragte Bromme, als er sich wieder menschlicher fühlte und der Alkoholdunst aus seinem Kopf vertrieben war. Mit ihm war auch die tragische Stimmung verschwunden. Übriggeblieben war nur eine dumpfe Wut auf den Oberst und ein wilder Tatendrang, den Bromme mit ehrlicher Verblüffung in sich wachsen fühlte.

»Plötzke wohnt direkt neben der Tannenburg.«

»Direkt neben...«, sagte Bromme dumpf.

»Wenn Sie davorstehen, links neben dem Kurheim. Der Oberst hat die beste Wohnlage von ganz Moorbach... rechts Tannenburg, links Sonneneck... zwei Frauenkurheime –«

»Ein Hecht im Karpfenteich...«

»Ein Hai, mein Lieber!«

»Und noch keiner hat ihn erlegt?«

»Alte Haie sind schlau –«

»Das wollen wir mal sehen!«

Bromme starrte die Straße hinauf. Er sah Tannenburg in der Sonne glänzen, ein weißer Palast mit vielen kleinen Balkonen, Sonnenschirmen und bunten Jalousien. Und vierzig erlebnishungrige Frauen. Und Irma. Seine kleine, blonde, herbe Irma, die zum erstenmal in einem Bad war –

»Soll ich Ihnen ein schönes Abendessen reservieren lassen?« fragte der Kellner. »Abends ist hier alles besetzt.«

Bromme schüttelte den Kopf. »Nein, danke. Ich weiß nicht, wann ich zurückkomme. Es kann spät werden ... vielleicht sehr spät ... vielleicht zu spät –«

Der Kellner sah ihm verständnislos nach. »Vier Viertele auf nüchternen Magen«, sagte er dann und räumte den Tisch ab. »Das haut einen schon kreuz und quer durch die Gegend ...«

Oberst Plötzke saß am Tisch und freute sich auf das Mittagessen. Irma Bromme hatte Kartoffelklöße mit Rinderbraten gekocht, und der Duft des gebratenen Fleisches schwebte von der Küche herüber in den großen Wohnraum.

Die Augen Plötzkes waren noch immer geschwollen. Sie hatten nun eine gelbliche Färbung mit violetten Rändern. »Ein richtiges Hämatom muß seine Zeit haben«, hatte Doktor Hollrein als schwachen Trost gesagt. »Da kann man gar nichts tun. Man kann nur warten.« Und Oberst Plötzke wartete. Er verließ den Bereich seiner Villa nicht mehr, saß meistens im Garten hinter den dichten Hecken, spielte mit seinem Freund Eberhard Thau Schach, Halma oder Mühle oder erzählte mit dröhnender Stimme aus seiner Jugendzeit als Leutnant und jüngster Rittmeister der Reichswehr.

Lydia v. Bercken lag noch immer auf ihrem Zimmer und durfte nur einige Schritte bis zum Balkon machen, um sich dort auf ein anderes Bett zu legen. Dr. Hollrein hatte strengste Schonung befohlen.

»Ein Blödsinn ist das. Ein ausgemachter Blödsinn«, sagte Lydia zu ihrer neuen Freundin Carola Bornsiefen. »Ich brauche Bewegung und Trubel, um wieder fit zu werden. Ich bin doch keine alte Frau, weiß Gott nicht! Ich gesunde am Erlebnis.«

Vorerst ärgerte sich sich täglich stärker. Jeden Tag nach dem Morgenkaffee meldete Carola Bornsiefen fast genüßlich: »Jetzt geht sie wieder rüber ... Heute hat sie ein weißes Kleid an. Und einen Ausschnitt hat sie! Einen Ausschnitt! Man kann fast alles sehen. Schamlos ist das. Direkt aufreizend unmoralisch. Wie kann man nur so zu einem Mann gehen! Zu einem alleinstehenden Mann auch noch. Man müßte einmal Mäuschen sein dort drüben, was, Lydia?«

»Ich kratze ihr die Augen aus, wenn ich sie noch einmal sehe!« zischte Lydia und beobachtete vom Balkon, wie ›sie‹ hinüber zur Plötzke-Villa ging. »Und was hat diese Schlange uns vorgespielt: Ein treues Weibchen! Keine Abenteuer! Mein guter Peter-Paul! Aber das geht nicht lange gut... Sie sollen sehen, Carola... bald, bald platzt hier eine Bombe –«

An zwei Abenden hatte Lydia Besuch bekommen. Spät war es, die anderen Frauen waren längst auf ihren Zimmern. Da schlich sich Peter Sagrelli durch die Flure und schlüpfte in das Zimmer. Lydia lag auf dem Bett in einem ihrer aufreizenden Babydolls und las in einem Roman.

»Mit dir habe ich ein ernstes Wort zu sprechen«, sagte sie bei dem ersten Besuch und legte das Buch weg. »Wie kannst du Bengel den Oberst so zurichten! Was hast du dir eigentlich dabei gedacht?«

Peter Sagrelli antwortete nicht auf diese Frage. Er stand eine Weile an der Tür und starrte stumm auf den üppigen, kaum verhüllten Körper. Dann machte er ein paar schnelle Schritte, warf sich über das Bett und drückte Lydia in die Kissen.

»Du wilder, süßer Junge«, sagte Lydia und krallte die Finger in die schwarzen Locken Sagrellis. »Psst... sag nichts... ich verstehe dich ja schon –«

Viel später, in der Nacht, saß Sagrelli in einem der bunten Sessel an der geöffneten Balkontür und rauchte. Lydia lag lang ausgestreckt und mit dem wohligen Gefühl einer satten Katze auf dem Bett und spielte mit ihren platinfarbenen Haaren.

»Du hättest es trotzdem nicht tun dürfen«, sagte sie, aber es war kein Tadel in ihrer Stimme, eher so etwas wie der Genuß eines Triumphes, daß sich zwei Männer ihretwegen zerfleischten.

»Ich konnte es nicht anders. Ich sah einfach rot, als der alte geile Bock dich so umschwärmte.« Sagrelli rauchte hastig. Seine Finger zitterten, und sein Atem ging noch stoßweise. Eine dünne Schicht von Schweiß überzog seinen dunklen, in der Sonne gebräunten Körper. »Und ich werde es wieder tun, wenn er dich nicht in Ruhe läßt.«

»Du bist ein kleiner, dummer Junge, Peter.« Lydia räkelte sich wohlig. Die Nacht war lauwarm. Im Zimmer lag der Duft von Flieder. Sagrelli hatte ihr einen Strauß mitgebracht. Im Garten wuchsen hohe Büsche davon mit dicken, gefüllten Dolden.

»Ich liebe dich«, sagte Sagrelli wie ein störrischer Junge.

»Das glaubst du.«

»Hab' ich es dir nicht bewiesen?«

»Und zuerst hattest du Angst. Weglaufen wolltest du.«

»Weil du ein Gast bist.«

»Sind Gäste keine Frauen?«

»Nicht für das Personal.«

Lydia stützte sich auf. Ihr üppiger Körper glänzte im Mondlicht. »Dein Vater war Italiener?«

»Ja. Und Mutter eine Schweizerin. Vater kam bei einem Eisenbahnzusammenstoß ums Leben... er war Zugschaffner. Und zwei Jahre später starb Mutter. Sie hatte Gallensteine und überlebte die Operation nicht. Ich war damals neun Jahre alt.«

»Und dann?«

»Ich kam zu einer Tante nach Freiburg. Aber der Onkel schlug mich immer und nannte mich ›dreckiger Itaker‹. Als ich vierzehn war, lief ich weg und wurde Boy in einem Hotel am Bodensee. Und seitdem bin ich allein...«

»Mein armer, schöner kleiner Romeo...«

»Ich habe noch nie eine Frau wie dich geliebt. Und ich werde dich auch nicht wieder hergeben... nie mehr.« Sagrelli zerdrückte den Zigarettenrest und beugte sich vor. Seine dunklen, großen Kinderaugen starrten Lydia an. Es waren Augen eines nach Liebe Hungernden. Lydia v. Bercken spürte diesen Blick und legte die Arme fast wie schützend über ihre Brüste.

»In vier oder fünf Wochen reise ich wieder ab...«

»Ich werde mitfahren.«

Lydia setzte sich mit einem Ruck auf. Es war keine Redensart von Sagrelli, sie sah es deutlich. Er meinte es ernst.

»Aber das geht doch nicht!« sagte sie erschrocken.

»Warum nicht?«

»Überleg doch mal ganz nüchtern.«

»Weil ich nur ein Hotelboy bin?« Sagrelli kniete vor ihrem Bett und küßte Lydia mit einer Innigkeit, die wie ein heißer Strom durch ihren Körper rieselte. »Wir lieben uns doch...«

»Aber –«

»Warum aber? Du hast Geld genug, und ich habe Liebe genug – reicht das nicht für ein ganzes Leben?«

Lydia v. Bercken fuhr sich mit beiden Händen durch die Haare. Unter den Küssen Sagrellis, der ihren Körper abtastete, zitterte sie, aber in ihrem Gehirn überwog plötzlich die Nüchternheit. Das ist doch Unsinn, dachte sie. Harry wartet auf mich, wir wollen heiraten. Nur um jung genug für diese Ehe zu sein, bin ich nach Bad Moorbach gefahren. Sie hielt den Kopf Sagrellis fest und sah ihm in die flehenden, großen Kinderaugen.

Er ist verliebt, dachte sie schaudernd. Er begreift nicht, was ein Abenteuer ist. Er ist noch so herrlich jung, seine Seele zu verlieren, wo es nur um den Körper geht. Wie kann man es ihm sagen, wie ihm klarmachen, ohne daß es ein Drama wird?

Sie streichelte seinen schwarzen Lockenkopf, so wie man ein weinendes Kind beruhigt und zu ihm sagt: Sei ruhig, ganz ruhig... und schlafe... schlafe...

»Ich liebe dich«, sagte Sagrelli mit stockender Stimme. »Sag, daß du mich auch liebst...«

»Mein kleiner Romeo –«

»Sag, daß du mich liebst.«

»Deine Jugend ist so wunderschön –«

»Ich töte jeden, der dich mir wegnimmt.«

»Wirklich, du tätest es...«

»Bestimmt.«

»Und du würdest auch mich umbringen, wenn ich dich nicht mehr liebte –«

»Dich und mich.«

Lydia drückte Sagrellis Kopf an ihre Brust. Sie schwelgte in dem Bewußtsein, Liebe zu geben, die einen jungen Menschen besinnungslos macht, wehrlos, irrsinnig. Aber gleichzeitig empfand sie Angst und suchte nach Möglichkeiten,

Sagrelli die Sinnlosigkeit seiner Leidenschaft klarwerden zu lassen.

»Noch bin ich ja hier«, sagte sie ausweichend, als Sagrelli den Kopf hob und sie forschend ansah.

»Und du wirst immer bei mir sein. Immer.«

Lydia v. Bercken seufzte tief. Warten wir ab, dachte sie. Vielleicht wird sich vieles ändern in den kommenden vier Wochen. Was kann in dreißig Tagen alles geschehen? Sie umfaßte den Kopf des Boys und starrte ihn groß an. Eine plötzliche Furcht durchjagte sie. Er darf nie von sich aus sagen, daß es zu Ende ist, dachte sie. Ich muß es sagen ... ich allein. Ich muß die Stärkere sein, die auf seine Liebe verzichten kann. Es wäre furchtbar, wenn er eines Tages käme und sagte: Es ist aus. Ich liebe eine Jüngere. Eine Jüngere. – Ich würde ihm die Haare vom Kopf fetzen, wenn er das jemals sagen würde. Wenn ich ihn verliere, dann nicht durch eine Jüngere. Ich muß ihn gehen lassen. –

»Du bist so schön, Romeo«, sagte sie leise und streichelte über seine Augen. »So jung und herrlich ... Wie kannst du nur auf den Gedanken kommen, ich könnte dich nicht lieben–«

Am zweiten Abend wiederholte sich alles fast wie aufs Wort. Nur Peter Sagrelli war unruhiger und stürmischer. Er war bei Oberst Plötzke gewesen, weil ihn der Hausmeister Oberreuther mit einem Medikament von Dr. Hollrein hinüber zur Villa geschickt hatte. Dort hatte Plötzke sich eingehend nach Lydia v. Bercken erkundigt. Grüße aufgetragen und einen großen Rosenstrauß mitgegeben. Sagrelli hatte die Rosen an den Stämmen der Tannen oben im Wald zerschlagen und die blütenleeren, zerfetzten Strünke mitgebracht. Mit einer wilden Gebärde warf er sie auf das Bett Lydias.

»Vom Oberst!« zischte er. »Ich soll dir sagen, wie sehr er dich verehrt.«

Lydia fegte die dornigen Stiele von sich auf den Teppich. Ihr Gesicht war verschlossen und abweisend.

»Du benimmst dich unmöglich!«

»Ich werde ihn bei der nächsten Gelegenheit wieder zusammenschlagen!« rief Sagrelli.

»Dann brauchst du gar nicht wiederzukommen.«

»Du liebst ihn also?«

»Romeo –«

»Gestehe, daß er dir nicht gleichgültig ist.«

»Kein Mann ist mir gleichgültig.«

»Man sollte dich umbringen –«

»Du bist wunderbar in deinem Zorn, mein Kleiner.«

»Ich überlege, ob ich dich erwürgen soll –«

»Du würdest es gar nicht können –«

Sagrelli senkte den Kopf. Er zögerte einen Augenblick, nagte an der Unterlippe, schüttelte die geballten Fäuste. Dann sprang er zum Bett und fiel vor Lydia auf die Knie. Seine Hände griffen nach ihrem Hals ... aber statt ihn zu umklammern, streichelte er über ihre Schultern und legte den Kopf auf ihre Brust. Er schluchzte und preßte sich an sie, als Lydia seinen Kopf wegschieben wollte.

»Ich bringe dir hundert Rosen, wenn du sie gern hast«, weinte er. »Jeden Tag hundert Rosen ... ich stehle sie aus allen Gärten ... Nur lieb mich weiter ... stoß mich nicht weg ... zwing mich nicht, dich und mich umzubringen ...«

Durch Lydia lief ein kalter Schauer. Plötzlich erkannte sie die Gefahr, in die sie getrieben worden war. Das amouröse Spiel mit der Jugend begann, eine Tragödie zu werden. Es war zu Ernst geworden. Der kleine Boy Sagrelli weigerte sich, den Himmel zu verlassen, in den er hineingehoben worden war.

»Mein kleiner, armer, dummer Romeo ...«, sagte Lydia stockend. »Der Oberst ist doch ein alter Mann. Was soll ich mit einem Greis, der wie ich die Jugend sucht? Du bist doch bei mir, du bist doch jung und wild und heiß und herrlich und betäubend wie ein Wüstenwind – warum reden wir denn solchen Unsinn? Wir sind doch jung, nicht wahr? Sag, daß wir jung sind –«

»Ich liebe dich«, stammelte Sagrelli. »Du bist die herrlichste Frau –«

Und so verging die zweite Nacht.

Am Morgen saß dann wieder die Lehrersfrau Carola Bornsiefen auf dem Balkon und berichtete der müden und abgespannten Freundin, was sie beobachtete.

»Sie geht wieder rüber – schamlos, wie offen und selbstverständlich sie das tut. Alle sehen zu, und sie geht hinüber, als sei es die natürlichste Sache auf der Welt. Und ein Kleid hat sie an, ein Kleid! Ein Dirndl. Mit ganz knappem Mieder. Die Brust ist so geschnürt, daß sie direkt aufreizend wirkt...«

Lydia v. Bercken hörte den Worten zu und berauschte sich erneut an ihrer Wut. Die hinter ihr liegenden Nächte hatten sie sehr ernüchtert. Wie Blei lag die Erschöpfung in ihren Gliedern, und Dr. Hollrein, der sie nach dem Frühstück untersuchte und das Herz abhorchte, den Blutdruck maß und den Kreislauf kontrollierte, war erstaunt über die körperliche Schwäche der Patientin.

»Bettruhe – da ist leider nichts zu ändern, gnädige Frau«, sagte er. »Ihr Blutdruck und Ihre Herztätigkeit gefallen mir gar nicht. Wie fühlen Sie sich?«

»Wie zerschlagen, Doktor.«

»Sie müssen einen gehörigen Schock mitbekommen haben. Sie sollten einmal völlig ausspannen. Ich würde vorschlagen, wir versuchen es einmal mit einem Heilschlaf. Dabei beruhigen sich die ganzen Nerven...«

Lydia v. Bercken schüttelte den Kopf. Zehn Tage schlafen, dachte sie. Nie und nimmer. Zehn Tage Leben gingen dann verloren, zehn Tage Liebe, zehn Tage mit Kater und dumpfer Nachstimmung erkauftes Glück.

»Es wird schon so wieder gehen, Doktor«, sagte sie mit einem ermunternden Lächeln. »Wie geht es dem Oberst?«

»Verhältnismäßig gut. Frau Bromme sorgt rührend für ihn.«

»Das glauben wir alle«, sagte Carola Bornsiefen vom Balkon her giftig.

Kopfschüttelnd verließ Dr. Hollrein das Zimmer.

Eine kalte Brause, dachte er bissig. Für sie alle. Aber was nutzte das? Das erfrischte sie nur, und hinterher war's nur um so schlimmer. Mit einem ehrlichen Seufzer drückte er die Klinke zu Zimmer 13 und trat ein.

Vom Bett Veronika Aggartz' erhob sich Fritz Karchowski. Er war sehr verlegen, und Veronika knöpfte lächelnd ihre Pyjamajacke zu, nicht eilig, sondern genüßlich langsam.

»Warum klopfen Sie nicht an?« fauchte Karchowski und ärgerte sich, daß er rot dabei wurde. Dr. Hollrein drückte hinter sich die Tür ins Schloß.

»Verzeihung – aber ich habe geklopft. Man hat es sicherlich überhört. Wie ich sehe, haben Sie ja schon Herz und Lunge abgehört... ich brauche mich also nur noch um den Blutdruck zu kümmern...«

Wütend verließ Karchowski das Zimmer und schmetterte die Tür zu. Dr. Hollrein setzte sich zu Veronika Aggartz ans Bett und rollte die Blutdruckmanschette auseinander.

»Das nächstemal schließen Sie bitte das Zimmer ab«, sagte er, während er die Manschette um den Oberarm Veronikas wickelte. »Und ausgerechnet dieser Karchowski –«

Veronika Aggartz dehnte sich im Bett. Während Hollrein die Manschette aufpumpte, legte sie die Hand auf seinen Oberschenkel.

»Ja, es ist wirklich schade«, sagte sie mit ihrer schönen Stimme. »Aber was soll man tun, wenn die Ärzte von Tannenburg so unnahbar sind –«

Peter-Paul Bromme stand vor dem hohen Zaun der Plötzke-Villa und starrte durch die Lattenritzen auf das alte, aber gepflegte Gebäude. Die Mittagssonne brannte schattenlos, die Berge dampften die Nachtfeuchtigkeit durch die Tannenwälder, auf den Straßen regte sich kaum Leben. Man saß irgendwo im Schatten und trank eisgekühlte Fruchtsäfte. Im Park von Tannenburg lagen die Damen unter den großen Sonnenschirmen rund um das Schwimmbecken, Hausmeister Oberreuther spritzte die Wege, und der Boy Sagrelli bediente von einer fahrbaren Bar aus mit einem Serviermädchen die Gäste.

Bromme lehnte sich an den Zaun und wischte sich den perlenden Schweiß vom Gesicht. Dort drin ist sie, dachte er, und er spürte auf einmal nicht mehr die brennende Sonne, sondern nur noch sein Herz, wie es zuckte und stach. Bromme wußte es ganz genau, denn er war zuerst zum Kurheim Tannenburg gegangen und hatte sich bei der Anmeldung vorgestellt. Nicht als Ehemann, sondern als Bruder der Irma

Bromme. Es soll eine Überraschung sein, hatte er erzählt. Neun Jahre habe man sich nicht gesehen, und durch Zufall sei er jetzt auf Geschäftsreise durch Moorbach gekommen. Das würde eine Freude geben...

»Ihre Schwester ist nicht im Haus«, hatte die Dame an der Anmeldung gesagt. Es war die Heimsekretärin. »Aber Sie können sie nebenan erreichen. Bei Herrn Oberst Plötzke... dort ist sie jetzt immer.«

Für Peter-Paul Bromme war diese Auskunft mehr als ein Schlag auf sein Herz. Eine Welt brach in ihm zusammen. Er lehnte sich an die Rezeptionstheke und starrte die Heimsekretärin aus flatternden Augen an.

»Bei Oberst Plötzke... nebenan...«

»Die Villa neben uns. Wenn Sie Ihre Schwester überraschen wollen...«

»Und ob ich das will!« sagte Bromme dumpf.

»... brauchen Sie nur zu schellen. Sie wird Ihnen dann aufmachen.«

»Aufmachen wird sie sogar. Als wenn sie dort zu Hause wäre –«

»So ungefähr –«

Bromme nickte. »So ungefähr. Danke, Fräulein, danke. Ich gehe sofort hinüber...«

Aber er war nicht sofort hinübergegangen. Er hatte sich auf dem Weg zwischen Tannenburg und der Plötzke-Villa auf eine Bank des Verschönerungsvereins Moorbach gesetzt und hinunter ins Tal gestarrt.

Was nun? hatte er gedacht. Es ist sicher: Irma betrügt mich. Meine liebe, blonde, sanfte Irma. Die Mutter meiner zwei erwachsenen Kinder. Die Frau, die in drei Monaten Großmutter wird. Sie betrügt mich, Peter-Paul Bromme, mit einem Oberst. Was soll man da sagen? Was soll man da machen? Ich bin ja noch nie in einer solchen Situation gewesen... ich habe nie daran gedacht, es war bisher unmöglich, überhaupt einen Gedanken daran zu verlieren. Und nun... nun ist es doch wahr. Irma betrügt mich. Mein Gott – was tut man in einem solchen Fall?

Bromme hatte fast eine Stunde in der Sonne auf der Bank

gesessen. Und auch nach dieser heißen Stunde wußte er noch nicht, was er machen sollte. Eines war sicher: er würde nicht toben. Er würde den Oberst nicht tätlich angreifen. Er würde Irma nicht züchtigen. Es gab nur einen Ausweg: eine Aussprache und ein Auseinandergehen, ruhig, gemessen, so wie man im Leben immer gewesen war. Eine Scheidung nach über zwanzig Jahren Glück und Zufriedenheit, Zusammenleben und Vertrauen.

Bromme wandte sich von dem herrlichen Stadtpanorama, das zu seinen Füßen lag, ab. Er haßte Moorbach plötzlich. Er verfluchte den Tag, an dem er den Namen gehört und den bunten Prospekt bekommen hatte.

Was wird sie sagen, wenn ich plötzlich vor der Tür stehe, vor der Tür des Oberst Plötzke, und sie öffnet mir, als sei sie die Hausfrau? Einen Schlag kann sie bekommen, umfallen kann sie, sich verletzen, einen Herzschlag erhalten... Und so stand Bromme nun vor dem Zaun der Villa und starrte den bronzierten Klingelknopf an und das Messingschild: Siegmund Plötzke, Oberst a. D.

Sie war drinnen, das wußte er. Wäre sie in der Zwischenzeit weggegangen, hätte sie an der Bank vorbeigehen müssen. Es war der einzige Weg, der hinunter ins Tal führte.

Peter-Paul Bromme starrte wieder durch die Ritzen der Latten. Er sah einen Mann in einem schneeweißen Hemd durch die Büsche gehen. Aber er hatte keine weißen Haare und war größer, als man den Oberst beschrieben hatte. Es war Eberhard Thau, der nach dem Mittagessen spazierenging. Bromme kannte ihn nicht und wunderte sich.

Sie lebt mit zwei Männern, dachte er ratlos. Irma mit zwei Männern. Das ist doch unmöglich. Das ist doch Wahnsinn, so etwas zu glauben.

Bromme rieb sich die Augen. Als er wieder in den Garten sah, kam Oberst Plötzke aus dem Haus. Seine weißen Haare glänzten wie Silber in der Sonne. Aber er war allein. Irma begleitete ihn nicht. Natürlich, sie spült das Geschirr, dachte Bromme. Das tut sie immer nach dem Essen. Erst abspülen, dann ausruhen. Irma haßt eine Küche, in der das Geschirr ungewaschen umherstand.

Der Oberst setzte sich auf eine Bank und klappte ein Schachspiel auf dem Tisch vor sich auf. Er setzte die Figuren auf die Felder und polierte den König an der Hose, nachdem er ihn vorher behaucht hatte. Es war ein friedliches Bild, ein Bild bürgerlicher Gemütlichkeit. Das Bild eines zufriedenen Mannes, der gut gegessen hat, sich erholt und weiß, daß hinter dem Fenster eine schöne Frau für Ordnung und Behaglichkeit sorgt.

In Brommes Brust explodierte etwas. War es das Herz? Er wußte es nicht. Es durchrann ihn heiß, als jage die Explosionswolke statt des Blutes durch seine Adern. Ihm war, als schwelle sein Kopf an wie ein aufgeblasener Ballon.

Ich schlage ihm doch ins Gesicht, dachte er plötzlich. Ich schlage ihm in dieses zufriedene, süffisante Gesicht. Ich werde ihm das männlich schöne, die Frauen verrückt machende Gesicht zerschlagen wie einen alten Tonkrug. Jawohl, das werde ich! Und keiner kann mir das übelnehmen. Keiner. Er hat mir meine Irma weggenommen. Meine kleine, blonde, zärtliche Irma. Ich werde ihn zusammenschlagen... ich werde ihn vernichten. Jawohl, das werde ich! Vernichten.

Bromme legte den Finger auf den Klingelknopf und schellte.

Jetzt kommt sie, dachte er und hielt sich die Herzgegend fest. Jetzt wird Irma aus der Tür kommen und öffnen. Meine Frau...

Aber Irma erschien nicht. Anscheinend spülte sie gerade und hatte nasse Hände.

Durch die Zaunritze sah Bromme, wie Oberst Plötzke selbst den Weg herunterkam zum Tor. Er ging forsch und in den Knien federnd.

Bromme ballte die Fäuste. Nur noch zehn Schritte, schätzte er. Nur noch sieben... fünf... drei... dann ist es vorbei mit deiner Forschheit. Ich werde gar nichts sagen, dachte Bromme blitzschnell. Überhaupt nichts. Ich werde ihn groß ansehen und zuschlagen... Er wird schon wissen, warum.

Bromme trat einen Schritt von der Zaunritze zurück.

Der Oberst war an der Tür, der Schlüssel klirrte.

Im Sportsaal von Tannenburg hatte Eva Sägert ihre Kraftsportübungen aufgenommen. Eine Gymnastiklehrerin überwachte sie, und zu Beginn hatte Dr. Hollrein sich davon überzeugt, daß Eva Sägert in der Lage war, die ›Roßkur‹ überhaupt anzufangen.

Nun turnte sie am Barren, schwang sich hin und her, ging in die Grätsche, ließ ihren Körper auf die federnden Holme klatschen und turnte keuchend die Anfangsübungen.

Am Abend vorher hatte sie noch einmal an den Studienrat Ernst Tommoth geschrieben. Zum letztenmal, wie sie sich vornahm.

›Ich war bei der Adresse... aber ich habe es nicht getan. Ich werde es nie tun! Ich will es auf eine andere Art versuchen... aber schlägt es fehl, wird alles seinen natürlichen Lauf nehmen, ganz gleich, was daraus entsteht. Ich fürchte nun keinen Skandal mehr. Ob du Deine Stellung verlierst, ist mir auch gleichgültig, ob Du Uschi Ostern versetzt, interessiert mich nicht mehr... Ich werde das Kind schon großziehen, und es soll ein besserer Mensch als sein Vater werden... Das wäre das letzte, was ich Dir zu sagen habe. Kein Lebewohl, erst recht nicht ein Wiedersehen... Ich bereue alles tief und schäme mich furchtbar, wenn ich an Hans denke und an den Betrug, den er nicht verdient hat. Aber für ein Zurück ist es nun zu spät... ich muß durch eine Hölle gehen, und ich nehme es auf mich –‹

Nun turnte sie, ließ sich mit dem Leib auf die Holme des Barrens fallen und wartete darauf, daß etwas in ihr riß. Nach ein paar Übungen stellte sie sich abseits und lauschte nach innen. Verzeih mir, du unschuldiges Wesen, dachte sie schaudernd. Gott wird mir dies nie vergeben, ich weiß es... aber ich habe solche Angst vor den Folgen... solche Angst... und ich liebe doch Hans, meine Uschi, das Haus in Düsseldorf, das Leben, das wir gemeinsam aufgebaut haben, Hans und ich... Das ist keine Entschuldigung, ich weiß es... ich bin eine Mörderin in den Augen Gottes... Aber wenn es möglich ist, darfst du nicht leben... du darfst nicht leben...

Nach einer Weile turnte sie weiter. Sie hing an den Ringen und ließ den Leib sich dehnen, schleuderte ihn durch die Luft und reckte sich im Schwingen, daß sie die Schmerzen in den Leisten kaum noch ertragen konnte. Sie sprang aus vollem Flug auf den Boden der Halle und ließ sich zurückfedern. Die Gymnastiklehrerin klatschte begeistert in die Hände.

»Sie haben die Elastizität eines Balles, gnädige Frau!« rief sie. »Ich hätte das nicht gedacht...«

»Ich war immer eine gute Sportlerin.« Eva Sägert lehnte sich keuchend an die Hallenwand und legte die Hände auf den Leib. In ihrem Körper zuckte es und kroch ein dumpfer Schmerz über die Hüften bis zum Rücken. »Morgen machen wir mal einige Übungen am Schleuderbrett und Tisch, nicht wahr?«

Sie ging unter die warme und dann unter die kalte Brause und anschließend sofort auf ihr Zimmer. Dort lag sie auf dem Rücken und starrte gegen die Decke.

Wenn ich dabei verblute, dachte sie, was wird dann aus Uschi? Mein verwöhntes Töchterchen, das einmal ahnungslos sagte: ›Wenn ich groß bin, möchte ich so elegant und schön werden wie du, Mutti.‹ Wer wird sich um sie kümmern? Ob Hans wieder heiraten wird? Nein... er wird es nicht. Er wird alle Frauen hassen, weil die, die er anbetete, ihn so grauenvoll betrog. Es wird ein trostloses Leben werden im Hause Sägert. Und es war immer ein so fröhliches Haus gewesen.

Sie sprang auf, las den Brief an Ernst Tommoth noch einmal durch und schrieb quer über alle Zeilen mit ihrem glutroten Lippenstift: ›Ich hasse Dich! Ich hasse Dich!‹

Erst dann verklebte sie das Kuvert und schellte nach dem Boy. Peter Sagrelli erschien nach wenigen Minuten und nahm den Brief entgegen.

»Per Eilboten«, sagte Eva Sägert.

»Per Eilboten, gnädige Frau. Ich gebe den Brief sofort auf.«

»Dann kann er morgen schon in Düsseldorf sein?«

»Ich glaube schon, gnädige Frau.«

Sie gab Sagrelli fünfzig Pfennig Trinkgeld und schloß hinter ihm die Tür ab. Bevor sie in ihren Badeanzug schlüpfte, betrachtete sie sich wieder in dem großen Schrankspiegel. Sie mußte es tun, um von dem Anblick die zornige Kraft zu gewinnen, das zu tun, was sie sich vorgenommen hatte. Das Bild der rundlichen Eva Sägert, die einmal schlank gewesen war wie ein Mannequin, dieses Spiegelbild einer Frau, die alle Reize verloren hatte durch die Dummheit einer unkontrollierten Minute, regte sie so auf, daß alle Bedenken in der Flut des Hasses auf sich selbst und auf Ernst Tommoth hinweggerisen wurden.

Auf dem Weg zum Schwimmbecken traf sie Dr. Hollrein.

»Gratuliere!« rief er. »Die Gymnastiklehrerin ist aus dem Häuschen! Sie müssen ja geturnt haben wie jemand aus der Olympiariege –«

»Ich tue mein möglichstes, Doktor«, sagte Eva Sägert und lächelte schwach. Die ›Roßkur‹, wie Sie sie nannten, macht mir sogar Spaß.«

»Und ich bin gespannt, ob Sie dünner davon werden.«

»Ich auch, Doktor –«

Sie lief davon, als fürchte sie weitere Fragen, und sprang aus vollem Lauf hinein in das Schwimmbecken. Ahnungslos lachend ging Dr. Hollrein weiter.

»Wie kommst du eigentlich hier in dieses Kurheim?«

Fritz Karchowski hatte mit Veronika Aggartz eine kleine Wanderung unternommen. Nun lagen sie am Waldrand, hoch über Tannenburg, im sonnenheißen Gras und erholten sich etwas von dem Austausch wilder Zärtlichkeiten. Veronika lag auf dem Rücken und sah in die wenigen, weißglänzenden Wolken, die über den unendlichen blauen Himmel zogen wie Pappwolken in der Dekoration eines Wandertheaters. Ihr Herz jagte, und wenn sie atmete, unterdrückte sie den vollen Atem aus Angst, es könne wieder in ihrer Lunge rasseln und pfeifen.

Karchowski hatte die Ärmel hochgekrempelt und kaute an einem sauren Bonbon. Er sah aus wie eine dicke, angeschwemmte Qualle. Veronika vermied es, ihn anzusehen. Warum gerade Karchowski? hatte Dr. Hollrein gefragt. Ja, warum gerade er? Er war keine Schönheit, er war dick und roch nach saurem Schweiß, und wenn er liebte, keuchte er wie eine alte Dampfwalze und riß den Mund weit auf wie ein erstickender Fisch. Aber er war der einzige in Tannenburg, der zärtlich zu ihr war. Er war ein Mann, der ihr die Illusion gab, geliebt zu werden. Er war einfach da, und wenn sie die Augen schloß und sich nur dem Gefühl hingab, war es herrlich zu träumen, ein anderer Mann gaukele ihr die Seligkeit vor.

Veronika Aggartz verschränkte die Arme hinter den herrlichen, langen nußfarbenen Haaren.

»Wie meinst du das?« fragte sie.

»Na ... als Lungenkranke gehörst du in ein richtiges Sanatorium. Tannenburg ist doch keine Klinik.«

»Ich bin nicht lungenkrank –«

»Erlaube mal! Ich habe –«

»Ich *war* lungenkrank. Du kannst auf der Karteikarte nachsehen, die bei Dr. Weber ist. Verkapselte Kavernen habe ich ... das ist nicht mehr ansteckend. Und nach Tannenburg bin ich gekommen, um mich zu kräftigen. Um mich zu schonen.«

»Schonen ist gut.« Karchowski lachte meckernd. Er strich über Veronikas Körper und küßte sie in die Beuge zwischen Hals und Schulter. »Wenn man das Schonung nennt –«

Veronika schloß wieder die Augen. Nicht sehen, dachte sie. Mein Gott, wenn man auch nicht riechen könnte. Sie drehte den Kopf zur Seite, als sie spürte, wie Karchowski nach ihren Lippen tastete.

»Mein Vater ist ein guter Bekannter von Dozent Dr. Weber. Sie kennen sich von der Universität her. Ich glaube, sie sind sogar Bundesbrüder. Und da ich nicht mehr ansteckend bin, hat er mich nach Moorbach geholt. Und ich spüre, wie die Kur anschlägt. Ich fühle mich viel kräftiger.«

»Das kann man wohl sagen!« Karchowski schob ein neues saures Bonbon in den Mund. »Außer Atem kommt man.«

»Aber ich muß vorsichtig sein. Wenn die Kavernen wieder

aufplatzen – durch große Anstrengung, sagt Dr. Weber –, dann kann es aus sein.«

Karchowski legte sich neben Veronika und zog die Beine an. Sein Bauch wölbte sich hoch und behinderte das weitere Anziehen. Ein schöner Gedanke war ihm gekommen, gleich anschließend, als Veronika erwähnte, daß Dr. Weber ein guter Bekannter ihres Vaters sei. Daraus kann man ihm einen netten, festen Strick drehen, dachte Karchowski zufrieden. Damit kann man den arroganten Pinkel von Dozent aufknüpfen. Verstoß gegen die Aufnahmeordnung der Kurheim GmbH. Keine Schwerkranken dürfen aufgenommen werden – das stand in den vertraulichen Mitarbeiterinstruktionen. Keine Pflegefälle, keine Infektionen ... nur normale Regenerationskuren, nervöse Erschöpfungen, Überwindung klimakterischer Beschwerden, Zellverjüngungen, Kreislaufstützen und was es so gibt an unverbindlicher Medizin. Jeder echte Krankheitsfall sollte abgelehnt oder an eine Spezialklinik empfohlen werden. Wer die ›Tannenburg‹ verließ, sollte das Gefühl haben, geheilt zu sein ... das sprach sich herum und brachte Geld. Ein echter Kranker verdarb nur die Erfolgsstatistik.

Aber Dr. Weber hatte eine Lungenkranke eingeschleust. Aus Gefälligkeit, aus Hilfe für einen Bundesbruder, vielleicht auch aus Mitleid – wer wußte es. Eine Rolle spielten die Motive nicht, nur die Tatsache war wichtig. Und über diese Tatsache, die Karchowski in den Schoß fiel wie ein reifer Apfel, jubelte er innerlich.

»Er wird kleine Brötchen backen«, sagte er laut.

»Wer?« Veronika räkelte sich in dem heißen Gras.

»Ach. Nur ein Gedanke, Liebling. Ein widerlicher Kerl in Freiburg.«

»Du kannst brutal werden, nicht wahr?«

»Wenn es sein muß –«

»Du siehst gar nicht danach aus.«

»Man unterschätzt mich allgemein.« Er drehte sich auf die Seite und legte den schweißigen Kopf auf Veronikas nackte Schulter. »Ich habe es geschafft, in drei Jahren vom kleinen Buchhalter bis zum Stellvertretenden Direktor der Kurheim GmbH aufzusteigen.«

»Allerhand. Und wie?«

Karchowski lachte in sich hinein. Sein dicker Körper vibrierte dabei.

»Ich habe die anderen alle hinausgeekelt.«

»Und darauf bist du stolz?«

»Sollte ich das nicht? Der Erfolg ist maßgebend – wer aussieht wie ich – o ich weiß, daß man über mich lächelt, wenn man mich zum erstenmal sieht –, muß eine andere Moral haben als die, denen der Erfolg in den Schoß fällt. Und kämpfen muß man, den Erfolg zu behalten, denn sie alle denken: Was, diese kleine, dreckige Wanze will Direktor bleiben? Den quetschen wir weg. Aber man quetscht einen Fritz Karchowski nicht weg. Auch eine Ratte kann beißen, und der Biß ist giftig.«

Veronika schielte zu ihm hinüber. Einen Augenblick empfand sie Mitleid mit ihm. Er ist wie ich, dachte sie. Überall stößt man ihn weg, und er sucht nach einem bißchen Glück, nach menschlicher Wärme, nach Verstehen, nach Liebe. Und weil er ein Mann ist, kämpft er darum, brutal und rücksichtslos. Ich bin nur ein Mädchen und muß warten, bis sich jemand meiner Sehnsucht erbarmt. Armer, kleiner dicker Karchowski.

Aber dann sah sie sein Gesicht. Das zynische Lächeln. Die schweißverklebten Wimpern. Den Froschmund. Die blitzschnellen, glänzenden und doch kalten Augen. Und sie wandte den Kopf wieder ab und unterdrückte das Mitleid.

»Kennst du diesen Dr. Weber gut?« fragte er nach einer Weile Schweigens.

»Nein. Nur durch Vater. Ich lernte ihn erst kennen, als ich nach Tannenburg kam. Vor zwölf Wochen –«

»Und später?«

»Er war immer wie ein Freund. Ich habe ihn lieber als meinen Vater. Dr. Weber spricht mit mir wie mit einem Menschen... zu Hause war ich immer nur die Kranke, die man mit triefendem Mitleid ansah. Ich konnte diese Blicke nicht mehr aushalten, diese gierigen Augen, in denen die Frage schrie: Wann stirbst du endlich?« Veronika legte die Hände flach über ihr Gesicht, als brenne die Sonne ihr die Haut fort. »Mir hat Dr. Weber mehr geholfen als zehn Sanatorien. Irgendwie bin ich zufrieden geworden. Ich sehe das Leben anders. Ich sehe es klarer, verstehst du? Ich durchschaue die Lügen der anderen, als seien ihre Körper aus Glas, und dort, wo sie das Herz haben sollten, tragen sie einen Ballon voller Lügen mit sich herum und lassen ab und zu einen Luftzug davon hinaus. Und sie glauben selbst, was sie lügen... das ist das Verblüffendste dabei. Mit jedem Atemzug bauen sie weiter an den Illusionen, die zum Inhalt ihres Lebens geworden sind. Oft sehe ich sie mir an, diese glücklichen Gaukler, und denke: Was wird sein, wenn einmal dieses Schaumgebilde zerfließt? Dann seid ihr nackt und arm, ihr habt kein Herz mehr und keine Seele, kein Ziel und keinen Sinn, und ihr steht vor den eigenen Trümmern und wißt nicht, warum ihr überhaupt gelebt habt. Und dann krampft sich mein Herz zusammen, und ich gehe zu ihnen und sage es ihnen. Und was tun sie? Sie lachen mich aus, und in ihre Augen tritt wieder dieser verfluchte, mitleidige Blick: Sie ist ja krank, die arme Kleine...«

Karchowski schnaufte durch die Nase. »Und was hat das alles mit Dr. Weber zu tun?«

»Wenn es soweit war, bin ich immer zu ihm gegangen. Ich habe ihm alles erzählt, wie eine Beichte war es immer. Und er hat mir recht gegeben, denn er denkt ja genauso. Er ist der einzige, der mich wirklich versteht.«

Karchowski fummelte sein Taschentuch aus der Hosentasche und putzte sich schnaufend und prustend die Nase.

»Was würdest du sagen, wenn Dr. Weber nicht mehr auf Tannenburg wäre?« fragte er dann.

Veronika Aggartz richtete sich mit einem Ruck auf. Karchowskis Kopf flog dadurch von ihrer Schulter zurück in das Gras.

»Nicht mehr auf Tannenburg?«

»Wenn er entlassen würde –«

»Wer sollte ihn entlassen? Das müßte ein Idiot sein! Der Dr. Weber...«

Karchowski wedelte mit dem Taschentuch durch die Luft.

»Ich bin der Idiot, mein Schätzchen.«
»Du?«
»Ich habe Dr. Weber bereits entlassen.«
»Nein!«
»Doch.«
»Und das sagst du so ruhig?« Veronika Aggartz ergriff Karchowski am Hemd und zog ihn in den Sitz empor. Ihre tiefliegenden Augen flackerten gefährlich. Karchowski starrte sie an, unbeweglich wie ein Kaninchen, vor dem die Zunge einer Schlange tänzelt.
»Das ist wieder einer deiner barbarischen Witze«, sagte Veronika laut.
Karchowski schüttelte den Kopf.
»Ich mußte ihn entlassen. Er stellte sich gegen die neuen Richtlinien der Gesellschaft.«
»Richtlinien! Er ist ein Mensch. Das ist für Tannenburg mehr Wert als alle eure Richtlinien.« Sie hielt noch immer das Hemd an der Brust Karchowskis umkrallt, und ihre Augen mit ihrem unnatürlichen Glanz waren ihm jetzt ganz nah. »Du machst es rückgängig«, sagte sie leise.
Karchowski atmete tief auf. »Nein.«
»Du hast ihn, wie alle anderen, hinausgeekelt. Du hast deine Methode selbst erzählt und warst stolz darauf. Aber Dr. Weber lasse ich nicht gehen.«
»Es mußte sein. Es gibt bestimmte Formen von Ungehorsam, die man nicht unwidersprochen lassen kann.«
»Du wirst ihn zurückholen!« sagte Veronika laut.
»Nein!«
»Wie du willst.« Sie sprang auf. Ihr nackter Körper leuchtete braun in der Sonne. »Du wirst mit ihm gehen. So, wie ich jetzt bin, werde ich hinunter nach Tannenburg gehen und schreien: Seht... das ist der Vizedirektor! Das hat er mit mir gemacht! – Oh, glaube nicht, daß ich mich schäme. Ich tue es.«
Karchowski lächelte breit. »Na und? Man wird sagen: Die arme Kleine ist krank. Man wird dir etwas überwerfen und dich ins Bett legen. Und Dr. Hollrein wird dir eine Beruhigungsspritze geben. Man wird nicht dir, sondern mir glau-

ben... ein kleines, überspanntes, lungenkrankes Mädchen –«

»Du widerliches Schwein!« sagte Veronika Aggartz leise. »Untersteh dich, mich noch einmal anzufassen!« Sie warf ihr Kleid über und stopfte die andere Wäsche in einen Badebeutel. »Mach, was du willst. Aber du wirst mich ab jetzt zum Feind haben. Ich bin ein grausamer Feind, denn ich habe nichts zu verlieren. Du wirst es spüren –«

Fritz Karchowski sah ihr nach, wie sie zur Talwiese abstieg. Ihre langen Haare flatterten wie eine Fahne um ihren schmächtigen Körper. Er war ein wenig nachdenklich, denn er wußte, daß Veronika Aggartz gefährlich werden konnte.

Sie muß weg aus Bad Moorbach, dachte Karchowski und legte sich ins Gras zurück. Irgendwie muß sie weg. Auf eine unauffällige, elegante, natürliche Art. Man muß sich das einmal durch den Kopf gehen lassen. Aber weg muß sie –

Vor dem hohen Gartentor stand Peter-Paul Bromme und dachte noch einmal schnell, wie und wohin er schlagen sollte, wenn der Oberst vor ihm stand. Aufs Auge oder aufs Kinn, das war eine wichtige Frage. Zum letztenmal hatte Bromme vor vierundzwanzig Jahren geboxt, im Sportklub der Fabrik, in die er schon als Lehrling eingetreten war. Zwar war sein Interesse an der Selbstverteidigung in den Jahren nicht erloschen, aber er beschränkte sich darauf, Boxveranstaltungen nur als Zuschauer zu erleben, und in der letzten Zeit überhaupt nur am Fernsehschirm. Wer konnte ahnen, daß man einmal als betrogener Ehemann einen guten Aufwärtshaken gebrauchen konnte?

Aufs Auge, dachte Bromme. Das ist sicherer. Das ist eine größere Angriffsfläche als das Kinn, das man leicht verfehlen kann, wenn er den Kopf wegzieht. Aber mitten auf die Nase und die Augen... das kommt immer an.

Der Schlüssel klirrte im Schloß. Aber es öffnete sich nicht, sondern in der Mitte des Tores klappten zwei Bohlen zur Seite und entpuppten sich als ein Fensterchen. In ihm erschien der weißhaarige Kopf Plötzkes, unerreichbar für einen Hieb.

»Bitte?« fragte Plötzke und musterte den Besucher vor dem Zaun. »Sie haben geschellt?«

In Brommes Kopf summte es. Er mauert sich zu, damit niemand ins Haus kann und Irma sieht. Aber ich komme hinein, Herr Oberst. Ich werde sie in Ihrem Hause sehen.

»Ja – das ist er!« schrie Bromme und machte einen halben Luftsprung. »Mein Oberst! Mein lieber, tapferer Oberst. Mein Lebensretter!« Er trat an die Klappe heran und sah in die verblüfften und fragenden Augen Plötzkes. »Erkennen Sie mich denn nicht, Herr Oberst? Kammruh, Heinrich Kammruh, Unteroffizier in Ihrem Regiment. Sie haben mir bei Baranowitschi das Leben gerettet. Mit einem Stoßtrupp haben Sie unsere eingeschlossene Gruppe herausgehauen.«

Oberst Plötzke zog das Kinn an. Es tat ihm gut, für einen Helden gehalten zu werden, nur hatte die Sache einen fatalen Haken. Oberst Plötzke war nie in Baranowitschi gewesen.

»Kammruh? Kammruh?« sagte er gedehnt. »Lassen Sie mich nachdenken. Mir kommt der Name so bekannt vor –«

»Sie haben mich selbst zum EK vorgeschlagen und es mir an die Brust geheftet. In Sokolow war das.«

Plötzke nickte weise. In Sokolow war ich auch nicht, dachte er. Aber der Mann erinnert sich so gut und intensiv an mich, daß es jammerschade wäre, wenn ich ihn enttäuschen würde. Außerdem macht es sich gut, wenn er seine Geschichte auch vor Frau Bromme und Lydia v. Bercken erzählt. Man konnte dann dabeistehen und bescheiden abwinken... »So schlimm war es nicht... habe nur meine Pflicht getan... war doch reine Kameradschaft...« So etwas hob das Ansehen.

»Kammruh! Natürlich! Unteroffizier Kammruh!« rief Plötzke dröhnend. »Wie konnte ich dieses Erlebnis vergessen? Das war eine Zeit, was? Umzingelt von zehntausend Russen, aber wir hielten durch. Eisern. Zäh wie Leder. Kommen Sie rein, Kammruh – es freut mich, daß Sie sich meiner erinnern.«

Das Tor schwang auf. Peter-Paul Bromme betrat den Park der Villa. Mit offenen Armen kam ihm der Oberst entgegen.

Bromme senkte den Kopf. Wie er sich freut, dachte er. Dieser alte Gauner. Es ist doch unmöglich, einen Mann aufs Auge zu schlagen, der einen umarmen will.

»Kommen Sie ins Haus!« schrie der Oberst. »Trinken wir einen guten Tropfen. Und dann kramen wir in den Erinnerungen...«

Bromme trottete mißmutig an der Seite Plötzkes zur Villa. Jeder Schritt war, als ginge er auf einem brennenden Boden.

Jetzt werde ich sie sehen... jetzt gleich... jetzt... Meine kleine, blonde, liebe Irma... jetzt... jetzt...

Vor dem Hauseingang blieb Oberst Plötzke stehen, als zögere er, den Gast mit hineinzunehmen. Im Garten leuchtete das weiße Hemd Eberhard Thaus durch die Büsche. Er spielte Minigolf und visierte mit schrägem Kopf das neue Hindernis an.

Peter-Paul Bromme atmete hastig. Wenn er sich Hilfe holt, bin ich verloren, dachte er schnell. Jetzt muß ich zuschlagen, jetzt! Er drückte das Kinn an die Brust und ballte die Faust. Dabei schielte er zu den Fenstern der Villa. Nirgends ein Anzeichen, daß Irma in diesen Räumen war. Kein Tellerklappern, keine Geräusche, nicht einmal Radiomusik, wo doch Irma so gern bei Musik arbeitete. Manchmal sang sie auch dazu, mit einer schönen, hellen Stimme. »Wenn ich dich nicht kennengelernt hätte«, hatte sie einmal gesagt, »wäre ich vielleicht Sängerin geworden. Aber genau betrachtet ist es ganz gut, daß es so geworden ist. Eine Stimme kann verlorengehen... Bilderrahmen braucht man immer.«

»Sie... Sie wohnen allein?« fragte Bromme, heiser vor Aufregung. Plötzke nickte.

»Ja. Ab und zu kommen Freunde –«

»Und Freundinnen –«

Der Oberst lachte dröhnend. »Auch. Mir scheint, Sie sind gar kein Kostverächter, lieber Kriegskamerad. Da habe ich hier die richtige Lage, mein Bester. Links ein Frauenkurheim, rechts ein Frauenkurheim... man kann sich die Weibchen gewissermaßen wie in einem Katalog aussuchen. Und sie kosten noch nicht mal was!« Wieder lachte er dröhnend und legte freundschaftlich den Arm um Brommes Schulter. Jetzt erst sah er, daß Plötzke gelblich unterlaufene Augen hatte.

»Was ist denn das?« fragte Bromme und starrte auf die Flecke. Plötzke wurde ernst.

»Eine dumme Sache. Ein rätselhafter Überfall im Wald.«

»Vielleicht ein eifersüchtiger Ehemann...«

»Nie. Das ist das einzige, was als Verdachtsgrund ausscheidet.«

»So sicher?«

»Aber ja. Erfahrung und Schweigsamkeit der gesättigten Frauen verhindern das. Es muß ein Raubüberfall gewesen sein. Die guten alten Zeiten von Moorbach sind leider vorbei. Es treibt sich jetzt Gesindel herum, ich sage Ihnen, Gesindel.« Er strich sich über die Augen und lächelte dabei. »Aber ich hatte eine gute Pflege –«

Jetzt kommt es, dachte Bromme, und durch seine Adern zog es siedend heiß. Wenn er jetzt den Namen Irmas nennt, vergesse ich mich.

»Pflege? Ihr Freund?«

»Eine liebe Freundin –«

»Ach –«

»Drüben – vom Kurheim Tannenburg. Eine nette, liebe, hilfsbereite, mütterliche Frau. Ja, ich möchte fast sagen: eine süße Frau.«

Brommes Hals schwoll zu. Er rang nach Luft und wedelte mit den geballten Fäusten an seinen Hüften.

»Sieh an, sieh an«, preßte er mühsam hervor.

»Ja.« Oberst Plötzke drehte sich herum zur Tür. Vorbei, durchfuhr es Bromme. Die Chance ist vorbei. Eben stand er richtig... jetzt ist es unmöglich. Ich kann ihn doch nicht von hinten an den Kopf schlagen. Von hinten.

»Kommen Sie, lieber Freund... trinken wir bei dieser mörderischen Hitze einen eisgekühlten Gin. Und dann erzählen Sie mir mal genau, wie wir uns damals in Rußland – äh – kennengelernt haben. Man hat soviel mitgemacht im Leben... da bleiben solche Einzelheiten nicht mehr haften –«

Bromme setzte sich langsam in einen der Ledersessel und sah sich in der großen Wohnhalle um. Alles war aufgeräumt und sauber. In den Vasen standen Blumen und Blütenzweige. Die Teppiche waren gesaugt, die Aschenbecher geleert. Plötzke hantierte an einem Wandschrank, der als kleine Bar umgebaut war, und mischte Gin mit Eis und Wermut. Während er noch eine Zitrone auspreßte, blickte er sich nach Bromme um.

»Suchen Sie etwas?«

»Sie haben es schön hier. Fast zu schön für einen Junggesellen. So aufgeräumt –«

»Mein blonder, süßer Hausgeist –«

»Ich bin gespannt, wie er aussieht«, rief Bromme heiser. »Auch eine von den sehnsuchtsvollen Ehefrauen?«

Plötzke trug die vollen Gläser vorsichtig zum Rauchtisch.

»Nein«, sagte er.

Bromme schluckte krampfhaft. »Nein?«

»Ich sagte doch schon: eine Seele von Frau. Hilfsbereit, aber treu. Immer freundlich, aber auf Distanz. Eine Frau, die man anknabbern könnte... wenn man nicht wüßte, daß man sich dabei den Mund verbrennt. Eine der wenigen Ausnahmen in Moorbach, die auch noch an ihren Mann denkt, wenn der warme Wind ins Tal streicht und die Langeweile aufgeblasen wird wie ein Luftballon. Ich beneide diesen Mann, auch wenn er ein Trottel ist.«

»Ein Trottel?«

»Ich bitte Sie. Läßt man eine solch entzückende Frau allein in ein Bad wie Moorbach fahren? Das kann nur ein Trottel machen! Würden Sie es?«

»Nein...«, sagte Bromme leise.

»Jeder vernünftige Mann hütet eine solche Frau wie seinen Augapfel. Ein Juwel ist sie. Ich habe es ihr gesagt, daß ich sie lieben könnte.«

»Und was hat sie geantwortet?«

»Sie hat mich ausgelacht.«

»Tatsächlich?«

»Ja. Auch meinen Freund Thau, der draußen Minigolf schlägt. Der war ganz wild hinter ihr her.«

»Der auch?« Bromme dachte an den Mann im weißen Hemd. O Irma, wenn ich hier reinen Tisch gemacht habe, nehme ich dich sofort mit. Nicht einen Tag bleibst du länger hier. Wie könnte ich jemals wieder schlafen bei dem Gedanken, daß andere Männer –

Plötzke unterbrach seine jammervollen Gedanken. Er klopfte mit den Fingerknöcheln auf den Tisch, und sie tranken erst einmal das Glas leer. Es war eiskalt und brannte trotzdem in der Kehle. Bromme hustete etwas und wischte sich den Schweiß aus dem Gesicht.

»Der Thau glaubte, es auf die vornehme Art zu machen. Mit Augenaufschlag und Gesäusel. Da bin ich anders. Ich bin Kavallerist, ich reite zur Attacke. Verflucht noch mal, wenn die Weiber nicht so schön wären, was, Kamerad?«

Bromme nickte. Er starrte wieder auf die Türen, die von der Wohnhalle nach drei Seiten gingen. Was sage ich, wenn sie jetzt hereinkommt? grübelte er. Was wird sie sagen? Peter, wird sie rufen, du hier? Und man wird ihr ansehen, welch ein schlechtes Gewissen sie hat...

»Wo ist sie?« fragte er und umklammerte das eiskalte Glas.

»Die blonde Venus?« Plötzke lehnte sich nach hinten und hob die Schultern. »Sie sind ja ein ganz Unruhiger, lieber Freund. Machen Sie sich bloß keine Hoffnungen. Was mir nicht gelungen ist und Freund Thau nicht, das hängt auch Ihnen zu hoch. Sie wären ganz und gar nicht ihr Typ.«

»So?«

»Aber ja. Sie haben einen Bauch... ich bitte Sie – eine solche Frau und ein Mann mit Bauch. So etwas liebt sportliche, elastische Männer, die Bäume ausreißen und in der Meeresbrandung stehen wie ein Fels. Viel Hirn ist nicht nötig... aber strotzende Kraft! Doch ein Bauch –«

Oberst Plötzke lachte dröhnend. Peter-Paul Bromme saß zusammengesunken in dem großen Ledersessel. Sportliche Männer liebt sie, dachte er, und er spürte wieder die Stiche in seinem Herzen. Nie hat sich Irma darüber beschwert, daß ich einen Bauch bekommen hatte. Natürlich hatte ich keinen, als ich sie ansprach, damals, vor dem Kino. Ich war schlank, tatsächlich, und ich war sogar in einem Turnverein. Ich konnte einen Handstand machen und einen Flickflack auf der Matte. War es das, was damals der kleinen, blonden Irma an dem kaufmännischen Angestellten Peter-Paul Bromme so imponierte? Nun war man über zwanzig Jahre älter geworden, und man hatte sich einen Bauch angegessen und – zugegeben – auch mit vielen kühlen Bierchen angetrunken. Behäbiger war man geworden, ein typischer zufriedener Familienvater, der in ein paar Monaten sogar Opa wurde. Opa. Mein Gott, war es das, was Irma vermißte und worüber sie nie gesprochen hatte? Fehlte ihr der sportliche, schlanke Peter-Paul von damals? Sie hatte sich nicht verändert in den zwanzig Jahren – oder doch, zu ihrem Vorteil hatte sie sich entwickelt. Sie war reifer und fraulicher geworden, schöner noch als vorher, die leuchtenden blonden Haare waren geblieben und der rote, volle Mund, der so gerne lachte. Sie hatte die Schönheit eines herrlichen Sommers erreicht ... und er, Peter-Paul Bromme, hatte in dieser Zeit graue Haare bekommen, Rheuma im linken Knie und einen Bauch. Und nie, nie hatte er gewußt, daß sich Irma nach dem alten Peter-Paul sehnte, nach dem Mann, der am Reck eine Kniewelle machte.

Bromme schluckte mehrmals, um den trockenen Hals anzufeuchten.

»Hat ... hat sie das selbst gesagt?« fragte er leise.

»Nein. So etwas spürt ein Frauenkenner wie ich.«

»Ach so –«

Plötzke musterte seinen Besucher kritisch. Er war sich nicht im klaren, welch ein Mensch es sei. Sieht aus wie ein Beamter, aber er sagte ja, er sei Handelsreisender. Komplett bürgerlicher Typ. Läßt sich abends seine Filzpantoffeln bringen und liest als erstes in der Zeitung die Lokalnachrichten und die Todesanzeigen. Von amourösen Abenteuern scheint er viel zu sprechen und noch mehr hören zu wollen, aber selbst ist er ein Versager, weil zu konservativ treu und vor allem zu bequem. Und so etwas hat in Rußland einen Kessel gehalten und war ein Held. Kaum glaublich, wie sich ein soldatischer Mann außerhalb der Uniform verändern kann.

»Sie sind verheiratet, Kamerad?« fragte er.

»Ja.«

»Nette Frau?«

»Sie entspricht meinem Geschmack.«

Schon mies, dachte Plötzke. Eine Frau, die ihn auch schön findet, muß ein merkwürdiges Ideal haben.

»Zur Sache, mein Lieber.« Plötzke beugte sich vor. »Wie war das damals in Rußland? Woher kannten Sie meinen Namen? Ich nehme an, daß wir uns in diesem Rabatz nicht vorgestellt haben. Woher also –«

»Ich habe mich erkundigt, wie mein Lebensretter hieß«, sagte Bromme tief atmend. »Und da sagte man mir, daß es...« Er wischte sich wieder über das Gesicht und stand auf. »Die beiden Gläser Gin... auf nüchternen Magen... verzeihen Sie, Herr Oberst, aber mir ist ganz blümerant. Wenn ich darum bitten dürfte, an die frische Luft –«

Na ja, sage ich es nicht, dachte Plötzke und schnellte hoch. Ein verweichlichter Bürger ist er geworden. Man sollte alle Männer jedes Jahr eine Übung machen lassen, damit sie Männer bleiben, verflucht noch mal.

»Gehen wir«, sagte er. »Wir können eine Partie Minigolf spielen. Dann werden Sie auch Herrn Thau kennenlernen.«

»Das... das wäre besonders interessant«, sagte Peter-Paul Bromme und folgte dem Oberst hinaus in den Park.

Die Kurheimsekretärin klopfte an die große Glasscheibe, die ihr Büro von der weiten Eingangshalle von Tannenburg trennte und durch die sie einen genauen Überblick über alles hatte, was ins Haus kam, aus dem Haus ging und sich in der Halle aufhielt. Irma Bromme blieb erstaunt stehen, denn es war offensichtlich, daß das Zeichen ihr galt.

»Ja? Bitte? Was ist?« fragte sie, als die Sekretärin aus dem Zimmer kam. Sie sah in deren Hand einen Zettel. »Hat der Herr Oberst etwas bestellen lassen?«

»Nein. Eine Überraschung, Frau Bromme.« Die ältliche Sekretärin zeigte eine Freude, als sei sie selbst beschenkt worden. »Sie haben Besuch.«

»Besuch? Ich?« Irma schüttelte den Kopf. »Das muß ein Irrtum sein. Wer sollte mich in Moorbach besuchen?«

»Ihr Bruder ist gekommen –«

»Wer?«

»Ihr Bruder.«

Irma sah die Sekretärin sprachlos an. Dann schüttelte sie wieder den Kopf.

»Ich habe keinen Bruder –«

»Aber –«

»Wir waren vier Mädchen. Ich habe nie einen Bruder gehabt.«

Die Sekretärin hielt den Zettel wie eine Wurfwaffe hoch und wedelte mit ihm hin und her.

»Ich habe es mir sofort notiert, als Ihr Bruder gegangen war. Bitte – lesen Sie selbst: ›Der Bruder von Frau Bromme ist gekommen‹, habe ich notiert. Mit Uhrzeit. Bitte.«

Irma nahm den Zettel und las ihn. Ihr Gesicht drückte völlige Ratlosigkeit aus, als sie ihn der Sekretärin zurückgab.

»Nun?« fragte diese.

»Ich habe keinen Bruder... das ist das einzige, was ich sagen kann. Jemand muß sich mit Ihnen einen Scherz erlaubt haben.«

»Oder mit Ihnen.« Die Sekretärin zerknüllte wütend den Zettel. »Aber wie kommt er gerade auf Ihren Namen?«

»Das stimmt. Wie kommt er auf meinen Namen?« Irma hob hilflos die Schultern. »Wie sah denn der Herr aus?«

»Mittelgroß, stämmig, mit einem Bauchansatz. Ich möchte sagen wie jemand, der gerne ein Bier trinkt.«

Irma starrte die Sekretärin aus weiten Augen an. »Das... das ist doch unmöglich...«, stotterte sie entgeistert. »Das kann doch nicht sein...«

»Sie kennen den Herrn also doch?«

»Es ist völlig unmöglich, daß es der ist, auf den diese allgemeine Beschreibung paßt. Völlig ausgeschlossen.«

»Aber es gibt so einen Herrn?« bohrte die Sekretärin. Sie war sieben Jahre im Büro von Kurheim Tannenburg. In diesen sieben Jahren hatte sie vieles gesehen und gehört, und sie hatte es in sich aufgesogen wie ein nie zu füllender Schwamm. Sie hatte Tragödien erlebt und Komödien, Versteckspiele und seelische Entblößungen, sie hatte Damen von Rang und Namen sich wie unersättliche Dirnen benehmen sehen und von Fall zu Fall mehr Mühe gehabt, ihren

Glauben an die Weiblichkeit als das Schönste auf dieser Erde nicht zu verlieren. Und nun diese stille, nette Irma Bromme, von der man immer geglaubt hatte...

»Kann ich einmal telefonieren? Ein Ferngespräch?«

»Bitte –«

Die Verbindung war schnell hergestellt. Zu Hause meldete sich niemand, aber das Telefon war umgestellt zum Büro. Brommes Chefsekretärin Fräulein Schmitz war am Apparat.

»Nein, gnädige Frau«, sagte sie, und es klang sicher und glaubhaft, »Ihr Gatte ist nicht verreist. Vor einer halben Stunde ist er weggefahren. Er hat eine Zusammenkunft mit einem holländischen Bildergroßhändler. Soll ich etwas bestellen? Ist es dringend?«

»Nein, nein.« Irma Bromme wischte sich eine Haarsträhne von den Augen. »Sagen Sie bitte auch nicht, daß ich angerufen habe. Mein Mann denkt sonst, es sei etwas passiert. Es ist wirklich gar nichts –«

Die Sekretärin stand lauernd vor dem Büro, als Irma wieder in die Halle kam. »Alles geklärt?«

»Im Gegenteil. Es wird noch rätselhafter. Mein Mann war es nicht.«

»Ihr Bruder –«

»Die Beschreibung paßte auf meinen Mann. Aber er war vor einer halben Stunde noch im Betrieb.«

»Ihr Mann würde sich ja auch kaum als Ihr Burder vorstellen.«

»Sicher nicht...« Irma Bromme putzte sich aus Verlegenheit die Nase. Frauen tun dies gern, wenn sie verlegen sind. »Wenn der Herr sich noch einmal meldet oder nach mir fragt, halten Sie ihn fest, bis ich komme.«

»Wie stellen Sie sich das vor? Ich kann ihn doch nicht fesseln. Aber hinauswerfen werde ich ihn.«

»Das können Sie. Es wird überhaupt das beste sein. Sagen Sie ihm einfach, ich wäre abgereist.«

Das Problem des nie vorhanden gewesenen Bruders beschäftigte Irma Bromme während des Fahrstuhlfahrens so stark, daß sie nicht in ihr Zimmer ging, sondern ihre Abneigung überwand und Lydia v. Bercken aufsuchte.

Lydia war aufgestanden, saß in einem Morgenmantel aus blutrotem Samt am Fenster und aß eine halbe Grapefruit ohne Zucker. Um sie herum saßen Veronika Aggartz, Eva Sägert und Carola Bornsiefen. Sie tranken Malventee mit Zitrone und knabberten an Roggenplätzchen. Das plötzliche Erscheinen Irmas war so abrupt, daß Lydia kein Wort der Abwehr herausbrachte. Nur Carola Bornsiefen sagte spitz: »Ei, sieh an...«

»Entschuldigen Sie...«, sagte Irma und blieb an der Tür stehen. »Aber ich... ich... Mir ist etwas ganz Merkwürdiges passiert...«

»Hat der Oberst Sie schon satt?« fragte Carola Bornsiefen gehässig. Über Lydias Gesicht zog eine tiefe Röte. Sie stocherte in der Grapefruit herum und verkleckerte den Saft auf ihren Samtmorgenrock.

»Lassen Sie doch den Oberst aus dem Spiel!« rief Irma grob. »Heute mittag hat sich unten beim Empfang ein Mann nach mir erkundigt, der sich als mein Bruder ausgab. Und ich habe gar keinen Bruder –«

»Auch Messalina hatte viele Männer«, warf Carola ein. Eva Sägert winkte ab.

»Lassen Sie Frau Bromme doch ausreden. Mir scheint, daß hier im Hause am laufenden Band merkwürdige Dinge geschehen. Überfälle, Eifersüchteleien, moralische Verwirrungen –«

»Bitte mich auszunehmen!« rief Carola Bornsiefen spitz. Veronika Aggartz nickte.

»Die wird allein vom Zusehen satt.«

»Unerhört!«

»Ruhe!« Lydia v. Bercken stellte ihre Grapefruit zur Seite. »Das ist doch alles nicht wichtig. Das ist doch alles nichts gegen das, was wir jetzt erfahren haben. Man hat unseren Chefarzt entlassen!«

»Was hat man?« fragte Irma Bromme entgeistert.

»Herr Fritz Karchowski, der Liebhaber unserer Veronika Aggartz, hat Dr. Weber vor die Tür gesetzt. Warum, das weiß keiner. Aber er hat das Haus bereits verlassen... vor ein paar Tagen schon. Darum war Dr. Hollrein immer allein in der Ordination. Und belogen hat er uns. Der Chefarzt sei auf einem internationalen Kongreß in Paris, hat er gesagt. Na, laß den nachher zur Visite kommen!« Lydia v. Bercken zog den blutroten Morgenmantel über ihrem prallen Busen zusammen. »Veronika hat es uns erzählt. Und sie tut das einzig Richtige, was schon Lysistrata getan hat. Sie hat diesem Froschgesicht von Karchowski gesagt: Entweder Dr. Weber zurück – oder es ist Sense mit dem warmen Fleisch. Da ist noch jeder Mann weich geworden wie Quark.«

»Ich glaube, Karchowski nicht.« Veronika Aggartz lehnte sich zurück. Ihr Gesicht war trotz der Sonnenbräune fahl. Es hatte die Farbe eines Kreolen. »Soll ich ehrlich sein?«

»Wir sind doch hier unter uns alle ehrlich ...«, sagte Carola Bornsiefen schnell und leckte über ihre Lippen.

»Ich habe Angst vor ihm«, sagte Veronika leise.

»Angst?« Lydia lachte grell. »Wenn er mein Liebhaber wäre, würde er Angst vor mir haben.«

»Das glaube ich«, sagte Irma ehrlich.

»Die Herren der Schöpfung. Was sind sie denn? Großmäuler, weiter nichts.« Lydia warf den Bademantel ab und suchte, nackt wie sie war, aus dem Schrank Unterwäsche und ein helles, weit ausgeschnittenes Kleid aus. Mit trockenen Lippen und halbgeöffnetem Mund starrte Carola Bronsiefen auf den weißen, schönen Turm von lockendem Fleisch. »Wir werden es ihnen zeigen, diesen Männern! Ich bezahle hier teures Geld, und Sie alle bezahlen es. Sollen wir uns dafür alles bieten lassen, was ein Froschmaul sich aussinnt? Was es auch sei, warum man Dr. Weber entlassen hat – wir wollen es wissen. Hier geht es um das Prinzip. Und Ihren geheimnisvollen Bruder, den waschen wir gleich mit auf.« Sie blieb vor Irma stehen und sah sie groß und fragend an. »Was ist mit dem Oberst?«

»Er ist wiederhergestellt bis auf ein paar gelbe Flecken unter den Augen. Ich war heute zum letztenmal bei ihm und habe zum Abschied noch einmal das ganze Haus durchgeputzt und aufgeräumt –«

»Zum Abschied ...«, sagte Lydia v. Bercken gedehnt.

»Ja.«

»Sie gehen nicht mehr hin?«

»Aber warum denn? Meine Samariterdienste werden nicht mehr gebraucht. Für das, was der Herr Plötzke noch braucht, bin ich nicht zuständig...«

»Sie sind eine wahre Freundin, Irma!« sagte Lydia enthusiastisch. »Verzeihen Sie, aber ich habe Sie verkannt. Lassen Sie uns wirkliche Freunde sein.«

Ehe es Irma verhindern oder ausweichen konnte, hatte Lydia sie umarmt und drückte sie an ihren nackten, schwellenden Körper. Sie küßte Irma Bromme sogar auf den Mund. Es schmeckte nach Veilchen und Grapefruit. Dann wandte sie sich wieder dem Schrank zu und suchte die zum Kleid passenden Schuhe.

»So!« rief sie, als sie alle Kleidungsstücke auf dem Bett ausgebreitet hatte und zum Mißvergnügen Carola Bornsiefens sich anzuziehen begann. »Und gleich marschieren wir wie eine Phalanx zu diesem Idioten Karchowski und verlangen Aufklärung. Und wenn er sie nicht geben will... Kinder, es wird mir nicht schwerfallen, vierzig Frauen unter einen Hut zu bringen, wenn es darum geht, einen Mann zu zerreißen.«

Carola Bornsiefen klatschte begeistert Beifall. Die anderen schwiegen und halfen Lydia v. Bercken beim Anlegen eines neuen Korseletts. Eva Sägert saß still auf ihrem Stuhl und sah hinaus auf die dunklen Tannenwälder.

Zerreißen, o wenn man das könnte! dachte sie. Ich wüßte einen Mann, an dem ich mit einem glücklichen Lächeln zur Mörderin werden könnte...

Kurdirektor Dr. Spethmann war in einer sehr unerfreulichen Lage. Er kam sich vor wie ein Seiltänzer, unter dem das Seil schlaff wurde und der nun mit Händen und Körperverrenkungen das Gleichgewicht zu halten versucht.

Dagegen wirkte der kleine, dicke Fritz Karchowski äußerst zufrieden und sogar fröhlich. Er saß im Direktionszimmer der Kurdirektion, lauschte auf die Klänge des Kurorchesters in der Muschel und konnte von dem nahe gelegenen Fenster aus die abendliche Promenade um die Rosenbeete beobachten.

Vor einigen Minuten hatte er noch etwas gesagt, das Dr. Spethmann den ganzen Abend verdorben hatte.

»Wie Sie es auch anstellen, lieber Direktor – dieser Dr. Weber wird Moorbach verlassen müssen. Es geht jetzt nicht allein um seine Qualifikation, sondern die Sache hat für mich auch persönlichen Charakter angenommen. Es ist eine Prestigeangelegenheit geworden.«

Dr. Spethmann schluckte diese Worte wie einen Trank aus purer Galle. Er spülte den bitteren Geschmack mit einem Kognak weg und sah Karchowski wie etwas an, das man am liebsten mit einer Axt zerschlagen würde.

»Sie haben gut reden«, sagte Dr. Spethmann nach einer Zeit der Sammlung. »Er will ja gehen.«

»Na also«, sagte Karchowski zufrieden.

»Sie ahnungsloser Engel. Er geht, um in Zeitungen und Zeitschriften über seine Erlebnisse als Arzt in der Tannenburg zu schreiben. Erinnerungen eines Modearztes.«

»Na und?«

»Na und! Na und! Wissen Sie, was das bedeutet?«

»Natürlich. Eine dicke Schadenersatzklage, die ihm völlig das Genick brechen wird. Geschäftsschädigung in unbegrenzter Höhe. Ich kann hunderttausend Mark sagen oder eine Million ... je nachdem, was er über uns schreibt.«

»Es wird einen Skandal geben.«

»Sie übertreiben, Direktor. Was kann ein kleiner, armer Arzt gegen die Industrie der Gesundheit? Man wird ihn totschreien und mit Dreck zudecken, bis er erstickt. Das machen wir mit der linken Hand. Außerdem haben wir da einige kleine Unregelmäßigkeiten entdeckt. Beherbergung einer Lungenkranken auf Tannenburg mit verniedlichendem Krankenbericht, sehr gewagte Behandlungen im städtischen Krankenhaus unter dem Namen des dortigen Chefarztes –«

»Das weiß ich«, sagte Dr. Spethmann steif. Er begann Karchowski anzusehen wie eine räudige Ratte. Sogar seine hinuntergezogenen Mundwinkel drückten Ekel aus.

»Ach. Sie wissen das?«

»Ja. Er hat damit einigen das Leben gerettet.«

»Sehr wirkungsvoll – aber deshalb doch immer noch ungesetzlich, nicht wahr?«

»Er hat die Hilfe eines Ministerialdirektors erworben, dessen neugeborene Tochter er aus aussichtsloser Lage gerettet hat. Sie hatte einen Rhesusfaktor und –«

Karchowski winkte ab. Er neigte den Kopf etwas zur Seite und lauschte. In der Musikmuschel spielte das Kurorchester die Ouvertüre zu ›Dichter und Bauer‹. Karchowski hörte sie immer wieder gern.

»Das ist doch völlig belanglos«, sagte er. »Ärzte dramatisieren oft ihre Taten, um als kleine Götter zu gelten. Wichtig ist, daß der Vater des Kindes ein Ministerialdirektor ist.«

Jetzt hab' ich ihn, diese Kröte, dachte Dr. Spethmann zufrieden. Das macht ihm Sorge. Auch wenn er nicht zu den Freunden Dr. Webers gehörte – schon nicht in seiner Eigenschaft als Direktor eines Modebades wie Moorbach –, so weigerte sich Dr. Spethmann innerlich doch entschieden, zu dem Interessenkreis eines Karchowski gerechnet zu werden. Es tat ihm wohl, daß Karchowski nachdenklich wurde und eine Gefahr sah.

»Er hat Dr. Weber eingeladen.«

»Der Ministerialdirektor?«

»Ja. Er will Dr. Weber wieder zur akademischen Laufbahn verhelfen. In diesem Falle sitzen wir in einem Boot... Sie können sich denken, wie Dozent Dr. Weber innerhalb seiner Vorlesungen über die Modetherapien sprechen und dann auch schreiben wird. Da wird ihn auch Ihre Klage nicht hindern, denn er hat Möglichkeiten genug zu beweisen –«

»Reden wir nicht über Dinge, die unser täglich Brot beschaffen.« Karchowski stand auf und ging im Zimmer hin und her. »Denken wir um.«

»Wie bitte?« fragte Dr. Spethmann verblüfft.

»Behalten wir Dr. Weber. Es ist besser, einen Feind zu kaufen, als ihn zu bekämpfen. Kampf kostet mehr Geld, und es bleiben Trümmer zurück. Auch bei uns. Kaufen wir Doktor Weber, und er macht weiter – das ist billiger, nicht wahr?«

Dr. Spethmann schwieg. Was er dachte, lag in seinem Blick. Aber Karchowski übersah es. Es sind alles Rindviecher, dachte er nur. Wir sind da, um Geschäfte zu machen. Weiter nichts. Und nur der Erfolg ist maßgebend.

»Ich denke, es ist jetzt eine persönliche Prestigefrage geworden«, sagte Dr. Spethmann nach einer Weile Schweigens.

Karchowski nickte. »Auch das wird man hinbekommen. Lebenshungrige Frauen macht man satt – das ist das ganze Geheimnis des Friedens. Wo wohnt Dr. Weber zur Zeit?«

»Bei seinem Freund, dem Chefarzt des Städtischen Krankenhauses, Dr. Balcke.«

»Sehr gut. Ich wäre Ihnen sehr dankbar, wenn Sie mir an einem neutralen Ort – sagen wir, hier bei Ihnen – eine Aussprache mit Dr. Weber arrangieren könnten.«

»Ich glaube kaum, daß Dr. Weber kommen wird«, sagte Kurdirektor Dr. Spethmann verschlossen. Karchowski lächelte versonnen.

»Was sind doch alles für dumme Menschen auf der Welt.« Seine Stimme wurde ölig, und sein Froschgesicht überglänzte ein breites Lächeln. »Die Kurheim GmbH hat Pläne für drei neue große Kurheime ausgearbeitet. Je Haus hundert Betten, modernst eingerichtet. Luxushotels der Gesundheit. Im Baedeker wird man drei Sterne dahinter machen. Mindestens ein Haus könnte man in Moosbach bauen, wenn nicht sogar zwei. Vorbedingung wäre natürlich, daß die Kurverwaltung eine Zusammenarbeit in enger Freundschaft mit der Kurheim GmbH –«

Dr. Spethmann war rot geworden. Er verstand. Zweihundert Betten, zwei Luxushäuser, zweihundert reiche Damen mehr in Moorbach ...

»Ich werde versuchen, was ich tun kann«, sagte er gepreßt. »Im Interesse Bad Moorbachs ...«

»Nur im Interesse der Gesundheit«, nickte Karchowski und grinste unverschämt.

Kurdirektor Dr. Spethmann bedauerte in diesem Augenblick unendlich, seine Höflichkeit bewahren zu müssen.

Die Bekanntschaft mit Eberhard Thau war enttäuschend. Peter-Paul Bromme spielte zwei Partien Minigolf, bei denen er sich überzeugte, daß auch Thau nicht dem Ideal entsprach, das Irma anscheinend heimlich im Herzen trug. Er war weder sportlich noch attraktiv, weder ein Mann, der Bäume ausreißen konnte, noch von strotzender Kraft. Außerdem zeigte auch Thau einen Ansatz von Bauch. Also nichts für Irma.

Unter dem Vorwand, eine geschäftliche Verabredung abwickeln zu müssen, und dem Versprechen, morgen wiederzukommen, um in einem vergrößerten Kreis von Oberst Plötzkes Heldentaten in Rußland zu erzählen (Plötzke dachte an eine Party mit einigen Damen aus Tannenburg, vor allem aber mit Lydia v. Bercken und Irma Bromme), verabschiedete sich Peter-Paul Bromme und machte einen Umweg, um zurück zum Kurheim zu kommen.

In der großen gläsernen Halle zuckte die Sekretärin zusammen, als sie den Besucher eintreten sah. Irma Bromme war auf ihrem Zimmer, und nun kam dieser Mann wirklich wieder, der angab, ein Bruder zu sein, wo es überhaupt keinen Bruder gab.

Soll ich Frau Bromme sofort rufen lassen? dachte die Sekretärin. Sie wollte Peter Sagrelli winken, der in der Halle die Blumen und Palmen in den Kübeln goß, aber dann erinnerte sie sich daran, was man sagen wollte, wenn wirklich der ›Bruder‹ noch einmal kommen sollte.

Peter-Paul Bromme sah sich um und kam dann mit schnellen Schritten auf die Sekretärin zu. Ehe er etwas fragen konnte, wurde sein Lauf durch eine laute Erklärung gestoppt.

»Ihre – Schwester ist abgereist!« sagte die Sekretärin.

»Ab... abgereist?« stotterte Bromme.

»Heute morgen. Ich wußte es noch nicht, als Sie zum erstenmal fragten.«

»Abgereist? Aber wieso denn?«

»Die Motive sind mir nicht bekannt.«

»Aber wohin ist sie denn?«

»Ich nehme an, nach Hause.«

»Nach Hause?!« Bromme starrte die Sekretärin hilflos an. Irma ist nach Hause gefahren, dachte er. Plötzlich, ohne etwas zu sagen. Das sieht wie eine Flucht aus... eine Flucht vor dem Oberst, vor der Versuchung, vor sich selbst... eine

Flucht zurück in die Ehe, wo es keine Verwirrungen der Gefühle mehr gibt. Nur noch Gewohnheit.

»Vielleicht rufen Sie mal bei Ihrer Schwester zu Hause an«, sagte die Sekretärin gehässig. Bromme nickte.

»Das werde ich tun. Das werde ich bestimmt tun –«

Ratlos sah die Sekretärin Bromme nach, wie er aus dem Kurheim rannte, als ginge es um Sekunden, die er verpassen könnte und die wichtig für ein Weiterleben seien.

»Irgend jemand lügt hier«, sagte die Sekretärin laut.

»Wie bitte?« fragte Sagrelli, der neben ihr eine Fächerpalme begoß.

»Nichts! Gieß vernünftig, Bengel!«

»Alte Ziege!« sagte Sagrelli, als die Sekretärin ins Büro gegangen war. Wenn du wüßtest, dachte er, daß andere Frauen mich Süßer nennen und sich in meinen Haaren festkrallen wie brunftige Katzen...

Peter-Paul Bromme trank zunächst wieder zwei Viertele Rotwein, als er sein Zimmer bei dem Barkellner erreicht und sich auf das alte Sofa gesetzt hatte. Er brauchte Zeit zum Nachdenken. Was er in den letzten Stunden erlebt und gehört hatte, benötigte eine gewisse Spanne Zeit, bis es voll und ganz von dem Gehirn verarbeitet werden konnte. Es war so viel, daß Bromme noch ein Viertele trank und sich bemühte, System in seine Erlebnisse zu bringen.

Am Abend, als er sich sagen konnte, daß Irma nun zu Hause angekommen sein mußte, rief er in Hannover an. Dreimal ließ er weit über die Zeit immer wieder durchschellen, bis sich endlich das Hausmädchen meldete.

»Wo bleiben Sie denn?« schrie Bromme erregt. »Seit zehn Minuten klingle ich an –«

»Ich war nicht da, Herr Bromme –«

»Das habe ich bemerkt. Wo waren Sie denn?«

»Ich...« Das Mädchen zögerte. »Auf der Toilette, Herr Bromme.«

»Schon gut!« Bromme wischte sich den Schweiß von der Stirn. »Rufen Sie bitte mal meine Frau –«

»Wen?«

»Meine Frau!«

»Aber die gnädige Frau ist doch –«

»Was ist sie? Badet sie gerade?«

»Nein. Aber...« Das Mädchen schwieg. Bromme schüttelte wütend den Hörer.

»Rufen Sie meine Frau!« brüllte er.

»Die gnädige Frau ist verreist, nach Moorbach!« schrie das Mädchen zurück. Sie zweifelte an dem Verstand Herrn Brommes und hielt zitternd den Hörer ans Ohr.

»Aber meine Frau ist doch heute zurückgekommen.«

»Schon? Im Hause ist sie aber noch nicht.«

Bromme sah auf seine Uhr. Seit drei Stunden mußte Irma in Hannover sein, wenn – wenn sie wirklich nach Hannover gefahren war. Plötzlich war dieser häßliche Gedanke da. Ist sie überhaupt nach Hannover gefahren? Oder trifft sie sich heimlich mit einem Mann, groß, sportlich, schlank... ohne Bauch...

»Hören Sie, Erna«, sagte Bromme mit erzwungener Ruhe, »wenn meine Frau noch kommt, sagen Sie bitte nichts von meinem Anruf.«

»Wie Sie wünschen, Herr Bromme. Kommt die gnädige Frau bestimmt heute?«

»Vielleicht«, sagte Bromme und hängte ein.

Vielleicht, dachte er und wischte sich wieder über das heiße Gesicht. Irma ist weg aus Moorbach, und in Hannover ist sie nicht angekommen. Was mache ich bloß? Was mache ich bloß?

Hätte sie doch nie dieses Moorbach gesehen!

»Nanu, meine Damen! Welch ein entzückender Aufmarsch am Abend! So unvorbereitet, sehen Sie selbst mich außer Fassung vor soviel Schönheit –«

Dr. Hollrein war hinter dem Schreibtisch Dr. Webers aufgesprungen, als Lydia v. Bercken, Eva Sägert, Veronika Aggartz, Irma Bromme, Carola Bornsiefen und zwei andere Damen, die Lydia auf dem Weg zum Chefarztzimmer mitgenommen hatte, in die Ordination traten. Da dieser Auftritt nach einem kurzen Anklopfen und ohne Abwarten seines »Bitte!« erfolgt war, ahnte Dr. Hollrein, daß die nächsten

Viertelstunden unangenehm sein würden. Und er glaubte auch zu wissen, was der Grund des weiblichen Protestes sein würde.

Lydia v. Bercken sah Dr. Hollrein ernst an. Sie hinterließ einen hinreißenden Eindruck in ihrem engen, tief ausgeschnittenen Sommerkleid aus weißer Seide, den langen, schlanken Beinen in hochhackigen Pumps und der üppigen Figur, die durch den weichen Stoff noch deutlicher in ihren Formen modelliert wurde.

»Bitte kein billiges Süßholz, Dr. Hollrein!« sagte sie laut. »Daß Sie so selbstverständlich *hinter* Dr. Webers Schreibtisch sitzen statt *davor*, beweist uns, daß die Gerüchte wahr sind.«

»Es sind keine Gerüchte, meine Damen«, sagte Dr. Hollrein mutig, »sondern Tatsachen.«

»Dr. Weber ist entlassen!« rief Veronika Aggartz.

»Der Herr Dozent ist gegangen«, sagte Dr. Hollrein vorsichtig.

»Man hat ihn hinausgeekelt!« Eva Sägert sagte es so klar, daß Hollrein auf eine Widerrede verzichtete.

»Wir wünschen die Gründe zu wissen!« rief Carola Bornsiefen.

»Es sind hausinterne Gründe, meine Damen.«

»So ein Blödsinn!« Lydia v. Bercken straffte sich, als müsse sie einen Regen von Pfeilen mit ihrem Busen auffangen. »Das Haus sind wir. Wir zahlen, ohne uns wäre Tannenburg ein Haufen weißer Steine, die vermodern. Wir haben ein Recht –«

»Niemand bestreitet Ihr Recht, gnädige Frau. Sie werden in kürzester Zeit Auskunft erhalten.«

»Bitte, wir warten darauf.«

»Nicht von mir, bitte. Ich bin hier nur Arzt. Die Geschäftsleitung sitzt in Freiburg.«

»Also doch dieses Froschmaul Karchowski!« rief Veronika Aggartz wild. »Ich habe es Ihnen gesagt: Er hat Dr. Weber einfach hinausgeschmissen. Wie einen hergelaufenen Hund hat er ihn weggetreten –«

Lydia v. Bercken setzte sich auf einen der Stühle und schlug die Beine übereinander. Ihre runden Knie schimmerten matt in der Lampenbeleuchtung. Dr. Hollrein fixierte sie mit einem Gefühl von Bewunderung und Sarkasmus.

»Sie haben übrigens noch Bettruhe, gnädige Frau«, sagte er, als er bemerkte, daß Lydia zum Sprechen ansetzte. »Wenn Sie nicht die ärztlichen Ratschläge befolgen –«

»Papperlapapp. Ich fühle mich wohl wie nie zuvor. Sie werden gleich sehen, wie wohl ich mich fühle. Sie wissen, was ein Streik ist?«

»Gnädige Frau...«, sagte Dr. Hollrein verblüfft.

»Wir sind zu vierzig Frauen in der Tannenburg. Die meisten sind verheiratet, und ihre Ehemänner bezahlen treu und brav die gerade nicht zimperlichen Summen in dem Glauben, daß ihre Frauen sich erholen und ärztlich betreut werden. Es würde eine Katastrophe geben, wenn sich die vierzig Frauen weigerten, weiter zu bezahlen –«

»Soweit ich die Geschäftsleitung in Freiburg kenne, würde sie die Beträge einklagen.«

»Genau das wollen wir. Die meisten Damen haben Männer in hohen Positionen, in der Wirtschaft, im Handel, in der Regierung, als Juristen... über ganz Deutschland verteilt. Eine Flut von Prozessen würde über Moorbach hereinbrechen, die Zeitungen würden darüber schreiben, das Fernsehen würde sich melden: Streik der Damen in der Tannenburg – Was hat man mit Chefarzt Dr. Weber gemacht? – Ein Riesenskandal –«

»Ich glaube nicht, daß Ihre Gatten, meine Damen, so dumm sein werden, dies mitzumachen«, sagte Dr. Hollrein und blickte auf die Tür. Unbemerkt von den Frauen, war Fritz Karchowski eingetreten und hörte still und gemütlich lächelnd den Worten zu.

Lydia v. Bercken lachte laut. »Sie waren nie verheiratet, lieber Doktor. Wenn eine Frau ihrem Mann in der richtigen Art ihre Nöte schildert, gibt es einfach keinen Mann, der sich weigern könnte, das zu tun, was seine Frau will. Gegen unsere Überzeugungskraft ist die Logik des Mannes wie Staub, den man aus ihren Köpfen bläst. Mit roten Lippen, lieber Doktor. Sie verkennen die Macht der Frauen –«

»Durchaus nicht, meine Damen«, antwortete Karchowski,

ehe Dr. Hollrein etwas entgegnen konnte. Die Frauen fuhren herum. Veronika Aggartz senkte kampfeslustig den Kopf.

»Der Herr des Hauses«, sagte sie spitz. »Der Froschkönig–«

Karchowski schluckte diesen Ausdruck mit bewunderns-würdigem Gleichmut. Nur in seine Augen trat ein harter Glanz. Er sah Veronika nicht an, als er weitersprach.

»Warum diese Aufregung, meine Damen? Dozent Dr. Weber macht nur einen Urlaub. Er wird wiederkommen, nächste Woche. Und er wird in zwei Jahren die Leitung eines neuen Hauses übernehmen, mit dessen Bau wir im Herbst beginnen. Hundert Betten, ein Luxushotel unter ärztlicher Leitung, mit den neuesten Therapien, die Gesundheit, Verjüngung und damit neue Lebensfreude garantieren. Dr. Weber ist lediglich zu eingehenden Vorbesprechungen über diese Pläne nach Freiburg gereist.«

Dr. Hollrein starrte Karchowski sprachlos an. Auch er wußte nicht, daß Karchowski Halbwahrheiten verbreitete, als seien es Tatsachen. Der geplante Neubau war wahr; es stimmte auch, daß man Dr. Weber nach Freiburg einladen wollte (aber er war nicht dort), und außerdem hatte er mit Dr. Weber telefoniert und um eine neue Aussprache gebeten. Weber hatte weder zugesagt noch abgelehnt. Für Karchowski allerdings war es selbstverständlich, daß Dr. Weber das Angebot annahm. Eine Ablehnung schien ihm unmöglich. Und so verkündete er etwas, das im Augenblick der Mitteilung nur in seiner Fantasie bestand.

Lydia v. Berckens Gesicht war lang und ratlos geworden. Sie sah von einer der Damen zur andern und suchte Hilfe. Aber auch diese wußten nicht mehr, was sie sagen sollten. Der ganze Grund der Aufregung, die Flamme der Empörung, war von Karchowski mit wenigen Worten weggewischt worden. Nur Veronika Aggartz kämpfte noch auf seiten Lydias. Sie warf den Kopf hoch und starrte Karchowski aus ihren tiefliegenden brennenden Augen an.

»Er lügt«, sagte sie sicher.

»Aber gnädiges Fräulein«, warf Dr. Hollrein ein.

»Ich bin bereit, ein Geheimnis zu lüften und den Damen in meinem Zimmer die Baupläne der neuen Kurklinik zu zeigen. Im Chefarztzimmer steht als Bezeichnung nicht ›Chefarzt‹, sondern ganz klar ›Zimmer Dr. Weber‹. Das dürfte ein Beweis sein –«

»Allerdings«, sagte Carola Bornsiefen. Sie erntete dafür von Lydia v. Bercken einen giftigen Blick.

»Man kann vieles hineinschreiben«, meinte Veronika. »Papier kann sich gegen das, was man auf ihm schreibt, nicht wehren –«

»Das stimmt.« Karchowski trat in die Mitte des großen Zimmers und sah die Damen der Reihe nach mit seinen glänzenden Äuglein an. Eine Herde netter, kleiner, dummer Lämmer, dachte er dabei. Lämmer, mit Gold behangen und mit brillantenbesetzten Hufen. Und Gehirne wie Lämmer. Gott sei's geklagt. Aber sie bringen Geld.

»Ich kann Sie nur um eines bitten, meine Damen«, sagte er flehend und hob beide Hände wie ein Bettler. »Lassen Sie uns zwei Tage Zeit. Dann ist Dr. Weber zurück, und er wird selbst zu Ihnen sprechen und alles aufklären. Jede Übereilung ist doch schädlich für Ihre Kur. Sie sollen sich in Tannenburg erholen, neue Kraft bekommen, Jugend und Fröhlichkeit am Leben – und ich garantiere Ihnen, daß alle Ihre Erregung nur auf einem Mißverständnis beruht... oder auf einer falschen Interpretation der wahren Verhältnisse.«

Dabei sah er Veronika Aggartz an, und beider Blicke, die sie kreuzten, waren voll Haß und unaussprechlicher Abneigung.

Während der Nacht rief Peter-Paul Bromme noch viermal in Hannover an. Es ließ ihm einfach keine Ruhe. Und jedesmal tönte ihm die verschlafene Stimme des Hausmädchens entgegen.

»Nein, die gnädige Frau ist noch nicht gekommen...«

Nach dem vierten Anruf legte ihm der Kellner die Hand tröstend auf die Schulter.

»Die Weiber!« sagte er verächtlich. »Und erst die, die in die Torschlußpanik kommen. Halb Moorbach ist voll davon. Ich kann Ihnen sagen – Lawinen kann man mit Lawinenzäunen aufhalten... eine Frau, die einmal im Schwung ist, nicht.«

»Sie kennen meine Irma nicht«, sagte Bromme in schwacher Abwehr. »Verdammt – ich kenne sie jetzt auch nicht mehr –«

»Machen Sie's wie sie... nehmen Sie sich einen Kurschatten. Die Promenade wimmelt von ihnen.«

»Nie!« Bromme starrte hinaus in die warme Nacht. Daß Irma nicht in Hannover war, ergriff ihn noch ärger als der damalige Gedanke, sie könne eine Gespielin von Oberst Plötzke sein. Damals hatte man einen greifbaren Verdacht... ein Mann war da, man wußte, wo sie sein konnte, man konnte etwas unternehmen. Aber jetzt? Einfach aus Moorbach wegfahren und nicht in Hannover ankommen... das war eine grausame Ungewißheit. Das war ein aussichtsloser Kampf in das Dunkel hinein. Man war zur Wehrlosigkeit verurteilt. Man konnte nur warten, was geschah. Hilflos abwarten.

In dieser Nacht schlief Bromme kaum, auch nicht nach einigen Viertelchen. Am frühen Morgen rief er wieder in Hannover an, mit letzter, verzweifelter Hoffnung, daß Irma vielleicht die Reise unterbrochen hatte, in Braunschweig, bei ihrer Schwester.

»Nein. Die gnädige Frau ist noch nicht gekommen«, sagte das Mädchen wieder.

Bromme wusch sich eiskalt und frühstückte. Er aß ein Brötchen, das ihm am Gaumen kleben blieb wie Kleister. Sein Hals war zugeschnürt, und im Herzen spürte er Stiche. Dann ging er ziellos durch Bad Moorbach, stand vor den Geschäften, starrte auf die Auslagen und sah doch nicht, was dort angeboten wurde, weil er nur an Irma dachte. In Braunschweig, bei ihrer Schwester, wagte er nicht anzurufen, um sich nicht lächerlich zu machen und vor allem die Familie nicht in eine ausgedehnte, willkommene Unruhe zu stürzen. Eine Scheidung bei Brommes... das würde alle Kaffeekränzchen auf Wochen hinaus beleben.

Noch einmal rief er an, am Nachmittag. Er wartete nur das erste Wort das Mädchens ab. »Nein...« Dann legte er sofort auf und starrte den Hörer an, als habe er aus ihm das Ende seines Daseins gehört.

Und heute abend bei diesem Oberst, dachte er. Erzählen von Rußland, Märchen erzählen, Heldentaten, die geträumt waren... warum denn noch? Irma war nicht mehr dort. Doch dann dachte er klarer. Einige Frauen aus Tannenburg würden als Gäste in die Villa kommen. Damen, die Irma gekannt hatten, die vielleicht etwas wußten, die Auskunft geben konnten, wenn man geschickt die Rede auf sie brachte. Vielleicht erfuhr man mehr, konnte eine Spur aufnehmen, einen Faden aufrollen, der durch das Labyrinth führte.

Peter-Paul Bromme wartete ungeduldig auf den Abend. Er kaufte sich ein neues Perlonhemd, einen bunten Schlips und ließ in einer Schnellbüglerei seine Hose aufbügeln, während er in Unterhosen in einer Kabine wartete und alte Illustrierte durchblätterte. Dann kaufte er einen geflochtenen Strohhut und eine Flasche schweren französischen Rotwein. So ausgerüstet, ließ er sich hinauf zur Plötzke-Villa fahren, innerlich zitternd und sich immer wieder zur Ruhe ermahnend.

Oberst Plötzke hatte den Abend in Generalstabsarbeit arrangiert. Der Park war erleuchtet wie zu einer italienischen Nacht, Wein und Sekt waren kalt gestellt, ein Hotel hatte eine kalte Platte geliefert... in einem solchen Rahmen sollte das heldische Leben von Oberst Plötzke noch mehr wirken. Außerdem war an diesem Abend Lydia v. Bercken zu erobern, eine Aufgabe, die sich Plötzke als ›Manöverziel‹ gestellt hatte.

Mit ausgebreiteten Armen empfing er Bromme an der Gartenpforte und geleitete ihn in das Haus. In der großen Wohnhalle saßen sie schon alle voller Erwartung und angeregter Stimmung. Lydia v. Bercken, Veronika Aggartz, Carola Bornsiefen...

»Hier ist mein lieber Freund und Kriegskamerad Heinrich Kammruh«, rief Plötzke voller Herzlichkeit und stellte Bromme mitten ins Zimmer.

Die Blicke der Damen klebten an Bromme und registrierten wohlwollend seine sichtliche Unbeholfenheit und seine Scheu. Die mütterlichen Gefühle regten sich. Nur Eva Sägert beachtete ihn nicht. Sie war mitgekommen, weil Lydia v. Bercken sie angefleht hatte. Irma Bromme hatte schon abgesagt unter dem Vorwand, sie habe Migräne. In Wahrheit grübelte sie noch immer über den unbekannten ›Bruder‹ nach, vor allem nachdem die Sekretärin den neuerlichen Besuch des Mannes doch verraten hatte. Für Irma mußte nun Eva Sägert zu Oberst Plötzkes Party mitkommen. Sie tat es mit deutlicher Abwehr, ja mit spürbarer Kälte, als Plötzke in seiner galanten Art der rothaarigen Eva einen Strauß voll Komplimente überreichen wollte. »Lassen Sie das«, hatte Eva Sägert gesagt. »Ich bin Frau v. Bercken zuliebe mitgekommen. Ihre Heldentaten interessieren mich nicht, auch sind Sie für mich nicht imposant. Sie verschwenden Ihre Beredsamkeit am falschen Objekt.«

Oberst Plötzke hatte das eingesehen. Seine von ihm eingeführte Klassifizierung der Damen stufte Frau Sägert unter die Rubik ›Sauertopf‹ ein. Von diesem Augenblick war sie für ihn völlig gleichgültig geworden.

Peter-Paul Bromme küßte jeder der Damen die Hand, ehe er zum Empfang einen Cocktail trank. Carola Bornsiefen schob den Rock etwas höher über die Knie und strich mit nervösen Fingern über ihr Kleid. Ein seriöser Mann, dachte sie. Trägt einen Ring. Verheiratet. Als er mir die Hand küßte, war es in mir wie ein elektrischer Schlag. Emil Bornsiefen hatte nie Hände geküßt. Er drückte sie bieder, und sogar dieser Druck war etwas schlaff und ohne Verbindlichkeit.

Irma ist nicht hier, dachte Bromme, als er seinen Cocktail trank. Der Oberst hatte gesagt, er habe sie eingeladen. Das ist ein Beweis, daß sie abgereist ist. Er winkte Plötzke mit den Augen heran und beugte sich zu dessen Ohr vor.

»Wo ist denn Ihr Schwarm?« fragte er leise.

»Plötzke nickte zu Lydia v. Bercken hin. »Dort, der üppige Quell von Liebe –«

»Ich meine, die Sie gepflegt hat?«

»Irma Bromme?«

»Ja –«

»Hat abgesagt.«

»Abgesagt?«

»Migräne –«

Bromme unterdrückte die Frage, ob das nicht gelogen und

Irma abgereist sei. Er trank noch ein Glas des scharfen Alkoholgemischs und sah hinüber zu Eberhard Thau, der sich um Carola Bornsiefen bemühte.

»Ist das keine Lüge, das mit der Migräne?« fragte er. Plötzke schüttelte den Kopf.

»Nein, in diesem Falle nicht. Vor zwei Stunden sprach ich sie noch –«

»Wann?« stieß Bromme hervor. Plötzke sah ihn erstaunt an.

»Vor zwei Stunden. Und plötzlich bekam sie diese Kopfschmerzen. Ich kenne das von anderen Damen. Diese Hitze, die drückende Luft, die Umgewöhnung –«

»Vor zwei Stunden...«, stotterte Bromme. Die Sekretärin sagte doch, Irma sei schon am Morgen abgereist. Einer von beiden log, und Bromme war geneigt, diese Lüge nicht dem Oberst zuzutrauen. Warum aber verleugnete man in der Tannenburg Irma Bromme?

Ein freundschaftlicher Hieb Plötzkes auf seine Schulter riß Bromme aus seinen Gedanken.

»So, und nun erzählen Sie«, rief Plötzke laut.

»Ach ja... wir sind so gespannt, die Heldentaten des Obersts zu hören«, sagte Lydia v. Bercken.

»Und auch Ihre Erlebnisse, Herr Kammruh«, rief Carola Bornsiefen. »Ich liebe heldische Geschichten. Schon als Kind las ich begeistert die deutschen Heldensagen –«

Bromme wehrte ab und wurde in einen Sessel gedrückt, der der Gesellschaft gegenüber stand. Vor ihm, auf einem niedrigen Rauchtisch, stand ein Glas, daneben eine geschliffene Karaffe.

»Kein Wasser, sondern eine kalte Ente«, sagte Plötzke. »Alles Ihnen zu Ehren –«

»Aber ich weiß wirklich nicht...« Bromme wurde es unbehaglich. Was soll ich erzählen, überlegte er. Und wozu auch noch? Irma ist in Moorbach, und sie ist wiederum nicht in Moorbach, sie hat den Oberst versorgt, aber sie soll treu gewesen sein, sie liebt starke, sportliche Männer und keine mit Bauch, aber sie ist verheiratet mit einem Mann mit Bauch... Das ist alles so kompliziert und doch so einfach. Es ist, als ob das aus heißem Öl bestünde, und das Herz würde in ihm gesotten.

»Es ist eine grausige Geschichte, meine Damen –«

»Ich liebe Aufregungen!« rief Lydia und räkelte sich wohlig. »Ja, ich suche sie oft ...« Dabei sah sie Oberst Plötzke mit einem brennenden Blick an.

»Sie ist blutrünstig –«

»Wie aufregend«, stammelte Carola Bornsiefen. »Wenn ich Blut sehe, falle ich um –«

»Er wird es uns nicht demonstrieren«, sagte Eva Sägert hart. »Er wird wie alle Männer maßlos aufschneiden und sich als Held hinstellen –«

»Aber Eva!« rief Lydia tadelnd.

»Genau das ist richtig.« Bromme atmete auf und sah dankbar zu Eva Sägert.

Diese erwiderte verwundert seinen Blick. »Wenn man es so erzählt, wie es war, klingt es banal. Erst wenn man es ausschmückt, wird es dramatisch.«

»Schmücken Sie, bester Kammruh, schmücken Sie«, rief Carola Bornsiefen.

»Er ist so bescheiden.« Plötzke nickte Bromme ermunternd zu. »Schon damals, als junger Held, war er so. Man mußte ihm die Orden förmlich aufzwingen –«

»Oh! Sie sind dekoriert?!« rief Lydia v. Bercken.

»Ja.« Es war eine ehrliche Antwort. Bromme hatte die EKs, den ›Gefrierfleischorden‹, das schwarze Verwundetenabzeichen und sogar die Nahkampfspange. Er war ein guter Soldat gewesen, hatte seine Pflicht getan oder vielmehr das, was man von ihm als Pflicht verlangte, er hatte um seine Haut gekämpft in Frankreich und in Rußland, er war mit den andern mitgestürmt, hatte Bunker geknackt und Gräben aufgerollt, Panzer mit Hafthohlladungen angesprungen und Partisanen aus den Wäldern getrieben. So wie tausend andere neben ihm. Ein eingeübtes, fast maschinelles Töten, das man schlicht Krieg nennt. Und wie tausend andere neben ihm war er glücklich, daß er überlebt hatte.

Oberst Plötzke atmete heimlich auf. Das mit den Orden hatte er willkürlich gesagt. Er nahm es an und freute sich, daß der kleine Bravourritt ins Ungewisse erfolgreich gewesen war.

»Wie war das damals, Kammruh?« fragte er. »Es war bei Borrissow –«

»Nein, bei Baranowitschi, Herr Oberst.«

»Richtig. Aber bei Borrissow war doch auch etwas.«

»Nicht mit mir –«

»Sie waren ein Draufgänger, was?« sagte Lydia v. Bercken und legte sacht ihre schmale Hand auf den Arm Plötzkes. Durch den Stoff des Anzuges spürte er einen leisen Druck ihrer Finger. Dieses Gefühl zog wie ein Kribbeln bis in seine Zehen.

»*War*, Gnädigste? Ich bin es noch. In diesem Punkt gibt es keine Vergangenheit, sondern nur noch Gegenwart...« Er winkte Bromme wieder zu, fortzufahren und trank ihm zu. »Also Baranowitschi. Die Russen hatten Ihre Einheit umzingelt und... und...«

»...und dann kamen Sie, Herr Oberst.«

»Dann kam er.« Lydias Fingerdruck wurde stärker. »Wie das klingt. Wie ein altes Heldengedicht: ›...und dann kam er...‹«

»Umzingelt war er«, flüsterte Carola Bornsiefen und starrte Bromme aus weiten Augen an. »Von erbarmungslosen Soldaten. Und Sie hatten keine Angst?«

»Aber, aber. Ein Soldat und Angst?« Plötzkes Stimme dröhnte, als halte er eine Ansprache vor seinem angetretenen Regiment. »So etwas schreiben nur pazifistische Schriftsteller, um den Geist der Jugend zu verderben! Ein deutscher Soldat stürmt mit Hurra sogar die Hölle! Jawohl!«

»Nein. Ich hatte Angst«, sagte Bromme. Es war, als ginge ein lautes Seufzen durch die Reihen der Damen. »Ich hatte wahnsinnige Angst.« Bromme dachte an diesen Tag, den er wirklich erlebt hatte, allerdings ohne Oberst Plötzke. Sie waren neunundzwanzig Landser, abgerissen, fast ohne Munition, hungernd und müde, ohne Hoffnung jemals aus der Umzingelung herauszukommen. Und sie hatten sich geschworen, alles zu verschießen, bis auf die letzte Kugel. Sie sollte übrigbleiben... denn Partisanen kannten keine Gnade.

Fünf Tage und fünf Nächte hielten sie sich in zwei Bunkern und einem Grabenstück von dreißig Metern, sie krallten sich in die zerwühlte Erde, nicht aus Heldenmut, sondern aus Verzweiflung, aus Angst vor dem grausamen Tod aus der Hand der Partisanen. Dann endlich kamen zwei deutsche Panzer und walzten den Weg für sie frei... es war wie ein Wunder, und sie weinten über dieses Wunder wie die Kinder, als sie endlich jenseits des Ringes in Sicherheit waren.

Das alles werde ich nicht erzählen, dachte Bromme. Nicht hier. Nicht vor diesen sensationsgierigen Ohren, vor diesem aufgeblähten Pfau von Plötzke, der sich als Held sonnte und nicht einmal weiß, wo Baranowitschi liegt. Diese schrecklichsten Tage meines Lebens sind für mich wie eine Wiedergeburt, wie eine Gnade Gottes, über die man nicht spricht, für die man nur demütig dankt.

»Wir haben vor Angst geweint«, sagte Bromme leise. »Und viele haben gebetet –«

»Aber Kammruh! Kammruh!« Oberst Plötzke wurde rot und rutschte unruhig hin und her. »Sie binden den Damen einen Bären auf. Ein deutscher Soldat –«

»Sie hatten nie Angst, Herr Oberst?«

»Nie!« rief Plötzke stolz.

»Dann fehlt Ihnen die Seele –«

»Bravo! Bravo!« rief Carola Bornsiefen enthusiastisch. Plötzkes Blick flammte Bromme an.

»Ich glaube, mein Lieber, Sie können Cocktails nicht vertragen«, versuchte er zu scherzen und die Situation zu retten. Eberhard Thau sah mit deutlichem Vergnügen um sich. Ein feiner Kerl, dieser Kammruh, dachte er. Es ist dem Oberst zu gönnen, daß jemand, der ihn von früher kennt, seine große Schnauze stopft.

»Ich kenne das«, sagte Thau laut. »Ich habe das an der Atlantikküste bei der Invasion erlebt.«

»Von Ihnen ist nichts anderes zu erwarten!« rief Plötzke giftig. Er sprang auf und ging an den großen offenen Kamin. Dort hatte er Holz gestapelt, um diesen Stoß als Abschluß der Erinnerungen zu entzünden, gewissermaßen als flammende Apotheose. »Aber unser Kamerad Kammruh war immer ein

Vorbild. Ich erinnere mich genau daran, als ich Sie aus dem Kessel holte. Mit dem Maschinengewehr vor der Brust liefen Sie mir engegen und meldeten mir: ›Befehl ausgeführt! Kessel gehalten!‹ «

»Den Kochkessel!« warf Thau sarkastisch ein. Die Damen lachten. Plötzkes Gesicht war dunkelrot angelaufen.

»Es ist unerhört, unerhört, Herr Thau! Die hehrsten Stunden der Nation ziehen Sie in den Dreck! Ich hätte Lust –«

Lydia v. Bercken stand auf und ging sehr attraktiv dem Oberst nach zum Kamin.

»Aber meine Herren!« sagte sie mit einer merkwürdig gurrenden Stimme. »Wir sehen, daß die Erinnerung Sie alle übermannt. Lassen wir dieses Thema . . . Ich sehe, Sie haben ein Radio und einen Plattenspieler. Ich schlage vor, wir tanzen etwas. Sie haben doch Tanzplatten, Herr Oberst?«

»Natürlich.« Plötzke war verärgert. Dieser Kammruh hat sich benommen, dachte er. Wie ein Rekrut, der den Schlips noch nicht vergessen hat. Und dieser Thau. Den feuere ich aus dem Haus, sobald die Damen weg sind. Sofort danach. Solch ein Mißbrauch meiner Gastfreundschaft. Es ist ein Jammer, daß man in einer Demokratie solche Defaitisten nicht anzeigen kann. Hier müßte – meines Erachtens – die Redefreiheit aufhören. »Wenn die anderen Damen auch –«

»Aber mit Vergnügen!« rief Carola Bornsiefen. Sie eilte zu Bromme und stellte sich an seine Seite. So war es selbstverständlich, daß der erste Tanz ihr gehörte.

»Zuerst wollen wir im Kamin Feuer machen.« Plötzke schob die große Schachtel mit den langen Kaminstreichhölzern auseinander.

»Und dann das Licht löschen.« Lydia v. Bercken beugte den Kopf aufreizend nach hinten. »Es ist so romantisch, nur beim flackernden Feuerschein zu tanzen.«

»Wie gemeinsam unsere Gedanken schon sind, Gnädigste«, sagte Plötzke mit belegter Stimme.

»Ich liebe diese Kamintänze wahnsinnig, Oberst –«

»Berauschend –«

»Sie haben die Wildheit einer kultischen Handlung an sich –«

Das lange Streichholz zitterte in Plötzkes Hand. Welch eine Frau, dachte er. Welch ein Weib. Bei ihr ist die Sünde wie Marzipan. Er fühlte sein Herz heftig gegen die Brust donnern und eine heiße Welle durch seinen Kopf fluten. Das ärgerte ihn, denn er kannte diese Symptome. Gleich würde der Atem rasseln und Luftnot eintreten. Es waren Erscheinungen, die sein Hausarzt sarkastisch diagnostizierte: ›Das Alter, mein Bester. Das Alter. Jeder alte Gaul schnauft, wenn er noch schwere Karren ziehen soll.‹ Plötzke bemühte sich kurz und rationell zu atmen, um Lydia v. Bercken nicht das Schauspiel eines nach Luft ringenden Kavaliers zu geben.

Er beugte sich in das Kaminloch und hielt das Streichholz an die Späne unter den Buchenscheiten. Das Feuer flammte hell auf und züngelte an der trockenen Rinde empor.

Veronika Aggartz drehte am Lichtschalter. Der große Raum lag in völliger Dunkelheit, nur die schwache Flamme flackerte vom Kamin her geisterhaft über die wartenden Frauen.

Aber irgend etwas schien mit dem offenen Kamin nicht zu stimmen. Die Flamme züngelte nicht hoch, wie es bei einem guten Zug sein mußte, sondern bog sich zur Erde, und der Qualm, der aus dem Holz aufstieg, drang nicht nach oben in die Esse, sondern sammelte sich an der Kaminlochdecke und flutete dann unversehens in den Raum hinein. Oberst Plötzke und Lydia v. Bercken, die neben dem Kamin standen, drang der beißende Rauch in Lungen und Augen.

»Was ist denn das nun wieder!« schrie Plötzke. »Wer hat denn am Abzug gedreht!«

Er sprang zu dem Hebel der Drosselklappe, während die Damen vor der Rauchwolke in die Dunkelheit der Wohnhalle flüchteten. Aber die Luftklappe war geöffnet. Plötzke bewegte den Hebel hin und her, es krachte im Kaminzug, die Klappe war wieder offen... aber der immer stärker werdende Rauch zog nicht ab. Er flutete in dicken Schwaden in den Raum.

»Schweinerei!« brüllte Plötzke. Er vergaß die Gegenwart der Damen und hieb mit der Faust auf den Klappenhebel. »Wie kann das denn sein? Der Zug ist offen! So eine Sauerei!...!«

»Vielleicht ist etwas im Kamin?« rief Eberhard Thau aus einer dunklen Ecke. »Man hört manchmal, daß Elstern in Kaminen nisten.«

»Blödsinn! Gestern brannte er doch noch! Sie saßen doch selbst am Feuer.«

»Wie aufregend!« stöhnte Carola Bornsiefen und klammerte sich glücklich an Peter-Paul Bromme. »Kann etwas explodieren? Wenn wir nun in die Luft fliegen ... gemeinsam in die Luft ...« Ihr Atem kroch über Brommes Gesicht. Er hatte keine Möglichkeit, ihm auszuweichen oder sich aus der Umklammerung Carolas zu befreien. Seine Augen tränten heftig, und der Hustenreiz wurde so stark, daß er glaubte, zerspringen zu müssen.

»Die Fenster auf!« rief er röchelnd. »Warum reißt denn keiner die Fenster auf ...?«

»Wie mutig Sie gleich immer denken«, flüsterte Carola und lehnte den Kopf gegen Brommes Wange.

»Ich werde ohnmächtig, Oberst«, stöhnte Lydia und umfaßte Plötzke. »Sie brauchten mich nicht zu betäuben –«

»Solch eine hundselende Schweinerei!« schrie Plötzke. Er machte sich grob von Lydias Umarmung los und stürzte aus dem Zimmer. Eberhard Thau riß die Fenster zum Garten auf ... schwankend rannten die anderen der frischen Luft entgegen und hielten schwer atmend die Köpfe hinaus. Halb tragend schleifte Bromme die glücklich lächelnde Carola zum Fenster und hielt ihren Kopf in die reine Nachtluft. Dabei mußte er ihren Oberkörper stützen, und der Griff seiner Hände an ihrer Brust ließ sie heftiger atmen, als es durch den Rauch nötig war.

Nur wenige Minuten später flog die Tür wieder auf. Plötzke, rußgeschwärzt, stand in der Halle und hielt eine zusammengeknüllte, alte Decke in den Händen.

»Hier!« schrie er. »Das war es! Eine Decke! Jemand hat eine alte Decke in den Kamin gestopft! Ein neues Attentat!« Plötzke warf die Decke auf den Boden und schüttelte die Fäuste. »Aber jetzt bekommen wir ihn. Jetzt haben wir ein Corpus delicti! An dieser Decke werden wir den Täter aufhängen! Ich rufe sofort die Polizei –«

Er rannte zum Telefon und hob den Hörer ab.

Unbemerkt von den nach Luft schnappenden Gästen Plötzkes schlich ein Schatten durch die Büsche des Parkes von der Villa weg und tauchte in der Dunkelheit unter. Erst außer Sichtweite begann er zu laufen und rannte dem Wald zu. Auf der Wiese, die Plötzkes Grundstück vom Park des Kurheims Tannenburg trennte, traf der Mondschein auf sein Gesicht.

Ein braunes, schmales Gesicht mit schwarzen Locken.

Der Hausboy Peter Sagrelli.

»Ich habe wenig Zeit«, sagte Dr. Weber und drückte wie zur Untermalung seiner Worte seine Kollegmappe unter den Arm. »Ich muß den Zug nach Freiburg noch bekommen –«

Fritz Karchowski nickte.

»Natürlich. Ich werde mich auch so kurz wie möglich fassen.«

Sie standen sich im Zimmer des Kurdirektors von Bad Moorbach gegenüber und hatten sich bei der Begrüßung nicht die Hand gegeben. Sie hatten sich nur zugenickt wie zwei japanische Ringer. Dr. Spethmann hatte daraufhin sofort sein Zimmer verlassen. Er wollte später nicht als Zeuge auftreten. Es war besser, nichts von der Unterredung, die er sowieso als sinnlos ansah, zu wissen.

Dr. Weber sah mit einem Gefühl von Widerwillen in die flinken Mausaugen Karchowskis. Nur auf das Zureden seines Freundes Dr. Balcke war es zurückzuführen, daß Dr. Weber überhaupt zugesagt hatte, noch einmal mit Karchowski zu sprechen.

»Wir bauen ein neues Haus«, sagte Karchowski leichthin und ohne lange Einleitung. Es war sinnlos, diplomatische Phrasen zu dreschen. Hier gab es nur eine offene Feldschlacht.

Dr. Weber nahm die Mitteilung äußerlich gelassen hin. Im Inneren wunderte er sich, was ihn das anging, daß die Kurheim GmbH ein neues Haus baute. Karchowski blinzelte Dr. Weber zu.

»Ein Haus mit hundert Betten. Ein Luxushotel nach den neuesten Erfahrungen.«

»Ein Beweis, wie gründlich die Kurheim GmbH Geld zu

machen versteht«, war die Antwort Dr. Webers. Karchowski lächelte sauer.

»Natürlich, bester Dozent. Wir sind ein merkantiles Privatunternehmen und keine auf Beihilfen angewiesene staatliche Klinik. Wir müssen uns selbst unterhalten oder baden gehen. Eine Universitätsklinik kann es sich leisten, ein jährliches Defizit von einigen Millionen zu haben... Wir müssen von unserer Arbeit leben. Oder, anders ausgedrückt: Das Gewerbe, Gesundheit zu vermitteln und zufriedene Kunden zu haben, ist ebenso hart wie der Verkauf eines Bauplatzes oder einer gut gefederten Matratze. Es ist nichts weiter, als Ware gegen Geld.«

»Schrecklich.«

»Wieso schrecklich, lieber Dozent? Ich weiß, Sie sind ein Mann mit Idealen. Gut so... aber diese Ideale werden gefährlich, wenn sie überaltert sind. Greifen wir nur einen typischen Fall aus Ihrer von Ihnen so als Heiligtum betrachteten ›wahren Medizin‹ heraus: Ein Mann mit dicker Brieftasche hat einen vereiterten Blinddarm. Der Hausarzt sagt: Der muß raus. Also geht der Mann in sein Krankenhaus... nehmen wir an, er lebt in einer Kleinstadt, also geht er in das kleine Hospital. Dort schneidet ihm der Chirurg das Würmchen heraus, und für diese Operation nimmt der Arzt 175 Mark, zusätzlich natürlich Pflegekosten und so fort. Ein paar Monate später hat's die Gattin plötzlich im Bauch. Wieder Blinddarm. Wieder Operation. Aber diesmal – weil es um die holde Gattin geht –, ist der Mann mit dicker Brieftasche kühn und sagt: Meine Frau soll von einem Koryphäen operiert werden. Es gelingt ihm, ein Bett auf der Privatstation des berühmten Chirurgen Geheimrat Prof. Doktor Bartsch zu bekommen. Das Zimmer kostet täglich 30 Mark ohne Nebenkosten. Der Mann nickt. Und eines Morgens wird die Gattin operiert, das Würmchen ist in 20 Minuen heraus, nach zehn Tagen kommt sie wieder nach Hause, alles ist eitel Freude. Bis die Rechnung kommt. Von dem berühmten Geheimrat. Appendektomie, steht da. Der Herr Geheimrat erlaubt sich, dafür 2000 Mark zu liquidieren. Der Mann fällt um... sein Blinddarm kostete 175 Mark, die gleiche Operation bei dem

Geheimrat 2000 Mark? Für die gleiche Tätigkeit, die gleichen Schnitte, die gleiche Mühe ein Unterschied von 1825 Mark? Nur, damit man sagen kann: Diese Naht machte der große Bartsch. Die berühmten Augen des Geheimrates blickten in den Bauch meiner Frau. – Der Mann zahlte stillschweigend, wie Hunderte vor ihm. Ein Glück nur, daß er nicht wußte, daß die ›Chefoperation‹ vom ersten Oberarzt ausgeführt worden war und der Herr Geheimrat nur für zwei Minuten in den OP sah und fragte: ›Alles in Ordnung, meine Herren?‹«
Karchowski holte nach dieser langen Rede tief Atem und sah Dr. Weber ernst an. »Und sagen Sie mir bitte, wo Sie hier einen Unterschied zwischen ›wahrer Medizin‹ und unserem Kurheim sehen, wo wir auch für Geld die Illusion versprechen.«

Dozent Dr. Weber schwieg erschüttert. Nicht die Aufzählung der auch ihm bekannten Hintergründe klinischen Personenkults ergriffen ihn, sondern die Art, wie Karchowski diese Tatsachen in eine Verteidigung von Tannenburg und anderen Kurheimen seiner Gesellschaft ummünzte. Und es war eine Verteidigung, die im Grunde genommen logisch war, von einer teuflischen Überzeugungskraft. Noch mehr aber verwunderte es Dr. Weber, in Karchowski solch einen Gegner gefunden zu haben. Wer ihn zuerst sah, traute ihm nicht mehr zu als die Weisheit, die er aus Gazetten schöpfte. Dr. Weber gestand sich, Karchowski unterschätzt zu haben. Und in diesem Augenblick begann für ihn die Unterhaltung interessant zu werden.

»Na?« fragte Karchowski.

»Man kann das nicht miteinander vergleichen –«

»Aber warum denn nicht? Sind die großen Männer der Medizin immun gegen alle Kritik? Erwirbt man sich mit dem Professorentitel und der Stellung eines Ordinarius die kritiklose Handlungsfreiheit? Bedeutet der Titel Geheimrat oder Hofrat eine Gottgleichheit? Muß ich Ihnen, gerade Ihnen erzählen, wie ein Ordinarius seine unterstellten Ärzte behandelt? Wie ein Assistenzarzt solch ein Dreck in seinen Augen ist, daß er nicht einmal mit ihm spricht, sondern nur über den Mund des Oberarztes? Na also, lieber Dozent –«

»Was hat das alles damit zu tun, daß Sie in den Kurheimen eine Therapie verkünden, die mehr Gaukelei als Medizin ist und sich diese wissenschaftliche Clownerie auch noch hoch bezahlen lassen?«

»Was wollen Sie – es ist die moderne, verfeinerte, subtil gewordene Fortsetzung der Dr.-Eisenbart-Ära –«

»Soll ich darüber nun lachen oder weinen?«

»Beides, lieber Dozent. Und wenn Sie sich ausamüsiert haben, wollen wir ganz nüchtern sprechen: Für die Damen, die zu uns kommen, ist unsere Therapie die einzig richtige Behandlung. Wir haben nie behauptet – in keinem Prospekt, in keiner Anzeige, bei keiner Besprechung –, daß wir Krankheiten heilen wollen. Krankheiten gehören in eine Fachklinik... wie etwa Lungenkranke –«

Dr. Weber verstand diese Bemerkung, aber er ging nicht auf sie ein. Er tat so, als habe er sie nicht begriffen.

»Wir haben immer nur gesagt und geschrieben: ›In Tannenburg, oder wie unser Heim auch heißt, werden Sie sich erholen. Ermüdungserscheinungen verschwinden, Sie werden sich verjüngt fühlen, tatkräftiger, lebensfroher. Sie werden neue Spannkraft erhalten und mit erneutem Mut im Leben stehen.‹ Seien wir ehrlich – unverbindlicher geht es nicht. Und deutlicher auch nicht. Wer also zu uns kommt und bezahlt, weiß – oder sollte wissen –, was er als Gegenwert bekommt. Ich meine, das ist ein klares und ehrliches Handelsgeschäft.«

»Unter dem Mantel der Medizin.« Dr. Weber legte seine Kollegmappe auf den Schreibtisch des Kurdirektors. »Sie nutzen die Wissenschaft aus.«

»Wie nennen Sie es bei unserem Blinddarmbeispiel, Herr Dozent? Wird hier nicht auch die Medizin durch einen bekannten Namen oder besser *mit* dem bekannten Namen ausgenutzt? Wo liegt eine Berechtigung, für eine Blinddarmoperation 1825 Mark mehr als der kleine Chirurg zu nehmen?«

»Das ist wüste Polemik, Herr Karchowski.«

»Aber eine gute, eine überzeugende –«

»Was wollen Sie eigentlich von mir?«

»Nichts weiter, als daß Sie einsehen, daß das neue Haus der Kurheim GmbH in Bad Moorbach, das in zwei Jahren eröffnet werden soll, einen guten Chefarzt braucht. In abermals zwei Jahren wird man seinen Namen in ganz Europa kennen. Man wird ihn den ›Vater der Verjüngung‹ nennen.«

Dr. Weber verstand den Wink. Aber er wehrte sich innerlich gegen die zwingende Logik des kleinen Karchowski.

»Dann suchen Sie mal einen Arzt, der diesen Zauber mitmacht.«

»Zum Beispiel Dr. Hollrein.«

»Bravo. Natürlich, der macht mit. Seine Einstellung kenne ich: Geld verdienen. Womit, ist gleichgültig.«

»Das sollte ein Lehrsatz auch für Sie sein, Dozent. Aus solchen Vorsätzen sind Millionäre geboren worden. Lesen Sie einmal den Aufstieg unserer reichsten Männer der Erde ... mit Idealen in der Seele wären sie verhungert. Sie hatten alle eine Idee, und diese Idee walzten sie aus, bis sie Eigentum der ganzen Welt wurde, bis sie zum täglichen Leben gehörte. Auch wir haben eine Idee: Wir versprechen, das Rad der Zeit um zehn oder zwanzig Jahre zurückzudrehen. Wir machen die Frauen wieder jung, innerlich wie äußerlich. Das wird nämlich der große Clou des neuen Kurheims sein ... eine Abteilung für kosmetische Chirurgie und eine ausgsprochene Kosmetikabteilung.« Fritz Karchowski rieb sich die Hände. »Links kommen die Omas hinein – und rechts kommen sie als Teenager wieder heraus.«

»O Gott!« sagte Dr. Weber erschüttert. »Als ob Sie den natürlichen Altersverschleiß von Zellen, Muskeln, Arterien, Drüsen, Organen aufhalten oder wegwischen könnten –«

»Aber nein. Nur übermalen. Renovieren.«

»Für teures Geld –«

»Auch das Tapezieren eines Hauses kostet viel Geld. Und eine gute Tapete hält vier Jahre, ehe sie wieder so verblichen ist, daß sie erneuert wird. Vier Jahre neue Jugend aber garantieren wir auch unseren Damen. Danach müssen wir wieder hier und da ein Häutchen raffen, die Nerven schmieren, die Müskelchen straffen, das Blut auffrischen und die Arterien durchspülen. Mein Gott, jeder Ofen muß gereinigt werden. Nur der Mensch nicht? Da beweisen Sie mir mal das Gegenteil!«

»Ein Mensch ist keine Maschine.«

»Irrtum! Alle Verdauungsvorgänge sind chemische Akte. Das Pumpen des Herzens ist ein mechanischer Akt, ebenso das Atmen der Lungen. Der Verbrennungsvorgang im Körper ist eine Kombination von chemischer Zersetzung und Oxydation. Oxydation aber ist Sauerstoffzufuhr. Je mehr Sauerstoff, desto besser brennt eine Flamme. Also geben wir den Menschen viel Sauerstoff, abwechselnd Ruhe und Reize, Diät und Zellnahrung – lieber Dozent, was wollen Sie denn: Das *ist* doch Medizin!«

Dr. Weber schwieg wieder. Er wußte keine schlagkräftige Antwort mehr auf diese angriffslustige Frage. Fritz Karchowski wartete einen Augenblick. Er lächelte nicht mehr. Er wußte, daß Dr. Weber zurückgedrängt war, und er wollte nicht durch eine zur Schau getragene Siegessicherheit den Gegner verhandlungsscheu machen.

»Das neue Haus hat hundert Betten«, sagte er endlich, als ihm das Schweigen zu lange wurde. »Ohne die kosmetische Chirurgie. Sie ist mit dreißig Betten geplant. Der Chef des Hauses aber ist der Chef *aller* Abteilungen. Ein kleiner König im Reich der Verjüngung. Und« – Karchowski senkte den Kopf und schielte zu Dr. Weber, der mit dem Rücken zu ihm am Fenster stand und auf den Kurpark hinaussah – »wir haben auch gar nichts dagegen, wenn der Chefarzt ein Fachmann ist, ein guter Internist, der auch internistische Fälle, wenn sie nicht gerade lebenbedrohend sind, in der neuen Kurklinik behandelt. Zum Beispiel alles, was mit Kreislauf zusammenhängt...«

Dr. Weber drehte sich langsam zurück ins Zimmer.

»Woher kommt dieser völlige Umschwung?«

»Von mir.«

»Und warum?«

»Weil Sie trotz Ihrer dummen Ideale ein Mordskerl sind.«

»Ich verzichte auf Ihre Komplimente.«

»Sie haben mich danach gefragt –«

»Rund heraus: Ich soll die neue ›Damenfalle‹ übernehmen?«

»Das neue Kurheim, mein Lieber. Kurheim –«

»Woher nehmen Sie eigentlich die Frechheit, mir einen solchen Antrag zu machen?«

Karchowski lächelte milde.

»Aus der Gewißheit, daß Sie zusagen werden. Ich biete Ihnen ein Monatsgehalt von netto 7000 Mark.«

»Ich bin nicht käuflich!« rief Dr. Weber.

Er riß seine Aktentasche vom Tisch und rannte aus dem Zimmer. Einige Minuten später kam Kurdirektor Dr. Spethmann herein. Karchowski saß in seinem Sessel und rauchte genußvoll eine dicke blonde Zigarre.

»Ich sah Dr. Weber aus dem Hause kommen.« Dr. Spethmann starrte auf den kleinen dicken Mann, der den Rauchkringeln seiner Zigarre nachsah wie ein Kind einem Luftballon. »Was hat es gegeben? Abgeblitzt?«

»Nein.« Karchowski schüttelte den Kopf. »Er wird hierbleiben und die neue Klinik übernehmen.«

»Sind Sie sicher?«

»Ganz sicher. Ich habe ihm zwei Köder hingeworfen... nur ein Blinder, Geruch- und Gefühlloser, Tauber oder Gehirnloser könnte sich weigern, sie zu schlucken. Weber wird bleiben... und nun geben Sie mir mal die Adresse dieses Ministerialdirektors, der ihn uns wegholen will –«

Die Polizei, die sofort nach dem Anruf in Oberst Plötzkes Villa erschien, nahm die zusammengeknüllte, rußige Decke mit.

»Das wird ein Anhaltspunkt sein«, sagte der Kommissar. »Wir werden in kürzester Zeit den Hersteller kennen und wissen, wo die Decke gekauft worden ist. Und dann rollen wir die Spur auf.«

Plötzke stand rußbeschmiert, mit eingerissenem Hemd in seiner Wohnhalle. Er wußte, daß er einen guten Eindruck auf die Damen machte. Einem Mann, der einem Attentat entronnen ist, fliegen die Sympathien zu. So beeilte er sich auch nicht, sich zu baden und umzuziehen. Bromme hatte die Zeit der polizeilichen Beweisaufnahme benutzt, sich Carola Bornsiefens zu entledigen. Sie saß schmollend auf einem Stuhl am offenen Fenster, während Bromme mit Eva Sägert sprach. Eberhard Thau hatte die Hausherrnrolle übernommen und verteilte eisgekühlten Apéritif an alle Anwesenden. Auch die Polizei trank mit; die rauchgeschwängerte Luft im Raum kratzte in den Luftröhren.

»Ein niederträchtiger Akt!« schrie Oberst Plötzke. »Es muß der gleiche Täter gewesen sein, der mich aus dem Hinterhalt –«

Der Kommissar nahm Plötzke etwas zur Seite. »Kann es nicht doch eine Eifersuchtstat sein?« fragte er leise. Man kannte die Vorliebe des Obersts für reife Damen in Moorbach, und die Polizei war geneigt, in diesem Kreis den Täter zu suchen. »Ein Ehemann –«

»Aber nein, ich sagte es schon. Ganz ausgeschlossen. Zudem liegt im Augenblick gar kein Anlaß vor –«

»Wir werden sehen.«

Die erste, die sich nach dem Weggang der Polizei verabschiedete, war Lydia v. Bercken. Sie hatte, so sagte sie, am meisten Rauch geschluckt, da sie gleich neben dem Kamin gestanden hatte. Eine Begleitung durch Plötzke lehnte sie energisch ab.

»Bleiben Sie bei den Gästen, Oberst«, sagte sie mit einem alles versprechenden Augenaufschlag. »Der so dumm unterbrochene Abend wird sicherlich wiederholt werden.«

»Ich stehe immer zu Ihrer Verfügung, Gnädigste. Zu jeder Tages- und Nachtzeit!« sagte Plötzke und knallte die Hacken zusammen.

»Das ist ritterlich.« Lydia v. Bercken sah Plötzke noch einmal mit aller inneren Wärme an, ehe sie ging. Eva Sägert begleitete sie. Der Oberst hatte auch kein Interesse, sie zurückzuhalten.

Lydia v. Bercken wunderte sich nicht, daß ihr Zimmer nicht leer war, als sie das Licht anknipste und die Tür hinter sich abschloß. Peter Sagrelli hatte im Dunkeln in einem der Sessel gehockt und sah ihr nun mit großen, schwarzen, wütenden Augen entgegen. Er sprach kein Wort, und auch Lydia sagte nichts. Stumm zog sie ihr Kleid aus, wusch sich den Rußbelag vom Gesicht, den Schultern und den Armen und schlüpfte in ihren blutroten Samtmorgenmantel. Erst dann kam sie zu Sagrelli zurück und blieb vor ihm stehen.

»Das war gemein von dir. Kindisch. So etwas tun dumme Jungen.«

Sie beugte sich vor uns schlug Sagrelli mit der flachen Hand kräftig ins Gesicht. Der Boy hielt den Kopf gerade und zuckte nicht zusammen. Er wich auch nicht aus, als Lydia zum zweitenmal zuschlug. Nur seine Lippen verkrampften sich.

»So!« sagte Lydia v. Bercken. »Nun ist mir wohler. Und nun geh!«

»Nein!« sagte Sagrelli.

»Du kannst hier nicht bleiben. Und im übrigen will ich dich heute auch nicht sehen.«

»Ich liebe dich, Lydia –«

»Das weiß ich. Aber geh –«

»Ist das alles, was du mir zu sagen hast?«

»Benimm dich wie ein Mann ... dann sollst du auch wie ein Mann behandelt werden.« Lydia setzte sich auf ihr Bett und begann, ihre platinblonde Lockenkrone zu lösen. »Was hast du dir eigentlich bei dem Blödsinn gedacht?«

»Ich hätte diesen Plötzke umbringen können. Ich habe dir gesagt, daß ich alles tue, wenn der Oberst dich mir wegnimmt –«

»Kindskopf. Bin ich dein Besitz?«

»Ja –«

»Ich werde in drei Monaten heiraten –«

»Das wirst du nicht. *Wir* werden zusammenbleiben.«

Lydia schüttelte die Haare. Sie flossen wie Silber über den roten Samt. Peter Sagrelli schluckte ein paarmal und legte die Hände aneinander.

»Warum sagst du nichts?« fragte er heiser.

»Weil es Dummheit ist, was du sprichst.«

»Du hast mich gelehrt, was Liebe ist. Du allein bist schuld. Du. Nun sind wir aneinander gefesselt –«

»Wie ernst du das alles nimmst, mein Süßer –«

»Ich gehe in dieser Liebe auf, Lydia. Ich schwebe nur noch –«

»Mein kleiner Schmetterling –«

»Oder ein Adler, der dich zerhackt.« Sagrelli sprang auf und faßte nach Lydia. Er riß ihr den Bademantel vor der Brust auf und griff zu. Lydia schlug auf seine Finger.

»Laß das. Geh jetzt –«

»Du schickst mich weg? Jetzt?«

»Ja. Ich bin müde. Dein Feuerwerk hat mich müde gemacht. Nun kannst du büßen, was du anderen antun wolltest...«

»Du bist nicht müde«, sagte Sagrelli leise und kniete vor Lydia. »Du willst nur spielen mit mir... wie eine Katze, die mit der Maus spielt, ehe sie die Krallen hineinschlägt. O ich kenne dich...« Er warf sich nach vorn und drückte sie auf das Bett zurück. Schwer atmend lag er auf ihr und preßte ihre Arme seitlich an ihrem Kopf auf die Decke. Seine Muskeln spannten sich, als sie sich wehrte; wie Eisenklammern lagen seine Hände um ihre Armgelenke.

»Soll ich schreien?« keuchte Lydia. »Wenn ich nicht will, dann will ich nicht. Das sollst du wissen. Ich schreie das ganze Haus zusammen.«

»Auch das werde ich ertragen.« Sagrelli beugte sich zu ihrem Mund. Er küßte sie, und er preßte die Lippen auch noch auf sie, als sie ihn blutig biß. »Du hast einen Damm zerbrochen, und nun flutet das Meer herein. Willst du es aufhalten... willst du es wirklich aufhalten?«, flüsterte er.

»Du Tier«, keuchte sie. »Du starkes, wildes Tier. Du Bestie.« Dann riß sie sich mit einem Ruck aus seiner Umklammerung. Aber sie sprang nicht auf, sondern krallte ihre Finger in seine schwarzen, wirbelnden Locken...

Peter-Paul Bromme hatte große Mühe, gegen Mitternacht die leicht angetrunkene Carola Bornsiefen unbeschädigt wieder am Eingang von Tannenburg abzuliefern.

Es war ein schweres Stück Arbeit gewesen, denn Carola, von Cocktails und dem Gefühl endlicher Freiheit beflügelt, sehnte sich nach Zärtlichkeit. Wer fünfzehn Jahre mit einem

Mann verheiratet ist, dessen Lebenseinstellung sich in philosophischen Sprüchen spiegelt und der auch im Liebesleben den Eindruck erweckt, er läge mit einem Stehkragen im Bett, der klammert sich verzweifelt an die Möglichkeit, endlich einmal in Wahrheit zu erleben, was bisher nur in Träumen und Wünschen gegenwärtig war.

Bromme war leider das ungeeignete Objekt für diese Überlegungen. Er war höflich und hilfsbereit, aber nur bis zu der Grenze, die er verantworten konnte. Als Carola beim Nachhauseweg angeblich die Richtung verlor und Bromme dem Wald entgegenführte, besann sich Bromme auf sein gutes Gedächtnis und führte sie auf dem Umweg über die Wiese wieder zur Tannenburg zurück. Die letzte, verzweifelte Möglichkeit – Carola wurde es schwindlig, und sie mußte sich ins warme Gras setzen – beantwortete Bromme mit einem Taschentuch und Kölnisch Wasser. Erst da gab Carola Bornsiefen die versteckten Liebeswinke auf und äußerte sich offen über ihre Sehnsüchte.

»Ist Ihre Frau Ihnen treu?« fragte Carola direkt. Bromme zuckte zusammen, als sei er gestochen worden.

»Wieso?« fragte er.

»Weil Sie so an Ihrer Treue hängen –«

»Meine Frau ist so treu wie andere Frauen«, sagte er dumpf. »Etwa so treu wie... wie... na sagen wir, wie Irma Bromme –«

»Wie die?« Carola lachte spitz. »Na, dann brauchen wir nicht lange Worte zu machen –«

»Wieso?« fragte Bromme wieder.

»Woher kennen Sie überhaupt diese Irma Bromme?«

»Aus den Erzählungen des Obersten.«

»Na, der muß es ja wissen. Sie muß es ja toll bei dem getrieben haben –«

In Brommes Kopf begann sich ein riesiger Kreisel zu drehen. Die Nacht, der Wald, die Wiese und auch Carola Bornsiefen verwandelten sich in ein Gewirr tanzender Punkte.

»Das wissen Sie?« fragte er mühsam.

»Na, und ob. Ich habe sie doch immer beobachtet. Wenn sie wegging, wenn sie zurückkam... in schamlos ausgeschnittenen Kleidern, mit den Hüften wippend wie eine Dirne, und geschminkt hat sie sich immer... und sogar einen neuen BH hat sie sich gekauft, in schwarzer Spitze. Veronika Aggartz hat ihn gesehen. Wenn das nicht alles sagt –«

Bromme nickte. Schwarze Spitze. Irma in schwarzer Spitze. Eine Frau, die in wenigen Monaten Großmutter wird. Carola Bornsiefen sah die Wirkung ihrer Worte. Sie zog Bromme zu sich hinunter ins Gras und lehnte den Kopf an seine Schulter.

»Das Gras ist warm wie ein Daunenbett«, sagte sie leise. »Sie heißen doch Heinrich, nicht wahr?«

»Heinrich Kammruh –«

»Ein schöner Name. Heinrich...« Sie hob den Kopf, und ihre Lippen schwebten vor ihm, halb geöffnet und feucht. »Heinrich... mir graut vor dir«, flüsterte sie.

Bromme nutzte die Gelegenheit nicht. Der Gedanke, daß andere Frauen über Irma dachten wie über eine Dirne, riß ihn völlig aus dem Gleichgewicht. Wie ist so etwas nur möglich? dachte er. Wie kann sich eine sittsame, gute, liebe Frau nur so verwandeln... in wenigen Tagen...

»Heinrich«, drängte Carola Bornsiefen.

Bromme sprang auf. »Im Kurheim gehen die Lichter aus!«

»In unseren Herzen gehen die Feuer an.«

»Es wäre peinlich, wenn wir die Nachtwache herausläuten müßten –«

»Wir haben Zeit bis zum Frühstück –«

»Um 6.15 Uhr geht mein Zug –«

»Bis dahin ist es eine Ewigkeit. Schon eine einzige Stunde ist ein Paradies –«

Peter-Paul Bromme zögerte mit der Entscheidung. Carola Bornsiefen einfach im Gras sitzen zu lassen oder sich halbwegs als Kavalier zu benehmen. Er beschloß, das letztere zu versuchen und beugte sich zu Carola hinunter. Mit einem kräftigen Ruck zog er sie hoch und küßte sie schnell auf den Mund.

»Heinrich«, stammelte sie und machte Anstalten, ins Gras zurückzusinken. Aber Bromme hielt sie fest und zog sie mit sich fort, die Wiese hinunter, zum Kurheim.

»Ich komme in zwei Tagen wieder«, sagte er. »So in Zeitnot zu lieben, ist gefühlhemmend. Ich werde ein schönes Zimmer mieten –«

»Bestimmt, Heinrich?«

»Bestimmt –«

Vor dem Kurheim Tannenburg gab ihm Carola noch einen Kuß. Bromme ließ es geschehen. Aber er wartete das Winken Carolas aus der gläsernen Halle nicht ab, auch bemerkte er nicht, daß die Sekretärin aus ihrem Büro gestürzt kam und ihm nachstarrte. Er lief den Weg hinunter nach Moorbach, so eilig, als versäume er wirklich etwas, und doch war es eine sinnlose Eile, denn um ihn herum war eine grenzenlose Einsamkeit, aus der er flüchten wollte, ohne zu wissen, wohin.

Die Sekretärin hielt Carola Bornsiefen fest, als diese leise singend zum Fahrstuhl ging. Es war ein Zufall, daß die Sekretärin noch in der Halle war. Auch sie war vor wenigen Minuten von einem Konzert in Moorbach zurückgekommen und hatte nur noch den Tresor im Büro kontrolliert.

»Verzeihen Sie, wer war der Herr?« fragte sie.

Carola Bornsiefen sah die Sekretärin abwehrend an.

»Was interessiert Sie das? Kennen Sie den Herrn etwa?«

»Ja –«

»Ach!« Carolas Augen wurden dunkel vor Eifersucht. »Woher? Herr Kammruh ist meines Wissens –«

»Kammruh heißt er also«, sagte die Sekretärin zufrieden.

»Nicht mal seinen Namen kennen Sie? Und Sie wollen behaupten –«

»Mich geht dieser Herr Kammruh nichts an. Aber mir scheint es typisch, daß er sich andere Opfer sucht, wo er bei der einen abgeblitzt ist –«

»Abgeblitzt? Bei wem?« Carolas Herz machte heftige Zukkungen.

»Bei Frau Bromme –«

»Oh!« Carola Bornsiefen wurde hochrot. »Auch den hat sie sich geangelt. Aber das ist vorbei. Ich habe ihm die Augen geöffnet ... jawohl, das habe ich. Nicht mehr von der Seite ansehen wird er sie. Gute Nacht!«

Heute nacht werde ich herrlich schlafen, dachte sie, als sie mit dem Fahrstuhl hinaufsurrte. Ich habe über Irma Bromme gesiegt. Ein Zimmer will Heinrich für uns mieten. Ein richtiges, verschwiegenes Liebesnest.

Singend ging sie über den langen Flur in ihr Zimmer.

Am nächsten Morgen machte Eva Sägert wieder ihre Kraftübungen im Sportsaal. Sie sprang mit dem Federbrett über den lederbespannten Sprungtisch und turnte wieder am Barren, bis ihr der Atem wegblieb und die Sportlehrerin die Übungen abbrach.

»Sie machen es zu gründlich, Frau Sägert«, sagte sie. »Was man in Monaten oder gar Jahren ansetzte, kann man nicht in drei Tagen wegturnen. Sie überlasten Herz und Kreislauf.«

»Das Herz ist in Ordnung«, keuchte Eva Sägert. Dabei lauschte sie wieder nach innen. Sie erwartete ein Stechen, ein Ziehen im Rücken, einen nach unten treibenden wahnsinnigen Schmerz, der sie von allen Sorgen befreien würde. Mit zitternden Knien lehnte sie an der Wand der Sporthalle und legte beide Hände auf den runden Leib.

Mit der Morgenpost war ein Brief gekommen, der sie erneut zu dieser Verzweiflungstat trieb. Emil Sägert schrieb liebevoll wie immer. Und er schrieb auch:

»Gestern abend war Ernst Tommoth bei mir ... Er benahm sich wie ein wahrer Freund –«

Er wagt es, noch in unser Haus zu kommen, dachte Eva Sägert verzweifelt. Er treibt die Schamlosigkeit auf die Spitze, denn er weiß, daß ich ohnmächtig bin, daß ich niemals etwas sagen kann. Wieso hat er sich wie ein Freund benommen? Was hat er Hans gesagt oder für ihn getan? Das schrieb Hans Sägert nicht in seinem Brief. Nur diese eine Andeutung, aus der sie nicht klug wurde. Sie reichte aber, in ihr eine Panik zu erzeugen.

Nach dem Eintreffen des Briefes hatte sie sich überwunden und versucht, Hans Tommoth telefonisch zu erreichen. Nur noch einmal wollte sie mit ihm sprechen, um dann endgültig den Bruch zu vollziehen. Aber der Studienrat Ernst Tommoth war nicht zur Schule gekommen. Er hatte sich krank gemeldet. Schon seit zwei Tagen. Eine Herzsache, sagte ihr die Schulsekretärin am Telefon. Studienrat Tommoth würde zur Kur fahren.

Eva Sägert hatte das mit Staunen und Angst gehört. Zur Kur fahren. Was bedeutete das? Tommoth war nie krank gewesen, im Gegenteil, er protzte mit seiner Gesundheit, wenn Hans Sägert abgespannt aus dem Betrieb nach Hause kam und keine andere Sehnsucht kannte als Ruhe ... Ruhe ... »Ist das ein Mann, Ev?« hatte er abfällig gesagt. »Hat eine so hübsche Frau und denkt abends ans Schlafen, wenn er im Bett liegt. Er verdient gar nicht eine Frau wie dich –«

Nach dem Abbruch der Turnübungen saß Eva Sägert tief atmend in einer Ecke der Sporthalle. Der Erfolg, den sie sich durch die Überlastung des Organismus erhofft hatte, stellte sich nicht ein. Plötzlich – wie es über sie kam, wußte sie nicht zu erklären – wollte sie auch nicht mehr. Nein, sagte sie sich. Es ist Mord, was ich tun wollte. Mord an einem schon lebenden, unschuldigen Wesen. Eine billige Flucht vor der Verantwortung, die man mit Angst vor Rechtfertigung zu behängen sucht. Nein, ich werde es nicht tun. Ich werde dieses Kind zur Welt bringen. Und ich werde mit Hans darüber sprechen ... ganz gleich, was danach geschieht.

Auf ihrem Zimmer duschte sie sich und schrieb dann einen Brief an ihren Mann.

»Bitte, komm«, schrieb sie, und ihre Hand zitterte, die Buchstaben verschwammen miteinander, als seien sie nicht mit Tinte, sondern mit Tränen geschrieben. »Komm sofort ... morgen noch ... Es ist wichtiger, als alles andere ... so wichtig wie mein Leben –«

Noch vor dem Mittagessen brachte sie den Brief hinunter nach Bad Moorbach. Sie ging allein den Waldweg hinab, und es war ihr, als wöge der Brief in ihrer Tasche wie eine Zentnerlast. Auf der Bank, auf der schon Eberhard Thau gesessen und auf Irma Bromme gewartet hatte, hockte Peter-Paul Bromme und starrte zur Tannenburg hinauf. Als Eva längst an ihm vorbeiging, sprang er auf und grüßte. Eva Sägert blieb ruckartig stehen, erschrocken über die plötzliche Gegenwart eines anderen Menschen.

»Herr Kammruh«, sagte sie etwas aufatmend, als sie Bromme erkannte.

»Gnädige Frau. Habe ich Sie erschreckt? Sie zuckten so zusammen –«

»Ich war ganz in Gedanken.« Sie musterte Bromme kurz. Er sah blaß und übernächtigt aus, mit faltigen Tränensäcken unter den Augen und einem glanzlosen Blick. »Sie sitzen hier so allein? Gehen Sie nicht zu Ihrem Freund, dem Oberst?«

»Nein«, sagte Bromme hart.

»Hatten Sie Streit?«

»Nein.«

»Aber irgend etwas ist doch.« Eva Sägert trat näher und setzte sich neben Bromme auf die Bank. Aus der Nähe sah Bromme wie leidend aus, seine Haut war gelblich, als bräche eine Gelbsucht oder eine Leberkrankheit durch. »Verzeihen Sie, mich geht's nichts an ... aber Sie sehen aus, als hätten Sie die ganze Nacht durchgebummelt.«

»Ich habe nicht geschlafen ... das stimmt. Aber nicht verbummelt habe ich die Zeit ... ich habe am Fenster gesessen und in die Nacht gestarrt, bis es Morgen wurde.« Bromme wischte sich über die müden Augen. »Das klingt dumm und romantisch, nicht wahr?«

»Nein. Das klingt sogar wahr –«

»Es ist wahr.«

»Merkwürdig.« Eva Sägert sah Bromme an, als sei er ihr bisher völlig fremd gewesen und als bilde sich erst jetzt vor ihr ein Mensch. »Ich habe Sie, als ich Sie bei Plötzke kennenlernte, für einen jener Männer gehalten, die in den Frauen von Moorbach nur Gespielinnen sehen. Eben ein Typ wie Plötzke selbst. Als Sie dann vom Krieg erzählten, horchte ich auf. Da war irgend etwas, was nicht zu Ihnen paßte, zu dem Bild, das ich mir gemacht hatte. Aber dann verwischte sich auch das wieder, als Sie sich mit dieser widerlichen Carola Bornsiefen anfreundeten –«

»Es war genau umgekehrt. Sie warf sich mir förmlich an den Hals. Ich hatte Mühe, sie abzuwimmeln.« Brommes Stimme wurde bitter. »Wenn alle Frauen hier in Moorbach so sind – oder so werden –«

»Man sagt, es liege an der Luft, an der Kur und an der Langeweile. Ich weiß es nicht... ich habe andere Sorgen.«

»Sie auch?«

»Ja.« Eva Sägert drückte die Hand gegen die Tasche. Sie fühlte den harten Brief durch den dünnen Stoff des Kleides. Es war, als brenne er auf ihrer Haut wie ein Zugpflaster. »Alle, die hier sind, haben ihre eigenen Sorgen. Lydia rennt ihrer Jugend nach, Veronika der Lust zum Leben, Carola Ihnen, andere dem Abenteuer, ich... der Wahrheit –«

»Und... und Irma Bromme?«

»Wie kommen Sie auf die?«

»Plötzke erwähnte sie mehrmals. Er kennt sie wohl gut?«

»Nicht so wie die anderen Frauen. Frau Bromme half ihm nach dem rätselhaften Überfall. Aber sonst –«

»Was sonst?«

»Von Irma Bromme weiß man nichts.«

»Vielleicht ist sie zu raffiniert –«

»Vielleicht – schon möglich. Aber es kümmert mich nicht.« Sie beugte sich vor und starrte auf den Sand vor der Bank. »Eigentlich sind die Männer selbst schuld daran, wenn die Frauen sich im Laufe der Ehe verändern und aus treuen Hausmütterchen plötzlich heimliche Geliebte werden –«

»Ach«, sagte Bromme mit stockendem Atem.

»Was ist denn eine moderne Ehe? Eine Hetze nach Geld und Wohlleben. Ein Rennen nach Beachtung, Beziehungen, gesellschaftlicher Stellung und einem immer höheren Posten. Ein Jagen nach Erfolg, um sich einen Nerz kaufen zu können, einen Wagen, ein Landhaus und Brillanten und sich große Reisen, Partys und Bälle zu leisten, auf denen man dann wieder nur vom Geschäft spricht – und im Grund ist doch alles sinnlos, denn je mehr man hat, um so weniger behält man. Früher war eine Ehe eine Gemeinschaft auf Gedeih und Verderb. Was ist sie heute? Die Gewißheit, ein gutes Essen und ein Bett vorzufinden. Und eine Frau, die man mit Pelzen und Schmuck behängt, um an ihr den eigenen Reichtum zu demonstrieren. Wir sind nicht mehr Ehefrauen, sondern Reklameständer, Aushängeschilder des Erfolges, die neue Geschäfte heranlocken, weil doch der Mann soooo tüchtig ist. Man sieht's ja an seiner Frau ...«

Bromme scharrte mit den Füßen im Sand. Es stimmt, dachte er. Ich habe mich in der letzten Zeit wenig um Irma kümmern können. Meine neuen Plastikrahmen und die Aufstellung der Maschinen haben mich völlig in Anspruch genommen. Und dann die Suche nach Aufträgen, die Verhandlungen für den Export, die Patentschriften und Lizenzvergaben ... mein Gott, es waren Dinge, die mir wichtiger schienen als die paar Stunden am Abend neben Irma. Und nun war das alles falsch? Hatten Irma diese Stunden gefehlt?

»Es ist zum Kotzen«, sagte Bromme laut. »Verzeihen Sie bitte, gnädige Frau –«

»Was bedrückt Sie?« fragte Eva rundheraus. Bromme legte die Hände ineinander.

»Meine Frau betrügt mich«, sagte er leise.

»Hier in Moorbach?«

»Ich weiß es nicht.«

»Aber Sie müssen doch wissen, wo und wie –«

Bromme schüttelte wild den Kopf. »Ich weiß eben nichts. Ich ahne es, ja ich fühle es.«

»Und was werden Sie tun?«

Eva Sägert starrte Bromme an. Was wird Hans tun, wenn ich es ihm sage? dachte sie. Wie wird sich ein Mann, der seine Frau abgöttisch liebt, benehmen, wenn sie ihm sagt: Ich bekomme von einem anderen Mann – von deinem Freund sogar – ein Kind?

»Das frage ich mich auch«, sagte Bromme dumpf.

»Was würden Sie tun, wenn Ihre Frau Ihnen gestände, daß sie ein Kind bekommt – von einem anderen Mann –«

Bromme fuhr hoch. Die Bank schwankte von dem abrupten Hochzucken. »Unmöglich ...«, stammelte er. »Das wäre ... wäre ... Ist das wahr?« fragte er dumm. Eva Sägert hob die Schultern.

»Nehmen wir es an. Was würden Sie tun?«

»Ich weiß es nicht. Wirklich ... ich weiß es nicht. Vielleicht würde ich den Mann, diesen Lumpen, diesen –«

Bromme ballte die Fäuste. Eva Sägert beugte den Kopf weit

nach hinten und sah in den blauen, wolkenlosen Sommerhimmel.

»Es war ein Mann, der Zeit hatte, viel Zeit für eine einsame Frau. Und er war galant und lieb und höflich, er brachte Blumen und Konfekt und hatte sogar Zeit, ins Theater zu gehen, in ein Konzert, in einen Vortrag. Er konnte tanzen und fröhlich sein ... er war überhaupt in allem so, wie der Ehemann es einmal vor vielen, vielen Jahren gewesen war, damals, als sie ihn kennen und lieben lernte. Plötzlich war ihre Jugend wieder da, eine Zeit, die sie längst begraben hatte unter dem Sargdeckel der Gewöhnung. Könnten Sie ihr übelnehmen, daß sie einmal vergißt, der Reklameständer des ehemännlichen Erfolges zu sein?«

»Sie ist die Mutter meiner Kinder ... das hätte sie nie vergessen dürfen!« rief Bromme.

»Aber der Mann hat ja auch vergessen, daß sie diese Mutter ist. Nerze sind kein Dank – Liebe allein ist der Dank für eine Frau.«

»Ich habe sie immer geliebt.«

»Das sagt ihr Männer alle. Und ihr glaubt es sogar. Vielleicht liebt ihr eure Frauen wirklich, nur habt ihr vor lauter Geldverdienen verlernt, es zu zeigen. Kurzum ... es ist geschehen. Was nun?«

»Ich weiß es nicht. Im Augenblick wäre es mir undenkbar.«

»Könnten Sie Ihrer Frau verzeihen?«

»Nein.«

Eva Sägert sprang ebenfalls auf. »Das ist engherzig.«

»Ein Kind mit einem anderen Mann –«

»Ein Kind der Verzweiflung.«

»Es gibt andere Möglichkeiten, seine Verzweiflung loszuwerden.«

»Das ist mal wieder typisch Mann. Der kühle Denker. Auch Gefühle werden schematisiert, katalogisiert, in einen Lochstreifen gestanzt und bei Gebrauch abgeschnurrt. Wir sind Menschen, Herr Kummruh.« Eva Sägert sprach zu ihm, als sei er ihr eigener Mann, und es war ihr auch, als würde sich das zerknitterte Gesicht Brommes wandeln, und Hans Sägert sähe sie an. »Ein Mensch aber muß verzeihen können –«

»Wenn jemand seine Frau so liebt wie ich...«, sagte Bromme leise.

»Eben darum muß man sie zurückholen aus ihrer Verzweiflung.«

»Sie hatte keinen Grund, so zu handeln.«

»Auch das ist eine der stereotypen Reden des Mannes. Habt ihr euch überhaupt einmal Gedanken über die Seele einer Frau gemacht?«

»Seele?« fragte Bromme gedehnt.

»Ja, Seele. Eine Frau ist nicht nur ein Wesen, das kocht, Strümpfe stopft, Kinder kriegt, die Wohnung putzt und ab und zu getätschelt wird: Das hast du aber gut gemacht... Der Mann macht es sich wirklich sehr bequem: Ich ernährte sie, also ist alles, was die Frau tut, so etwas wie ihre moralische Pflicht. Und mit dem Geldverdienen und Geldgeben glaubt er, seine Pflicht vollauf erfüllt zu haben.«

Bromme nickte. »So ähnlich ist es...«, sagte er fast traurig.

»Es freut mich, daß wenigstens Sie ehrlich genug sind, Fehler zuzugeben.« Eva Sägert schwieg. Es war sinnlos, mit diesen Argumenten eine innere Ruhe zu finden. Auch Hans würde es ebensowenig verstehen wie dieser Kammruh. Die Unfehlbarkeit der Frau, die jeder Mann von seiner eigenen Frau verlangt, würde sich nie mit solchen Weisheiten aufweichen lassen. »Was haben Sie vor, Herr Kammruh?« fragte sie.

Bromme zuckte wieder aus tiefen Gedanken hoch.

»Ich? Nichts. Ich sitze hier nur herum... Ich weiß ja nicht, was ich tun soll. Es ist alles so leer in mir...«

»Dann kommen Sie mit.«

»Wohin?«

»Irgendwohin. Machen wir eine Wanderung, ja? Hinauf in den Wald. In die Einsamkeit. Oder haben Sie Hunger? Es ist bald Mittagszeit.«

»Nein. Ich könnte gar nichts essen –«

Eva Sägert faßte wieder an ihre Tasche. Der Brief, dachte sie. Ich wollte den Brief einwerfen und Hans herbeirufen. Aber hat auch das einen Sinn? War es so eilig? An ihrer Schuld war nichts mehr zu ändern. Aber es konnte gut sein, mit einem Mann darüber zu sprechen, dem selbst die Seele blutete.

»Ich muß Ihnen viel erzählen«, sagte sie leise.

Bromme sah sie erstaunt an. »Mir?«

»Wir stehen mit unseren Sorgen und Herzen außerhalb der Gesellschaft von Bad Moorbach. Wir tragen beide eine schwere Last... Sie die Erschütterung über Ihre Frau, ich – ich...« Eva Sägert fuhr sich durch die kastanienbraunen Haare. »Gehen wir – ich werde Ihnen manches erzählen... Sie müssen so etwas sein wie ein Beichtvater –«

Bromme nickte. Was wird Irma jetzt tun? Jetzt, in diesem Augenblick?

Schweigend stiegen sie durch den Hochwald in die Berge hinein...

Carola Bornsiefen rannte von Zimmer zu Zimmer, atemlos in wilder Erregung, geladen mit Haß vor Enttäuschung und Demütigung.

»Stellen Sie sich vor!« rief sie und erregte sich jedesmal von neuem über den erlebten Anblick. »Dieser Kammruh, dieser Kammruh – und die Sägert! Ich habe es selbst gesehen... durch den Wald stiegen sie in die Berge, Hand in Hand wie verliebte Schüler. Die Sägert, gerade die, die immer so von Moral predigte. Und heimlich ist sie eine Hetäre. Jawohl, das ist sie. Mein Mann sagte immer –«

Was der Lehrer Bornsiefen sagte, ging stets unter. Lydia v. Bercken entzündete sich an dem Gedanken, nicht allein den Sehnsüchten ausgeliefert zu sein. Veronika Aggartz hob die Schultern und sagte: »Na und? Was ist schon dabei? Eva ist doch gesund, und zur Gesundheit gehört, daß man...« Nur Irma Bromme winkte ab.

»Was geht mich dieser Kammruh an? Ich kenne ihn nicht.«

»Das ist doch der, der sich als Ihr Bruder ausgegeben hat!« rief Carola Bornsiefen. »Ein wüster Geselle. Mich wollte er gestern nacht ins Gras werfen und... und... Na, Sie wissen schon. Aber ich habe mich gewehrt mit Händen, Füßen und Zähnen. Ein Wüstling ist er. Und dann mit der Eva Sägert. Ich sage Ihnen –«

Nach knapp einer Stunde waren sie alle bereit. Die Ruhestunde nach dem Mittagessen, die man entweder auf dem Balkon, im Park oder am Rande des Schwimmbeckens verbrachte, wurde gestrichen. Auch Peter Sagrelli, der bei Lydia v. Bercken erschien und sich zum Nachtisch anbot, wurde weggeschickt wie ein saurer Apfel. »Heute abend«, flüsterte ihm Lydia zu, als sie ihn aus der Türe schob. »Jetzt müssen wir erst in den Wald –«

»In den Wald?«

»Eine kleine Sensation. Wir wollen einen Wüstling überraschen.« Lydia lachte hell und strich Sagrelli schnell über die schwarzen Locken. »Geduld, mein Romeo. Um so schöner ist es heute abend.«

»Geht der Oberst auch mit?« fragte Sagrelli dumpf.

»Nein. Das heißt – das wäre ein guter Gedanke.«

»Lydia! Ich warne dich –«

»Nicht drohen, mein Kleiner. Es gehen ja noch drei andere Frauen mit. Du bist süß in deiner Eifersucht. Und nun lauf, ehe dich jemand sieht –«

Der Vorschlag, Oberst Plötzke mitzunehmen, wurde einstimmig gebilligt. Eberhard Thau war nicht anwesend. Er reiste in der Umgebung Moorbachs umher und verkaufte seine Vibrationsmassageapparate.

»Ein männlicher Schutz ist immer gut«, sagte Carola Bornsiefen. »Wer weiß, wozu dieser Kammruh fähig ist. Fast hätte er mir die Kleider vom Leib gerissen –«

»Nur weil es dunkel und er betrunken war«, sagte Veronika Aggartz und lachte schrill.

Carola senkte den Kopf wie ein angreifender Stier. »Zumindest sieht er nicht aus wie ein Frosch!« rief sie wild.

»Warum immer diese dummen, sinnlosen Streiterein«, sagte Irma Bromme. »Ob Wüstling oder nicht... mich interessiert allein, den Mann einmal zu sehen, der die Frechheit hatte, sich als mein Bruder auszugeben. Und fragen will ich ihn, wie er dazu kommt. Weiter nichts.«

»Das ist ausgesprochen bescheiden.« Lydia v. Bercken band sich ein rosaseidenes Kopftuch um die platingefärbten Locken. »So, Kinder – und nun los. Ich glaube, das wird ein toller Nachmittag.«

Sie holten Oberst Plötzke ab, der schon auf sie wartete. Lydia hatte vorher schnell angerufen.

»Ich habe alles bei mir!« rief er, als die Damen durch den Vorgarten kamen. »Einen Feldstecher, ein Messer, einen Totschläger und eine Pistole –«

»Wozu denn das?« Carola Bornsiefen wurde blaß. »Wir wollen ihn doch nicht töten.«

»Man muß immer zur Selbstverteidigung gerüstet sein«, sagte Plötzke stolz. »Ein deutscher Mann hat immer das Gefühl, angegriffen zu werden. Er muß immer unter Waffen stehen. Noch einmal überrascht man einen Plötzke nicht mehr. Und dieser Kammruh ... meine Damen, obwohl er mein Kriegskamerad und Freund ist ... unheimlich war er immer. Schon damals in Baranowitschi –«

Plötzke sagte damit die Wahrheit. Daß sich ein Mann so genau an ihn erinnerte, obwohl Plötzke nie in Rußland gewesen war, hatte ihn die ganze Zeit über sehr beschäftigt. Jetzt wurde ihm dieser Kammruh wirklich unheimlich. Ohne Grund schleicht sich ein Mann nicht ein.

»Auf denn, meine Damen!« rief Plötzke forscher, als er dachte. »Befreien wir unsere Freundin Eva aus den Händen eines Vampirs –«

»O Gott!« stöhnte Carola Bornsiefen. »O Gott! Wenn es bloß nicht schon zu spät ist.«

»Wo sind sie aufgestiegen?« fragte Plötzke, als sie im Wald standen.

»Dort. Zur Silberhöhe –«

»Romantisch und wild.« Plötzke nickte. »Dort gibt es sogar noch unbekannte, tiefe Höhlen. Früher, in der Steinzeit, sollen dort Bären gehaust haben.«

»Wie aufregend!« rief Lydia v. Bercken. »Wenn wir sie in einer solchen Höhle überraschen. Der starke Bär und das Lämmlein –«

»Geschmacklos«, sagte Irma Bromme. »Am liebsten möchte ich umkehren. Was gehen uns die Abenteuer Frau Sägerts an?«

»Mein Gott, haben Sie keinen Sinn für solche Situationen? Das ist doch einmal etwas Abwechslung in dem eintönigen

Einerlei. Und nichts ist doch amüsanter, als einen Moralisten zu entlarven.«

»Hinauf zur Silberhöhe!« rief Plötzke wie zur Attacke. »Einsatzziel: Aufstöbern des wilden Kammruh!«

Mit weitausgreifenden Schritten stieg er voraus. Sein weißes Haar leuchtete in den Sonnenbündeln, die durch das dichte Astwerk fielen. Er sah sehr heldisch aus, und Lydia v. Bercken spürte ein Zucken im Herzen. Jedes Alter hat doch seine Reize, dachte sie. Sagrelli die stürmische Jugend, Plötzke die faszinierende Reife.

Eine Frau hat es wirklich schwer...

Dr. Hollrein glaubte seinen Augen nicht zu trauen, als er nach der Mittagsvisite und einem Rundgang durch den Park, bei dem er einige Beschwerden der sich sonnenden Damen notierte und als Konsultationsgrundlage für eine Vormittagsuntersuchung des kommenden Tages anmerkte, zurück in das Chefzimmer kam.

Hinter dem großen Schreibtisch mit den Akten und Untersuchungsberichten saß Dozent Dr. Weber.

»Ich falle um«, sagte Hollrein. »Sie sind wieder da, Chef?«

»Nur theoretisch.« Dr. Weber hatte seinen weißen Arztmantel nicht angezogen. In einem hellen Sommeranzug lehnte er sich in dem ledernen Drehstuhl zurück. Dr. Hollrein legte sein Notizbuch auf den Tisch und zog sich den Schlips etwas herunter. Es war wieder drückend heiß. Über Moorbach brannte eine Sonne, die afrikanische Glut in den Talkessel schleuderte.

»Was heißt, ›theoretisch‹, Chef? Allein, daß Sie wieder hinter dem Tisch sitzen, ist ein Grund, sich sinnlos vor Freude zu besaufen. Haben Sie sich mit Karchowski ausgesprochen?«

»Nein.«

»Und trotzdem –«

»Sie unterliegen einem optischen Irrtum, Hollrein. Ich bin zwar da, aber ich habe nicht die Absicht, meine Geschäfte hier wieder aufzunehmen. Ich wollte Sie nur als mein Nachfolger einarbeiten und Ihnen einiges übergeben, was ich bisher unter Verschluß hielt.«

»Das kann nicht wahr sein, Chef.« Dr. Hollrein setzte sich auf die breite Blumenbank am Fenster. »Ich hatte bisher die ganze Sache nicht ernst genommen. Die versöhnen sich schon wieder, habe ich gedacht. Es war eine vorübergehende Erregung, ein Vulkanausbruch... aber nach jeder Eruption wird auch der tollste Vulkan wieder still. Kurzum – wenn Sie gehen, Chef, dann...«

»...dann werden Sie Chef auf Tannenburg. Gratuliere, Hollrein.«

»Sie sollen nicht denken, daß ich –«

»Ich weiß, Hollrein.« Dr. Weber winkte lächelnd ab. »Sie haben nie die Absicht gehabt, mich hinauszudrängen.«

»Nie, Chef. Mein Ehrenwort –«

»Ich weiß es ja, Hollrein. Aber Sie haben etwas, was ich nie lernen werde: eine gewisse Kaltschnäuzigkeit.«

»Ich versuche nur, Chef, die neue Zeit –«

»Sie haben die Gabe, vor den medizinischen Laien mit Halbwissenschaften zu schillern. Daß Sie dazu als Arzt wirklich etwas können...«

»...das macht die ganze Sache so vollkommen, daß ich neidlos die Tannenburg in Ihre Hände lege. Sie sind ein guter Arzt und ein guter Geschäftsmann dazu – vielleicht ist das ein kommendes Idealbild der Medizin. Wenn ich mir die Medikamentenreklame der Arzneimittelfirmen betrachte... überall der neue Stil. Ein Sexymädchen wirbt für Schlaftabletten, ein Halbnackedei ruft: ›Gesünder durch Vitamin C‹, und eine Dame im durchsichtigen Negligé flüstert vom Kunstdruckblatt: ›Tun Sie etwas für Ihren Kreislauf!‹ Ich würde Ihnen raten, für Tannenburg einen Prospekt herumzuschikken... eine Greisin, die vertrocknet mit einem Flaschenzug aus dem Sessel gehoben wird, und daneben ein Glamourgirl mit sieben jungen Muskelmännern. Text: ›So viel schaffen Sie nach einer Kur in Moorbachs Kurheim Tannenburg!‹«

Dr. Hollrein lachte schallend. »Eine blendende Idee, Chef. Wenn Sie die dem Karchowski erzählen, wird er sie drucken. Allein schon, daß Sie solche Gedanken haben, beweist, wie nahe Sie der neuen Linie sind. Warum wehren Sie sich bloß dagegen, Chef? Früher verkaufte man die Medizin auf den

Märkten... heute in einem Luxushotel. Jede Zeit hat ihre angemessene Marktordnung –«

»Arzt sein bedeutet im hippokratischen Sinne –«

»Lassen Sie den alten Mann schlafen, Chef. Wenn er wüßte, was man mit seinem Namen alles anstellt, würde er sich wie ein Kreisel im Grabe drehen. Seien wir einmal völlig leidenschaftslos und nüchtern. Untersuchen Sie einmal einen Kranken, und sagen sie ihm: ›Mein Bester, Sie sind gesund. Nur weniger fressen sollten Sie, und die Bierchen sind zuviel, und auch jede Nacht mit den Frauen... das hält kein Herz aus. Lassen Sie alles ruhiger gehen, hören Sie. Mäßigen Sie sich. Dann sind Sie in einem Jahr wieder der alte.‹ Sagen Sie das mal und verschreiben kein Rezept, weil ja keines nötig ist. Wissen Sie, was passiert? Man nennt Sie sofort einen saublöden Hund, der keine Ahnung hat. Man nennt Sie einen Stümper, einen Arzt, der nichts kann, denn ein Arzt, der nicht seinen kleinen Rezeptzettel vollschreibt und dem Patienten Pülverchen, Pillen, Tröpfchen und Zäpfchen in die Hand drückt, ist kein Arzt. Früher legte man auf eine dicke Backe ein heißes Kamillensäckchen... heute haut man Penicillin in den Hintern. Früher machte man bei einem Schnupfen unter der Decke eine Inhalation über einer dampfenden Wasserschüssel. Heute gibt es Hunderte Mittel gegen Schnupfen... und keines ist doch so wirksam wie eine Dampfinhalation. Aber daran verdienen Industrien Milliarden, und überall betrommelt man die Masse Mensch mit diesen Wundermitteln. Lieber Chef – können Sie sich als einziger dagegenstellen? Man hat die Masse doch bereits so gut erzogen, daß die Patienten in die Praxis kommen und sagen: ›Doktor, schreiben Sie mir doch dieses Mittel da auf...‹ Und ist der moderne Arzt klug genug, weigert er sich nicht, wenn das Mittel nicht schädlich ist. Sonst wandern ihm die Krankenscheine ab zum nächsten Kollegen, der lange Rezepte schreibt. Früher hieß es Brot und Spiele, heute heißt es Pillen und Tröpfchen. Wir leben in einer Zeit der Tablettenfresser.«

Dozent Dr. Weber schwieg. Er wußte, wie recht Dr. Hollrein hatte. Aber immer hatte er sich dagegen gewehrt, diese

Umkehrung der Medizin mitzumachen. Er kam sich wie ein Rufer in der Wüste vor... nur noch einsamer. In der Wüste hörten ihn die Schakale und Geier, die Hyänen und Skorpione – und man ließ ihn in die Sinnlosigkeit hineinschreien. Hier aber prallte sein Ruf gegen Mauern absoluten Schweigens oder gegen tödlichen Spott.

Dr. Weber kramte in seiner Rocktasche und legte einen kleinen Schlüsselbund auf den Tisch.

»Hier, Hollrein«, sagte er heiser. »Die Schlüssel zum Safe, zur linken Schreibtischschublade und zum Panzerschrank. Im Schrank werden Sie eine Abhandlung von mir finden, die ich einmal herausgeben wollte. ›Über die therapeutischen Möglichkeiten einer naturgemäßen Coronarbehandlung‹ heißt sie. Verbrennen Sie sie. Ich bitte Sie darum. Ich selbst habe nicht die Kraft, mein eigenes Werk zu vernichten.«

»Einen Teufel werde ich tun!« rief Dr. Hollrein. »Ich werde es wie einen Quell der Weisheit durchstudieren.«

»Sie verderben sich nur die Augen dabei... und Ihre fortschrittliche Gesinnung!« Dr. Weber erhob sich schroff. »Und nun, lieber Hollrein – weiterhin eine schöne Arbeit auf Tannenburg und viel Erfolg. Ich gönne ihn Ihnen –«

»Und Sie, Chef? Was machen Sie?«

»Ich weiß es noch nicht.«

»Stimmt es, daß Karchowski Ihnen ein tolles Angebot gemacht hat?«

»Ja.« Dr. Weber drehte sich um. »Sie wissen?«

»Karchowski erzählte es den Damen. Es sollte eine Revolution geben. Ein holder Aufmarsch mit Streikdrohung, falls Sie nicht wiederkommen.«

»Davon weiß ich ja gar nichts«, rief Dr. Weber verblüfft.

»Anführer waren Frau v. Bercken und diese Aggartz. Karchowski kam ganz schön ins Schwimmen... aber dann ließ er den weißen Hasen aus der Zauberkiste: neues Haus, Chefarzt Dr. Weber, völlig andere Klinik, Kombination Kurheim – internistisches Krankenhaus. Es klang alles wie ein Weihnachtschoral –«

»Ich habe abgelehnt, Hollrein.«

Dr. Hollrein wischte sich über das Gesicht.

»Darf ich etwas Ehrliches sagen, Chef?«

»Bitte.«

»Sie sind ein Idiot.«

»Ich weiß.« Dr. Weber nickte und klopfte Dr. Hollrein auf die Schulter. »Aber wie schrecklich langweilig wäre die Welt ohne diese Idioten –«

Dr. Weber warf seinen leichten Sommermantel über den Arm. Er hatte ihn im Schrank vergessen und wollte ihn jetzt mitnehmen. »Grüßen Sie alle von mir, Hollrein. Ich möche keinen großen Abschied feiern –«

»Ich halte das alles für sinnlos, Chef.« Dr. Hollrein zuckte zusammen. Hinter ihm schellte das Telefon. Er zögerte und trat dann zur Seite. »Für Sie, Chef –«

»Nein, nein. Sie sind jetzt hier der Boß. Heben Sie ab –«

Dr. Hollrein nahm den Hörer auf. Bevor er sich meldete, hörte man schon eine aufgeregte Stimme. Hollreins Gesicht wurde völlig ratlos, sein Blick irrte hilflos zu Doktor Weber.

»Aber das ist doch unmöglich...«, stotterte er. »Das ist doch... Wo, sagen Sie? Ja, ich komme sofort! Sofort...«

Er warf den Hörer zurück, als wäre er glühend heiß.

»Was ist denn, Hollrein?« fragte Dr. Weber.

»Sie müssen sofort zur Silberhöhe, Chef. Es... es ist etwas passiert... Ich suche das chirurgische Besteck zusammen –«

Das letzte Stück bis zum Gipfel des Berges war beschwerlich und ziemlich steil. Eva Sägert und Bromme kletterten durch den stillen, heißen Wald und stampften den Humusboden unter sich mit müden, in den Knien zitternden Beinen. Bromme hatte den Rock ausgezogen und trug ihn an einem Ast über der Schulter, Eva hielt ihren weiten Rock hoch. Sie hatte schöne, ebenmäßige Beine und gut geformte Schenkel. Bromme bemerkte es keuchend vor Anstrengung. Oft blieb er stehen, wischte sich den in Bächen aus den Haaren rinnenden Schweiß vom Gesicht und atmete tief durch.

»Jaja, die Zigarren!« lachte Eva Sägert und winkte vor ihm. »Aber oben ist eine Schutzhütte. Da können wir uns ausruhen. Was Sie vierzig Jahre lang an Ihrer Lunge gesündigt haben, wird jetzt hinausgeblasen. Los, weiter geht's!«

Nach einigen weiteren Metern sahen sie das Dach der Hütte durch die Stämme schimmern. Ein Aufstieg von etwa fünfzig Metern lag noch vor ihnen. Ein steil ansteigender Waldboden. Man mußte sich an den Stämmen hochangeln und weit nach vorn beugen, um das Gleichgewicht zu halten.

»Huch!« sagte Bromme und lehnte sich gegen eine riesige Fichte. »Da oben ist sie. Das erinnert mich an einen Aufsatz, den ich als Schüler schreiben mußte: ›Gedanken beim Besteigen eines Berges‹. Und was habe ich geschrieben? ›Mein einziger Gedanke beim Besteigen eines Berges ist: Ach, wenn ich doch bloß oben wäre!‹ Dafür habe ich eine Fünf bekommen. Ich glaube, mein Lehrer ist nie auf einen Berg gestiegen... ich hätte eine Eins verdient. Jetzt merke ich's.«

Er stockte, denn Eva Sägert neben ihm benahm sich plötzlich merkwürdig. Sie beugte sich nach vorn, stöhnte leise und preßte beide Hände auf den Leib. Dann riß sie den Mund auf und drückte die rechte Hand in das Kreuz, während sie die Linke in die Rinde des Baumes krallte.

»Oh!« stöhnte sie. »Oh... Nur das nicht... nicht hier... nicht hier...«

»Was haben Sie denn?« fragte Bromme erschrocken. »Ist Ihnen schlecht? Sehen Sie... es war auch für Sie zuviel.«

Eva Sägert atmete auf, als sei nichts geschehen. Nur ihre Augen flatterten in heilloser Angst. »Wir müssen sofort zurück«, sagte sie. »Sofort –«

Sie machte ein paar Schritte, als es sie von neuem überfiel. Wieder stöhnte sie und krümmte sich, preßte die Knie zusammen und lehnte sich gegen einen Stamm. »Nein!« schrie sie dabei. »Nicht hier! Nicht! O mein Gott... mein Gott –«

Bromme starrte Eva Sägert entsetzt an. Er bemerkte, daß ihr Gesicht wie aufgedunsen war, er sah ihren zuckenden Leib und den aufgerissenen, zitternden Mund, die angstvoll geweiteten Augen und die Hände, die sich gegen den Bauch preßten.

»Was haben Sie denn?« rief er und stützte sie. In diesem Augenblick war es auch schon wieder vorbei. Eva Sägert lehnte sich erschöpft und tief atmend an Bromme.

»Bringen... bringen Sie mich zur Hütte«, sagte sie tonlos. »Und dann rennen Sie... an dem Weg auf der Höhe, in Richtung Brunnwaben, liegt ein kleines Café. Von dort rufen Sie in der Klinik an –«

»Aber, gnädige Frau –«

»Wir haben wenig Zeit... Sie müssen rennen... bitte, erst zur Hütte. Ich möchte es nicht auf dem Waldboden unter einem Baum bekommen... wie eine Häsin –«

Bromme schluckte mehrmals. »Aber...« stotterte er.

»Ja.« Eva Sägert lehnte den Kopf an Brommes Schulter. »Ich bekomme ein Kind... ein Kind von meinem Liebhaber. Darum die ganzen schönen Worte... Aber daß es jetzt kommt... hier... Sie müssen laufen –«

Bromme umfaßte ihre rundliche Taille und schob sie den steilen Anstieg hinauf. Fast mechanisch ging sie, kraftlos und unendlich müde. Er schob sie förmlich den Berg hinauf, keuchend, schwitzend, mit Herzstichen und wahnsinnig schmerzenden Kniekehlen. Ein paarmal mußte er stehenbleiben, weil neue Wehen durch Evas Körper jagten. Sie hielt sich an ihm fest, grub die Nägel durch den dünnen Hemdenstoff in seine Arme und schrie ihm ins Gesicht. Bromme hielt sie umklammert, bis die Schmerzen ebenso plötzlich, wie sie kamen, verklungen waren. Dann drückte Eva ihren Kopf an die Brust Brommes und weinte.

»Weiter«, keuchte Bromme. »Noch zwanzig Meter, dann haben wir es geschafft... Können Sie noch gehen...?«

Eva Sägert nickte. Sie biß die Zähne zusammen und stieg weiter. An der Hüttentür kam die neue Wehe... Eva schlug mit der Stirn an das rauhe Holz und umkrallte die Klinke. Schwankend führte Bromme sie in das Innere.

Die Hütte war spärlich möbliert. Ein Holztisch, eine Eckbank, drei Schemel. Sonst nichts. Bromme setzte Eva auf die Bank und warf seinen Rock auf den Tisch.

»Ich laufe jetzt«, sagte er. Vor seinen Augen tanzten bunte Kringel, sein Herz hämmerte gegen die Rippen. »Aber ich kann Sie doch nicht allein lassen –«

»Laufen Sie! Laufen Sie! Bis der Arzt hier ist, wird es noch gehen –«

»Und wenn... wenn...«

Eva Sägert hob die Schultern. »Es ist nicht zu ändern...«

Bromme schwankte zwischen Dableiben und Weglaufen um Hilfe. Eine neue Wehe, die Eva Sägert zusammenkrümmte, bestimmte seinen Entschluß. Er stolperte aus der Hütte und rannte über den einsamen, schmalen Höhenpfad. Zwei Kilometer weiter, dachte er. Ein Café. Er riß sein Hemd auf und rannte wie gehetzt über den holprigen, staubigen Weg. Mit letzter Kraft erreichte er das kleine Holzhaus mit der schlaffen Fahne, auf der ›Silberhöhen-Café‹ stand. Die Gäste sprangen von den Stühlen, als der schweißüberströmte Mann mit dem zerrissenen Hemd, staubig und kaum noch von seinen Beinen gehalten, in das Lokal stürzte.

»Ein Telefon!« brüllte Bromme. »Wo ist das Telefon!«

Dann hielt er sich an der Theke fest und hatte kaum noch Kraft, den Hörer ans Ohr zu halten und vernünftige Worte zu sprechen.

Dr. Weber und Dr. Hollrein überholten die auseinandergezogene Schützenlinie der Damen, der Oberst Plötzke als Führer weit voranging, bewehrt mit einem dicken, geschälten Knüppel, den er sich kurz nach dem Aufstieg geschnitten hatte. Die Damen hatten sich so luftig wie möglich gemacht... an der Spitze die attraktive Lydia, die, aller Kleider ledig, in einem knappen Bikini durch den heißen Wald stampfte. Selbst Carola Bornsiefen kletterte mit offener Bluse durch die Bäume. Sie trug einen dunkelvioletten Büstenhalter, den sie sich extra für Bad Moorbach gekauft und von dem der biedere Lehrer Bornsiefen keine Ahnung hatte.

»Ja, was ist denn das?« rief Lydia und scheuchte damit Plötzke zur Truppe zurück. »Unsere Ärzte im Eilmarsch. Kinder, so wild scheint mir der Kammruh nun wieder nicht zu sein, daß man chirurgisch etwas reparieren muß...« Sie lachte hell und bog sich zurück. Plötzke schaute sie bewundernd und begehrlich an. Eine Krönung, dachte er. Teufel noch mal – das wäre wirklich eine Krönung meiner Laufbahn, solch ein Staatsweib zu besitzen. Von solchen Weibern haben sie in den Kasinos geschwärmt, die Kameraden. Und der Plötzke schießt eine ab. Horrido! Man ist doch immer noch ein Teufelskerl.

Dr. Weber und Dr. Hollrein ließen sich nicht aufhalten. Es gab keine andere Möglichkeit, als geradenwegs zu Fuß zur Schutzhütte zu steigen. Eine Anfahrt mit dem Auto war unmöglich. Der Wirt vom Café besaß nur eine kleine, private Seilbahn, mit der er in einer offenen Gondel die Getränke und Lebensmittel hochzog. Ein Mensch konnte damit nicht transportiert werden. Und jede Minute war jetzt kostbar. Als Dr. Weber erfahren hatte, worum es ging, hatte er keine Sekunde gezögert, die Bestecktasche an sich genommen und war Hollrein voraus in den Wald gelaufen. Sagrelli und der Hausmeister Oberreuther starrten ihm entgeistert nach, als er grußlos an ihnen vorbeirannte.

»Wo wandern Sie hin?« rief Dr. Hollrein höflich. Wie ein Hahn, der seine Hühner ausführt, dachte er dabei. Dr. Weber kletterte wortlos weiter.

»Wir sind auf der Pirsch!« rief Plötzke. »Wir suchen eine Wildsau!«

Lydia kreischte begeistert. Auch die anderen Damen lachten. Hollrein winkte ihnen zu. »Weidmanns Heil!«

»Weidmanns Dank.« Plötzke grüßte stramm. »Wir werden Ihnen berichten, Doktor. Ein Naturschauspiel seltener Art. Eine ganz und gar verrückte Paarung: Wildsau mit Ricke!«

»Ich platze!« rief Lydia und hielt sich den Leib. »Oberst – keine solchen Witze mehr. Wir erreichen sonst die Höhlen nicht –«

Dr. Hollrein hetzte Dr. Weber nach. Der Chefarzt kletterte schräg den Berg hinauf. Er kannte hier jeden Hügel, jede Schlucht, jeden Pfad, jeden Wildwechsel. Er wußte, daß man die Schutzhütte bei schrägem Aufstieg schneller erreichte als in gerader Richtung. Was beim direkten Aufstieg an Weg kürzer war, verlor man an Zeit durch die notwendigen Ruhepausen.

»Die Hütte«, keuchte Dr. Hollrein, als sie das Dach über sich durch die Baumkronen sahen. »Gott sei Dank –«

»Das können wir erst sagen, wenn wir wissen, was dort bereits geschehen ist. Los, weiter!«

Sie stolperten jetzt den steilen Hang hinauf, hielten sich an Grasbüscheln und aus dem Boden tretenden Wurzeln fest und erreichten hustend vor Anstrengung das kleine Plateau.

Aus der Hütte hörten sie dumpfes Schreien. Dr. Weber raffte sich auf und rannte weiter.

Als sie in den halbdunklen Raum stürzten, bot sich ihnen ein gespenstisches Bild.

Eva Sägert lag auf dem rohen Holztisch, nackt bis zu den Brüsten. Ihre Kleider lagen zerrissen und verstreut auf dem Boden. Vor ihren gespreizten Beinen hockte Bromme. Sein Oberkörper war nackt und blutig. Mit seinem zerrissenen Hemd versuchte er, ein blutverschmiertes Etwas festzuhalten. Eva Sägert hielt die Tischkante umklammert und schrie in ein zerfetztes Taschentuch hinein, das Bromme ihr zwischen die Zähne gestopft hatte.

Dr. Weber taumelte neben Bromme und setzte sich auf einen Schemel. Dr. Hollrein packte in rasender Eile das Besteck aus, zog eine blutstillende Spritze auf und schob Weber den Kasten mit den sterilen Gummihandschuhen zu.

»Doktor...«, keuchte Bromme. Seine Augen waren weit und starr. »Doktor... Sie kommen in letzter Sekunde... Es ist gekommen... eben, jetzt gerade ist es gekommen...«

Dr. Weber zog die Gummihandschuhe über. Bromme rollte zur Seite auf die Eckbank und riß den Mund auf, wie ein erstickender Fisch. Über seine Brust lief ein heftiges Zittern wie ein Schüttelfrost. Er war am Ende seiner Kräfte. Er war mehr tot als lebend. Und er sehnte sich nach Ruhe. Nach Ruhe... Ruhe...

Dr. Weber schob den kleinen, blutverschmierten menschlichen Körper zur Seite und band die Nabelschnur ab. Während Dr. Hollrein die blutstillende Injektion gab und gleich hinterher ein Kreislaufstützmittel, versuchte Dr. Weber vorsichtig, die festsitzende Plazenta zu lösen. Das Kind beachtete er nicht weiter. Es ging jetzt um das Leben Eva Sägerts, die unter seinen Händen verbluten konnte, wenn sich der Uterus nicht nach Abstoßen der Plazenta sofort wieder schloß.

Dr. Hollrein sah in das fahle, gedunsene Gesicht Evas. Sie hatte die Augen geschlossen und stöhnte nur noch leise. Das zerfetzte Taschentuch lag noch immer zwischen ihren Zähnen. Als Dr. Hollrein es ihr wegnehmen wollte, biß sie darauf und hielt es fest. Dabei öffnete sie die Augen, erkannte Hollrein und ahnte, wer sich um ihren Körper bemühte. Da war es, als gleite ein verzerrtes Lächeln über ihr Gesicht. Sie schloß die Augen. Das verkrampfte Krallen ihrer Finger um die Tischkante ließ nach. Schlaff hingen ihre Arme herunter.

Dr. Hollrein kontrollierte den Puls und hob die Lider hoch. »Besinnungslos«, sagte er.

Dr. Weber lehnte sich seufzend zurück. »Ich habe die Plazenta. Endlich. Sonst alles normal. Allein wäre sie verloren gewesen.« Er sah zur Seite auf Bromme und nickte ihm zu. »Sie haben ihr das Leben gerettet, mein Herr. Sie haben sich tapfer gehalten.«

»Ich ... ich!...« Bromme versagte die Stimme. Er starrte auf das kleine Bündel Mensch, das Weber auf einen Schemel gelegt hatte. »Wenn ich das gewußt hätte –«

»Keiner wußte es.« Hollrein wischte das Blut vom Körper Evas mit dicken Zellstofflappen ab. »Wenn ich denke, wie ich mir den Kopf darüber zerbrochen habe, wie diese plötzliche ›Fettsucht‹ entstanden sein könnte. Chef, was sind wir für lächerliche Figuren in ihren Augen gewesen. Aber wer denkt denn daran ... bei einer so reservierten Ehefrau.«

Dr. Weber streifte die Handschuhe ab. »Wir müssen den Ehemann benachrichtigen ... wissen Sie das?«

»Daran habe ich gleich gedacht, als ich den Anruf bekam. Eine heikle Situation.« Er wandte sich an Bromme. »Sind Sie der Vater des Kindes?«

»Ich? Aber nein. Nein. Ich lernte Frau Sägert zufällig bei Oberst Plötzke kennen. Und vor drei Stunden trafen wir uns ebenfalls zufällig unten auf der Chaussee an der Bank. Frau Sägert lud mich zu dieser Wanderung ein –«

»Hm.« Dr. Weber deckte Eva Sägert mit den Kleiderfetzen zu, so gut es ging. »Lauter Zufälle. Seit wann wissen Sie, daß Frau Sägert –«

»Seit einer Stunde. Kurz vor der Hütte fing es an.«

»Klar.« Dr. Hollrein kontrollierte Atmung und Herztätigkeit mit dem Stethoskop. »Am Vormittag hat sie noch wie eine Verrückte geturnt. Und jetzt der Aufstieg... das mußte schiefgehen –«

»Es *sollte* schiefgehen«, sagte Dr. Weber langsam.

»Natürlich –«

Eva Sägert bewegte sich. Sie seufzte ein paarmal und rieb den Kopf auf dem Tisch hin und her. Dann sah sie auf Dr. Weber und versuchte, den Kopf zu heben.

»Was... was ist...?« fragte sie.

»Es ist da.« Dr. Weber trat neben sie. »Sie haben unverschämtes Glück gehabt –«

»Was... was ist es?«

»Ein Mädchen.«

»Ein Mädchen –«

»Kann ich es sehen?«

Dr. Weber schüttelte langsam den Kopf.

»Nicht?« Durch Evas Körper flog ein stummer Schrei. »Was... was ist mit ihm?«

»Es war noch nicht lebensfähig –«

»Tot?« Eva Sägert versuchte aufzuspringen. Dr. Hollrein hielt sie fest und drückte sie auf den Tisch zurück. »Ich habe es getötet!« schrie Eva schrill. »Lassen Sie mich los! Ich habe es getötet! Ich habe mein Kind getötet! Ich bin eine Mörderin! Mörderin!«

»Gnädige Frau...« Dr. Weber kam Hollrein zu Hilfe. Mit unwahrscheinlichen Kräften schlug Eva Sägert um sich. Auch Bromme griff zu und hielt ihre um sich schlagenden Beine fest.

»Ich habe es nicht gewollt... und ich habe es getötet... getötet... Ich will nicht mehr leben... ich will nicht mehr... nicht mehr –«

Dr. Hollrein gab ihr eine neue Injektion, während Dr. Weber und Bromme sie festhielten. Nach einigen wilden Zukkungen ließ die Erregung nach, der Körper streckte sich, sie wurde ruhig und dämmerte in einen Schlaf hinüber. Schwitzend warf Hollrein die Spritze in die Tasche zurück.

»Hoffentlich verträgt sie das«, sagte er leise. »Wenn nur der Kreislauf nicht zusammenbricht –«

Bromme trat an das Fenster und riß es auf. Mit der Sonne kam der Klang von Stimmen in die stille Hütte. Rufen, Lachen, helles Singen.

»Der Oberst mit seiner Haremsschar«, sagte Hollrein. »Der fehlt uns jetzt noch...«

Bromme winkte ab. »Ich gehe hinaus und halte sie fest«, sagte er. Blutverschmiert, wie er war, ging er vor die Hütte.

Im Wald, dort wo der Aufstieg steiler wurde, sammelten sich die Stimmen. Plötzkes lautes Organ dröhnte bis zu Bromme hin.

»So, meine Damen! Dort oben sehen Sie eine Schutzhütte des Schwarzwälder Gebirgsvereins. Nur noch ein Anlauf, und Sie können einen Rundblick genießen –«

»Aber wir wollten doch...«, unterbrach ihn eine helle Stimme. Es war Carola Bornsiefen. Sie war enttäuscht, daß bisher keine Spur von Kammruh und Eva Sägert gefunden worden war. Die großen Höhlen, die als Zuflucht dienen konnten, hatten sie durchstöbert.

»Vielleicht in der Hütte«, sagte Oberst Plötzke leiser. »Bitte, klettern wir ganz lautlos hinauf, meine Damen. Ich glaube fast, daß wir sie dort treffen werden –«

Peter-Paul Bromme trat unter dem Vordach vor und ging den Stimmen entgegen. Daß seine Arme und sein Oberkörper noch mit Blut befleckt waren, beachtete er nicht. Sein Anblick war furchterregend.

Die ersten, die aus dem Wald traten und tief aufatmeten, waren Carola Bornsiefen und Irma Bromme. Unmittelbar hinter ihnen schob sich der schwitzende Plötzke hoch und reichte Lydia v. Bercken beide Hände, um sie heraufzuziehen. Als letzte folgte Veronika Aggartz. Ihr Atem pfiff, große, rote Flecke brannten auf ihren Wangen, und die tiefliegenden Augen glühten wieder wie brennende Kohlenstückchen.

Carola Bornsiefen war die erste, die Bromme vor der Hütte entdeckte. Den blutigen, halbnackten Mann. Sie riß den Mund in einem stummen Schrei auf, streckte beide Arme wie in wilder Abwehr von sich und schwankte.

»Da!« schrie sie plötzlich gellend, als wieder Luft durch ihre vor Schreck gelähmte Luftröhre kam. »Er hat sie umgebracht! Ein Lustmord! Ein – oh!« Sie fiel ohnmächtig in den Arm Plötzkes. Auch die anderen Damen standen starr am Waldrand. Nur Irma stürzte vor.

»Paul!« schrie sie entsetzt. »Paul! Was machst du denn hier? Wie siehst du denn aus! Paul –«

Bromme, der der Gruppe entgegengegangen war, blieb ruckartig stehen. Über sein blutverschmiertes Gesicht zuckte es. Er streckte beide Arme aus.

»Irma«, stammelte er. »Irmchen ... du bist da ... Du bist ja hier ... Du bist nicht ...«

Dann stürzte er vor, und auch Irma rannte ihm entgegen. In der Mitte des Plateaus fielen sie sich in die Arme und küßten sich. Plötzke rüttelte Carola Bornsiefen und brüllte dazwischen derbe Flüche.

»Himmel, Arsch und Wolkenbruch! Was soll das! Verdammt, wachen Sie auf! Aufwachen! He, Sie da! Kammruh ... was soll das? Woher kennen Sie die Dame? Wie sehen Sie aus! Wo ist Frau Sägert?« Er ließ Carola einfach auf den Waldboden fallen, als sie nicht aus ihrer Ohnmacht erwachte, und zog seinen Revolver aus der Tasche. »Nehmen Sie die Hände hoch, Kammruh! Was haben Sie mit Frau Sägert gemacht? Sie sind voller Blut ... Sie haben Sie umgebracht. Keine Bewegung ... ich schieße sofort!«

»Er hat sie getötet«, sagte Lydia leise. Aber ihre Augen hatten keinerlei Furcht. Fast glitzernd schaute sie auf den blutigen Bromme. Veronika Aggartz lehnte an einem Baumstamm und atmete hustend und mit verzerrtem Gesicht.

»Brüllen Sie nicht so, Oberst«, sagte Bromme und schob Irma zur Seite. »Und bleiben Sie vor allem von der Hütte weg. Dort drinnen –«

»Ich weiß, was dort drinnen ist!« schrie Plötzke. »Sie Lustmörder! Los! Umdrehen! Gehen Sie voraus!«

»Er ist verrückt, Irma«, sagte Bromme.

»Wie ... wie siehst du denn aus ...«, flüsterte Irma mit starren Augen.

»Ach so.« Bromme sah an sich hinunter. »Das. Das ist Blut.«

»Hände hoch, Kammruh!« brüllte Plötzke.

»Wer ist denn Kammruh?« fragte Irma.

»Ich –«

»Du?«

»Ich werde dir nachher alles erklären...«

»Wieso nennst du dich Kammruh?« Irma Bromme drehte sich zu den anderen um. »Das ist mein Mann«, sagte sie fest.

Lydia v. Bercken zitterte vor Erregung. »Ihr – Mann? Sie heißen gar nicht Bromme, sondern Kammruh?«

»Ich heiße Bromme, aber mein Mann heißt nicht Kammruh. Ich... ich verstehe das alles nicht –«

Auf dem Waldboden erwachte Carola Bornsiefen. Niemand bemerkte es. Erst, als sie wieder aufschrie, fuhr alles erschrocken nach ihr um.

»Heinrich!« schrie sie. »Heinrich... warum hast du mir das angetan?«

Bromme wischte sich hilflos über das Gesicht. Plötzke ließ den Revolver sinken und stampfte näher.

»Wer ist Heinrich?« fragte Irma leise.

»Ich...« Bromme sah sich hilfesuchend um. »Ich werde dir alles erklären, Irma. Es ist eine Kette von Mißverständnissen, ein Berg von Lügen, den ich überklettern wollte. Es ist alles so verworren –«

»Du... du kennst Frau Bornsiefen –«

»Warum hast du das getan, Heinrich«, jammerte Carola und erhob sich, unterstützt von Lydia v. Bercken.

»Er heißt gar nicht Heinrich, sondern Paul«, sagte Lydia und hielt Carola fest, als sie auf Bromme zulaufen wollte. »Und Kammruh heißt er auch nicht, sondern Bromme. Und er ist der Mann von Irma –«

Bevor Bromme, Carola, Irma, Plötzke und Lydia fast zur gleichen Zeit etwas sagen konnten, kam aus der Hütte Dr. Weber. Auch er war blutbefleckt und mit Schweiß bedeckt. Die Worte erstarben auf den Lippen. Selbst Plötzke schwieg und atmete erregt.

»Herr Oberst«, sagte Dr. Weber laut. »Bitte laufen Sie zum Café und rufen Sie im Krankenhaus an. Man soll sofort einen

Wagen schicken und eine Trage heraufbringen. Beschreiben Sie genau den Aufstieg! Es ist eilig!«

»Herr Dozent...« Plötzke steckte seinen Revolver ein.

»Bitte fragen Sie nicht – laufen Sie. Alle Fragen werden sich von selbst beantworten...«

»Eva Sägert«, sagte Lydia leise, während Plötzke nach einem Zögern über den Pfad davonlief. »Ich habe es doch geahnt... ich hatte so das Gefühl... Sie sah so merkwürdig aus... so aufgebläht...« Plötzlich lachte sie und bog sich nach hinten. »Kinder! Kinder! Und das auf der Tannenburg –«

Bromme machte einen Schritt und stieß den Kopf vor.

»Ruhe!« brüllte er. Lydia zuckte zurück und schwieg sofort. »Wie können Sie lachen, während da drinnen ein Mensch vielleicht rettungslos verloren ist? Amüsiert es Sie, daß diese Frau einen Fehltritt getan hat? Sicherlich war sie nicht so raffiniert wie Sie und hatte Pech. *Sie* haben bisher eben nur Glück gehabt –«

»Paul«, sagte Irma Bromme und zog ihn von Lydia v. Bercken weg. »Wie kommst du überhaupt hierher?«

»Später.« Bromme wandte sich ab und ging zur Hütte zurück. »Und daß keiner in das Haus kommt. Verstanden? Es ist genug, daß das Kind tot ist –«

»Tot...« Lydia v. Bercken senkte den Kopf. »Verzeihen Sie, das wußte ich nicht. Es... es tut mir leid... Können wir nicht helfen... irgendwie...«

»Nein. Doch, ja... halten Sie den Mund und bleiben Sie draußen.«

Irma Bromme machte einen Schritt vorwärts.

»Paul –«

»Du auch.«

»Paul... hast du wirklich als Kammruh versucht, Frau Bornsiefen gestern nacht im Gras –«

»Himmel! Laß mich jetzt mit diesem Blödsinn in Ruhe!« schrie Bromme.

Er ließ Irma stehen und ging in die Hütte. Einen Augenblick starrte Irma gegen die zuschlagende Tür, dann ging sie abseits, setzte sich auf einen Baumstumpf und weinte.

»Stimmt das alles, was Sie von Kammruh erzählt haben?« zischte Lydia Frau Bornsiefen ins Ohr. »Oder haben Sie wieder maßlos übertrieben und aufgeschnitten...«

»Das habe ich nicht nötig.« Carola Bornsiefen verzog hochmütig das spitze Gesicht. Sie ging zur anderen Seite und setzte sich auf eine aus Holzknüppeln gebaute Bank.

Ich gönne es ihr, dachte sie giftig. Immer hat sie die ehrbare Frau gespielt, das blonde Rührmichnichtan. Jetzt soll sie in der Eifersucht braten. Und wenn er wieder aus der Hütte kommt, werde ich ihm um den Hals fallen und ihn vor ihren Augen küssen. Jawohl, das werde ich tun. Einmal möchte ich Rache nehmen mit den Waffen der Frau, einmal nur zeigen, daß man auch mich lieben kann. Sie sind alle so schön und elegant und hochmütig... aber jetzt habe *ich* einen Trumpf in der Hand, und ich werde ihn ausspielen.

Sie sah zu Irma Bromme hinüber und bemerkte, daß sie weinte. Und das freute sie ungemein...

Eva Sägert wurde im Krankenhaus sofort nachbehandelt. Sie erhielt einige Bluttransfusionen und herzstärkende Mittel.

Der Abtransport von der Hütte zum Krankenwagen am Fuße des Berges war schwierig und zeitraubend gewesen. Festgeschnallt auf der Bahre mußte sie den steilen Hang hinabgetragen werden. Neben den beiden Sanitätern halfen auch Plötzke, Bromme und die beiden Ärzte, stützten die Trage und stemmten sich gegen das aus ihren Händen abrutschende Gewicht, wenn der Boden wieder steiler abwärts ging.

Dr. Weber saß am Bett Eva Sägerts, als sie aus der Bewußtlosigkeit erwachte. Sie schloß sofort wieder die Augen, aber Dr. Weber beugte sich vor und legte seine Hand auf ihre kalten, zurückweichenden Finger.

»Nein... weichen Sie bitte nicht aus«, sagte er, und der gütige Ton seiner Stimme veranlaßte Eva, die Augen wieder zu öffnen. »Sie können reden und hören. Sie haben den Berg hinter sich... im wörtlichen Sinne sogar. Es hat keinen Sinn mehr auszuweichen –«

»Ich... ich schäme mich«, sagte Eva Sägert leise.

»Schämen? Warum?«

»Ich habe Sie belogen –«

»Ach, deswegen?« Dr. Weber winkte lächelnd ab. »Das ist längst vergessen. Und im übrigen war das keine Lüge, sondern Notwehr, nicht wahr?«

»Danke, Doktor«, sagte Eva schwach. »Ich habe diese Güte nicht verdient...«

»Etwas anderes macht mir Sorge, gnädige Frau. Ich habe das da in ihrer Kleidung gefunden...« Er schob einen zerknitterten, blutbefleckten Brief auf die Bettdecke. Es war der Notschrei an Hans Sägert, den Eva hatte zur Post bringen wollen. »Ich habe ihn geöffnet...« Dr. Weber sah Eva Sägert nachdenklich an. »Sollen wir ihn noch wegschicken?«

»Der Brief.« Eva krallte die Finger um das Papier. »Nein! Bitte nicht. Bitte...«

»Aber Sie müssen Ihrem Mann mitteilen –«

»Später, Doktor. Bitte, bitte später... Rufen Sie jemand anderen an... gleich... bitte...«

Dr. Weber sah an Evas Kopf vorbei gegen das geschlossene Fenster.

»Den... Vater des Kindes, nicht wahr?«

»Ja – Studienrat Ernst Thommot in Düsseldorf...«

»Und was soll ich sagen?«

»Alles, was Sie wissen und was Sie gesehen haben. Verschweigen Sie ihm nichts. Er soll wissen, was er mir angetan hat –«

»Er allein? Ein Kind hat immer Vater *und* Mutter.«

Eva Sägert drehte den Kopf zur Wand. »Ich weiß, auch ich bin schuldig«, sagte sie kaum hörbar. »Aber ich habe es doch nur für Uschi getan... damit sie mitkam, damit sie nicht sitzenblieb... nur wegen der Zensuren –«

»Ach! So war es?« Dr. Webers Gesicht war hart geworden. »Wenn Sie mir bitte die Adresse des Herrn geben wollen, gnädige Frau –«

Dr. Weber schrieb sich die Telefonnummer auf, die Eva Sägert ihm nannte. »Aber er ist verreist...«, sagte sie kläglich. »Ich habe versucht, ihn anzurufen... gestern noch... Er hat Krankenurlaub genommen und soll weggefahren sein...«

»Dann wäre es vielleicht doch besser, Ihren Gatten...«

»Nicht jetzt, Herr Dozent... bitte... Wenn ich wieder aus dem Krankenhaus entlassen bin –«

»Es ist unsere Pflicht, gnädige Frau, bei einem kritischen Zustand... und Sie wissen, daß er kritisch ist...«

Eva Sägert nickte. Ihre blassen Hände fuhren unruhig über die Bettdecke und legten sich dann auf Dr. Webers Arm.

»Ich werde nicht sterben, Doktor«, sagte sie leise.

»Wir wollen hoffen, daß Ihr Herz durchhält. Wie konnten Sie nur die Dummheit mit dem Geräteturnen machen –«

»Wenn man so verzweifelt ist, Doktor –«

»Warum sind Sie nicht zu mir gekommen... mit der vollen Wahrheit...«

»Ich schämte mich.«

Dr. Weber erhob sich und öffnete das Fenster. Frische Luft flutete in den heißen, kleinen Raum. Vom Kurpark klang die Musik aus der Konzertmuschel herüber. Ein Gewimmel von Menschen in bunten Kleidern belebte die Kieswege und die im Schatten stehenden weißen, langen Bänke.

»Sie können das, was geschehen ist, Ihrem Gatten nicht verschweigen«, sagte Dr. Weber nachdenklich.

Eva Sägert zog die Decke bis zum Kinn, als friere sie in der heißen Sommerluft. »Ich will ihm alles sagen... aber später, Doktor... wenn ich wieder die Kraft habe, die Konsequenzen zu ertragen...«

»Ihr Gatte wird sich von Ihnen trennen, nicht wahr?«

»Ich glaube... ja...« Eva Sägert starrte gegen die weiße glatte Wand, an der ihr Bett stand. »Er würde das nie überwinden. Die Treue seiner Frau ist für ihn so selbstverständlich wie das Aufgehen der Sonne. Wie ein Mann denkt, habe ich von Herrn Kammruh erfahren...«

»Dieser Herr Kammruh heißt in Wirklichkeit Bromme...«

»Bromme?« Eva Sägerts Kopf schnellte zu Dr. Weber herum. »Bromme?«

»Er ist der Gatte von Frau Irma Bromme...«

»Ich, du meine Güte.« Eva Sägert versuchte, sich aufzurichten. »Herr Dozent... bitte, ich möchte Herrn Bromme sprechen... heute noch...«

»Aber gnädige Frau –«

»Es muß sein, Doktor. Herr Bromme hat sich in etwas verrannt, das zu einer Tragödie werden kann. Zu einer sinnlosen Tragödie, denn alles ist nur ein Mißverständnis, eine häßliche Verleumdung, eine billige Rache dieser Lydia v. Bercken...«

»Du lieber Himmel. Ist denn ganz Tannenburg ein Irrenhaus geworden?« Dr. Weber setzte sich wieder auf das Bett Evas. »Erzählen Sie mal, was eigentlich außerhalb meines Ordinationszimmers los ist. Ich habe mich bisher nie um das Privatleben meiner Gäste gekümmert –«

»Das war ein großer Fehler, Doktor.«

»Ich erkenne es jetzt auch. Also, was ist los auf der Tannenburg? Daß vierzig Frauen vierhundert Probleme aus dem Handgelenk schütteln können, ist mir klar.«

»Es gibt nur ein Problem, Doktor. Männer –«

»Auch das ist mir klar.«

»Ein Problem, aus dem unzählige Probleme emporwachsen wie Pilze.«

»Und Herr Bromme?«

»Er und seine Frau werden ein Opfer von billigen Intrigen werden, wenn man ihnen nicht die Wahrheit sagt. Sie selbst werden sie nie finden, weil sie daran sind, sich so zu mißtrauen, daß ein nie wieder zu flickender Riß entsteht. Sie werden aneinander vorbeireden und sich immer mehr entfernen. Es ist wie ein schleichendes Gift, Doktor... ohne Vertrauen ist das Leben eine Hölle.«

»Ich werde mich jetzt sofort einschalten.« Dr. Weber sprang auf. »Die Tannenburg soll ein Erholungsort sein, aber kein Liebhabertheater.«

»Lassen Sie Herrn Bromme und seine Frau zu mir kommen, Doktor. Bitte.« Eva Sägert legte sich erschöpft zurück. Das viele Sprechen strengte sie sehr an; eine Schwäche überkam sie, und das Zimmer verschwand, als fluteten Nebelschwaden durch das offene Fenster. Sie zwang sich, diese Schwäche zu überwinden. »Um diese beiden tut es mir leid. Die anderen...« Sie winkte ab. »Sie wären ja tot, wenn sie diese Probleme nicht hätten. Lydia lebt von den Männern wie ein Fisch vom Sauerstoff im Wasser... Carola Bornsiefen würde wegschrumpfen, wenn sie nichts mehr sehen, Liebespaaren nicht nachschleichen und sich dann nicht maßlos über das Gesehene erregen könnte. Veronika Aggartz muß die Jahre, die sie einmal nicht mehr leben wird wie andere Frauen, vorziehen und im voraus erleben... und so sind sie fast alle dort oben in dem Luxushotel voll Eitelkeit und Langeweile... reiche, arme Frauen, die nicht wissen, was sie mit ihrem Leben anfangen sollen. In diesem Gewühl von ungestillten Gefühlen und Sehnsüchten ist Irma Bromme völlig fehl und viel zu normal... daß man sie jetzt zermahlen will, eben weil sie so normal ist, ist nur natürlich. Es ist der Aufstand der Schatten gegen das Licht –«

Dr. Weber sah Eva Sägert einen Augenblick verwundert an. Er war erstaunt, wie exakt diese Frau eine Analyse der Gesellschaft gab, die von jeher die Tannenburg bevölkert hatte.

»Ich werde die Brommes zu Ihnen schicken«, sagte er nach einem kurzen Zögern. »Aber nur, wenn es mir nicht gelingt, dieses Dickicht von Lügen und Mißverständnissen zu durchdringen. Was wirft man denn den Brommes vor?«

»Er soll sie mit dieser Carola betrügen und sie ihn mit Oberst Plötzke.«

»Das ist doch Unsinn. Barer Unsinn.«

»Das sagen *wir*. Aber mit dem Wort Unsinn ist noch nie eine Eifersucht weggewischt worden.«

»Wenn das alles an Problemen ist!« Dr. Weber schloß das Fenster wieder. »Ich werde mit allen Beteiligten sprechen –«

Eva Sägert legte die Arme unter ihren Nacken. »Sie machen es sich zu einfach, Doktor. Sie kennen sich aus im Kreislauf eines Menschen, Sie wissen, was ein Gallenstein ist oder eine Gastritis. Aber die Seele einer Frau – Sie werden es erleben: Carola Bornsiefen wird nicht widerrufen, die Geliebte Herrn Brommes zu sein, schon weil der Gedanke, es sein zu können, eine überirdische Wonne für sie bedeutet. Lydia v. Bercken wird schwören, daß Irma Bromme bei Oberst Plötzke war – was ja auch stimmt, sie pflegte ihn ja – und wird bemerken, man kenne ja den Oberst, und eine Frau sei nur so lange standhaft, wie die Sonne schiene. So wird es hin und her gehen, und keiner wird dem anderen glauben ... Mißtrauen aber ist ein unheilbares Gift –«

Dr. Weber seufzte und drückte Eva Sägert die schlaffen Hände.

»Es ist schlimm mit den Frauen«, sagte er.

»Das hat schon Adam gesagt.« Eva Sägert schloß die Augen. Eine wohltuende Müdigkeit stieg in ihr hoch. »Aber können wir es ändern ...? Wir sind nun einmal so –«

Leise verließ Dr. Weber das Zimmer. Eva Sägert schlief bereits.

Im Zimmer des Krankenhaus-Chefarztes Dr. Balcke saß Dr. Hollrein. An der Wand lehnte dick und schwitzend, eine Zigarre rauchend, Fritz Karchowski.

»Nanu«, sagte Dr. Weber und sah sich um. Er zog den weißen Kittel aus und warf ihn über eine Stuhllehne. »Ein so ernstes Kolloquium?«

»Diese Sache da ist verdammt unangenehm«, sagte Karchowski heiser. »Wenn sich das rumspricht ...«

»Und es scheint noch vieles in der Luft zu liegen. Diese Bornsiefen benimmt sich völlig hysterisch.« Dr. Hollrein trank sein Glas Kognak leer, das Dr. Weber erst jetzt bemerkte. »Sie hat doch tatsächlich zu Frau Bromme gesagt: ›Ich gebe ihn nicht wieder her.‹ Und damit meinte sie Herrn Bromme. Außerdem bleibt sie dabei, daß Bromme sie in der Nacht auf der Wiese ...«

»Sehr, sehr unangenehm ...«, sagte Karchowski wieder. »Und der Chefarzt geht. Sonst ist es üblich, daß jeder Kapitän so lange auf seinem Schiff bleibt, bis –«

»Ich gehe nicht!« rief Dr. Weber. Dieser Entschluß kam plötzlich über ihn. »Erst werde ich Ordnung schaffen ...«

»Ordnung bei vierzig Frauen?« Karchowski wedelte mit seiner Zigarre durch die Luft. »Das ist eine Lebensstellung. Lieber Dr. Balcke, das müssen wir begießen. Werfen Sie eine Flasche Kognak aus. Ich wußte doch, daß Dr. Weber seine Tannenburg nicht im Stich läßt –«

Irma und Paul Bromme saßen in einer Ecke des Kurheimparks auf einer Bank. Sie saßen weit auseinander, jeder am äußersten Ende der Sitzfläche. Zwischen ihnen standen zwei Flaschen Limonade, die Peter Sagrelli ihnen gebracht hatte. Sie waren wie zwei hohe Felsen, über die man nicht klettern konnte; nur der Klang der Stimmen flog über sie hinweg.

»Ich werde morgen die Scheidung einreichen«, sagte Irma mit belegter Stimme. »Ich werde bei meiner Schwester in Braunschweig wohnen...«

Bromme nickte. »Das ist das Ende nach über zwanzig Jahren.«

»Ist es meine Schuld?«

Bromme drehte sich zu Irma. »Ich schwöre dir zum hundertstenmal: Ich habe mit dieser Schreckschraube Bornsiefen nichts. Gar nichts. Hältst du mich für so geschmacklos? Ich habe ebensowenig mit ihr wie du mit dem Oberst«, fügte er giftig hinzu.

»Dann könntest du mir freier in die Augen sehen.«

»Wie man nur so heucheln kann.«

»Ich heuchle nicht.« Irma sprang auf. Ihr Körper zitterte vor Empörung. »Hast du zu Carola gesagt, du wolltest für sie und dich ein Zimmer mieten –«

»Irma ... seit Stunden versuche ich, dir zu erklären, wie es dazu kam. Ich habe –«

»Hast du es gesagt?«

»Ja. Aber –«

»Ja. Na also. Wozu noch Erklärungen? Wenn man mit einer Frau schon so weit ist, daß man Zimmer mietet. Pfui Teufel!« Plötzlich weinte sie wieder und drückte die Hände gegen den Mund. »Ich fahre sofort zu meiner Schwester. Heute noch. Ich kann deinen Anblick nicht mehr ertragen...«

»Es ist nicht mehr auszuhalten!« schrie Bromme und sprang ebenfalls auf. »Ich bin dir nachgefahren, weil ich einen Brief bekam, daß du mit dem Oberst... Wie oft soll ich dir sagen?«

»Wo ist der Brief?«

»Ich habe ihn in meiner Wut zerrissen.«

»Gelogen. Du hast nie einen bekommen.«

»Warum sollte ich wohl dann nach Moorbach kommen?«

»Um dich heimlich auszutoben.«

»Ausgerechnet in Moorbach. Wenn ich das gewollt hätte, wäre ich anderswo hingefahren. Es gibt tausend andere Bäder mit tausend schönen Frauen –«

»Wie schamlos. Schamlos. Du gibst also zu, daß du dich austoben wolltest?«

»Nichts gebe ich zu.«

»Feigling!«

»Ich versuche nur, dir zu beweisen, daß ich ein Idiot wäre, wenn ich ausgerechnet nach Moorbach führe, wo du bist, um mich zu amüsieren.«

»Ein verliebter Mann in deinem Alter ist immer ein Idiot!« schrie Irma.

»Ich bin nicht verliebt!« brüllte Bromme zurück.

»Nein, gewiß nicht. Bei dir ist es nur noch Altersgeilheit –«

»Irma!« Bromme stützte sich auf die Banklehne. »Du hast in den wenigen Tagen deinen Wortschatz ungeheuer vermehrt. Es klingt ganz wie aus dem Munde Plötzkes –«

»Laß den Oberst in Ruhe.«

»Ach. Du verteidigst ihn? Der arme Jüngling im weißen Haar soll wohl nicht erregt werden? Aber das sage ich dir« – Bromme hob die Hand wie ein Staatsanwalt –: »Wenn es zu einem Prozeß kommt... ich lasse deinen sauberen Oberst aufmarschieren. Unter Eid aussagen lasse ich ihn. Und wenn er einen Meineid schwört... zwei Jahre Zuchthaus kostet das. Zwei Jahre. Dann kannst du dein Liebchen monatlich einmal in der Sprechzelle besuchen.«

»Er ist übergeschnappt«, sagte Irma schrill. »Er ist total übergeschnappt. Der unschuldige Oberst –«

»Warst du nicht bei ihm?« schrie Bromme wild und ging erregt auf und ab.

»Ja, doch. Ich habe ihn sogar im Bett liegen sehen...«

»Das genügt«, Bromme sank auf die Bank zurück. »Das war ein Geständnis. Endlich... im Bett –«

»Er lag im Bett, weil er krank war –«

»Krank nach dir.«

»Jeder weiß, daß er überfallen worden ist. Du auch. Ich habe ihn gepflegt.«

»Im Bett. Wirklich, eine individuelle Pflege. Herzmassage, nicht wahr?«

»Wie geschmacklos du sein kannst.«

»Ich halte es für geschmacklos, sich mit einem so alten Bock einzulassen. Nur weil er Oberst ist, weil er reiten kann, weil er wie ein Pfau herumgeht –«

»Er hat auch andere Qualitäten –«

»Daran zweifle ich nicht!« sagte Bromme giftig. »Es ist nur komisch, daß du zwanzig Jahre gebraucht hast, bis du deine sexuellen Überschüsse verteilst –«

»Vielleicht lag es bisher am Partner«, schrie Irma mit hochrotem Gesicht. Bromme preßte die Hände zusammen. Da haben wir es wieder, dachte er. Ich war von Anfang an der falsche Mann für sie. Sie liebt starke, sportliche Männer ... und ich war immer ein gemütlicher Knabe, der Ruhe liebte und warme Geborgenheit, und nicht die Hetze nach Ruhm und Rekorden. Unsere Ehe war von Grund auf falsch. Sie war ein Irrtum. Und man muß dazu zwanzig Jahre warten, bis man es einsieht...

»Gut. Ich war nicht der richtige Mann für dich. Ich sehe es ein«, sagte er völlig leidenschaftslos. Irma Bromme sah ihn erstaunt und fragend an. Was hat er denn jetzt, dachte sie. Warum ist er plötzlich so still?

»Was heißt das?« fragte sie mit stockendem Atem.

»Ich gehe auf die Scheidung ein...«

»Ach. Auf einmal.«

»Ja. Ich sehe ein, daß...«

»Oh, mein Lieber. Oh, ich erkenne, was dahinter ist. Ich soll die Scheidung einreichen, und du willigst ein. Und dann bist du frei für diese Carola. Ich soll euch den Weg ebnen. Ich soll dir die Bahn freimachen. O nein, so einfach mache ich es dir nicht. So schnell geht das nicht. Da schiebe ich dir einen Riegel vor. Ich werde mich *nicht* scheiden lassen. So!«

»Irma!«

»Ich gebe den Weg nicht frei. Nie. Nie. Das könnte dieser Carola so passen. Ich ziehe ab ... und sie rückt mit fliegenden

Fahnen ein. Einen schönen, sauberen Plan habt ihr euch da ausgedacht. Und die dumme Irma spielt mit. Geirrt habt ihr euch. Gewaltig geirrt. Ich mauere dir den Zugang zu deinem Liebchen zu. Ich lasse mich nicht scheiden. Ich lasse euch winseln –«

»Aber der Vorschlag der Scheidung kam ja von dir.«

»Von mir? Du wolltest mich dazu zwingen.«

Bromme zerwühlte seine Haare und starrte hinauf in den blauen, blassen, heißen Sommerhimmel.

»Du drehst ja alle Worte um«, stöhnte er. »Ich bin doch nur auf deine Vorschläge eingegangen.«

»Aber mit Freuden. Weil sie genau das sind, was ihr wollt. Die dumme Irma soll Leine ziehen, und die beiden Täubchen gurren im warmen Nest. O ihr Kanaillen! Umbringen könnte ich dich!«

»Ich glaube, das wäre das beste«, sagte Bromme dumpf. »Dieses Leben jetzt ist unerträglich ...«

»Wer hat es so gewollt?«

»Ich etwa?«

»Du hast mit dieser Carola –«

»O Gott!« Bromme legte die Hände flach gegen die Ohren. »Gibt es denn niemanden, der dieses Weib überzeugen kann?«

Durch den Park kam Dr. Weber. Er sah in alle Buschgruppen hinein, wo Bänke standen, und schien jemanden zu suchen. Als er die Brommes auf der letzten Bank sitzen sah, winkte er mit beiden Armen.

»Da kommt der Chefarzt«, sagte Irma und wischte sich die Tränen von den Wangen. »Benimm dich anständig und laß dir nichts anmerken. Unsere Privatangelegenheit geht den Herrn Dozenten nichts an. Der hat andere Sorgen –«

»Was soll der auch helfen.« Bromme ordnete seinen Hemdkragen etwas. »Aber fang du auch nicht davon an –«

»Ich will mich doch nicht deinetwegen blamieren.«

Dr. Weber bemerkte mit einem Blick, wie die Lage war, als er an der Bank anlangte. Die Augen und die zuckenden Mundwinkel des Ehepaars Bromme verrieten ihm alles. Wenn ein Bruch so tief war wie bei den Brommes, ein Bruch, der ihr ganzes Leben plötzlich änderte, war dies nicht mit einer gezwungenen lächelnden Miene zu überdecken.

»Guten Tag«, sagte Dr. Weber und setzte sich zwischen Irma und Paul Bromme. Die Limonadenflaschen stellte er vor sich in den Sand des Weges. »Darf ich?«

»Aber bitte, Herr Dozent.« Irma lächelte ihn tapfer an. »Es stimmt also, daß Sie wieder hier sind? Sie gehen nicht weg?«

»Nein. Vorläufig nicht. Ich kann es nicht. Die Dummheit der Menschen läßt mich nicht gehen –«

»Wir haben alle opponiert, als wir hörten –«

»Ich habe es erfahren, gnädige Frau. Diese kleine Revolution aber hätte Herrn Karchowski auch nicht überzeugt, wenn nicht andere Dinge entstanden wären. So ist es ja meistens im Leben... aus harmlosen Sachen entstehen Lawinen, aus einfachen Schlußfolgerungen ungeheure Konsequenzen. Man will etwas Simples tun, und plötzlich bebt die Welt in den Fugen.« Dr. Weber lehnte sich zurück. »Aber das sind Probleme, mit denen Sie sich nicht belassen sollten. Wie fühlen Sie sich in Bad Moorbach?«

»Wie im siebten Himmel«, sagte Bromme hart.

Dr. Weber lachte. »Da haben Sie völlig recht. Es ist ein paradiesisches Fleckchen.«

»Sogar die Schlangen fehlen nicht«, warf Irma ein und sah Bromme herausfordernd an.

»Die gehören dazu.« Dr. Weber versuchte, im burschikosen Ton den Weg zur allgemeinen Aussprache zu finden. »Ein Paradies, wo man nur mit Palmenzweigen wedelt, wäre auf die Dauer zu langweilig.« Er wandte sich an Irma Bromme. Sie hatte glänzende, kampflustige Augen. »Ich habe Sie immer für eine vernünftige, kluge und lebensnahe Frau gehalten.«

»Sehr lebensnah«, fauchte Bromme. »Hauteng sogar.«

»Wer im Glashaus sitzt...« Irma wollte weitersprechen, aber eine Handbewegung Webers ließ sie schweigen.

»Mit Schimpfen erreicht man gar nichts. Das trübt nur die logischen Gedanken.«

»Sind Sie gekommen, um zu vermitteln?« Irma stand auf. Ihre Haltung war starr und drückte deutlich Unnachgiebigkeit aus. »Es ist vergebens, Herr Dozent. Da Sie anscheinend wissen, worum es hier geht –«

»Um dumme Mißverständnisse –«

»Sag ich es nicht!« rief Bromme. Irma sah ihn eisig an.

»Mein gewesener Mann hat keinen männlichen Schutz nötig – er soll sich allein verteidigen«, sagte sie laut.

»Verteidigen? Was soll ich denn sagen?« Bromme hieb mit der Faust auf die Banklehne. »Himmel noch mal! Ich sage zum hundertsten Male: Ich habe mit dieser Carola nichts weiter getan –«

»Getan. Schluß. Das genügt. Du hast was mit ihr getan. Sie sind Zeuge, Herr Dozent!« rief Irma in hellster Erregung. Dr. Weber ergriff ihre Hand und zog sie auf die Bank zurück. Sie stemmte sich dagegen, machte sich steif... aber Doktor Weber drückte sie neben sich auf den Sitz, und sein Griff war so hart, daß Irma etwas den Mund verzog. Ihr Handgelenk brannte, aber sie sagte kein Wort.

»Sie haben einen Brief bekommen, nicht wahr?« fragte Dr. Weber.

Bromme nickte. »Sie wissen das?«

»Ich weiß auch, wer der anonyme Schreiber ist.«

»Wer?« Irma zuckte hoch. Aber Dr. Weber zog sie wieder hart auf die Bank zurück.

»Sie erwarten doch nicht, daß ich Ihnen das sage, gnädige Frau?«

»Dann erwarten Sie bitte nicht von mir, daß ich Ihnen glaube.«

»Das steht Ihnen frei. Dieser Brief war gemein, zugegeben. Er mußte bei Ihrem Mann den Verdacht aufkommen lassen, daß Sie und Oberst Plötzke eng liiert seien.«

»Dummheit!«

»Das sagen Sie. Ihr Mann tat das einzig Richtige... er fuhr nach Moorbach, um nachzusehen, was überhaupt los ist. Aber dann tat er etwas Dummes: Er gab sich als Ihr Bruder aus, um unter dieser Maske heimlich nachzuforschen, ob Sie auch wirklich untreu seien.« Irma schwieg. Verbissen starrte sie von den beiden Männern weg zur Seite in die Büsche.

»Diese Aktion endete mit einer Pleite«, fuhr Dr. Weber

fort. »Es war ganz klar. Auch das Einschleichen bei dem angeblichen Rivalen Plötzke unter dem Namen Kammruh und als Kriegskamerad verlief negativ, weil eben nichts zu beobachten war.«

»Aha!« rief Irma und sah Bromme triumphierend an. »Und dann hat er sich an diese Schnepfe Carola herangemacht –«

»Irrtum. Der Abend bei Plötzke endete wiederum dramatisch mit einem Anschlag auf den Kamin. Man verstopfte ihn mit einer Decke. Mittlerweile weiß man, daß es eine italienische Decke ist, gekauft in einem Geschäft auf der Hauptstraße. Aber wer der Käufer war, ist natürlich nicht mehr festzustellen. Das Geschäft hatte von diesen Decken 245 Stück... man müßte also 245 Personen überprüfen... Nach diesem verunglückten Abend brachte Ihr Mann Frau Bornsiefen zurück zum Kurheim... über die Wiese, weil es der nächste Weg –, und Frau Bornsiefen sehr beschwipst war. Dort auf der Wiese –«

»Ich weiß, was dort geschah«, sagte Irma. Ihre Stimme ertrank in unterdrückten Tränen. »Bitte, berichten Sie nicht weiter. Es ist eine Schande. Ein Familienvater, der bald Großvater wird –«

»Nichts geschah. Frau Bornsiefen war es, die Ihren Mann bedrängte. Und Ihr Mann, um davon loszukommen, versprach, ein Zimmer zu mieten und die Wünsche der liebeshungrigen Frau Bornsiefen nachzuholen. Dann brachte er sie zur Tannenburg und lief sofort zurück nach Moorbach in sein Zimmer.«

»Ja! So war's!« rief Bromme und hob beide Arme.

»Und weiter?«

»Nichts weiter.« Dr. Weber lachte. »Das ist die ganze Tragödie. Ihr Mann ging in sein Bett und wußte nicht, was er tun sollte, weil ihm ja gesagt wurde, Sie seien abgereist.«

»Das habe ich veranlaßt«, sagte Irma kleinlaut. »Weil ich ja keinen Bruder habe... und weil ich diesen Fremden, der sich dafür ausgab, nicht sehen wollte...«

»Eine treue Frau, lieber Herr Bromme«, sagte Dr. Weber. »Ich gratuliere Ihnen. Von hundert Frauen wären achtundneunzig vor Neugier geplatzt und hätten sich den Mann angeguckt. Aber Ihre Gattin tut nicht einmal dies... sie macht einen glatten Strich darunter. Was wollen Sie mehr?«

»Ich Rindvieh«, sagte Bromme leise.

»Also, Sie waren plötzlich abgereist. Können Sie begreifen, gnädige Frau, was Ihr Mann nach dieser Auskunft litt? Ohne Grund mit unbekanntem Ziel abgereist... und dann diesen Stachel der Eifersucht im Herzen. Er war verzweifelt, er wußte nicht mehr, was er tun sollte... und da traf er Frau Sägert, sie machten einen Spaziergang... Das Weitere ist Ihnen bekannt.« Dr. Weber stand auf. »So, jetzt wissen Sie beide, wie es war. Und jetzt überlegen Sie sich einmal, wie Sie sich benommen haben. Kennt man sich nach zwanzig Jahren Ehe so wenig?«

Ohne eine Antwort abzuwarten, ging er zurück zum Kurheim. Er drehte sich auch nicht um. Mehr konnte er nicht tun, dachte er. Wenn sie sich immer noch nicht glauben, gibt es keine Argumente mehr, die überzeugen.

Irma und Paul Bromme sahen sich groß an. Jeder wartete darauf, daß der andere zu sprechen begann. Dann sahen sie wieder weg und drehten sich die Rücken zu. Bromme brach einen Zweig ab und schlug damit in den Sand vor sich. Irma kratzte mit den Fingernägeln den weißen Lack von der Holzlehne ab.

»Wann... wann fährst du?« fragte Bromme endlich.

»Wann fährst du?«

»Morgen früh.«

»Nach Hause?«

»Ja –«

»Welchen Rechtsanwalt nimmst du? Es wäre dumm, wenn wir zum gleichen gingen...«

»Ich... ich weiß es noch nicht.«

»Wenn du willst, können wir ja... ich meine, es ist leichter... mit beiderseitigem Verschulden...«

»Hm.« Bromme hieb mit seinem Zweig in den Sand, als peitsche er gegen eine angreifende Viper. »Das Haus und alles, was so da ist... das kannst du haben. Ich ziehe weg.«

»Wohin denn?«

»Das weiß ich noch nicht. Vielleicht erst in ein Hotel –«

»In ein Hotel? Was kostet das?«

»Ich werde mir bald eine Wohnung suchen –«

»Und dann?«

»Dann geht es eben weiter. Ich habe meine Fabrik...«

»Und deine Kinder?«

»Die werden mich besuchen. Sie werden weniger uneinsichtig sein als du...«

»Wer sagt denn, daß ich uneinsichtig bin?«

»Erlaube mal.« Bromme fuhr herum. »Wenn du dich wegen eines Nichts scheiden lassen willst...«

»*Wer* will sich denn scheiden lassen? Du hast eben selbst gesagt, daß du einen Rechtsanwalt nehmen willst...«

»Weil du einen nehmen willst...«

»Nur, weil du einen nimmst...«

Bromme warf den Zweig weg. »Himmel noch mal!« brüllte er. »Weil *wir* einen nehmen. Basta!«

»Ich sage es ja.« Irmas Stimme wurde weinerlich. »*Du* willst dich scheiden lassen –«

»Ich denke gar nicht daran.«

»Ich ja auch nicht. Ich wehre mich ja bloß...«

Bromme schnellte von der Bank hoch, als habe man ihn gestochen. »Willst du dich scheiden lassen oder nicht?« schrie er. Vom Schwimmbecken sahen einige Damen zu ihnen hinüber. Die Stimme Brommes jagte sie aus den Liegestühlen.

»Nein«, sagte Irma leise. »Warum denn –«

»O Gott!« stöhnte Bromme und sank auf die Bank zurück. »Daß Adam es nicht gewagt hat, mit dir um seine Rippe zu kämpfen –«

Dann griff er zur Seite, zog Irma zu sich herüber und küßte sie. Dr. Weber, der von der Terrasse aus die Bank einsehen konnte, klopfte Dr. Hollrein erfreut und glücklich auf die Schulter.

»Wissen Sie, Hollrein«, sagte er wie befreit, »wenn auch manches hier in diesem Betrieb zum Himmel stinkt – medizinisch gesehen –, ich glaube, ich werde hier doch gebraucht – menschlich gesehen –«

»Wer ist dieser Harry?«

Peter Sagrelli stand im Zimmer Lydia v. Berckens und hielt einen Brief in der Hand. Er hatte das Kuvert aufgerissen und wedelte mit dem Briefbogen durch die Luft. Lydia lag auf dem Couchbett und rieb ihr braungebranntes Gesicht mit Creme ein. Sie winkte mit dem vergoldeten Handspiegel, als müsse sie sich Luft zufächeln. Ihre Gleichgültigkeit war mühsam gespielt. Sie sah, wie erregt Sagrelli war, sie kannte ihn gut genug, um zu wissen, welch eine Szene folgen würde.

»Es ist Verletzung des Briefgeheimnisses, wenn man... Vor allem wenn das Personal –«

»Wer ist dieser Harry?« keuchte Sagrelli. Er entfaltete den Bogen und hielt ihn Lydia vor. »Wer ist der Kerl, der dir schreiben darf: Ich sehne mich nach Dir... Die Nächte ohne Deine Nähe sind dumpf und leer, und ich muß die Kissen umarmen, um die Illusion zu haben, Du seist es, die in meinen Armen liegt... Wer ist dieser Harry?«

»Mein Verlobter.«

Lydia schielte am Spiegelrand vorbei auf Sagrelli. Er hatte den Brief zerrissen und die Schnipsel in die Luft geworfen.

»Du hast einen Verlobten...«, sagte er heiser. »Du willst heiraten –«

»Ja. Darum bin ich ja hier.«

»Hier?«

»Um mich für die kommende Ehe zu erholen –«

»Bei mir –«

»Als ich hierherkam, wußte ich noch nicht, daß es dich gab, mein Süßer.«

»Aber nun weißt du es.«

»Und ich werde es nicht vergessen, mein Kleiner. Du wirst in meiner Erinnerung einen ganz, ganz vorderen Platz einnehmen.«

»In der Erinnerung?«

»Ist das nicht ein Ehrenplatz? Ein Mensch, an den man sich immer erinnern kann, muß ein guter Mensch gewesen sein...«

Sagrelli trat einen Schritt näher und riß Lydia den Spiegel aus der Hand. Sie blieb liegen, äußerlich ruhig und unbewegt, aber ihre Muskeln spannten sich, und in ihre Augen trat ein harter, gefährlicher Glanz.

»Ich will nicht Erinnerung sein, sondern Gegenwart. Immer Gegenwart.« Sagrelli beugte sich zu ihr. Sein Atem wehte über ihr eingecremtes Gesicht. »Hörst du? Du wirst diesem Harry schreiben, daß du hierbleibst... Du wirst ihm schreiben, daß es keine Hochzeit gibt... du wirst ihm schreiben –«

Lydia lächelte ihn an. Aber es war wie das Lächeln einer Schlange.

»Weißt du, daß du mein Sohn sein könntest, Romeo...«

Das Gesicht Sagrellis verzerrte sich. »Wenn du das noch einmal sagst, geschieht ein Unglück«, stammelte er.

»Kannst du nicht begreifen, daß es so nicht bleiben, daß dies alles kein Dauerzustand sein kann?«

»Ich begreife nur, daß du nie wieder weggehen darfst. Ich würde ohne dich ersticken –«

»Das sagen sie alle, die kleinen Jungs, wenn sie zum erstenmal lieben. Später ersticken sie, wenn sie *nicht* weg können. Du wirst später über dich lachen, Kleiner...«

»Nie. Nie. Ich sehe und höre und denke ja nichts anderes mehr als Lydia. Wenn ich die Augen schließe, sehe ich deinen Körper... ich höre deine Stimme, wenn sie in mein Ohr flüstert... ich fühle in allen Gegenständen, die ich anfasse, deine Haut... Ich bin wahnsinnig, Lydia... du hast mich wahnsinnig gemacht –«

Er setzte sich neben sie und küßte ihre Schultern, die Halsbeuge, den Brustansatz. Seine Finger glitten über ihren Körper, aber als sie kühner wurden, hielt sie seine Hand fest und drückte sie weg.

»Man wird dich suchen...«, sagte sie abwehrend.

»Sag, daß du diesem Harry abschreibst... Sag es...«

»Wenn du vernünftig bist –«

»Ich will den Brief lesen. Ich werde ihn selber zur Post bringen –«

»Ja, mein Kleiner, ja. Und nun geh. Du zerdrückst ja völlig meine Frisur. Es ist ja erst Nachmittag –«

»Ich schwöre dir, daß es ein Unglück gibt, wenn du ihm

nicht abschreibst...« Sagrelli beugte sich über Lydia und küßte sie wild und mit unheimlicher Kraft. Sie wehrte sich nicht. Angst kam in ihr hoch, wilde Angst vor dem Augenblick, in dem das herrliche Liebesgebäude Sagrellis an der Wahrheit zusammenbrechen mußte. »Du hast es nicht anders gewollt«, keuchte er.

Lydia drückte ihn mit ganzer Kraft weg und sprang auf. Sie setzte sich vor den Frisierspiegel und kämmte ihre platinfarbenen Haare aus. Schwer atmend ordnete Sagrelli seine Boyuniform und wischte sich über das Gesicht.

»Wirst du heute abend wieder mit dem Oberst ausgehen?«

»Nein.«

»Mit wem denn?«

»Ich weiß nicht.«

»Du lügst –«

»Vielleicht –«

»Ich werde dich beobachten.« Sagrelli lehnte sich gegen den Kleiderschrank und sah Lydia mit hungrigen, flackernden Blicken an. »Aber geh nur... geh nur... Wenn du zurückkommst, werde ich im Zimmer sein... Und ich werde mir nehmen, worum die anderen betteln müssen...«

Lydia schwieg. Auch als Sagrelli längst das Zimmer verlassen hatte, starrte sie noch immer bewegungslos in den Spiegel und auf ihr schönes Gesicht.

Dann stand sie auf, kroch über den Teppich und sammelte die zerrissenen Briefstückchen auf. Auf dem Tisch am Balkon setzte sie sie mühsam zusammen und las, was ihr Verlobter Harry ihr schrieb. Es war nichts anderes als das, was auch Sagrelli ihr täglich sagte. Ein Liebesschrei, ein Betteln, ein dummes Stammeln.

Mein Gott, dachte Lydia plötzlich, und es war ihr, als zöge es eisig durch ihre Adern. Welch eine Welt liegt doch zwischen mir und dieser Jugend. Bin ich schon so alt, daß mich dieses Stammeln anödet? Bin ich wirklich schon so alt?

Mit einer wilden Handbewegung wischte sie die Brieffetzen vom Tisch und biß die Zähne in die Lippen.

Die Angst vor dem Alter wurde in ihr wieder größer als die Angst vor den Konsequenzen. Die Panik vor dem fraulichen

Ende kam wieder über sie, und sie wünschte sich jetzt, Sagrelli nicht weggeschickt zu haben.

Aber sie klingelte auch nicht nach ihm, wie sie es sonst getan hatte.

Zur gleichen Zeit meldete sich unten in der großen gläsernen Halle beim Empfang ein Herr. Sagrelli, der Schlüsseldienst hatte, beugte sich über die Theke vor. Höflich, verbindlich lächelnd, ganz Boy seines Kurheims.

Der Herr, in einem grauen Flanellanzug, mittelgroß, schlank, gepflegt, mit angegrauten Schläfen und einer goldgeränderten Brille, langen, schlanken Händen und einem Ring mit einem Solitär am linken kleinen Finger, schob seine Visitenkarte über die blanke Thekenplatte. Als er sprach, klang seine Stimme hell, schneidend, forsch, wie die eines jungen Leutnants.

»Bitte melden Sie mich«, sagte er. »Mein Name ist Ernst Tommoth. Ich möchte Frau Sägert sprechen –«

Die Sekretärin musterte den eleganten, selbstsicheren Mann. Da sie keinerlei Zusammenhänge kannte, war diese Musterung lediglich ein weibliches Interesse. »Frau Sägert?« sagte sie. »Einen Augenblick – ich werde es dem Chefarzt melden.«

»Ich möchte nicht einen der Ärzte, sondern Frau Sägert sprechen«, sagte Ernst Tommoth ziemlich barsch.

»Sofort. Der Herr Chefarzt –«

»Meine Dame« – Tommoth legte seine gepflegten Hände auf die Theke – »handelt es sich hier um ein Kurheim oder um ein Zuchthauskrankenhaus? Ich möchte die Zimmernummer von Frau Sägert –«

Die Sekretärin sah sich hilfesuchend um. Peter Sagrelli kam gerade die Treppe herunter, Nils Oberreuther kehrte den Fahrstuhl aus. Aber sie waren zu weit entfernt, um sie herbeizuwinken. Die Blöße zu rufen, wollte sie sich nicht geben.

»Ich verbinde«, sagte sie steif und wählte die Nummer des Chefarztzimmers.

»Die Zimmernummer –«

»Ich verbinde.«

Ernst Tommoth wurde hochrot, aber er schwieg. Welch eine Zucht, dachte er. Er war es gewohnt, daß ihm nicht widersprochen wurde. Er hatte fünfunddreißig Mädchen in seiner Gymnasialklasse, und was der Studienrat Tommoth sagte, war so etwas wie ein Gesetz. Man tat es einfach, ohne zu denken. Er befahl, und die anderen führten es aus. Es war das typisch deutsche Verhältnis zwischen Befehlendem und Befehlsempfänger, und Ernst Tommoth war der Ansicht, daß man der Jugend diese deutsche Eigenschaft nicht früh und intensiv genug eintrichtern könnte. Wohin Undiszipliniertheit führte, bewies wieder diese brillentragende Sekretärin. Dabei wurde sie von den Geldern entlohnt, die die Kurgäste einzahlten, war also abhängig und hatte damit die Pflicht, dienstbar, aber nicht aufsässig zu sein.

»Wie war Ihr Name?« fragte die Sekretärin.

»Tommoth!« sagte der Studienrat schroff.

»Ein Herr Tommoth möchte Frau Sägert sprechen«, sagte sie in das Telefon. Sie lauschte auf die Antwort und legte dann den Hörer verwundert hin.

»Zimmer 23, erster Stock.«

»Na also.« Ernst Tommoth nahm seinen Panamahut von der Theke und wandte sich der Treppe zu. Aber bevor er die erste Stufe betrat, drehte er sich noch einmal zu der Sekretärin um. »Stehen die Gäste hier unter Bewachung?«

»Nein.«

»Ich glaube, mein Fräulein, Sie maßen sich allerhand an –«

Ernst Tommoth suchte im ersten Stock das Zimmer 23. Es glich allen anderen Zimmern, nur war die Tür zweiflügelig. Tommoth machte sich darüber keine Gedanken ... er klopfte forsch, setzte ein breites Begrüßungslächeln auf und trat, ohne eine Antwort von innen abzuwarten, ein.

Dozent Dr. Weber sah ihn groß an. Tommoths Gestalt wurde etwas steifer, er nickte kurz, trat in den Flur zurück, sah auf die Nummer an der Tür und kam ins Zimmer zurück.

»Zimmer 23«, sagte er.

»Das stimmt.« Dr. Weber erhob sich. »Nr. 23 ist mein Zimmer. Dr. Weber, Chefarzt von Tannenburg –«

»Tommoth.« Der Studienrat zog die Mundwinkel herunter. »Es scheint mir, daß hier im Hause eine merkwürdige Art herrscht, Gäste zu empfangen. Ich hatte den Wunsch geäußert, Frau Sägert –«

»Ich weiß.« Dr. Weber spürte eine deutliche Abneigung in sich emporsteigen. Er kannte Tommoth nicht, aber er gehörte zu den Menschen, die eine unüberwindbare Gegnerschaft in Dr. Weber erzeugten, nur deshalb, weil sie zugegen waren. »Aber der Weg zu Frau Sägert führt über mich... daran müssen Sie sich gewöhnen –«

Über das Gesicht Tommoths zog ein Schatten. »Das klingt merkwürdig –«

»Ich verstehe Sie nicht. Sie sollten am ehesten wissen –«

»Was bitte?« fragte Tommoth arrogant zurück.

So etwas hätte man früher in Studikerjahren vor den Säbel gefordert, dachte Dr. Weber. Oder man hätte wortlos in diese glatte Visage geschlagen.

»Haben Sie Nachricht von Frau Sägert erhalten?«

»Nein. Aber darf ich fragen, was diese Fragestellungen bedeuten sollen? Ich habe schon unten in der Rezeption Schwierigkeiten gehabt, und jetzt werde ich hier vom Chefarzt wie ein Verbrecher verhört –«

»Genauso wird es sein«, sagte Dr. Weber hart.

»Erlauben Sie!« brüllte Tommoth. »Ich werde –«

»Sie werden sich ruhig verhalten und mich nicht zwingen, von meinem Hausrecht Gebrauch zu machen –«

Ernst Tommoth schwieg verbissen. Das kannte er... den Begriff Hausrecht hatte er selbst ein paarmal angewandt. Wenn empörte Eltern in die Schule kamen, um sich zu beschweren, und etwas laut wurden, hatte auch er mit dem Hausrecht gedroht.

»Was soll das alles?« knirschte er. »Ich bin als harmloser Besucher gekommen, um Frau Sägert –«

»Frau Sägert liegt im Krankenhaus.«

»Im...« Tommoth senkte den Kopf. Ach so, das ist es. Ich bin zu spät gekommen. Die Gedanken in seinem Hirn überstürzten sich. Es ist klar, daß Chefarzt Dr. Weber nun über alles unterrichtet ist. Es hatte keinen Sinn mehr, den sicheren

Mann zu spielen. Man mußte umschalten. »Das ist«, sagte er leise, »das ist ja –«

»Das ist eine Schweinerei!« rief Dr. Weber laut. »Wissen Sie, daß Frau Sägert nur in letzter Minute gerettet werden konnte? In einer Berghütte wäre sie uns bald unter den Händen verblutet. Ich kann Ihnen nicht verhehlen, daß ich Ihr Verhalten –«

»Bitte.« Ernst Tommoth hob die Hand. »Beginnen wir nicht, von Moral zu predigen. Es sind hundert Faktoren, die eine Frau und einen Mann zusammenführen. Wollen Sie darüber entscheiden, was Gefühle sein dürfen oder nicht?«

»Nein – aber Konsequenzen.«

»Auch das entzieht sich Ihrer Kenntnis der Dinge...« Tommoth krallte die Finger in die Krempe seines Panamahutes. »Wo befindet sich Frau Sägert?«

»Ich bedauere... Frau Sägert wünscht keinen Besuch.«

»Sie können mich nicht...«, rief Tommoth.

»Ich kann doch.« Dr. Weber drückte auf einen Knopf an seinem Schreibtisch. Aus dem Nebenraum kam Dr. Hollrein ins Zimmer. »Auch mein Kollege im Krankenhaus ist unterrichtet, niemanden vorzulassen. Darf ich bitten, Tannenburg wieder zu verlassen –«

»Sie werfen mich hinaus?« keuchte Tommoth. Sein schönes Gesicht war wutverzerrt. Man sah, daß er sich mühsam beherrschte. Dr. Hollrein kam um den Schreibtisch herum und ging zur Tür.

»Ich betrachte unsere Unterredung als beendet«, sagte Doktor Weber. »Guten Tag.«

Ernst Tommoth wartete nicht, bis Hollrein die Tür geöffnet hatte. Er stürmte aus dem Zimmer, rannte die Treppe herunter, durch die gläserne Halle und hinaus in die grelle Sonne. Erst dort wurde er ruhiger, setzte seinen Hut auf und drehte sich um. Er sah die Kurheimfassade hinauf. Die kleinen Balkone mit den bunten Sonnenschirmen und Markisen leuchteten grell. Über die Brüstung eines der Balkone beugte sich eine attraktive, blonde Dame. Neben ihr lehnte ein Mädchen mit langen, aufgelösten Haaren.

»Ein schöner Mann, Veronika«, sagte Lydia v. Bercken völlig ungeniert und so laut, daß es Ernst Tommoth unten vor dem Portal hörte. »Was sucht er hier?«

»Uns nicht.« Veronika Aggartz kämmte sich die Haare aus dem Gesicht.

»Warum nicht? Wenn ein Mann so aussieht wie er, sucht er uns immer –«

Tommoth wandte sich ab und schob den Hut in den Nakken.

Eva im Krankenhaus, dachte er. Bald wäre sie verblutet, sagte dieser hochnäsige Arzt. Das bewies, daß das Kind nicht lebend zur Welt gekommen war, daß alle Probleme gelöst waren, daß die Wolken, die das Leben des Studienrats Ernst Tommoth verdunkelten, zerrissen waren. Die Gefahr war gebannt, sein Kommen nach Bad Moorbach nicht mehr brennend, seine Aussprache mit Eva Sägert nicht mehr nötig. Es gab keine Konsequenzen mehr, keine mühselige Überredung, doch zu der Frau in dem weißen Bungalow zu gehen, keine Versprechungen und Beteuerungen ... es war plötzlich alles klar um Ernst Tommoth, so licht wie der sonnige Tag um ihn herum.

Er ging hinunter nach Moorbach. Vor dem Krankenhaus zögerte er; aber dann ging er weiter, zum Bahnhof, und mit dem nächsten Zug fuhr er zurück.

Man muß endgültige Striche ziehen können, dachte er zufrieden. Die Affäre Eva Sägert war nun abgeschlossen. Übermorgen würde er wieder vor seiner Klasse stehen und lehren: »Die Mathematik ist eine Erziehung zur Logik –«

Er fand, daß er sich sehr logisch verhalten hatte ...

Niemand erzählte Eva Sägert von dem Blitzbesuch Ernst Tommoths. Dr. Weber verpflichtete alle, die es wußten, zu völligem Stillschweigen.

Sie war am übernächsten Tag noch sehr schwach, aber doch innerlich wie erlöst von einer selbstmörderischen Panik. Rund um ihr Bett stand in großen Vasen ein Gewoge von Blumen. Als Dr. Weber sich schnell nach Evas Befinden erkundigte, saßen Peter-Paul Bromme und Irma Hand in Hand vor ihrem Bett.

»Ich will gar nicht stören!« rief Dr. Weber und zog den Kopf aus der Türspalte wieder zurück. »Ich sehe, daß es allen gut geht.«

Peter-Paul Bromme wohnte noch immer in dem kleinen Zimmer des Schankkellners und schlief auf den gerissenen Federn. Es war unmöglich, ein anderes Zimmer in Moorbach zu bekommen, und auf der Tannenburg konnte er nicht wohnen. Selbst der großzügige Karchowski sah da keine Möglichkeiten. »Sie können doch nicht in einem Damensanatorium wohnen... das wäre unmöglich.«

Bromme sah das ein. Um allein mit seiner Irma zu sein, wanderten sie in die Wälder oder saßen in einer Ecke des Rosengartens im Kurpark. Sie hatten sich wieder soviel zu sagen wie in den ersten Monaten ihrer Bekanntschaft vor über zwanzig Jahren. Und es war ihnen wie damals wieder, als sei die Welt überall leuchtend und von unwahrscheinlicher Schönheit.

»Daß du überhaupt denken konntest, daß ich...«, sagte Irma einmal. Bromme hielt ihr den Mund zu.

»Ich will davon nichts mehr hören. Ich war ein Idiot –«

Carola Bornsiefen hatte sich seit ihrer blamablen Niederlage nicht wieder sehen lassen. Sie ließ sich alle Mahlzeiten auf ihr Zimmer bringen, saß auf dem Balkon, rang die Hände, wenn sie Irma und Peter-Paul Arm in Arm in die Wälder spazieren sah, und sann auf Rache. Aber es fiel ihr nichts Grandioses ein. Keine heraufzubeschwörende tragische Situation, keine Möglichkeit, Irma empfindlich zu treffen. So saß sie zusammengesunken unter dem Sonnenschirm auf dem Balkon und ärgerte sich gelb über ihre eigene Fantasielosigkeit. Denn auch Rache bedarf des Geistes.

Oberst a. D. Plötzke hatte alle Hände voll zu tun, um den Attentäter mit der italienischen Decke aufzuspüren. Die Polizei von Moorbach hatte die Nachforschungen eingestellt. Plötzke empfand dies als einen Mangel an Schneid. »Man hat eine Decke, man weiß, welchen Ursprungs sie ist, man weiß sogar, daß sie hier in Moorbach gekauft wurde... und dann kapituliert man. Welch ein morscher Verein. Ich werde das schon herausbekommen!« brüllte Plötzke vor Lydia v. Bercken und Eberhardt Thau. »Eines steht fest: Der Mann ist hier am Ort!«

«Es kann auch eine Sie sein«, warf Thau ein. Plötzke machte kein sehr geistreiches Gesicht.

»Natürlich. Es kann auch eine Sie sein ... daran habe ich gar nicht gedacht.«

»Eine eifersüchtige Frau.« Lydia v. Bercken räkelte sich auf dem Sofa. »Das wird noch ein verbissener Kampf ...« Sie sagte es wider besseres Wissen. Sie wußte, daß Sagrelli jeden ihrer Schritte überwachte und auch darüber informiert war, daß sie sich jetzt wieder im Hause Plötzkes aufhielt.

»Eifersüchtige Frauen sind grausamer als Partisanen«, sagte Eberhard Thau. Plötzke wischte sich über die weißen Haare.

»Ich halte das für ausgeschlossen.«

»Wieso?«

»Es *ist* ausgeschlossen«, sagte Plötzke stur.

Er war nicht bereit, in Gegenwart Lydias eine Erklärung seiner Sicherheit in diesem Punkt zu geben. Es war eine ganz einfache Rechnung: Nie hatte sich Plötzke mit seinem Charme an eine Moorbacherin gewandt. Immer hatte er nur den Damen von Tannenburg die Langeweile vertrieben ... und wenn die Herzensdame dann nach sechs Wochen wieder nach Hause fuhr, um im Bekanntenkreis die ungeheure Wirkung Moorbachs auf den Hormonhaushalt zu beweisen, erlosch auch die Flamme zwischen Plötzke und ihr. Es war ein endgültiges Verlöschen. Nie war es bisher vorgekommen, daß eine der Damen im nächsten oder in einem anderen Jahr noch einmal nach Moorbach kam. Beide Seiten wußten, daß aufgewärmte Gerichte schneller erkalten als frisch gekochte.

»Es ist ein Mann«, sagte Plötzke völlig sicher. »Aber auch hier sehe ich keinen äußeren Anlaß.«

Es war wirklich ein Rätsel. Plötzke verbrachte Stunden in dem Geschäft, um das Erinnerungsvermögen des Kaufmanns anzukurbeln.

»Denken Sie einmal nach«, wiederholte Plötzke immer wieder. »Sie kennen doch alle Moorbacher. Wer hat – außer den Kurgästen, die Sie ja nicht kennen können – aus dem Ort diese Decken bei Ihnen gekauft... Erinnern Sie sich bitte. Das kann doch nicht so schwer sein –«

Der Kaufmann erinnerte sich langsam, und Plötzke schrieb die Namen auf einen Block. Es waren Namen, die Plötzke noch mehr verwirrten.

Der Kurdirektor bzw. dessen Frau, der Chef des Krankenhauses, ein paar Hoteliers, der Juwelier, der Schuhmacher, Tannenburg hatte auch sechs Decken gekauft, Dr. Hollrein, der Boy Sagrelli, Nils Oberreuther, vier Cafés, drei Ärzte, der Apotheker... Alles in allem waren an Moorbacher Bürger dreiunddreißig Decken verkauft worden.

Plötzke las nach dieser Gedankenarbeit noch einmal alle Namen durch. Seufzend schloß er die Augen.

»Nichts«, sagte er erschöpft. »Umsonst. Da ist keiner drunter, der irgendwie einen Grund hätte... der verdächtig sein könnte... Es ist zum Kotzen.«

Die Polizei, die Plötzke daraufhin mit seiner Liste besuchte, lehnte es ab, in den Familien zu kontrollieren, ob dort eine Decke fehlte. »Wo denken Sie hin«, sagte der Polizeimeister zugeknöpft. »Ich kann doch nicht den Kurdirektor oder den Chefarzt verdächtigen. Das gäbe ungeheure Schwierigkeiten. Glauben Sie, Ihretwegen setze ich mich einer Strafversetzung aus?« Der Polizeimeister konnte so sprechen, weil er mit Plötzke allein im Zimmer war.

»Aber man hat mich zusammengeschlagen.«

»Der Kurdirektor?«

»Nein –«

»Na also... Aber Sie wollen ihn verdächtigen.«

»Ich verlange nur den Schutz meiner Person.«

»Hören Sie mal zu, Herr Oberst.« Der Polizeimeister beugte sich etwas vor. »Ein Wort unter Männern: Halten Sie sich etwas zurück... Sie wissen schon...«

Tief beleidigt verließ Oberst Plötzke die Polizeistation. Die Polizei ist da, den Bürger zu schützen, aber nicht, ihm Ratschläge zu geben. Zudem dumme Ratschläge. Er bummelte durch den Kurpark und traf dort auf Peter Sagrelli. Der Boy war in Zivil und aß an einem der weißen französischen Eisentischchen ein Eis. Plötzke blieb stehen, froh, mit jemandem sprechen zu können.

»Freier Tag?« fragte er.

»Ja.« Sagrelli sah Plötzke von unten her nachdenklich an. Er weiß jetzt, daß ich auch eine Decke hatte, dachte er. Ob er davon anfängt?

Plötzke schob einen Stuhl an den Tisch und setzte sich Sagrelli gegenüber. Er wußte nicht, daß Sagrelli ihn seit Stunden beobachtet hatte.

»Ein Bier!« rief er der Kellnerin zu und lehnte sich zurück.

»Sie wissen von der Sache in meinem Haus?«

»Ja –«

»Eine Decke war im Kamin.«

»Herr Oberreuther sagte es mir.«

»Eine italienische Decke.«

»Ich weiß. Ich habe auch so eine Decke. Schade um das Stück.«

Plötzke trank einen tiefen Schluck Bier, als das Glas mit einer hohen Schaumkrone vor ihm stand. Darauf wischte er sich den Mund mit dem Handrücken ab.

»Sie sehen als Boy doch so allerlei, was unsereiner nicht sieht«, fuhr Plötzke fort. Sagrelli nickte und pickte in seinen Eisbecher. Er vermied es, Plötzke anzusehen.

»Ja, allerdings.«

»Haben Sie keine Ahnung, wer es sein könnte? Nur eine Ahnung, mein Junge... das kann oft weiterhelfen.«

»Ich habe gar keine Ahnung...«

»Haben Sie irgendwelche merkwürdigen Reden gehört?«

»Nein.«

»Über mich?«

»Von Ihnen wird allerlei gesprochen –«

»Ach. Was denn?«

»Ach, nur so –«

»Nichts da. Heraus mit der Sprache.« Plötzke trank sein Bier leer. »Was sagt man über mich?«

»Völlig Unwichtiges –«

»Himmel noch mal! Reden Sie jetzt! Ehrlichkeit ist die Zierde des Mannes. Also bitte –«

»Man sagt, daß Sie ein alter Gockel seien –«
»Wie bitte?«
»Man amüsiert sich, daß Sie den Damen von Tannenburg nachlaufen.«
»*Wer* amüsiert sich?« sagte Plötzke mit belegter Stimme.
»Na – ich meine –«
»Wer, junger Freund?«
»Frau v. Bercken –«
»Das ist nicht wahr!« Plötzke sprang auf. »Das ist eine Infamie!«
Sagrelli zuckte mit den Schultern, als habe er große Angst. Er verkroch sich fast in sich selbst.
»Sie haben mich aufgefordert, ehrlich –«
»Nie würde Frau v. Bercken –«
»Sie ist gewissermaßen die treibende Kraft. Immer, wenn Sie in ihre Nähe kommen, sagt sie zu den anderen Damen: Da kommt der Gockel! Seht nur, wie er sich aufbläht. Wie ein Täuberich!«
Plötzke starrte auf den Lockenkopf des Pagen. Er spricht die Wahrheit, dachte er erschüttert. Der Junge ist ehrlich. Er plappert nur nach, was er gehört hat. O Gott! Mit solchen Augen sieht man mich?
Wie bei Lydia v. Bercken wurde die Panik vor dem endgültigen Aus des Lebens übermächtig in ihm. Bisher hatte er fest an seine Unwiderstehlichkeit geglaubt. Wenn eine der Damen glücklich in seinen Armen gelegen hatte, war in ihm immer der Triumph hochgekommen, das Alter wieder einmal besiegt zu haben. Daß es für die Frauen nur ein Spaß gewesen war, eine Täuschung, das Erlebnis, einen gurrenden alten Mann kennenzulernen ... diese Erkenntnis warf ihn fast um.
»Ich danke Ihnen, Sagrelli, daß Sie so ehrlich waren«, sagte er mit dicker Zunge. Sie lag in seinem Mund, als sei sie aufgetrieben wie bei einem Verdurstenden.
»Ich ... ich wollte es Ihnen nie ...« Sagrelli spielte die erste Intrige seines jungen Lebens vorzüglich und vollkommen. Plötzke griff in die Tasche und schob Sagrelli eine Mark auf die Tischplatte.

»Hier, kaufen Sie sich noch ein Eis. Sie – Sie haben mir einen großen Gefallen getan –«

Sagrelli sah ihm nach. Plötzke ging mit durchgedrücktem Kreuz und hocherhobenem Kopf durch den Kurpark weg. Ein geschlagener Mann, der seine Niederlage mit Haltung überwindet. Dann blickte er auf die in der Sonne blinkende Mark. Einen Augenblick war er versucht, das Geld auf den Boden zu wischen. Ein Trinkgeld von Plötzke. Es war, als habe man ihn vor allen Menschen um ihn herum ins Gesicht geschlagen. Dann aber, nach der ersten Aufwallung, steckte er die Mark ein, bezahlte sein Eis und ging zu dem Blumenladen am Ende der Promenade. Dort kaufte er mit der Mark des Obersts und unter Beifügung einer eigenen Mark einen kleinen Strauß Feldblumen.

Eine halbe Stunde später trug er den Strauß in einer Vase in Lydias Zimmer. Er trug wieder seine Pagenuniform. Obwohl er heute dienstfrei hatte, machte er wieder Etagenservice. »Unten ist's mir zu heiß«, hatte er zu der einteilenden Oberschwester gesagt. »Ich mache lieber Dienst und gehe am Abend aus, wenn ich darf.«

Er durfte, und so war es möglich, den Blumenstrauß zu Lydia zu bringen.

Ohne anzuklopfen, trat Sagrelli ins Zimmer. Lydia stand unbekleidet vor der Frisierkommode und toupierte ihre platinblonden Haare. Um ihren üppigen Körper floß die Sonne wie ein goldener Wasserfall. Sagrelli blieb fasziniert, mit offenem Mund, in der Tür stehen.

»Mach die Tür zu, Lümmel!« zischte Lydia. »Warum klopfst du nicht an?«

»Wie ich sehe, war es besser so...«

Sagrelli schloß die Tür und trug die Vase zum Tisch.

»Was ist denn das?«

»Ein Feldblumenstrauß. Von mir und dem Oberst.«

Lydia ließ den Toupierkamm sinken. »Mach keinen faulen Witze, Romeo. Von dir also?«

»Nein, die Hälfte ist von Plötzke. Er war so erschüttert, daß er mir das Geld dazu gab. Allerdings sollte ich mir Eis dafür kaufen... wie ein kleiner Junge.«

»Wieso war er erschüttert?« Lydia drehte sich ungeniert um. Sagrelli setzte sich auf das Bett und legte die Hände ineinander. Er hatte feuchte Handflächen, und beim Atmen verkrampfte sich die Luftröhre vor Erregung.

»Ich habe ihm erzählt, daß du ... daß du ihn einen Gockel nennst.«

»Peterchen.« Lydia warf den Kamm weg und trat auf Sagrelli zu. Ihre üppige Brust war vor seinen Augen. Er schloß sie und biß sich auf die Unterlippe. »Du bist ein unbeherrschter Flegel. Weißt du, was das bedeutet? Ich werde heute abend mit dem Oberst ausgehen –«

»Nein.«

»Doch.«

»Ich habe mir heute abend freigenommen ... für dich.«

»Du glaubst doch nicht im Ernst, daß ich mit einem Kind wie dir ausgehe. Sollen die Leute sagen: Sieh an, welch einen großen Sohn die Frau schon hat?«

Sagrelli senkte den Kopf, ganz tief, bis sein Kinn an die Brust stieß. Dann zuckte er plötzlich hoch, sprang auf und griff nach Lydia, die nicht mehr zurückweichen konnte. Er krallte die linke Hand wie eine Katzenpranke in ihre braune Schulter, zog mit ihr die sich gegen ihn Stemmende heran, und mit der rechten Hand begann er, ihr ins Gesicht zu schlagen. Immer und immer wieder. Wortlos, mit aller Kraft, deren er mächtig war, und jeder Schlag dröhnte in seinem Kopf wider und fiel wie ein Hammer auf sein Herz. Er spürte, wie das Blut aus seinem Gesicht wich, wie er zu schwanken begann ... aber er behielt die Eisenklammer in ihrer Schulter und schlug und schlug und schlug, bis er erschöpft zur Seite taumelte.

Lydia v. Bercken hatte sich unter den Schlägen geduckt, aber der eisenharte Griff verhinderte, daß sie ausweichen konnte. Sie rief weder um Hilfe, noch schrie sie oder wehrte sich. Mit aufgerissenen Augen flog ihr Kopf unter den Schlägen hin und her.

Als Sagrelli erlahmte und sie losließ, faßte sie zu und krallte sich in seine schwarzen Locken.

»Du Tier«, sagte sie heiser. »Du ekelhaftes Tier. Wenn das so weitergeht, bringen wir uns gegenseitig um ...«

Sagrelli keuchte schweißüberströmt. Vor seinen Augen löste sich der üppige Frauenkörper in rote und blaue Kreise und Wellen auf. Er lehnte sich gegen die Wand und spürte, wie Lydias Finger sich um seinen Hals krallten.

»Drück zu«, stöhnte er. »Bitte, drück zu... Ich halte diese Qual nicht mehr aus... ich kann nicht mehr... Du hast mir alles, alles genommen... und nun stößt du mich weg –«

Lydias Kopf sank auf seine zuckende Schulter. Ihr Gesicht brannte, als hätte es in einem Feuer gelegen. Die kunstvoll toupierten Haare hingen wirr über das Puppengesicht. Ihr nackter Körper zitterte wie im Frost.

»Es... es ist das erstemal, daß mich jemand geschlagen hat«, stammelte sie.

»Verzeih...«, keuchten Sagrelli. »Verzeih... ich wollte es nicht... Aber es kam über mich –«

»Du mußt es wieder tun.« Lydia zerwühlte die Haare Sagrellis. »Hörst du... du mußt es wieder tun... Es war so schön... so wild... so unheimlich... so kraftvoll...«

»Lydia...«, stotterte Sagrelli und starrte sie an.

»Mit einer Peitsche solltest du mich schlagen«, keuchte Lydia. »Es muß wunderbar sein... wunderbar... Sag... versprich es mir... hol eine Peitsche...«

Durch Sagrelli lief ein heftiges Beben. Mit roher Gewalt riß er Lydias Arme von sich, schleuderte sie wie ein Stück Holz auf das Bett und rannte aus dem Zimmer. Er rannte den Gang hinunter bis zu der Tür, die zu der Wäschekammer des Stockwerkes gehörte. Dort hockte er sich zwischen die engen Regale, legte das Gesicht auf die gestapelte Bettwäsche und begann heftig zu weinen.

Das reine, wunderschöne Weltbild seiner Liebe war endgültig zerbrochen.

Veronika Aggartz hatte Mühe, gut auszusehen. Sie verbrauchte viel Puder und Rouge, um frisch zu wirken.

Sich selbst machte sie allerdings nichts vor. Sie wußte, was in ihr vorging. In ihrer Lunge pfiff es bei tiefen Atemzügen, nachts wachte sie auf, weil sie in Schweiß gebadet war, ihre

Handflächen waren heiß, und wenn sie hustete, stieß sie Blutklümpchen hoch, die sie sofort hinunterschluckte ... dieses wirklich aus Angst, den Auswurf zu sehen und damit das Urteil über sich.

Seit der anstrengenden Wanderung zur Waldhütte war es so ... schon, als sie damals auf der Kuppe stand, war das dramatische Geschehen an ihr vorbeigeflossen wie ein verzerrter Film. Sie hatte Stimmen gehört, unkenntliche Bilder gesehen ... aber alles war nur Kulisse vor dem Drama, das in ihrem Inneren wieder aufgebrochen war, und vor dem Wissen, daß nun das Ende erreicht war ... Heute, morgen oder in einem Monat. Es war nicht mehr aufzuhalten.

Aber Veronika Aggartz sagte nichts. Sie wollte nicht wieder in eine Heilstätte ... sie wollte hier das Ende abwarten, weggehen aus einem prallen Leben, nicht in einem hochgestellten, stillen Bett auf dem Balkon einer Klinik, neben sich eine betende Schwester. Deshalb schminkte sie sich, überdeckte die Blässe mit Puder und zwang sich, fröhlicher als je zu sein. Vor allem aber verzieh sie Fritz Karchowski. Es war nicht wirkliches Vergeben, wie es Karchowski verblüfft betrachtete, sondern eine bittere, noch heimliche Rache. Sie hoffte, eines Tages in seinen Armen zu sterben und ihm damit den Schock seines Lebens zu versetzen.

Karchowski war zunächst erstaunt, als Veronika Aggartz ihn am Schwimmbecken ansprach. Er stand sinnend am Bekkenrand und betrachtete das Kurheim. Der Gedanke eines Anbaus war ihm gekommen, und wenn auch der Park dadurch kleiner wurde, vor allem die Liegewiese um das Schwimmbecken, so brachte der Anbau doch fünfundzwanzig Betten mehr. Und eine Wassertretanlage konnte man hinzunehmen.

»Dr. Weber bleibt also?« fragte Veronika. Karchowski sah sie aus umwölkten Augen an.

»Sie sprechen noch mit mir, Frosch?«

»Wie du hörst.«

»Ja. Dozent Weber bleibt.«

»Damit wäre ja alles klar.«

»Was wäre klar?«

»Das mit uns.« Es war nie die Art von Veronika Aggartz gewesen, Scham zu empfinden. Auch jetzt sagte sie das, was sie dachte. Für Karchowski war es wie ein unverhoffter Guß aus einer kalten Brause. »Du bist ein Mann – das ist die Hauptsache. Wenn du auch wie ein Frosch aussiehst... wenn man die Augen zumacht und nur fühlt, ist's auch mit dir angenehm –«

»Danke«, sagte Karchowski giftig.

»Bitte. Wollen wir uns vertragen?«

»Was heißt hier vertragen?«

Veronika sah Karchowski aus ihren tiefliegenden, brennenden Augen starr an. »Ich lasse heute abend meine Tür unabgeschlossen –«

»Ach nee.« Karchowski lächelte breit und gemein. »So ist das?«

»Ja, so ist das. Soll ich Theater spielen? Ich warte auf dich –«

Ohne weitere Worte abzuwarten, ging Veronika. Karchowski starrte ihr mit halbgeöffnetem Mund nach.

»So etwas«, sagte er halblaut und schüttelte heftig den Kopf. »So etwas. Man lernt nie aus –«

So hatte es wieder begonnen. Karchowski war in der Nacht bei Veronika Aggartz geblieben. Ihre den Atem nehmende Leidenschaft und unbeherrschte Wildheit fegten seine anfängliche Abwehr weg wie ein heißer Wüstensturm. Er wollte Veronika durch Sturheit bestrafen, er wollte den starken, nicht zu beeinflussenden Mann spielen... Es gelang ihm nicht einmal ein Ansatz dazu. Ihre Unbeherrschtheit riß ihn mit, ehe er an Gegenwehr dachte. Später kam ihm eine Abwehr dumm vor. Er genoß, was sich ihm bot, und er schlief bis in den frühen Mittag hinein, ausgelaugt, mit offenem Mund, mit zitternden Augendeckeln, jetzt wirklich wie ein aufgeblasener Frosch aussehend.

Veronika Aggartz betrachtete ihn im grellen Sonnenlicht, nachdem sie sich angezogen hatte. In ihrer Brust drückte und stach es. Bevor sie hinunter zum Kaffeetrinken ging, stellte sie sich an die Balkontür, umklammerte den Türrahmen und hustete sich erst aus, nach vorn gekrümmt, mit zuckendem

Körper und flatternden Augen. Kalter Schweiß brach aus den Poren, der Boden unter ihr schwankte, als stünde sie auf den Planken eines Schiffs. Dann war es vorbei... sie brauste sich noch einmal ab, trug dick das Rouge und den Puder auf und verließ das Zimmer. Karchowski schlief noch immer. Das Blei in seinen Gliedern lag auch auf seinem Gehirn.

Auf dem Flur traf sie Dr. Weber, der zur Morgenuntersuchung in den Behandlungsraum ging. Er blieb stehen, bis Veronika bei ihm war.

»Es ist schön, Doktor, daß Sie wiedergekommen sind«, sagte sie und gab ihm die Hand. Dr. Weber sah sie erstaunt an.

»Sie haben ja ganz heiße Hände, Veronika –«

Sie zog schnell die Hand zurück und versteckte sie hinter dem Rücken.

»Ich habe eben ein Kleid gebügelt... das wird es sein. Das heiße Bügeleisen...«

»Ich möchte Sie gern wieder durchleuchten, Veronika. Kommen Sie morgen früh in das Röntgenzimmer.«

»Ich fühle mich kerngesund, Doktor.«

»Trotzdem. Ich habe Ihrem Vater versprochen... Sie wissen –«

Veronika nickte. Wer weiß, was morgen ist. Ich werde Karchowski bitten, mit mir ein paar Tage zu verreisen. Viel Zeit habe ich nicht mehr... und ich will nicht wieder in eine Lungenheilanstalt. Ich will überhaupt nicht mehr. Ich habe dieses Leben satt... dieses stupide, langweilige Leben, in dem die Menschen sich bewegen wie riesige Ameisen. Ich weiß nicht warum... aber ich hasse dieses Leben.

Dr. Weber knöpfte seinen weißen Kittel zu. »Haben Sie zufällig Herrn Karchowski gesehen, Veronika?«

»Ich? Warum?«

»Ich dachte –«

»Ja. Er ist bei mir.«

»Bei Ihnen?«

»Er liegt im Bett und schläft noch –«

Dr. Weber schwieg eine Weile auf diese freimütige Eröffnung hin. Als Dr. Hollrein ihm sagte, daß Karchowski und

Veronika Aggartz liiert seien, hatte er das als einen üblen Kurheimklatsch angesehen. Nun wurde er mit der Wahrheit konfrontiert, und einen Augenblick war er sprachlos.

»Das also war Ihr heißes Bügeleisen«, sagte er schließlich sarkastisch.

»Nein. Da überschätzen Sie Herrn Karchowski.«

»Und Sie empfinden keinerlei Scham dabei?«

»Nein. Warum? Das ist das merkwürdige an den Menschen, daß sie sich über Dinge schämen, die für sie einfach zum Leben gehören. Um zu bestehen, müssen wir allerlei erfüllen: Wir müssen essen, trinken, verdauen, uns fortpflanzen... das sind doch Urelemente des Bestehens. Warum verbirgt man sie, als seien sie Verbrechen?«

»Veronika, so kenne ich Sie überhaupt noch nicht.«

»Leider. Wir hätten längst einmal darüber reden sollen. Meinen Vater habe ich damit fast zur Verzweiflung getrieben. Nur weil ich ehrlich bin. Bei einer Party in unserer Villa bin ich einmal zu einem Mann gegangen, der mir besonders gefiel, und habe zu ihm gesagt: ›Mit Ihnen möchte ich einmal schlafen.‹ Der Mann war ein Generaldirektor. Vater war entsetzt. Warum? Viele Frauen denken so wie ich, und sie belügen sich und die Umwelt. Warum ist man entsetzt, wenn ich die Wahrheit sage?«

Dr. Weber schüttelte den Kopf. »Kommen Sie mal mit in mein Zimmer, Mädchen«, sagte er. »Das ist kein Flurgespräch.«

Veronika blieb stehen. »Bitte keine Moralpredigten. Ich kenne keine Moral. Ich halte sie für einen dummen Selbstbetrug.«

»Eben das will ich Ihnen erklären. Es gibt gewisse zivilisatorische und kulturelle Gesetze –«

»Und darauf pfeife ich. Ich bin so selbstverständlich schamlos wie eine heiße Hündin –«

»Mein Gott!« Dr. Weber schlug die Hände zusammen. »Es wird höchste Zeit, daß ich mich intensiv um Sie kümmere –«

»Es ist zu spät, Doktor.« Veronika Aggartz hob die Schultern. Ihr schmales Gesicht glühte. Nach der Kältewelle, die auf den Hustenanfall durch sie gezogen war, überflutete sie jetzt eine glühende Hitze. »Aber sprechen wir ruhig darüber. Ich vermute, Sie haben die gleichen Worte wie mein Vater... Bisher war noch keiner da, der mich verstehen konnte. Mein Vater nannte mich sogar einmal die größte Hure... Auch das ist falsch. Eine Hure tut's für Geld... ich tu's, weil es mir Spaß macht, weil ich es muß, verstehen Sie –«

»Kommen Sie.« Dr. Weber faßte Veronika unter und zog sie mit sich fort zum Behandlungsraum. Dabei kamen sie an Veronikas Zimmer vorbei. Hinter der Tür hörten sie das Rauschen von Wasser.

»Jetzt ist der Frosch wach und braust sich«, sagte sie und verzog die Lippen.

Schnell ging Dr. Weber weiter. Er stand plötzlich vor einem Problem und wußte nicht, wie er es lösen sollte. Er wußte nur eins: So, wie es jetzt war, ging es nicht weiter.

Am Abend nach der Flucht Sagrellis aus Lydias Zimmer traf sich Frau v. Bercken mit Oberst Plötzke. Sie hatte ihn angerufen und war nicht erstaunt, daß Plötzke sehr knapp und fast unhöflich am Telefon war. Die Worte Sagrellis hatten ihn ungeheuer beschäftigt und seinem Selbstbewußtsein einen schmerzhaften Stoß ins Herz versetzt.

»Selbstverständlich stehe ich Ihnen zur Verfügung, Gnädigste«, sagte er steif. »Soweit ein alter Mann in der Lage ist, eine Frau wie Sie überhaupt zu interessieren –«

»Sie reden dummes Zeug, Oberst!« hatte Lydia mit einem girrenden Lachen geantwortet. »Ein Mann wird nie alt. Er reift im Gegenteil wie ein guter Wein... je älter, um so würziger und betäubender –«

Plötzke hatte nach diesem Anruf allerhand zu tun. Er war wieder aus dem Gleichgewicht gestürzt. Er verstand plötzlich die Frauen nicht mehr, und das wollte etwas heißen. Daß der Boy Sagrelli gelogen haben könnte, auf diesen Gedanken kam Plötzke nicht. Warum sollte ein so netter, harmloser Junge lügen?

Zunächst ging Plötzke zum Friseur und ließ sich die Haare stutzen. Dann kaufte er einen riesigen Rosenstrauß, glutrot und kaum erblüht. Auch einen roten, karierten Schlips legte er sich zu und zog für den Abend einen hellbeigen Anzug an, mit engen Hosenbeinen und einer Jacke mit Rückenschlitz. Als er ihn auswählte, zögerte der Konfektionär und überwand sich, eine kleine Belehrung anzubringen.

»Herr Oberst«, sagte er vorsichtig, »darf ich Herrn Oberst darauf hinweisen, daß diese Mode – enge Hosen, Rückenschlitz – die ›Twen-Mode‹ genannt wird...«

»Na und?« fragte Plötzke steif.

»Herr Oberst sind kein Twen.«

»Wissen Sie das so genau?«

Diese Frage war umwerfend.

Der Verkäufer beschloß, nichts mehr zu sagen und den Anzug anzupassen. Er kleidete den Oberst wirklich, nur die etwas krummen Reiterbeine des alten Kavalleristen sahen in den Röhrenhosen etwas deplaziert aus. Plötzke sah es selbst im großen Standspiegel, vor dem er sich wie ein Mannequin drehte.

»Na, was sagen Sie?« fragte er. Der Konfektionär suchte nach einigen neutralen Bemerkungen.

»Es steht Herrn Oberst vorzüglich, wirklich –«

»Aber die Beine. Sie sind krumm.«

»Es liegt nicht an der Hose, Herr Oberst.«

»Das weiß ich selbst. Wer vierzig Jahre auf dem Gaul gesessen hat, gleicht sich dem Pferderücken an. Das ist keine Schande, sondern fast ein Ehrenschild.«

»Sehr wohl, Herr Oberst«, sagte der Verkäufer hilflos.

»Aber schön sieht's nicht aus.«

»Wenn man weiß, daß der Herr Oberst Kavallerist war... Man wird es übersehen –«

»Ein Mann, ja. Aber die Damen?«

»Die Damen lieben gute Reiter.«

»Werden Sie nicht anzüglich, mein Bester.« Plötzke drehte sich wieder im Spiegel. Der Rock saß wie ein Paradestück, auf die Figur gegossen wie weiland die Anzüge des Kronprinzen. Aber die Hosen...

»Was kann man da machen?« fragte Plötzke.

»Nichts.«

»Das ist eine dumme Mode. Es gibt ja nicht nur Männer mit geraden Beinen.«

»Aber man kann auch keine Mode für O-Beine machen, Herr Oberst.«

»Saudumme Bemerkung.« Plötzke ging ein paarmal hin und her. Besonders schlimm war es, wenn er, wie gewohnt, die Knie durchdrückte und stramm marschierte. Bei lockeren Knien war es weniger auffällig. Die Hose schlug dann kaschierende Falten.

»So geht's«, lobte der Konfektionär. Plötzke sah ihn böse an.

»So gehen Rekruten nach der ersten Felddienstübung. Schlappschwänze. Ein deutscher Mann geht aufrecht, mit ruhig-festem Tritt –«

Der Verkäufer schwieg. Es gab keine Möglichkeit, aus diesem Dschungel auszubrechen. Plötzke probierte noch sieben Anzüge an; sie waren allesamt eine billige Kopie des ersten, waren Konzessionen, die auf Kosten der Eleganz gingen.

»Ich nehme den ersten«, sagte Plötzke fest. »Genau betrachtet, ist alles nur Gewohnheit. Und man beurteilt einen Mann ja nicht nach den Beinen –«

»Erst als letzte Möglichkeit...«, sagte der Verkäufer.

»Sie sind ein frivoler Bursche.« Plötzke war auf einmal wohlgelaunt. Auch Friedrich der Große hatte krumme Beine. Und Ziethen. Und überhaupt – auf die Beine schaut man bei Frauen. Männer haben mit Geist aufzuwarten. Es ist wie bei einem Dackel...

Am Abend holte Plötzke in seinem neuen Anzug Lydia v. Bercken in der Halle von Tannenberg ab. Der Boy Peter Sagrelli hatte ebenfalls frei. Er lief in Zivil ziemlich unruhig zwischen den gläsernen Wänden umher und hob die kleine silberne Handtasche auf, die Lydia vor dem Fahrstuhl hatte fallen lassen.

»Ich gehe dir nach«, zischte Sagrelli, während er ihr die Tasche gab. »Ich werde dein Schatten sein.«

»Mach dich nicht lächerlich, Romeo...« Lydia winkte Plötzke zu und ordnete den Ausschnitt ihres aufregenden Sommerkleides.

»Du gehst ins Konzert«, flüsterte Sagrelli. Sein Gesicht war bleich und verzerrt. »Ich warne dich, Lydia. Ich warne dich zum letztenmal. Wenn du nach dem Konzert mit dem Oberst nach Hause gehst –«

»Boy! Eine Taxe!« rief Lydia laut in die Halle.

Einige Gäste sahen sich um. Sagrelli zuckte wie unter einem Schlag zusammen.

»Sofort, gnädige Frau«, sagte er heiser.

Er ging zur Rezeption und rief die Mietautonummer an. Dabei beobachtete er, wie Plötzke seinen mächtigen Strauß roter Rosen anbrachte und Lydia lange und genußvoll die Hand küßte. Lydia ließ es mit einem seligen Lächeln geschehen. Sie spielte die elegante, geschmeichelte Frau vollkommen.

So ist das Leben eigentlich interessant, dachte sie einen Augenblick. In Hildesheim wartet Harry mit dem Trauring, in Moorbach wartet Sagrelli im dunklen Zimmer, und mit einem Oberst der alten Schule genieße ich die Wirkung meiner Persönlichkeit. Wie langweilig wäre das Leben – und wie schrecklich würde es sein –, wenn das Abenteuer an mir vorbeiginge und ich nur wie Carola Bornsiefen Zaungast des Lebens sein könnte. Ich hielte es nicht aus.

»Sie haben einen fantastischen Anzug, Oberst«, sagte sie anerkennend. Plötzke straffte sich, ungeachtet der dadurch verstärkten O-Beine.

»Finden Sie?« fragte er.

»Er macht Sie jung.«

»Ich *bin* jung, Gnädigste.«

»Das wäre zu beweisen.«

»Ich bin zu jeder Beweisführung bereit.«

»Dann wollen wir bloß keine Zeit verlieren. Ich bin anspruchsvoll, Oberst.«

Plötzkes Herz ging auf wie ein Ballon, an dem vier Mann blasen.

»Sie sind eine Wucht«, sagte er. »Verzeihen Gnädigste diesen Landserausdruck! Aber es gibt nur eins, was zutrifft: eine Wucht.«

»Die Taxe«, sagte Sagrelli. Er stand plötzlich hinter Lydia.

Seine Stimme ließ sie kurz zusammenzucken. Dann hatte sie sich wieder in der Gewalt. Sie lächelte herablassend.

»Danke.«

Plötzke griff in den Rock und gab Sagrelli 50 Pfennig Trinkgeld. Er ließ sie aus seiner Hand auf den Boden fallen. Sie kullerten über den Marmorboden und blieben an der Theke liegen. Er bückte sich nicht danach. Er starrte Lydia stumm und drohend an.

»Oh«, sagte Plötzke, »das wollte ich nicht.«

»Ach was.« Lydia hakte sich bei den Oberst ein. »Der Boy war nur ungeschickt. Gehen wir.«

»Ja, gnädige Frau. Ich war ungeschickt. Ich werde mich bemühen, weniger ungeschickt zu sein...«

Lydia blickte zu Sagrelli zurück. Sie sah in seinem Blick Entschlossenheit und eine wilde Wut. Wie schutzsuchend drückte sei sich an Plötzke.

»Ich liebe Beethoven«, sagte sie völlig sinnlos.

»Heute ist aber ein Brahms-Konzert, Gnädigste.«

»Auch Brahms liebe ich. Vor allem nach dem Film...«

Sie entfernten sich durch die Glaspendeltür. Sagrelli wartete nicht, bis sie in die Taxe gestiegen waren. Er rannte durch eine Hintertür der Halle hinaus zu dem Schuppen, riß sein Fahrrad aus einer Box und schwang sich hinauf. An der anfahrenden Taxe vorbei raste er den Bergweg hinunter, über die Lenkstange gebeugt, mit zusammengekniffenen Augen, die leichten Kurven in schräger Lage nehmend, als gelte es, ein Rennen zu gewinnen.

Plötzke sah ihm lachend nach.

»Die Jugend...«, sagte er fröhlich. »Sie muß sich noch austoben...«

Lydia v. Bercken schwieg. Was hat er vor, dachte sie. So zornig hatte sie ihn nie gesehen. So völlig außer Fassung.

»Haben Sie schon ein Programm gemacht?« fragte sie, während der Wagen lautlos nach Moorbach hinabglitt.

»Zuerst das Konzert, dann eine Stunde in der Kurhausbar – wenn es Gnädigste wünschen –, und dann dachte ich, daß wir den Abend am Kaminfeuer bei mir beschließen...«

»Mit Rauch –«

»Ohne. Ich habe den Kamin durchgesehen.«

»Wer wird alles zugegen sein?«

»Nur wir zwei – das heißt, wenn Sie wünschen –«

»Nein, nein. Ich liebe die Romantik am offenen Feuer. Überhaupt das Feuer –«

Plötzke nahm Lydias Hand und küßte sie wieder. Aber es war weniger Galanterie als versteckte Dankbarkeit.

Ich bin doch nicht zu alt, dachte er glücklich. Und zum Teufel – ich fühle mich wieder wie ein junger Fant und könnte Bäume ausreißen...

Den ganzen Abend über sah Lydia Peter Sagrelli nicht mehr. Er war weder im Konzert noch an der Bar. Und als sie in eine Bar gingen, folgte er ihnen auch nicht. Lydia drehte sich ein paarmal schnell um. Sie bemerkte nichts. Das beruhigte sie einerseits, andererseits paßte es nicht zu Sagrelli, so stillschweigend zu resignieren. Plötzke fiel ihre Unsicherheit auf.

»Sie sind so nervös, Gnädigste«, sagte er. »Darf ich Ihnen noch einen Cocktail bestellen?«

»Brahms strengt mich immer so an.« Lydia v. Bercken betupfte ihr Gesicht mit einem nach Rosen duftenden Spitzentaschentuch. »Außerdem ist es so laut hier. Ich liebe nach solchen Kunstgenüssen die Stille, die zügelnde Flamme in einem Kamin –«

Plötzke verstand. Er bezahlte, nahm die nächste Taxe und fuhr wie ein Sieger hinauf zu seiner Villa. Während der Fahrt streichelte er die Hand Lydias und beobachtete sie aus den Augenwinkeln, tastete ihre aufreizende Figur ab und nannte sich abwechselnd ein Glückskind und einen Sonntagsjungen.

Lydia v. Bercken blieb bis gegen 3 Uhr nachts bei Plötzke. Hand in Hand gingen sie dann über die Wiese, die das Kurheim von Plötzkes Villa trennte, wandelten wie Verliebte durch den Park und wunderten sich, daß um diese Zeit in der Halle noch das volle Licht brannte.

»Unangenehm«, sagte Lydia und blieb im Schatten der Bäume stehen. »Jetzt sieht jeder, daß ich so spät – oder so früh – von dir komme –«

»Dann komm zurück. Nach dem Frühstück fällt es überhaupt nicht auf...« Plötzke schwamm in einem Meer von Seligkeit. Lydia schüttelte den Kopf. Sie dachte daran, daß Sagrelli oben in ihrem Zimmer warten würde. Seit Stunden schon. Und sosehr sie Angst hatte vor der Auseinandersetzung, sosehr sehnte sie sich nach seinen Lippen und seinen heißen Händen. Das Erlebnis Plötzke war wie eine abgestandene, schale Limonade gewesen. Er hatte ihr nicht das Gefühl der Jugend geben können, sondern es war umgekehrt so, daß Plötzke in der erfahrenen Liebe Lydias wieder gesundete und sich einbildete, nicht alt zu sein. Es war ein Abend geworden, der Lydia wie ein Verrat vorkam, ein Verrat an sich selbst. Sie hatte nichts gewonnen als die Erkenntnis, nicht schon so anspruchslos zu sein wie der Oberst. Sie war noch jung, das wußte sie jetzt, und Sagrelli sollte es bestätigen. Er allein konnte es.

»Gehen wir«, sagte sie und trat in den Lichtschein des Eingangs. »Sollen sie denken, was sie wollen. Ich habe nichts zu verlieren.«

In der Halle saß die Sekretärin mit verstörten Augen in dem kleinen Büro. Sie rannte zur Theke, als sie Lydia v. Bercken in das Haus kommen sah.

»Schrecklich!« rief sie. »Schrecklich! Gut, daß Sie kommen! Wir haben Sie überall gesucht! Der Chef muß Sie sofort sprechen –«

»Was... was ist denn geschehen?« Lydias Herz krampfte sich zusammen. Eine dumpfe Ahnung stieg in ihr auf. Nein, dachte sie, das kann nicht sein! Das kann der dumme Junge nicht getan haben...

»Unser Boy...«, sagte die Sekretärin tief atmend.

»Was ist mit Sagrelli!« schrie Lydia auf. Plötzke sah sie verwundert an und faßte ihren Arm. Sie schüttelte ihn grob ab.

»Er... er hat sich... in Ihrem Zimmer, Frau v. Bercken. Frau Bomme fand ihn, weil sie sein Stöhnen hörte... Er hat sich die Pulsadern aufgeschnitten –«

»Aber... aber was soll denn das?«

Oberst Plötzke sah sich ratlos um. Lydia hatte sich losgerissen und rannte die große Treppe hinauf. Die Tasche, den

Nerz, die Handschuhe warf sie beim Laufen von sich, als seien sie zu schwer und hinderten sie.

»Die Pulsadern?« stotterte Plötzke. »Aber warum denn?«

»Das weiß keiner. Der Chef operiert ihn gerade... Der dumme Junge muß schon viel Blut verloren haben... In einer großen Lache soll er gelegen haben...«

Mit steifen Beinen ging Plötzke die Treppe hinauf. Er sah überhaupt keine Zusammenhänge. Im Zimmer Lydias, dachte er bloß. Ein dummer Zufall. Man mußte ihr in dieser Situation beistehen wie der Ehemann.

Auf dem Flur des ersten Stockwerks war reger Betrieb. Drei Schwestern wischten das Zimmer Lydias. Das Wasser in ihren Eimern war hellrot...

Lydia v. Bercken stürzte in den Behandlungsraum. Dr. Weber und Dr. Hollrein blickten kurz auf und arbeiteten dann weiter. Peter Sagrelli lag auf dem Untersuchungstisch. Sein braungebranntes Gesicht war fahl und spitz, die Lippen wirkten farblos und schmal. Der nackte Körper schien flach und unwirklich dünn zu sein. Er war fast ausgeblutet. Das Herz, das Hollrein während der Bluttransfusion ständig kontrollierte, schlug schwach und unregelmäßig. Eine Atembewegung der Brust war überhaupt nicht zu bemerken.

»Kommt... kommt er durch?« stammelte Lydia. Sie lehnte an der Wand neben der Tür und starrte mit weiten Augen auf den langgestreckten Körper.

»Bitte gehen Sie hinaus!« sagte Dr. Weber grob.

»Wird er weiterleben?«

»Vielleicht. Gehen Sie.«

»Ich möchte Ihnen erklären –«

»Können Sie mir erklären, warum dieser dämliche Selbstmordversuch in Ihrem Zimmer stattfand?« schrie Dr. Weber.

Lydia v. Bercken zuckte zusammen. Ihr Gesicht wurde gelb vor Entsetzen.

»Nein. Nein«, sagte sie laut und hob abwehrend die Hände. »Wieso sollte ich wissen –«

»Dann gehen Sie gefälligst.«

Mit schwankenden Knien verließ Lydia den Behandlungsraum. Auf dem Flur stieß sie auf Oberst Plötzke, der die Wankende auffing und an sich lehnte. Er räusperte sich mehrmals, ehe Lydia die Augen öffnete und wie verwirrt um sich sah.

»Daß dich das so mitnimmt...«, sagte er. »Ein Dummejungenstreich... Wer weiß, was dem Boy gegen den Strich gegangen ist. Vielleicht hat ihn ein kleines Mädchen versetzt. Die Bengel sind in diesem Zwischenalter immer so impulsiv. Man sollte ihn nachher, wenn er gerettet ist, gehörig durchhauen.«

»In meinem Zimmer...«, stammelte Lydia und umklammerte Plötzkes Arm.

»Das ist allerdings ein starkes Stück.«

»Wenn es keiner gehört hätte... und ich wäre jetzt in mein Zimmer gekommen... Tot hätte er dagelegen... in einer Blutlache... ich hätte es nicht überlebt. Ich hätte einen Herzschlag bekommen –«

»Dafür werde ich dem Lümmel, wenn er gesund ist, besonders eine runterhauen«, sagte Plötzke laut. »Es ist eine Flegelei...« Er führte Lydia über den Flur zu ihrem Zimmer, aber wie ein störrischer Hund stemmte sie die Füße auf den Boden.

»Nicht in das Zimmer. Ich kann es nicht mehr sehen. Ich kann es nicht!« schrie sie grell.

»Bitte! Haltung!« sagte Plötzke. Er sah, wie sich einige Türen öffneten und neugierige Frauen in Bademänteln, Morgenröcken und Babydolls und mit aufgedrehten Haaren auf den Flur spähten. »Daß dich das so erregt –«

»Ich kann kein Blut sehen –«

»Du weckst das ganze Haus auf.« Plötzke zog Lydia zum Fahrstuhl, schubste sie fast mit Gewalt in die Kabine und fuhr mit ihr hinunter in die Halle. Dort drückte er sie in einen der tiefen Sessel und holte ihr aus der Küche ein Glas Orangensaft. Die Küchenschwester war ebenfalls aus dem Bett geholt worden. Zwei Damen der Tannenburg, die Blut für Sagrelli gespendet hatten, mußten Rotwein mit Ei und Traubenzucker bekommen.

»Wir wollen einmal ganz nüchtern denken«, sagte Plötzke, als Lydia den Orangensaft durch die zugeschnürte Kehle hinunterwürgte. »Du ziehst sofort aus und kommst zu mir.«

Lydia sah Plötzke kurz an und schwieg.

Plötzke war über dieses Angebot selbst erstaunt. Als er die Treppen hinaufgerannt war, hatte er es plötzlich gewußt: Ich werde Lydia nicht wie die anderen Abenteuer von Moorbach betrachten. Bei Lydia v. Bercken wird Oberst Plötzke die weiße Fahne heben und kapitulieren. Mit dieser Nacht hatte das freie Leben aufgehört... aber es war ein seliger Verzicht. Dieser Entschluß war so fest und stark, daß Plötzke schon jetzt spürte, wie das Entsetzen Lydias nach seiner Tröstung verlangte. Ich werde sie heiraten, hatte er beim Hinaufstürmen der Treppenstufen gedacht. Verdammt noch mal... man hat sein ganzes Leben verplempert mit den billigen Triumphen über gelangweilte Damen, und was blieb jedesmal zurück? Eine Erinnerung und die Feststellung: Sie sind doch alle gleich... Im Grunde genommen war es ein leeres Leben gewesen, nur aufgeputscht mit dem Selbstbetrug, das Alter besiegt zu haben. Daß es ein Betrug war, hatte er an diesem Abend mit Lydia erkannt. Zum erstenmal hatte er nicht das Gefühl eines Siegers gehabt, sondern das tiefe Empfinden seliger Geborgenheit. Er hatte nicht gefordert und erhalten, sondern er war einem seltsamen weichen Glückstaumel verfallen gewesen, aus dem er gar nicht wieder erwachen wollte, so warm, so ersehnt, so wohlig war er.

Sie ist so jung gegen mich, hatte er immer wieder gedacht. Sie kann mir die letzten Jahre oder Jahrzehnte noch ein ungeheures Glück schenken. Sie wird mein spätes Schicksal werden.

»Komm«, sagte er zärtlich.

Lydia zuckte unter der Berührung seiner Hand zusammen.

»Wohin?« fragte sie geistesabwesend.

»Zu mir.«

»Nein –«

»Du gehörst jetzt zu mir, Lydia –«

»Zu dir?« Sie starrte ihn an, als verstehe sie ihn nicht, als spräche er eine fremde Sprache. »Ich muß warten... bis alles vorbei ist... Ich muß wissen, ob er weiterlebt... Bitte, lassen Sie mich allein, Herr Oberst...«

Plötzke war es, als begieße man ihn mit Kübeln eiskalten Wassers. Entsetzt starrte er Lydia v. Bercken an. Sie hat den Verstand verloren, dachte er einen Augenblick. Der Schock hat ihr zugesetzt. Man muß sofort zu einem Arzt mit ihr. Sie nennt mich Herr Oberst... nach allem, was gewesen ist.

Beschützend legte er den Arm um Lydias Schulter und zog sie an sich.

»Du mußt dich hinlegen, Liebste. Du bist völlig durcheinander –«

Lydia schüttelte seinen Arm ab. »Bitte lassen Sie das«, sagte sie dumpf. »Ich möchte jetzt allein sein.«

Plötzke schluckte krampfhaft. »Lydia...«, stotterte er verwirrt. »Was ist denn? Wir –«

Sie sprang auf und lief unruhig in der Halle hin und her. Ab und zu blieb sie stehen und lauschte durch das Treppenhaus nach oben.

Im Untersuchungstrakt war es still. Nur ab und zu schlug eine Tür, hörte man einige Schritte, dann war wieder lähmende Stille. Wie in einem Totenhaus, dachte Lydia schaudernd.

Plötzke saß zusammengesunken auf der großen Couch und starrte Lydia nach. Er wagte nicht, sich zu regen. Sein Gesicht war hochrot, aber in seinem Inneren war eine eisige Kälte, die ihm das Herz lähmte. Er verstand Lydia v. Bercken nicht, und wenn sein Gehirn sich auch bemühte, sie zu verstehen, so wollte er es nicht. Das kann nicht sein, dachte er immer wieder, während er Lydias Lauf nachsah. Das kann nicht sein... sie ist keine von jenen Frauen, die lieben, nur um des Erlebens willen. Sie darf es einfach nicht sein... sie soll meine Frau werden, und ich will daran glauben, daß sie mich lieben kann.

Ein Schatten, der über ihn fiel, schreckte Plötzke hoch. Lydia stand vor ihm, mit hohlen Augen und flatternden Händen.

»Sie sind ja noch immer hier«, sagte sie hart.

Plötzke schnellte von der Couch auf. »Lydia, ich muß dir etwas sagen... Ja, jetzt, in diesem Augenblick...«

»Ich möchte von Ihnen nichts mehr hören.« In Lydias

Stimme war eine Abwehr, die Plötzke wie eine Faust vor die Brust stieß. »Sie sind an allem schuld...«

»Ich?« stammelte Plötzke entgeistert.

»Ja, Sie. Weil Sie mir nachgelaufen sind. Weil Sie mir keine Ruhe gelassen haben. Weil Sie mich mit Sekt und Cocktails so weit gebracht haben, daß ich...« Sie wühlte verzweifelt in ihren platinblonden Haaren. »Es ist furchtbar. Furchtbar. Warum gehen Sie nicht endlich –«

»Lydia... ich liebe dich doch...«, stotterte Plötzke. Alles Blut war aus seinem Gesicht gewichen. Er sah fast so ausgeblutet wie Sagrelli aus.

»Sie... Sie sind geschmacklos –«

»Lydia!« Plötzke schrie es fast. »Ich habe gedacht... nach diesem Abend...«

»Vergessen Sie ihn. Tun Sie mir den großen Gefallen, vergessen Sie alles... und gehen Sie. Gehen Sie endlich.«

Oberst Plötzke blieb. Für ihn war das alles unverständlich und wie ein Alptraum. Er schüttelte sich ein paarmal, um die quälenden Bilder loszuwerden, aber es blieb alles so, wie es war: die grell erleuchtete Halle der Tannenburg, morgens um halb vier Uhr, die zerknitterte Sekretärin in ihrem Glaskasten hinter der Rezeption, die leeren Sessel und Diwane auf dem riesigen roten Teppich, die hin und her rennende Lydia v. Bercken und ab und zu eine Schwester, die lautlos durch die Halle huschte.

»Was... was soll dieses Theater?« sagte Plötzke mit größter Überwindung. Er gab seiner Stimme einen forschen Klang, aber in der Tiefe schwang unaufhaltsame Angst mit. »Wieso bin ich an allem schuld? Was heißt das überhaupt: an allem?«

»Frag nicht – geh!«

Daß Lydia ihn plötzlich wieder duzte, faßte Plötzke als ein sichtbares Zeichen der Beruhigung ihres Gemüts auf. In der Erregung sagt man vieles, dachte Plötzke. Er redete sich ein, daß der Anblick des blutbeschmierten Zimmers, ja allein die Tatsache, daß es in ihrem Zimmer geschehen war, auf Lydia völlig geistesumnachtend gewirkt hatte. Nun war sie wieder da... Plötzke trat auf sie zu. Er verstellte ihr den Weg.

»Es ist klar, daß du nicht mehr in diesem Hause bleiben kannst«, sagte er wie ein gütiger Vater. »Um alles zu legalisieren, werde ich morgen schon das Aufgebot bestellen.«

Lydia v. Bercken starrte ihn wie einen Geist an. Ihr Gesicht zuckte. Ihr ganzer Körper bebte, als seien alle Nerven zerrissen.

»Ist ... ist denn hier alles verrückt?« schrie sie unvermittelt. Die Sekretärin schoß hoch. Auch Plötzke wich zusammenzuckend zwei Schritte zurück. »Man soll mich in Ruhe lassen! In Ruhe lassen! In Ruhe lassen!« Das letzte schrie sie hysterisch und stampfte dabei mit den Fuß auf.

»Aber Lydia ... was ist denn?«

Der Lift schnurrte. Durch die Glastür sah man den Schimmer weißer Kittel herabschweben. Lydia v. Bercken stürzte zur Fahrstuhltür. Es knackte laut, die Tür schwang auf, und die Ordinationsschwester rollte ein Bett in die Halle. Ihm folgten Dr. Weber und Dr. Hollrein mit ernsten Mienen. Als letzter kugelte Fritz Karchowski aus dem Fahrstuhl.

Sagrelli lag unter warmen Tüchern bis zum Kinn zugedeckt flach und regungslos auf dem Bett. Unter den geschlossenen Lidern zitterten seine Augen. Auch die Mundwinkel bebten, als weine er in seiner Bewußtlosigkeit.

Lydia umklammerte das Bett und hielt es auf. Mit starren Augen sah sie Sagrelli an. Unwillig trat Dr. Weber an sie heran.

»Wird ... wird er leben?« stammelte Lydia.

»Ja. Aber nun geben Sie den Weg frei –«

»Er wird leben! Er wird nicht sterben!« Es war wie ein Aufschrei.

Alle Rücksicht, alles Versteckspielen, alle Scheu vor einem Skandal fielen von ihr ab. Die Tatsache, ein Leben gerettet zu wissen, das sich ihretwegen wegwerfen wollte, überdeckte alles. Sie beugte sich über das wachsbleiche Gesicht Sagrellis und küßte zaghaft seine blassen Lippen. Sie waren eiskalt, wie bei einem Toten. Ein Schauer lief durch Lydia ... aber sie küßte ihn noch einmal und streichelte ihm über das lockige Haar.

Dr. Weber und Dr. Hollrein sahen sich groß an, die Oberschwester starrte mit offenem Mund auf die Szene... mitten in der Halle stand Oberst Plötzke, mit hängenden Armen und bettelnden Kinderaugen.

»Ver... verstehen Sie das?« fragte er die Sekretärin, die neben ihn getreten war.

»Nein –«

»Sie küßt ihn –«

»Ja –«

Dr. Weber legte die Hand auf Lydias Schulter. Seine Stimme war plötzlich väterlich mild.

»Er wird weiterleben«, sagte er leise. »Er hat ein gutes Herz... Und nun kommen Sie bitte zu mir hinauf... Ich glaube, wir haben allerhand miteinander zu reden...«

Während man Sagrelli nach hinten zum Angestelltenflügel des Kurheims rollte, folgte Lydia v. Bercken wortlos und mit gesenktem Kopf Dr. Weber nach oben.

Ebenso wortlos verließ Oberst Plötzke die Tannenburg.

Er ging langsam, nach vorn gebeugt, mit schleppenden Schritten. Er war in diesen Minuten wirklich zum alten Mann geworden...

Es ist ein merkwürdiges, aber stets erkennbares Gesetz, daß eine Aufregung immer einige andere nach sich zieht. Der Volksspruch: ›Ein Unglück kommt selten allein‹ bewahrheitete sich auch in Moorbach wieder.

Am Morgen nach der aufregendsten Nacht, die die Tannenburg je erlebt hatte, fuhr ein großer, weißer Wagen vor. Ein mittelgroßer, eleganter Herr entstieg ihm. Über seinen ergrauten Haaren lag gleißend die Morgensonne.

»Sägert«, sagte er zu Nils Oberreuther, der Vormittagsdienst an der Rezeption hatte. »Hans Sägert aus Düsseldorf. Ich möchte meine Frau besuchen. Bitte melden Sie mich nicht an. Sie ist sicherlich beim Morgenkaffee. Es soll eine Überraschung sein.«

»Und ob das eine ist!« brummte Oberreuther. Während Hans Sägert seinen hellen Schweinslederkoffer neben eine der Hallensäulen stellte, klingelte Oberreuther nach oben zum Chefarzt. Dr. Weber war gerade im Bad und lief triefend zum Apparat.

»Herr Sägert ist unten«, sagte Oberreuther schnell. Dann hängte er ab, denn Sägert kam zurück, um zu wissen, wo er seine Frau antreffen könne.

»Einen Augenblick noch, Herr Sägert«, sagte Oberreuther und sah unsicher zum Fahrstuhl und zur Treppe. »Ich habe mich eben erkundigt... Ihre Gattin ist noch auf ihrem Zimmer. Sie wird gleich herunter zum Frühstückszimmer kommen –«

»Dann warte ich solange.« Prokurist Hans Sägert warf sich in einen der tiefen Sessel, holte aus der Tasche eine Morgenzeitung und vertiefte sich in die neuen Börsenberichte. Diese Gelegenheit benutzte Oberreuther, noch einmal Dr. Weber anzurufen.

»Er sitzt in der Halle und wartet auf seine Frau, die zum Frühstück geht.«

»Sie haben nichts –«

»Aber Chef... kein Wort.«

»Gut. Schicken Sie ihn bitte in fünf Minuten zu mir herauf. Oder nein... ich komme hinunter. Das ist besser.«

Hans Sägert sprang auf, als Dozent Dr. Weber im leuchtendweißen Ärztemantel auf ihn zukam. Die Halle des Kurheimes war jetzt morgendlich belebt, aber es bestand für Dr. Weber gar kein Zweifel, daß der elegante Mann an der Säule Hans Sägert war. Ein sympathischer Mensch, dachte er. Mit einem offenen Gesicht. Ein ganz anderer Typ als dieser widerliche Pfau Ernst Tommoth, von dem die Einbildung ausging wie der Geruch billigen, ja ordinären Parfüms.

Auch Hans Sägert erkannte in dem Arzt sofort den Chefarzt. In dem Hausprospekt war Weber abgebildet gewesen, und was Sägert sich einmal eingeprägt hatte, das vergaß er nie wieder.

»Herr Dozent«, sagte er, bevor Dr. Weber seine Begrüßung anbringen konnte, »ich möchte um Entschuldigung bitten, daß ich so unangemeldet in Ihren bestimmt auf die Minute abgestimmten Klinikbetrieb hereinschneie. Aber ich wollte meiner Frau eine freudige Überraschung bringen und–«

»Aber ich bitte Sie, Herr Sägert. Es ist Ihr gutes Recht, Ihre Gattin jederzeit zu besuchen. So streng sind hier die Bräuche nicht. Wir sind ein Kurheim zur Erholung, und keine geschlossene Anstalt. Und zur Erholung gehört – sagen wir es frei heraus – auch der Ehemann.«

Hans Sägert lachte schallend. Der Kontakt war da, die beiden Männer spürten, wie sie sich menschlich nähergekommen waren, wie die Mauer des gegenseitigen Unbekanntseins eingerissen war. Sie fanden sich sympathisch, und das war etwas, das Dr. Weber seine kommende schwere Mission noch schwerer werden ließ.

»Darf ich Sie kurz zu mir bitten, Herr Sägert?« sagte Dr. Weber. »Ihre Gattin, habe ich eben erfahren, hält noch ein Schwätzchen mit ihrer Zimmernachbarin. Wenn wir da reinplatzen, nimmt die ganze Etage am Wiedersehen teil... und das wollen wir doch nicht.«

»Wenn es sich vermeiden läßt, Herr Dozent«, lächelte Hans Sägert.

»Es geht. Vierzig von ihren Männern getrennt lebende Frauen untereinander, und das für Wochen... wissen Sie, was das bedeutet?«

Hans Sägert nickte. »Kein Raubtierdompteur würde Sie um Ihren Posten beneiden, Herr Dozent –«

Lachend fuhren sie mit dem Fahrstuhl hinauf. Nils Oberreuther kratzte sich den Kopf und verteilte dabei die Post in die einzelnen Zimmerfächer.

»Nerven hat der Alte«, brummte er dabei. »Ick wär schon umjekippt –«

Im Chefzimmer ließ Dr. Weber zwei Kaffeegedecke servieren. Vorher tranken sie noch einen kleinen Kognak zusammen, den Dr. Weber rechtfertigte: »Man soll den Tag mit etwas Scharfem beginnen... dann wird alles, was auf einen noch zukommt, mild erscheinen.«

»Diesen Aphorismus muß ich mir merken.« Hans Sägert prostete Dr. Weber zu. »Aber ich glaube, daß meine Frau für diese Art Dichtung kein Verständnis aufbringt. Sie ist sonst nämlich literarisch sehr interessiert –«

Dr. Weber stellte sein Glas etwas zu hart auf den Tisch zurück. Hans Sägert merkte es nicht. Er trank den heißen, dampfenden Kaffee in kleinen, schlürfenden Zügen, mit der Mimik eines wirklichen Genießers, der etwas Gutes zu schätzen weiß.

»Mein erster warmer Trunk«, sagte er, als er die Tasse absetzte. »Ich bin die ganze Nacht durchgefahren und habe mich mit Coca wachgehalten. Sie kochen aber auch einen guten Kaffee. Ganz erstaunlich im Vergleich mit manchem anderen ›Heimkaffee‹. Er schmeckt wie bei meiner Frau –«

Immer seine Frau, dachte Dr. Weber. Ein dicker Kloß saß ihm plötzlich in der Kehle. Seine Welt drehte sich um seine Frau als Mittelpunkt. Als Eva Sägert im Krankenhaus dies schilderte, hatte er es nicht geglaubt, vielmehr als eine idealisierende Übertreibung einer Ehefrau angesehen. Jetzt hörte er selbst, daß Eva Sägert sogar untertrieben hatte. Für Hans Sägert gab es nach außen hin seine Arbeit... mit ihr machte man ihn identisch. Aber in Wahrheit lebte er nur für seine Familie, für seine Eva und seine Tochter Uschi. In diesem kleinen Kreis war seine Welt vollkommen.

»Sie lieben Ihre Frau?« fragte Dr. Weber ohne Übergang. Es muß sein, dachte er. Man kann nicht ausweichen. Die Wahrheit ist brutal. Man muß sie ihm so bringen, daß er sie aushält. Aber kann er das überhaupt? Kann ein Mann den Zusammenbruch aller seiner Ideale ertragen?

Hans Sägert sah Dr. Weber verblüfft an.

»Wieso?« fragte er etwas hilflos zurück.

»Sie lieben Ihre Frau?«

»Ich verstehe Ihre Frage nicht, Herr Dozent.« Plötzlich fiel Hans Sägert die Wandlung seines Gegenübers auf. Das Gesicht Webers war kantig und voll innerer Erregung. Jetzt erst erkannte er auch, daß man ihn nicht sofort zu seiner Frau gelassen hatte, sondern ihn auf eine ungemein charmante Art in das Chefarztzimmer entführt hatte. Eine plötzliche heiße Welle lief durch Sägert. Er umfaßte die Kaffeetasse. »Ist... ist etwas mit Eva... ich meine, meiner Frau...«, fragte er leise.

»Es ist für mich wichtig zu wissen, ob Sie Ihre Frau über alles lieben. Ich weiß es längst... aber ich möchte, daß Sie es mir laut sagen, gewissermaßen öffentlich bekennen.«

»Natürlich liebe ich meine Frau. Sie und meine Tochter sind ja alles, was ich habe.« Hans Sägert sprang auf. »Eine gute Position, Vermögen, Unabhängigkeit, ein Haus... das sind alles Äußerlichkeiten.« Hans Sägert kam um den Tisch herum. Auch Dr. Weber erhob sich. Er war vor innerer Anspannung fast bleich geworden. »Sie... Sie haben mir vorhin etwas vorenthalten, Herr Dozent –«

»Ja, Herr Sägert«, antwortete Dr. Weber fest.

»Die Krankheit meiner Frau –«

»Ich möchte Ihnen erklären –«

»Ich habe es geahnt, Herr Dozent. Und als Eva in den letzten Tagen nicht mehr schrieb, wurde ich unruhig. Darum bin ich die Nacht durchgefahren nach Moorbach. Ich wollte sie sehen, sie sprechen... Dieses plötzliche Dickerwerden, diese unverständlichen Veränderungen in ihrem Wesen... Bitte, verschweigen Sie mir nichts, Herr Dozent! Es ist eine Drüsensache, nicht wahr? Eine Krankheit der Schilddrüse –«

»Das kann man nicht gerade sagen...« Dr. Weber wandte sich ab und trat zum Fenster. »Ihre Gattin ist wieder schlank geworden, sie hat die gleiche zierliche Figur wie früher... vielleicht im Augenblick etwas zu schlank...«

Hans Sägert starrte den Rücken des Chefarztes an. Er begriff nichts mehr. Er wußte nur, daß irgend etwas mit Eva nicht normal verlaufen war.

»Hat... hat eine Radikalkur vielleicht nun das Gegenteil bewirkt?« fragte er unsicher.

»Eine Radikalkur war es, das kann man wohl sagen.« Dr. Weber drehte sich ruckartig um. »Wissen Sie, was Angst ist?«

»Nein. Doch, ja. Im Kriege hatte ich einmal Angst. Eine höllische Angst. Ich lag in einem Granattrichter, und auf mich wälzte sich ein russischer Panzer. Da habe ich den Kopf in den Boden gedrückt und in die Erde geschrien. Ich schäme mich heute nicht mehr, das getan zu haben. Ich wollte leben–«

»Sehen Sie – und die gleiche Angst hatte Ihre Frau. Auch sie sah ein unabwendbares Ereignis auf sich zurollen, und sie wußte, daß es kein Zurück mehr gab, daß sie zermalmt würde... nur – im Gegensatz zu Ihnen – wollte sie dann auch nicht mehr leben –«

»Mein Gott, was sagen Sie da, Herr Dozent... Meine Eva...« Hans Sägert umklammerte die Stuhllehne. »Sie hat doch nicht etwa... nur weil sie zu dick wurde...«

»Es fehlte keine Haaresbreite mehr –«

»Ich muß sofort zu meiner Frau!« rief Hans Sägert.

»Es ist ihr Wunsch, daß ich erst mit Ihnen über alles sprechen soll.«

»Was ist denn noch? Sie hat die Nerven verloren...«

»Sie hatte eiserne Nerven, Herr Sägert. Sie werden diesen für Sie jetzt noch kompletten Widersinn bald verstehen. Sie hatte eine Energie, die ungeheuer ist. Sie unterzog sich selbst einer Marter, die ich jetzt, wo ich alles weiß, geradezu unmenschlich nenne. Und alles aus Angst –«

»Angst?«

»Angst vor Ihnen.«

»Vor mir...«, stotterte Sägert.

»Angst, daß Ihre Liebe ihr verlorenginge, daß ihre Ehe zusammenbricht, daß sie ihr Kind verliert, daß ihre kleine, schöne, glückliche Welt, die genauso vollkommen war, wie es Ihre Welt ist, Herr Sägert, ein für allemal zusammenbricht.«

»Nur... nur weil sie dicker wurde... Aber das ist doch hochgradige Hysterie, Herr Dozent –«

»Nein. Das war eine völlig verzweifelte Liebe, die wußte, daß sie umsonst kämpfte. Einen kurzen Augenblick hatte diese Liebe eine Schwäche, aber auch wiederum aus Liebe zu der Tochter Uschi... Die mütterliche Liebe opferte in einer Verzweiflungstat die Gattenliebe... nur einmal...«

Hans Sägert starrte den Chefarzt bleich und verwirrt an. »Ich... ich verstehe Sie überhaupt nicht mehr...«, stotterte er.

»Das glaube ich. Sie werden es auch – wenn Sie es gleich verstehen – einfach nicht begreifen können. Und werden, um nachher doch wiederum zu verstehen, nichts anderes nötig haben als Ihre tiefe, alles überwindende Liebe zu Ihrer Frau.«

»Was... was ist mit Eva?« stammelte Hans Sägert. Er setzte sich auf das breite Ledersofa und verkrampfte die Hände ineinander. »Bitte... foltern Sie mich nicht mit philosophischen Einleitungen und Auslegungen. Sagen Sie mir klipp und klar die Wahrheit: Was ist mit meiner Frau?«

»Sie ist nicht mehr hier im Hause... sie liegt in Moorbach im Städtischen Krankenhaus.«

Hans Sägert hatte das Gefühl, als seien seine Beine mit Blei gefüllt. Er war unfähig, wieder aufzustehen. Mit großen, bettelnden Augen sah er zu Dr. Weber auf.

»Und?« fragte er leise.

»Sie hatte...« – Dr. Weber zögerte einen ganz kleinen Augenblick; dann gab er sich den inneren Ruck, es ohne Umschweife zu sagen – »... eine Frühgeburt. Eine Totgeburt...«

Es war ganz still im Zimmer. Dr. Weber stand vor Hans Sägert, der ihn wie ein verlaufendes, hilfloses Kind anstarrte. Es schien, als habe er gar nicht aufgenommen, was Dr. Weber gesagt hatte. Er zeigte keinerlei Regungen... nur seine Augen wurden immer trostloser und spiegelten die Welt in ihnen wider wie etwas völlig Unbegreifliches.

»Wir haben sie in letzter Minute – buchstäblich – vor dem völligen Verbluten retten können.«

»Ein... ein Kind...«, stammelte Sägert. »Das... das Dikkerwerden... die Veränderungen... alles...« Er wischte sich über das Gesicht. Es war mit kaltem Schweiß bedeckt. »Aber das ist doch kein Grund... ich meine... wir haben uns immer mehr als ein Kind gewünscht... nur so spät noch... und daß Eva dann in dieser Art...«

Dr. Weber faßte Hans Sägert an den Schultern und zog ihn von der Couch hoch. Sie standen sich ganz nah gegenüber, unausweichbar Auge in Auge.

»Sie... Sie sind nicht der Vater...«, sagte Dr. Weber leise.

Es war, als explodierte es in Hans Sägerts Augen. Es war der Augenblick, auf den Dr. Weber gewartet hatte. Ehe Sägert etwas sagen konnte, schüttelte er ihn an den Schultern.

»Das ist die Todesangst Ihrer Frau gewesen. Das ist die Todesangst, die sie auch heute noch hat, weil sie nicht weiß, wie sie es Ihnen klarmachen soll, daß sie Sie über alles liebt, aber doch einmal einen Schritt vom Wege abkam. Begreifen Sie, was Ihre Frau in den Wochen und Monaten gelitten hat?«

»Ein ... ein anderer Mann ...« Hans Sägert starrte Dr. Weber mit verschleierten Augen an. »Sie kennen ihn ...«

»Ja.«

»Wer?«

»Ihr Freund. Studienrat Ernst Tommoth. Ihre Frau hat damit in höchster Not die Versetzung Uschis erkauft ...«

»Ich bringe ihn um«, sagte Hans Sägert dumpf. »Bei Gott, ich bringe ihn um. Jeder wird das verstehen ... vielleicht auch der Herrgott.«

Dr. Weber drückte Sägert wieder auf die Couch zurück und setzte sich neben ihn. Er sah wieder das blasierte Gesicht Tommoths vor sich, seine Hochmütigkeit und seine Feigheit. Dr. Weber nickte.

»Ich kann Sie verstehen, Herr Sägert ... ich würde in Ihrer Lage auch nicht zögern, so etwas zu tun ... Nur wäre es Dummheit. Das erkennt man erst später. Und es geht jetzt auch gar nicht einmal um Sie, sondern um Ihre Frau. Sie liegt mit ihrer wahnsinnigen Angst mehr tot als lebendig unten in Moorbach und weiß nicht, wie es weitergehen soll. Sie sollten Sie jetzt gleich besuchen –«

»Nein«, sagte Hans Sägert schwach. »Nein –«

»Nein?« Dr. Weber zog die Augenbrauen zusammen. »Was wollen Sie denn tun?«

»Ich fahre nach Hause zurück.«

»Und dann?«

»Alles wird mein Anwalt regeln –«

»Wie verdammt bequem! Glauben Sie, ich hätte Ihnen diesen Schritt vom Wege, diese wirkliche Tragik Ihrer Gattin, nur darum zu erklären versucht, damit Sie Ihren Anwalt benachrichtigen können?«

»Was verlangt man denn von mir?« schrie Sägert und sprang auf. »Wenn Sie wüßten –«

»Ich weiß. Ich weiß. Ich kenne Sie in den wenigen Minuten, die wir jetzt zusammensitzen, ganz genau. Ich weiß, wie es in Ihnen aussieht. Und deshalb sollten wir ganz vernünftig miteinander reden. Menschlich denken, Herr Sägert. Sie sind noch nie über einen Rock gestolpert, was?«

»Das gehört nicht hierher!« rief Sägert.

»O doch. Genau ins Schwarze trifft es. Nur ist da ein ungerechter Unterschied: Wenn wir Männer ausrutschen... Anwalt ran, Verfahren unter der Hand, Anerkennung der Vaterschaft, Verpflichtung des Unterhalts – aus. – Das ist einfach und unkompliziert. Eine Frau aber hat zeit ihres Lebens daran zu tragen, sie wird bestraft bis zum Lebensende – und hat ebensowenig oder ebensoviel Schuld wie der Mann.«

»Was hat das mit mir und meiner Frau zu tun?« rief Hans Sägert und sprang wieder auf.

»Sehr viel. Ich möchte ganz klar sagen: *Sie* haben bisher Glück gehabt.«

»Sie stellen mich hin, als sei ich ein Frauenjäger. Ich war meiner Frau...«

»...immer treu. Das sagen alle Männer. In unserer überheblichen Einfalt betrachten wir kleine Abenteuer nicht als Treuebruch. Und wenn wir bei diesen Flirts einmal ausrutschen?«

Hans Sägert schwieg verbissen. Meine Eva, dachte er nur immer. Eva und Ernst Tommoth. Nach sechzehn Jahren Ehe. Meine Eva... ich werde das nie überwinden. Nie.

»Na, sehen Sie«, sagte Dr. Weber und schenkte einen neuen Kognak ein. »Und nun reden wir vernünftig weiter, wie wir die festgefahrene Karre aus dem Dreck holen. Wir werden zusammen zu Ihrer Frau fahren und das bißchen zerschlagene Porzellan kitten.«

»Es bleibt immer geflicktes Porzellan«, sagte Hans Sägert dumpf.

»Aber man kann wieder daraus trinken.«

»Ein billiger Trost.«

Hans Sägert trank langsam den Kognak. Er spürte, wie er ihm guttat. Ich werde nach der Unterredung sofort zurück nach Düsseldorf fahren, dachte er. Uschi kommt in ein Internat, bis alles durch die Anwälte geklärt ist. Es ist unmöglich, mit Eva weiter zusammenzuleben. Man muß mich verstehen: Wie könnte ich jemals wieder einen Körper berühren, auf dem ich die Fingerabdrücke Tommoths entdecken könnte. Allein schon der Gedanke... diese Stelle hat er geküßt wie du... diese Haut gestreichelt... in diese Ohren seine Liebesworte geflüstert... Es ist unerträglich. Unerträglich.

Dr. Weber sprach weiter auf ihn ein. Aber er verstand die Worte gar nicht mehr. Es war wie ein fernes Murmeln, das an seinen Ohren vorbeiglitt.

Oberst a. D. Plötzke hatte sich ins Bett gelegt. Mit einer kleinen Herzschwäche. Die Aufregung der letzten Tage war eine Überforderung gewesen. Der letzte, radikale Ausflug in das himmelstürmende Jungentum und die Bereiche eines Playboys war zu einem endgültigen Sturz geworden. Plötzkes Erkenntnis, daß er wirklich alt war, warf ihn nieder wie einen morschen Stamm, der bisher allen Stürmen mit dem letzten Mark getrotzt hatte. Nun war ein Frühlingssturm gekommen, der alte Stamm hatte keine Kraft mehr und krachte in das Vergängliche.

Auch Eberhard Thau war wieder in der Oberst-Villa. Er hatte seine Geschäftsreise beendet, eine Reihe Vibrationsmassageapparate verkauft, die Provision gleich kassiert und hatte nun vor, eine Woche wieder à la Plötzke auszuspannen. Dazu hatte er sich als Gespielin Irma Bromme ausgesucht. In dieser Woche wollte Eberhard Thau den pummeligen blonden Traum zu einer seiner liebsten Erinnerungen werden lassen.

Geradezu entsetzt war er, als Plötzke ihm hohnvoll mitteilte, daß Herr Bromme aufgetaucht... eben dieser Kriegskamerad Kammruh sei es. Warum er sich als Kammruh eingeschlichen habe, sei noch nicht geklärt... von der Stunde dieser Doppelnamenentdeckung an hatten sich die Ereignisse überschlagen und Plötzke ins Bett geworfen.

»Kammruh ist der Mann von Irma«, sagte Thau bedauernd. »So ein hinterlistiger Bursche. Stellen Sie sich vor, zwischen Irma und mir... und er hätte als ›fremder Augenzeuge‹ das miterlebt...«

»Dann hätten *Sie* jetzt einen Herzanfall, Thau«, keuchte Plötzke. »Ich gönne ihn Ihnen mehr als mir.«

»Ich werde diesen Bromme zur Rechenschaft ziehen.«
»Wieso und warum?«
»Unter falschem Namen – ich bitte Sie! Leben wir in Chikago?«
»Sind Sie dadurch geschädigt worden?«
Eberhard Thau schwieg. Natürlich nicht direkt, dachte er. Aber ich muß mir den goldenen Engel aus dem Kopf schlagen. Es ist übrigens geschmacklos von Irma, solch einen dikken Mann zu heiraten. Möglich, daß er vor zwanzig Jahren nicht so dick war... aber dann ist man als so charmante Frau wie Irma nicht mehr absolut treu, wenn sich in zwanzig Jahren solche ästhetischen Veränderungen einstellen.
»Woran denken Sie?« fragte Plötzke aus seinem Bett. Er hatte sich drei Kissen unter den Rücken geschoben und saß fast. Um ihn herum lagen dicke Bücher über Kavallerie und Reiterjagden.
»Ich disponiere um.« Eberhard Thau kratzte sich das Kinn. »Eine ganze Woche habe ich mir für ein Abenteuer freigenommen. Sie sagen doch immer: ›Zu Moorbach gehört eine willige Frau wie das Rasierwasser zur Rasur. Überall kann man's haben.‹ Bitte – wo ist überall?«
»Augen auf, Sie Trottel!« Plötzke schwenkte beide Arme durch die heiße Luft. »Rechts ist Sonneneck, links die Tannenburg. Zusammen vierundsiebzig Frauen! Von den vierundsiebzig warten achtzig auf ein Abenteuer –«
»Wieso achtzig?«
»Manche zählen doppelt.« Plötzke lachte wieder. »Zum Beispiel diese Bornsiefen –«
»Der Teufel schütze mich vor der.«
»Oder die kleine Veronika.«
»Schon eher.«
»Oder...« Plötzke schwieg verbissen. Lydia, dachte er. Da hat man gedacht, endlich einen Hafen zu haben. Und vor der Hafeneinfahrt kommt ein Torpedo und versenkt einem den Kahn. Es ist zum Kotzen mit diesem Leben. Vor allem, wenn man es nicht mehr versteht.
Plötzke hatte schlaflose Stunden damit zugebracht, zu ergründen, warum Lydia dem Boy Sagrelli eine Kuß gegeben

hatte. Nur weil er sich in ihrem Zimmer entleiben wollte? Oder offenbarte dieser Kuß ein Geheimnis, dessen Erklärung nun mit Blut geschrieben worden war. Hatten dieser Bursche Sagrelli und Lydia v. Bercken einen Grund, in dieser Situation alle konventionellen Tapeten abzureißen und das nackte Leben zu offenbaren? Plötzke war zu dem Schluß gekommen, daß der Boy Sagrelli der Geliebte Lydias gewesen war. Als er das erkannt hatte, kam der Herzanfall und warf ihn um.

Warum hat sie das getan? dachte er später immer wieder. Hatte sie das nötig? Eine so schöne, junge Frau?

Hier war es wieder, was so schwer zu begreifen ist: das Relative des Jungseins. Für Plötzke war Lydia die ersehnte Jugend, weil er fühlte, daß er alt war. Für Lydia war Sagrelli die herrliche Jugend, weil sie glaubte, eine alte Frau zu werden. Und für Sagrelli war Lydia das Leben, das er ohne sie zu verpassen meinte. Ein immerwährendes, sinnloses Weglaufen vor der Zeit war es... jede von seinem Startplatz aus, auf dem er bereits alt zu sein glaubte. Und nie wird sich das ändern... denn der Mensch ist das einzige Geschöpf Gottes, das Angst vor dem Altern hat...

»Was macht eigentlich Lydia?« fragte Thau ahnungslos.

Plötzke zuckte zusammen. »Krankenpflege«, brummte er.

»Wie bitte?«

»Krankenpflege!« bellte Plötzke.

»Ach. Ihr habt euch zerstritten?«

»Fragen Sie nicht solch dusselige Sachen, Thau.«

»Hat nicht geklappt mit weißen Haaren und knarrenden Reitstiefeln?«

»Ich verbiete Ihnen mein Haus, wenn Sie weiter so quatschen«, sagte Plötzke heiser.

»Also aus?«

»Ja.«

»War ein kurzes Abenteuer –«

»Ja. Aber mir genügt's.«

»Man wird bescheiden, was, Oberst?«

»Hören Sie mal, Sie welker Primelpott.« Plötzke trommelte mit den Fingern auf den dicken Reiterbüchern. »Es gibt

Frauen, die man liebt, und Frauen, die man vernascht. Lydia v. Bercken ist eine Frau, die man liebt. Das habe ich erkannt. Und zum Lieben« – er machte eine Pause und schluckte an dem Wort, als sei es eine Gallertmasse –, »für die große Liebe bin ich eben zu alt. Zu alt für Lydia, begreifen Sie?«

»Hat sie das Ihnen gesagt?«

»Nein. Das spürt man, wenn man ehrlich gegen sich ist.«

Resignierend blickte der Oberst ins Leere.

Eberhard Thau schlug die Hände zusammen. »Oberst, ich erkenne Sie nicht wieder. Wer Sie noch vor drei Wochen hat sprechen hören... und heute. Über Sie ist die Weisheit der Patriarchen gekommen –«

»Veilleicht. Ich gewöhne mich daran, darüber fröhlich zu sein...«

In der Stimme und im Gesicht Plötzkes hörte und sah man allerdings noch nichts von dieser abgeklärten Fröhlichkeit des Alters. Aber schließlich braucht man ja eine gewisse Zeit, um nach der Hetze nach verlorenen Jahren den regelmäßigen Atem wiederzufinden.

Eberhard Thau erhob sich. »Ich gehe mal rüber zur Tannenburg«, sagte er. Die Verwunderung über die Wandlung Plötzkes lag noch über ihm. »Mal sehen, was da los ist. Und die kleine Veronika... kein übler Gedanke.«

»Die müssen Sie dem Karchowski aus den Zähnen ziehen.«

»Lieber Oberst« – Thau lachte laut –, »ich werde doch noch einen Frosch ausschalten können.«

Plötzke schob die Unterlippe vor.

»Ihr Pech, wenn es der Froschkönig sein sollte...«

Der Telefonanruf hatte Eva Sägert aus einer tiefen Lethargie und Resignation gescheucht. Dr. Weber hatte durch Chefarzt Balcke bestellen lassen: »Wir werden in einer Stunde bei Ihnen sein... ich und Ihr Mann. Nur Mut. Mut.«

Das war ein Wort, das Eva Sägert längst verloren hatte. Als Dr. Balcke ihr die Nachricht überbrachte, saßen Irma und Peter-Paul Bromme an ihrem Bett und fütterten sie mit Orangenscheiben.

»Mein Mann«, sagte Eva tonlos. »Mein Gott... er ist hier? Wer hat ihn benachrichtigt? Weiß er alles? Was soll ich tun?«

Sie zitterte vor Angst und umklammerte Irmas Hände. Aber die Blässe wich aus ihrem Gesicht, die Gleichgültigkeit, weiterzuleben, zerflatterte in der Angst vor der Aussprache. Sie richtete sich auf und ergriff mit der anderen Hand Peter-Pauls Oberarm und krallte sich in den Anzugstoff fest.

»Helfen Sie mir... was soll ich tun?«

»Zunächst ruhig bleiben, ganz ruhig.« Irma stützte Eva Sägert mit zwei Kissen ab, die sie hinter ihren Rücken knüllte. »Und dann vor allem keine Panik. Ihr Mann kommt – das sollte Ihnen doch beweisen, daß er mit Ihnen reden will. Er hätte es ja auch anders machen können...«

Eva starrte Irma Bromme aus schreckweiten Augen an.

»Sie glauben, er weiß alles?« stammelte sie.

»Wenn er von Dr. Weber kommt, bestimmt.«

»Sie dürfen mich nicht allein lassen, hören Sie. Sie müssen hierbleiben.« Wieder tastete Eva Sägert nach der Hand Irmas. »Ich will nicht allein mit ihm reden...«

»So etwas muß man allein ausfechten. Warum haben Sie solche Angst?«

»Ich springe aus dem Fenster, wenn er mich anschreit. Ich tue sonst was, wenn er mich eine Hure nennt –«

»Das wird er nie tun... so, wie Sie ihn beschrieben haben. Traurig wird er sein –«

»Ich... ich werde ihm nicht in die Augen sehen können, ich kann es einfach nicht...« Sie schlug die Hände vor das Gesicht und weinte. Peter-Paul Bromme erhob sich und verließ leise das Zimmer. So etwas machen Frauen am besten unter sich aus, dachte er. Ein Problem ist es schon. Ich habe es durchlitten... nur in Gedanken zwar, aber es reichte mir. Was würde ich sagen, wenn Irma von einem anderen Mann ein Kind bekäme? Mein Gott, man kann gar nicht darüber sprechen und Ratschläge geben... oder man müßte die Moralauffassung einer Veronika Aggartz haben, die die Liebe als etwas Selbstverständliches betrachtet wie Kaffeetrinken oder

Hemdenwaschen. Und dazu nimmt man ja auch nicht immer das gleiche Wasser... sagte sie. Aber wer hat schon solch eine Lebensauffassung...

Im Zimmer 19 des Moorbacher Krankenhauses wurde Eva Sägert zunächst äußerlich auf den Besuch vorbereitet. Sie ließ sich von Irma waschen und frisieren, sie legte Make-up auf, schminkte sich die farblosen Lippen und zog die Augenbrauen nach. Dann lackierte Irma ihr die Finger- und Fußnägel und überpuderte noch einmal Evas Gesicht.

»Das Zurechtmachen einer Leiche...«, sagte Eva Sägert schwach. »Was ich getan habe, kann man nicht überpudern.«

»Aber einer schönen Frau verzeiht man schneller als einer verhärmten. Vor allem, wenn man sie noch liebt...«

»Das wird er nicht tun. Nie mehr. Er ist immer so korrekt, so untadelig... Und ich... ich...«

Irma gab ihr einen Stups in den Rücken. »Nicht heulen. Das Make-up. Sollen wir das Ganze noch einmal auftragen? Haltung, Eva. Besinnen Sie sich auf Ihren Namen. Eva. Alle Männer, selbst die Stärksten, sind alle nur Adams geblieben. Sie tun nur so, als seien sie überlegen. In Wahrheit sind sie froh, wenn *wir* ihnen verzeihen...«

»Was sollte ich ihm je verzeihen?«

»Schon die Tatsache, daß er Sie mit diesem Tommoth so oft allein ließ. Diese Sicherheit des Mannes: Die Frau hat ja gesagt, sie gehört jetzt mir, und damit basta. Jetzt gibt es keinen andern mehr. Das ist eine solche Überheblichkeit der Männer, wie sie gar nicht mehr zu übertreffen ist. Mit dem Trauakt ist für sie die Werbung um die Frau ein für allemal beendet. Sie muß ja dableiben laut Trauschein. Was soll man noch erobern, was man bis zum Lebensende nun ernähren muß?« Irma Bromme hatte sich in Glut geredet und drehte noch eine Locke in die Stirn Eva Sägerts. »Sehen Sie... das ist etwas, was Sie ihm ankreiden können. Eine psychologische Mitschuld...«

»Er wird mich für verrückt erklären –«

»Das müssen Sie mit ihm tun, bevor er dazu kommt.«

»Ich habe Angst, Irma«, sagte Eva Sägert kläglich. »Noch

mehr Angst als damals ... als ich vor dem Haus stand, in der Hand die Empfehlung ... und dann doch weglief ...«

»In einer Stunde ist alles vorüber.« Irma Bromme knotete den verschnürten Halsverschluß des fast durchsichtigen Perlonhemdes auf, das sie Eva übergezogen hatte.

»Warum das?« fragte Eva. »So offen?«

»Gerade. Er soll den Brustansatz sehen ...«

»Nach sechzehn Jahren Ehe –«

»Eben. Männer verlieren in der Ehe die Gabe des Sehens bei der eigenen Frau. Ab und zu muß man sie darauf aufmerksam machen, daß nicht nur in Filmillustrierten Formen unter Perlon zu bemerken sind.«

»Ich habe Sie immer für eine so brave, biedere und – bitte Verzeihung – dumme kleine Frau gehalten«, sagte Eva Sägert leise. »Und nun –«

»Das bin ich auch. Alles, was ich hier tue und sage, habe ich noch nie bei meinem Peter-Paul getan. Da schäme ich mich. Können Sie das verstehen? Auch so etwas gibt es. Eine Frau schämt sich, ihren eigenen Mann zu verführen ... weil sie schon zwanzig Jahre verheiratet sind und man Angst hat, er findet das lächerlich. Aber in Moorbach habe ich umgelernt. Und so komisch es klingt: Ich habe von unserer Lydia gelernt. Solange sie kriechen kann, wird sie nicht aufhören, die Männer erobern zu wollen. Ein Urweib. Und genau betrachtet ist das ja auch unsere Aufgabe, nicht wahr?«

Unten im Hof war die große Limousine Sägerts vorgefahren. Dr. Weber und Hans Sägert kletterten heraus. Wie mit steifen Knien stapfte Sägert in das Krankenhaus. Dr. Weber ging hinterher, als müsse er ihn vorwärtsschieben. Die Pfortenschwester wußte schon Bescheid und ließ die elektrische Glastür aufschnurren. In der Eingangshalle trafen sie auf Peter-Paul Bromme, der eine karitative Wandzeitung studierte und sich Bilder aus einer Leprastation mit leisem Schauer ansah.

»Das ist Herr Bromme«, sagte Dr. Weber, als er die Herren vorstellte. »Sie wissen, Herr Sägert ... er ist der wahre Lebensretter Ihrer Frau.«

»Ich danke Ihnen«, sagte Sägert steif. Es war ihm unmöglich, jetzt mehr zu sagen. Die Erregung schnürte seine Kehle zu. »Darf ich Sie heute abend...«

»Ich stehe immer zu Ihrer Verfügung...«

»Danke. Danke.«

Es klang hilflos und traurig.

Bromme sah ihnen nach, wie sie über den langen Flur zur Privatstation gingen. Armer Kerl, dachte er. So kann einen eine Frau aus den Schuhen hauen. Man muß auch mal diese Seite sehen, nicht immer die Leidensseite der Frau... Auch ein Mann ist nur ein Mensch, verdammt noch mal.

Er steckte sich eine Zigarre an und begann, wütend an ihr zu ziehen.

Vor dem Zimmer 19 blieb Sägert ruckartig stehen. Es war, als habe ihn jemand vor die Brust gestoßen.

»Hier also«, sagte er heiser, kaum hörbar.

»Ja.«

»Herr Dozent, ich betrachte es völlig –«

Dr. Weber schnitt ihm mit einer weiten Armbewegung die Rede ab.

»Klopfen Sie an... oder soll ich es tun?«

»Wie Sie wünschen.«

Hans Sägert klopfte an die Tür. »Ja, bitte«, sagte eine Stimme, aber es war nicht Evas Stimme. Sägert blickte sich erstaunt zu Dr. Weber um.

»Das ist Frau Bromme«, sagte Weber. »Wir haben Ihre Frau bis jetzt nicht eine Stunde allein gelassen... Sie ahnen, warum...«

Hans Sägert senkte den Kopf. Seine Backenknochen stachen spitz durch die Haut. Er legte die Hand auf die Klinke, drückte sie hinunter und trat ein.

Das Zimmer war groß, weiß, steril fast in seiner Nüchternheit, wie alle Krankenhauszimmer. Neben dem Fenster stand das weiße Eisenbett mit dem Nachttisch, auf dem ein großer Rosenstrauß in einer blauen finnischen Vase leuchtete. Ein Geschenk Dr. Webers. Auch der Tisch, der auf der anderen Seite vor einem Sofa stand, war vollgestellt mit Vasen und Blumen, die die Insassinnen von Tannenburg zu Eva Sägert geschickt hatten. Die Sonne flutete grell und unabgeschirmt durch die beiden hohen Fenster. Es roch nach Sagrotan und warmen Äpfeln.

Hans Sägert blieb an der Tür stehen. Von dem Stuhl vor dem Bett erhob sich Irma Bromme und kam auf ihn zu. Eva Sägert lag regungslos, das Gesicht zur Wand gedreht.

»Ich finde es schön, daß Sie gekommen sind«, sagte Irma Bromme leise und gab Hans Sägert die Hand. Er erwiderte den Druck nicht. Wie ein Stück totes Fleisch lagen seine Finger in ihrer Hand. Er starrte zu Eva hinüber, bleich, mit zusammengekniffenen Lippen.

»Sie hat Angst«, sagte Irma ganz leise an seinem Ohr.

Ich habe auch Angst, dachte Sägert und wartete stumm, bis Irma Bromme das Zimmer verlassen hatte. Es ist eine verteufelte Minute bis zum ersten Wort, zum ersten Satz. Und meine Angst ist, daß die Vorsätze wegschmelzen, wenn sie mich ansieht, daß die Härte, die ich tragen will, sich auflöst in Mitleid.

Er blieb mitten im Zimmer stehen und sah hinüber zu dem Bett. Die rostroten Haare Evas waren aufgesteckt, aus dem Perlonhemd wuchs schlank und weiß der Hals heraus, während unter der Spitze die Wölbungen der Brüste durchschimmerten. Die Sonne lag golden darüber; es war ein Bild, das Sägert nicht entzückte, sondern nur noch trostloser werden ließ.

Sie hat mich betrogen, dachte er wieder. Diese Frau, an die ich glaubte, die ich liebte, die mir eine Tochter geschenkt hat, für die ich alles tat, was ein Mann nur tun konnte ... sie hat mich betrogen. Und dann hat sie mich monatelang belogen und mir die Komödie einer unbekannten Krankheit vorgespielt, einer Fettsucht, die keiner erklären konnte. Sie hat die Nerven gehabt, nach Moorbach zu fahren, und mit einer Adresse, die ihr Tommoth gegeben hatte, den Entschluß gefaßt, das Kind zu töten, in aller Heimlichkeit. Nie hätte man etwas erfahren, wenn sie in diesem Haus geblieben wäre, wenn sie nicht Angst vor dem Eingriff gehabt hätte und weggelaufen wäre. Daß sie es getan hat, war jetzt nicht mehr ein Milderungsgrund ... sie war nach Moorbach gefahren, um es zu tun. Das allein galt. Der Vorsatz.

Hans Sägert senkte den Kopf. Eva hatte sich bewegt, den Kopf ein wenig gedreht, noch mehr zur Wand, als verkröche sie sich in die Mauer.

»Ja... so ist das«, sagte Sägert leise. Aber in der vollkommenen Stille des Zimmers klang seine Stimme so laut, daß er vor dem Ton zusammenschrak. Auch Evas Kopf grub sich tiefer in das Kissen. Ihre Finger umkrallten die Bettdecke.

Hans Sägert kam ein paar Schritte näher. Er stand neben dem großen Rosenstrauß und stützte sich auf die Lehne des Stuhls, auf dem eben noch Irma Bromme gesessen hatte.

»Eva...«, sagte Sägert heiser.

»Ja...« Sie drehte den Kopf nicht herum. Mit großen Augen starrte sie gegen die weiße Wand.

»Was... was haben wir uns zu sagen?«

»Nichts –«

»Nichts?«

Sei schüttelte wild den Kopf. »Was soll ich sagen?«

Sägert schwieg. Ja, was soll sie sagen? dachte er. Soll sie Erklärungen geben? Das wäre dumm, denn was helfen hier Erklärungen. Man weiß ja, wie es gekommen ist. Soll sie sich entschuldigen? Wie kann man das entschuldigen? Das weiß sie selbst. Was also soll sie sagen? Eigentlich ist es sinnlos, über so klare Dinge reden zu wollen.

Er setzte sich und legte die Hände zwischen die Knie. Mit den Schuhspitzen schob er den schafwollenen Bettvorleger hin und her. Langsam drehte Eva den Kopf zu ihm und sah ihn an. Den schmalen, ernsten Kopf mit den graudurchzogenen schwarzen Haaren, der schmale Mund, das energische Kinn, die braunen Augen, die sie als erstes an ihm liebte, weil sie so sanft und treu und wie um Wärme bettelnd blicken konnten. Sie sah, wie es um seine Lippen zuckte, wie er sich beherrschte und seine Haltung mühsam wahrte. Da tat er ihr leid, wie damals, als sie Uschi bekam und er im Krankenhausflur wie ein Irrer umherrannte, die Schwestern und Ärzte mit Fragen und Klagen belästigte und in der Nacht, als das Kind gekommen war, erschöpft zusammenfiel und eine Kreislaufspritze bekommen mußte.

»Hans...«, sagte sie leise. »Wie soll das nun werden?«

»Ich... ich weiß nicht.« Er schielte zu ihr und sah weg, als sich ihre Blicke trafen. »So geht es jedenfalls nicht weiter.«

»Das ist klar. Wollen wir uns scheiden lassen?«

Hans Sägert schwieg. Sie spricht es ohne Zögern aus, wovor ich Angst hatte. Sie sagt es, als sei es selbstverständlich, daß zwei Menschen nach sechzehn Jahren Ehe auseinandergehen, den Hut lüften und sagen: ›Es war ganz amüsant bei Ihnen, in letzter Zeit etwas langweilig... aber darum sagen wir uns ja auch adieu. Und nun mach's gut, mein Lieber...‹ War das so einfach für sie? Hatte sie sich innerlich schon so weit von ihm entfernt? War die Sache mit Tommoth vielleicht doch mehr als nur ein ›Unfall‹? War es wirklich eine Liebe?

Hans Sägert drehte sich brüsk zu Eva um. Jetzt sahen sie sich voll an, und beide spürten, daß keinerlei Angst mehr zwischen ihnen lag, sondern das schreckhafte Erkennen, daß man sich liebte und sich zwingen mußte, es nicht mehr zu tun.

»Du willst dich also scheiden lasse?« sagte er heiser.

»Ich will dir die Entscheidung leicht machen.«

»Entscheidung. Ich werde hier von einer Stunde zur anderen mit einer Tatsache konfrontiert, die so ungeheuerlich ist, so wahnwitzig, so erschreckend, daß man von einer endgültigen Entscheidung wohl kaum sprechen kann. Ich bin nach Moorbach gekommen, um meine Frau zu überraschen, um... um... und statt dessen finde ich...« Seine Stimme brach in der Erregung.

»Mein Armer...«, sagte Eva leise. Sägert fuhr vom Stuhl hoch.

»Laß diese dummen Redensarten. Es ist verständlich, wenn du mich als einen Trottel ansiehst, wenn deine Liebe zu mir abgestorben ist, wenn ich dir nicht mehr sein kann als ein Goldesel... aber du hättest an Uschi denken sollen.«

Sägert schwieg. In dem Augenblick, in dem er seine eigenen Worte hörte, erkannte er schon, wie sinnlos das war, was er gesprochen hatte. Nur Uschis wegen hatte sie dem Willen Tommoths nachgegeben, nach unendlichen Gewissensqualen, wie Dr. Weber ihm berichtet hatte. Sie hatte sich weggeworfen, um ihrer Tochter den Aufstieg in die nächsthöhere Klasse zu ermöglichen, sie hatte die Versetzung mit dem Vergessen der Moral erkauft. Wie ungeheuerlich das war, überfiel Sägert erst in diesem Augenblick. Es war eine Minute, in der er Tommoth bedenkenlos getötet hätte, wenn er vor ihm gestanden hätte.

»Uschi darf das nie erfahren.« Eva richtete sich auf und legte ihre weiße, noch blutleere Hand auf Sägerts Arm. »Versprich mir, daß Uschi nie die Wahrheit erfährt. Erzähl ihr, was dir einfällt ... sag von mir aus, daß ich unheilbar und ansteckend krank sei, daß ich isoliert in einer Anstalt leben müßte, erfinde irgend etwas ... nur verschweig ihr die Sache mit Tommoth. Belaste das Kind nicht mit diesem Schmutz –«

»Schmutz war es«, sagte Sägert dumpf. »Warum hast du nie –«

»Dir etwas gesagt? Wann denn, Hans? Hattest du Zeit für uns? Im Gegenteil, weil du *keine* Zeit hattest, war es dir sogar recht, daß Tommoth zu uns kam. Wörtlich hast du einmal gesagt: ›Halte dich an Ernst ... der hat als Lehrer immer Zeit für dich. Wir haben dann eine gute Einteilung: Ich verdiene das Geld, und Ernst sorgt für die Unterhaltung.‹«

»*So* wörtlich brauchtest du das nicht zu nehmen«, sagte Sägert bitter.

»Ich habe mich wochenlang dagegen gewehrt. Dann konnte ich es einfach nicht mehr. Am nächsten Tag war Versetzungskonferenz. Er sagte es mir, und brachte zu dieser Mitteilung drei Flaschen Sekt mit.« Sie strich sich über das eingefallene Gesicht und legte sich zurück in die Kissen. »Aber wozu erzähle ich das alles. Es ist geschehen, und es gibt keine Entschuldigungen. Das einzige, was wichtig ist, ist jetzt unser Auseinandergehen. Es soll ohne Aufsehen sein, ohne seelische Belastung von Uschi.«

»Wie stellst du dir das vor? Ob unheilbare Krankheit – wie ich Uschi vorlügen soll – oder ... oder ... Ehebruch ... Uschi wird in jedem Falle beschwert.«

»Wir werden bis zur endgültigen Trennung eine Komödie spielen müssen.«

»Worin du eine blendende Begabung gezeigt hast.«

»Wir werden nach meiner Rückkehr aus Moorbach wieder zusammenleben wie bisher. Aber nur eine kurze Zeit. Uschi wird in ein gutes Internat in die Schweiz kommen, nach Lausanne oder Genf. Und wenn sie dort ist, wird in Düsseldorf alles seinen Weg gehen. Sie wird die unliebsamen Gerichtstermine nicht miterleben... sie wird eines Tages aus der Schweiz zurückkommen, und ich bin nicht mehr da.«

»Sie... sie hängt sehr an dir...«

»Ich weiß es.« Die Stimme Evas schwamm weg. Sie legte beide Hände über das Gesicht und weinte leise. Hans Sägert saß steif neben ihr und wußte nicht, was er tun sollte. Er hatte den Drang, sich zu ihr niederzubeugen und sie zu küssen. Abe er bezwang diese Regung, weil sie nicht zu dem paßte, was er sein wollte: unnahbar und zum Ende entschlossen.

»Veilleicht machen wir es so, wie du es dir ausgedacht hast«, sagte er stockend. »Es wird wirklich der beste Weg sein... Ich sehe, daß du dir alles sehr klug überlegt hast. Mit einer Sachlichkeit –«

»Soll ich winseln? Wir müssen jetzt nüchtern denken –«

Hans Sägert nickte. Sie denkt nüchtern, dachte er. Sie spricht über das Wegwischen von sechzehn Jahren wie über den Kauf eines neuen Mantels. Mein Gott, habe ich sie in all den Jahren verkannt? Hat sie überhaupt keine Seele? Kann sie nicht nachempfinden, wie mir zumute ist, wie elend, wie verlassen, wie kotzübel?

»Es wird sich alles finden«, sagte er. »Das Wichtigste ist, daß du erst einmal gesund wirst. Wie lange wirst du noch hier bleiben?«

»Ich weiß es nicht. Das muß Dr. Balcke bestimmen.«

»Ich werde mit ihm reden. Ich hole dich dann ab. Soll ich vorher schon informatorisch mit den Anwälten sprechen?«

»Wenn du willst...« Es klang kläglich, so, als habe Eva diese Reaktion nicht erwartet. Es war, als habe sie erkannt, daß ein sie Vabanquespiel verloren hatte.

Hans Sägert drehte sich zu ihr. Seine Zähne nagten nervös an der Unterlippe. Man sah ihm an, daß er etwas anderes sagen wollte als das, was er sagen mußte. Er würgte an den Worten, und es war niemand da, der ihm helfen konnte.

»Gute... gute Besserung«, sagte er heiser. »Wirst du mir schreiben... oder Dr. Weber?«

»Dr. Weber –«

»Ach so. Danke.« Er zögerte wieder, er wollte etwas tun, aber er tat es doch nicht. Er gab ihr nicht die Hand zum Abschied. Als müsse er sich vor diesen Regungen schützen, steckte er die Hände tief in die Rocktaschen. Sie beulten sich aus, zogen die Revers und den Kragen hinunter... aber er achtete nicht darauf. »Auf Wiedersehen!« sagte er steif und fremd.

»Auf Wiedersehen! – Weiß Uschi, daß du hier bist?«

»Natürlich.«

»Dann grüß sie lieb –«

»Ja –«

»Ich komme bald nach Hause –«

»Nach Hause –«

»Man sagt so... Angewohnheit, Verzeihung –«

»Bitte.«

Sie sahen sich wieder an. Es war ihnen, als hörten sie das Klopfen ihrer Herzen und als lägen doch Meere zwischen ihnen. Sie wollten sich zurufen, und sie unterließen es aus Angst, daß niemand den anderen hören könnte. Sie wollten sich die Hände reichen, aber keiner streckte sie zuerst aus, fürchtend, daß sich die Arme als zu kurz erweisen würden.

»Du fährst heute wieder?« fragte Eva endlich. Sägert zuckte zusammen.

»Ich wollte es.«

»Aber du mußt nicht?«

»Nein. Ich habe mir vier Tage frei genommen...«

»Vier Tage. Für Moorbach. Wann hattest du in den letzten Jahren vier Tage frei, allein nur für mich? Kannst du dich erinnern, wann es war? Vier Tage für mich? Es muß weit, weit zurückliegen...«

»Eva...« Hans Sägert atmete schwer. »Unser Leben war falsch. Grundfalsch.«

»Das sehen wir jetzt, wo es zu spät ist. Nun ist nichts mehr zu retten –«

»Nein... das ist nicht mehr...« Sägert drückte das Kinn an den Kragen. Er zwang sich, Haltung zu zeigen. »Also – gute Besserung, Eva. Auf Wiedersehen.«

»Auf Wiedersehen, Hans«, sagte Eva leise.

Mit steifen Beinen ging Sägert zur Tür. Bevor er die Klinke hinunterdrückte, drehte er sich noch einmal um. Eva saß im Bett und starrte ihm aus flatternden Augen nach.

»Noch etwas«, sagte er leise.

»Ja –«

»Ich werde die vorgesehenen vier Tage in Moorbach bleiben –«

»Danke, Hans...« Plötzlich weinte sie wieder und drückte das Gesicht gegen den schwellenden Brustansatz. Hans Sägert wischte sich verwirrt über die Haare.

»Wenn ich dich morgen wieder besuchen darf –«

Sie nickte krampfhaft und hielt sich den Mund zu, um nicht zu schreien.

»Also... dann bis morgen, Eva...«, sagte er aufatmend.

Er riß die Tür auf und verließ schnell das Zimmer.

Der Gang war leer. Ganz hinten, neben der Haupttreppe, wo eine Art Wintergarten zum Krankenhausgarten hinausgebaut war, sah er die hohe Gestalt Dr. Webers neben der gedrungenen Peter-Paul Brommes. Aus einem Korbsessel leuchtete das blonde Haar Irmas in der Sonne.

Mit schnellen Schritten ging Hans Sägert den Gang hinunter. Er hatte sich wieder gefangen, kaum, daß er die Augen Evas nicht mehr vor sich hatte.

»Aha. Nun werden wir mehr wissen«, sagte Dr. Weber, als Sägert vor ihm stand.

Sägert schwieg verbissen. Irma Bromme las in seiner Miene, daß gar nichts entschieden war und daß sie aneinander vorbeigeredet hatten.

»Ich gehe zu Eva«, sagte sie und drängte sich zwischen Dr. Weber und Sägert hindurch. »Ich glaube, sie braucht mich jetzt –«

Dr. Weber sah Sägert erstaunt an. Dann bewölkte sich sein Gesicht. »Was haben Sie mit Ihrer Frau gemacht?« fragte er laut. Sägert zuckte zusammen wie unter einem Schlag.

»Nichts.«

»Das war entschieden zuwenig«, sagte Bromme.

»Sie haben sich nicht ausgesprochen?« rief Dr. Weber.

»Es gab nichts auszusprechen.«

»Es gab nichts? Du lieber Himmel – Sie sind doch ein erwachsener, vernünftiger Mann! Was haben Sie denn im Zimmer die ganze Zeit gemacht?«

»Wir haben uns geeinigt, uns scheiden zu lassen.«

»Praktisch und einfach«, rief Dr. Weber erbost. »Und Ihre arme Frau?«

Sägert lächelte sarkastisch. »Meine ›arme‹ Frau hatte einen fertigen Plan in der Tasche, wie man das alles ohne Aufsehen und Aufregung arrangiert. Es ist ein perfekter Generalstabsplan einer Kavaliersscheidung. Ich habe nicht gezögert, darauf einzugehen.«

»Der Kavalier«, sagte Bromme laut. Sägert wirbelte herum.

»Ich wünsche Ihnen nicht meine Situation!« schrie er plötzlich unbeherrscht. »Man tut hier ja so, als ob *ich* den Ehebruch vollzogen hätte. *Ich* bin das Opfer, nicht meine Frau! *Mir* hat man den ganzen Lebensinhalt weggenommen, nicht ihr! Das sollte unter uns Männern doch wohl klar sein.«

Dr. Weber schwieg. Er überlegte. Was im Zimmer besprochen worden war, wußte er nicht. Aber daß Eva Sägert mit einem Scheidungsplan aufwartete, bewies ihm, daß Hans Sägert den Unnahbaren gespielt hatte. Evas Sicherheit war nichts als Selbstschutz vor dem inneren Zusammenbruch.

»Wie war der Plan?« fragte er.

»Wenn Eva gesund ist, kommt sie nach Düsseldorf zurück. Mit Rücksicht auf unsere Tochter werden wir ein glückliches Ehepaar vorspielen, bis Uschi in einem Schweizer Internat ist. Dann werden wir –«

»Danke.« Dr. Weber lächelte still. »Der Plan ist gut. Sie sollten sich nach ihm richten. Ihre Frau ist eine kluge Frau, wissen Sie das?«

»Ja. Ich habe das nie bezweifelt.«

Über der Tür zu Evas Zimmer flammte die rote Signallampe auf. Ein Summerton klang im Schwesternzimmer auf, die Nummer des Zimmers erschien auf einem Leuchtschild in der Mitte des Ganges.

Dr. Weber sah Hans Sägert wütend an. »Frau Bromme schellt Alarm.« Eine Schwester mit einem Spritzentablett lief an ihm vorbei. Dr. Weber sah, daß es Kreislaufmittelampullen waren, die neben der Spritze lagen. »Mußten Sie Narr Ihre Frau so aufregen?!« schrie er und schob den im Wege stehenden Sägert zur Seite. »Wenn es jetzt Komplikationen gibt, tragen Sie die Alleinschuld. Ich habe Ihnen doch gesagt, daß Ihre Frau durchaus noch nicht dem Totengräber von der Schippe gesprungen ist –«

Hans Sägert starrte dem wegrennenden Arzt nach. Dann sank er in den Korbsessel und schlug die Hände vor die Augen.

»Aber ich habe doch gar nichts getan...«, stammelte er. »Ich habe mich doch ganz und gar korrekt verhalten...«

»Das ist es ja eben.« Bromme klopfte Sägert auf die vorgesunkene Schulter. »Ich gehe Ihnen und mir jetzt einen Kognak holen... und dann überlegen wir einmal, ob es sich lohnt, das kurze Leben so tragisch zu nehmen –«

Die Aussprache, die Lydia v. Bercken mit Dr. Weber nach dem Selbstmordversuch Peter Sagrellis hatte, war kurz und weniger kompliziert.

Nachdem man Sagrelli in sein Zimmer gefahren hatte und Nils Oberreuther an seinem Bett saß und ihn bewachte, war Lydia wie eine Schlafwandlerin Dr. Weber in dessen Zimmer gefolgt. Dort trank sie erst einmal zwei Kognaks und rauchte wortlos und hastig eine Zigarette. Dr. Weber ließ sie gewähren und sprach sie nicht eher an, als bis sie den Kopf hob und ihn mit den Augen eines gehetzten Rehs ansah.

»Was nun, Doktor?« fragte sie unsicher.

»Das wollte ich Sie fragen. Ich nehme an, Sie können mir eine erschöpfende Auskunft über all die Rätsel geben, die sich hier auftun. Ich brauche Sie nicht zu fragen, wieso und warum gerade in Ihrem Zimmer –«

»Sie ahnen es, Herr Dozent?«

»Ich wehre mich sogar dagegen, das zu denken. Aber Ihre Frage beweist, daß ich mich mit dem wahnwitzigen Gedanken befassen *muß*.«

»Sie wissen, wie alt ich bin –«

»Ja. Und Sagrelli ist eben den Kinderkleidern entwachsen.«

»Aber er ist entwachsen, wie Sie sagen. Er ist die Jugend, die man nie wiederfindet, nicht einmal mehr in der Fantasie. Wenn ein Ertrinkender eine Handvoll Wasser sieht...«

»Bitte werden Sie nicht wieder theatralisch.« Dr. Weber winkte ab. »Bleiben wir bei der Klarheit. Romantik ist nicht mehr am Platze... es hätte bald einen Toten gegeben –«

»Aus Romantik«, stammelte Lydia v. Bercken. »Er war wie ein Werther in mich verliebt –«

»Sie haben ihn dazu verführt.«

»Ich habe mich zwanzig Jahre zurückgeträumt –«

»So kann man es auch nennen. Auf den Gedanken, daß für diesen unerfahrenen Jungen diese plötzliche Liebesglut, dieser Berg von Erotik, wie eine Betäubung, wie ein Rausch wirkt, sind Sie nicht gekommen. Was für Sie eine Bestätigung und der Triumph war, mit Ihrem Körper Jahrzehnte zurückzudrehen, das war für den armen Jungen die Eroberung einer neuen Welt, die er dann, als er in ihr lebte und sich glücklich fühlte, mit allen Mitteln verteidigte. Eine Welt, die er nicht untergehen lassen konnte, weil er sich mit ihr identifizierte. Eine Welt, die er nur mit sich selbst aufgeben konnte. Und das hat er dann ja auch getan.«

»Ich habe das nie, nie für möglich gehalten...«, stotterte Lydia. »Kann ich noch eine Zigarette haben...«

Dr. Weber reichte ihr das Etui. Gierig zog Lydia an der neuen Zigarette.

»Hat er mit Ihnen vorher darüber nie gesprochen?«

»Er hat so viel gesagt, der kleine Romeo. Er hat immer gedroht –«

»Und Sie haben es nie ernst genommen?«

»Nie. Ich fand es entzückend, diese Eifersucht. Er war dann immer bereit, sich trösten zu lassen. Wer denkt denn an so etwas –«

»Ich möchte fast sagen, Sie sind an Sagrelli zur Mörderin geworden.«

»Doktor!«

»Sie haben einen moralischen Mord auf dem Gewissen. Sie haben einen Jungen aus der Bahn geworfen, indem Sie ihm zeigten, was ein Frauenkörper vermag. Und Sagrelli war zu jung, um das zu verarbeiten, zu arglos, um hinter das angebotene Fleisch zu blicken, zu unerfahren, um zu wissen, daß nach der Sättigung das große Rülpsen kommt.«

»Wie ... wie ordinär Sie mit mir sprechen, Doktor.« Lydia v. Bercken zerdrückte mit nervösen Fingern die halb gerauchte Zigarette. »Es ist, als sähen Sie mich für eine Straßendirne an.«

»Meine Erziehung verbietet es mir, Ihnen das zu bestätigen«, sagte Dr. Weber steif.

Lydia v. Bercken biß die Lippen aufeinander. »Sie haben das Zeug eines Politikers in sich«, sagte sie gepreßt. »Ich habe Sie anders eingeschätzt –«

»Bei aller Großzügigkeit gibt es doch eine Grenze.«

»Und die habe ich nun überschritten, glauben Sie, nicht wahr?«

»Ja.«

»Ist es so schrecklich, daß eine reife Frau einen jungen Mann liebt?«

»Bitte sprechen Sie in diesem Zusammenhang nicht von Liebe. Das kann ja wohl nicht der richtige Begriff für das sein, was vorgefallen ist. Sie haben einen Menschen ausgenutzt und seelisch zerbrochen –«

»Sie sehen das alles ganz falsch.« Lydia v. Bercken tupfte sich wieder mit dem Spitzentaschentuch über Augen und Lippen. Sie wußte, daß es vor Dr. Weber keinen Sinn hatte, eine schöne, leidende Frau zu spielen, die im Zusammenspiel von Tränen, schlanken Beinen, einem bebenden Körper und einem verzweifelten Puppengesicht das Herz eines Mannes wegschmelzen läßt. Die ›Waffen einer Frau‹ waren hier stumpf. »Der Junge hat einfach die Nerven verloren –«

»Weil Sie ihm die Nerven genommen haben.«

»Was soll nun werden? Der Skandal ist perfekt.«

»Das ist er.«

»Ich werde abreisen –«

»Das wäre da beste.«

»Sofort?« In der Frage klang die Hoffnung mit, daß Dr. Weber sagen könnte, sofort sei nicht nötig. Aber Lydia sah in den Augen des Chefarztes die völlige Kälte gegenüber ihrem geheimen Wunsch.

»Es wäre gut, wenn Sie es könnten.«

»Also heute noch?«

»Ja.«

»Und Sagrelli?«

»Er befindet sich in guter Obhut. In einer Woche wird er wieder auf den Beinen sein, und nur zwei Narben an den Handgelenken werden ihm zeigen, wie dumm er einmal gewesen ist.«

»Ich... ich darf ihn nicht noch einmal sehen?«

»Nein.«

»Das könnte ihn noch mehr erschüttern. Ohne Abschied –«

Dr. Weber schüttelte energisch den Kopf. »Nachdem Sagrelli mit dem Leben abgeschlossen hatte und nur gegen seinen Willen weiterlebt, wird auch Ihr Weggehen nicht mehr *die* Bedeutung haben, die es vielleicht vorher gehabt hätte. Anders, wenn Sie ihn wiedersehen. Dann beginnt es von neuem, dann ist der Abschluß wieder verwischt –«

Lydia v. Bercken nickte. Sie sah es ein, aber sie wehrte sich plötzlich, Sagrelli ohne ein Abschiedswort zu verlassen. Im Grund ihres Herzens spürte sie sogar so etwas wie einen Schmerz, ihn nie mehr zu sehen. Wenn sie an Oberst Plötzke dachte, füllte sich ihre Mundhöhle mit Bitterkeit; der Gedanke an Harry, der in Hannover auf sie wartete und der ihr dritter Mann werden sollte, jagte ihr einen Schauer von Abwehr durch den Körper... nur der Gedanke an Sagrelli war schön und irgendwie beglückend. Nicht treibend und sehnsüchtig wie der einer Geliebten, sondern fast mütterlich besorgt und liebevoll ängstlich.

»Und... und wenn ich bleibe, Doktor?« fragte sie laut. Dr. Weber sah sie mit zusammengezogenen Augenbrauen an.

»Ich würde so unhöflich werden und Ihnen das Haus verbieten.«

»Ich habe sechs Wochen im voraus bezahlt.«

»Das Geld erhalten Sie zurück.«

»Aber ich will es nicht. Mit der Bezahlung sind Sie juristisch einen Vertrag eingegangen –«

»Das stimmt. Aber es wäre peinlich, gerichtlich feststellen zu lassen, daß dieser Vertrag durch Gefährdung der Sittlichkeit aufgehoben werden muß –«

»Sie sind gemein, Doktor!« rief Lydia v. Bercken und sprang auf.

»Wann fahren Sie, gnädige Frau?« fragte Dr. Weber steif zurück.

»Mit dem Abendzug.«

»Es ist gut. Ich lasse Ihnen von der Verwaltung die Abrechnung fertig machen...«

»Ich möchte kein Geld zurück.« Lydia warf den Kopf in den Nacken. »Verwenden Sie das Geld, Sagrelli nach der Genesung vierzehn Tage zur Erholung zu schicken.«

»Wir zahlen Ihnen den Differenzbetrag aus.« Dr. Weber ging zu seinem Schreibtisch und machte sich einige Notizen auf einem Schreibblock. »Und ich bitte Sie, sich auch schriftlich nicht an Peter Sagrelli zu wenden. Er soll diesen Vorfall vergessen, verstehen Sie?«

»Ja –«

Lydia v. Bercken zögerte, das Chefzimmer zu verlassen. Sie war auf eine immer noch elegante Art aus der Tannenburg hinausgeworfen worden, eine Tatsache, die sie nicht ohne Gegenwehr hinzunehmen gewillt war. Es mochte sein, daß ihr Verhalten nicht ganz der moralischen Auffassung eines Durchschnittsmenschen entsprach, aber die Art, in der man mit ihr verfuhr, beleidigte sie immer mehr, je länger sie nach der anfänglichen Erregung Zeit gewann, alles ruhiger zu überdenken. Man behandelte sie wie ein Straßenmädchen, das sich eingeschlichen hatte.

»Ist Ihr ›Tannenburg‹ eigentlich eine Zölibatsanstalt?« fragte sie giftig. »Warum nehmen Sie gerade mich aus der Masse Ihrer Gäste heraus? Glauben Sie, in anderen Zimmern wird nur Bridge gespielt?«

»Durchaus nicht. Nur haben Sie das Pech gehabt, aufzufallen.« Dr. Weber hob die Schultern. »Der Ruf unseres Hauses... Sie verstehen. Solange es hinter verschlossenen Türen bleibt, ist es eine reine Privatsache. Nur einen Skandal müssen wir vermeiden... und Sie haben einen Skandal heraufbeschworen. Es tut mir leid, gnädige Frau –«

Lydia preßte die Lippen zusammen und verließ grußlos das Zimmer. Sie fuhr mit dem Fahrstuhl in die Halle, verließ das Kurheim und rannte ziellos durch den Park, um das Schwimmbecken, über die Turn- und Spielwiese, am Waldrand entlang. Dann schlug sie einen Bogen und kam zurück, näherte sich der Rückseite der Tannenburg. Dort lagen in einem niedrigen Seitenflügel die Personalräume. Peter Sagrelli und Nils Oberreuther bewohnten zwei nebeneinanderliegende Zimmer im Parterre, gleich neben dem großen Lagerschuppen, in dem im Winter die Gartenmöbel, Schaukeln, Sonnenschirme und Tische gestapelt wurden.

Leise schlich sich Lydia an der Hauswand entlang, bis sie neben dem Fenster von Sagrellis Zimmer stand. Es war offen... im leichten Wind flatterte die Gardine nach außen. Von drinnen hörte sie Stimmen, ohne sie noch unterscheiden oder verstehen zu können.

Lautlos trat Lydia noch zwei Schritte näher. Sie stand jetzt neben dem offenen Fensterflügel und lauschte mit angehaltenem Atem. Drinnen sprachen Nils Oberreuther und Peter Sagrelli. Vorsichtig schob Lydia den Kopf vor. Zwischen Gardine und Fensterrahmen sah sie ins Zimmer.

Sagrelli saß im Bett, durch einige Kissen im Rücken gestützt, und trank ein großes Glas Rotwein mit einem hineingequirlten Ei. Oberreuther saß auf der Bettkante und hielt einen Vortrag über die Frauen im allgemeinen.

»Det darfste nich so traurich nehmen«, sagte er und nahm Sagrelli das Glas ab. »Kiek dir mal in 'n Spiegel. Wat siehste da? 'n Milchgesicht. Und det lieben die übersättigten Weiber, weeste? Halb Kind, halb Mann... det wirkt auf se wie Honig auf de Mücken. Und wenn se dann alles jehabt hab'n, ja, dann is det wie immer jewesen, nur was wilder... und dann jeh'n se wieder weg und woll'n sich nur erinnern... weiter nischt. Det is so bei die Weiber im jefährlichen Alter... weeste, wie im Ausverkauf. Uff de Sachen stürzen se sich, reißen und beißen und keifen... und wenn se sich hinterher bekieken, wat se jeholt hab'n... Junge, det nennt man Katzenjammer. Komm... und nu trink noch mal.«

Sagrelli starrte an die Decke, während er trank. Er sah sehr blaß aus, eingefallen und viel älter, als er war. Um seine Handgelenke glänzten die Verbände. Er mußte das Glas mit beiden Händen halten, weil er noch nicht wieder die Kraft in den Gelenken hatte.

Lydia v. Bercken atmete tief. Mein Gott, was ist aus mir geworden, dachte sie. Da steht eine Frau von fünfzig Jahren an eine Hauswand gedrückt und starrt in ein Zimmer, in dem noch ein halbes Kind im Bett liegt... ein Kind, das sich das Leben nehmen wollte, weil es die Liebe wie einen Vulkanausbruch kennenlernte und nicht begreifen konnte. Und was ist aus mir geworden, der selbstsicheren, reichen, hübschen Frau, der die Männer zu Füßen lagen und die über sie hinwegging, als seien sie Teppichmuster. Sie wartete, bis Sagrelli das Glas leergetrunken hatte und an Oberreuther zurückgab.

»Hast du sie noch einmal gesehen?« fragte er mit seiner schönen Stimme. Lydia preßte die Stirn gegen die rauhe Mauer. Er spricht von mir, dachte sie. Er denkt an mich...

»Nee«, antwortete Oberreuther. »Man sagte mir, det se weg is. Besser so, Junge...«

»Und sie hat nichts mehr gesagt?«

»Ick weeß nich. Det hat d'r Doktor mit sie ausjemacht.« Oberreuther setzte sich wieder auf die Bettkante, nachdem er das Glas weggestellt hatte. »Warst 'n Dussel, Peter, 'n Idiot.«

»Vielleicht –«

»Wennste det mal einsiehst –«

»Du hast noch nie so geliebt, Nils –«

»War det Liebe, Mensch? Ausjepreßt wie ne Zitrone hat se dir... fünfunddreißig Jahre älter als du war se... Peter, faß dir an 'n Kopp und sag dir selbst: Ick war 'n Vollidiot. Und deswegen Schluß machen? 'n Arsch sollte man dir verhauen –«

Sagrelli lehnte sich zurück und lächelte.

Leise, auf Zehenspitzen schlich Lydia v. Bercken vom Fenster weg. Erst auf dem Rasen trat sie wieder voll auf und lief in einem Bogen in den Park zurück und dann langsam wieder zum Kurheim.

So also denken sie alle von mir, dachte sie bitter. So bin ich in ihren Augen ... eine alte, satte Frau, die noch einmal Jugend genießen will. Bin ich wirklich schon soweit? Sagen sie vielleicht die Wahrheit?

Sie rannte in das Haus, jagte die Treppen hinauf und verschloß hinter sich ihre Zimmertür. Dann riß sie sich fast das Kleid vom Körper und stellte sich nackt vor den großen Spiegel. Ihr üppiger Leib glänzte in der Sonne ... sie krallte die Finger in die Brüste und hielt sie fest, weil sie vom schnellen Lauf auf und ab wogten.

»Ich bin doch hübsch!« schrie sie ihr Spiegelbild an. »Ich bin doch noch jung ... mein Körper hat doch keine Runzeln, keine Falten ... die Haut ist glatt und weich ... Ich bin doch schön! Wer von all den Frauen hier hat solch einen Körper? Man sieht ihm doch nicht an, wie alt er ist. Ich bin doch hübsch ... hübsch ... hübsch ...«

Mit einem Aufschrei warf sie sich auf das Bett und trat mit beiden Beinen hysterisch gegen das Fußende. Immer und immer wieder, krachend, mit einer wilden, zerstörerischen Lust, in einer ohnmächtigen Wildheit. Dann trommelte sie mit den Fersen gegen die Matratze und weinte dabei laut und hemmungslos.

Vor dem Abendessen noch hatte sie alles gepackt. Eine Taxe kam von Moorbach herauf ... die Sekretärin hatte ihr die Abrechnung gebracht.

»Wo ist Dr. Weber? Ich möchte ihn noch einmal sprechen«, hatte Lydia gesagt.

»Der Herr Chefarzt ist im Krankenhaus Moorbach.«

»Und Frau Bromme?«

»Auch –«

So fuhr sie aus Moorbach weg, ohne sich zu verabschieden. Frau Bornsiefen aß ahnungslos im Speisesaal, Oberst Plötzke saß am Kamin und rauchte seine Pfeife ... nur Veronika Aggartz begegnete sie, als sie in der Halle ihre Koffer dem Taxichauffeur aushändigte.

»Sie flüchten?« sagte Veronika und hielt Lydia v. Bercken fest, als diese davonlaufen wollte.

»Ich habe keine andere Wahl.«

»Keine Wahl. Ich an Ihrer Stelle würde jetzt nackt herumgehen. Völlig nackt. Durch die Halle, durch den Speisesaal, durch den Park. Wenn schon Skandal, dann richtig. Es sind ja alles Mumien hier. Verlogene Heuchler, denen man diese Biedermannsmasken von den Visagen reißen sollte und sie so zeigen, wie sie sind. Das könnten Sie jetzt, Lydia ... wenn Sie Mut hätten.«

»Ich habe aber keinen Mut mehr. Ich flüchte –«

»Wovor? Vor Dr. Weber?«

»Nein – vor mir.«

Veronika Aggartz senkte den Kopf. »Das verstehe ich ...«, sagte sie leise. »Auch ich laufe ständig vor mir weg ... und immer hole ich mich wieder ein, und dann ist es eine Qual, weiterzuleben. Wissen Sie, daß ich wieder Blut spucke?«

»Um Himmels willen! Gehen Sie zu einem Arzt. Sagen Sie Dr. Weber alles.«

»Wozu? Um mich wieder über ein paar Monate oder Jahre hinzuschleppen? Und dann?« Sie schüttelte heftig den Kopf. »Ich werde jetzt wegleben, wozu andere ein normales Menschenalter brauchen. Ich werde das alles in ein paar Wochen zusammenraffen ... und dann –«

Sie schwieg, aber Lydia wußte, was sie meinte. Ein Schauer lief über sie. Sie gab Veronika die Hand, von draußen winkte der Chauffeur. Es war höchste Zeit, abzufahren, wenn man den Zug noch erreichen wollte.

»Soll ich Peter was bestellen?« fragte Veronika. Lydia zögerte. Dann schüttelte sie den Kopf.

»Nein. Nichts. Und wenn er fragt ..., sagen Sie ihm gar nichts –«

Veronika begleitete sie bis zum Wagen und winkte ihm nach, als er die Straße hinab nach Moorbach fuhr. Aus den Büschen tauchte die Gestalt Eberhard Thaus auf. Er hatte auf eine Gelegenheit gewartet, und sie bot sich ihm jetzt in einmaliger Günstigkeit.

»Sie sollten nicht dem Entschwindenden winken, sondern dem Kommenden«, sagte er und trat neben Veronika. »Was weg ist, braucht kein Winken ... aber was kommt, das sollte man heranwinken ...«

»Und was kommt?« fragte Veronika und musterte Thau, als sähe sie ihn zum erstenmal.

»Zum Beispiel – ich.«

»Und das halten Sie für bewinkenswert?«

»Aber ja. So etwas wie ich hat Seltenheitswert.«

»In welcher Beziehung?«

»In allem. Sie können abfragen. Wo fangen wir an? Oben oder unten?«

Veronika verzog den hübschen Mund zu einem Lächeln. Ihre tiefliegenden Augen glänzten fiebrig.

»Das ist etwas langwierig, Herr Thau. Beschränken wir uns auf das Markante –«

Eberhard Thau spürte ein heißes Kribbeln unter der Hirnschale.

»Das ist ein Gespräch, das man nicht vor einer Haustür führt«, sagte er heiser.

»Einverstanden. Gehen wir spazieren?«

»Der Abend fordert direkt dazu heraus.«

»Dann gehen wir also –«

Sie hakte sich bei Eberhard Thau unter. Langsam gingen sie die Straße hinunter und dem Wald entgegen.

Auf dem Balkon von Dr. Hollreins Zimmer stand im Dunkel Heinrich Karchowski. Er rauchte hastig eine Zigarre. Von der Straße aus sah man nur den glimmenden Punkt... sein kleiner, runder Körper lag im Schatten der Balkonwand. Hinter ihm, im Zimmer noch, stand Dr. Hollrein und trank ein Glas Fruchtsaft.

»So ein kleines Aas«, sagte Karchowski und sah Veronika Aggartz nach. »Dabei spuckt sie schon Blut –«

»Ich weiß –«

»Sie wissen das?« Karchowski fuhr herum. »Und Dr. Weber?«

»Auch. Er hat sogar mit einer Klinik verhandelt und ein Bett für sie frei gemacht. Nächsten Montag wird sie weggebracht... Sie weiß aber noch nichts davon...«

»Sie wird nicht gehen. Sie wird sich mit Händen und Füßen wehren... Wie eine wilde Katze wird sie um sich beißen –«

»Damit rechnen wir. Ihr Vater wird kommen und sie abholen...«

Karchowski trat wieder auf den Balkon. Auf der Straße sah er im matten Licht der Laternen Veronikas weißes Kleid. Es flatterte wie ein müder Schmetterling am Waldrand entlang.

»Armes Ding...«, sagte Karchowski leise. »Und sie hat solch einen Hunger nach Leben...«

»... und sie wird nie satt werden ... nie...«

Karchowski warf die Zigarre auf den Balkon und zertrat sie.

»Ich brauche einen Kognak«, sagte er mit belegter Stimme. »Einen doppelten. Mir ist so bitter im Mund –«

Am Morgen nach der mißlungenen Aussprache zwischen Eva und Hans Sägert trug die Morgenschwester einen riesigen Fliederstrauß in das Zimmer. Eva, die sich gerade wusch, setzte sich entgeistert auf einen Stuhl.

»Was ist denn das?« fragte sie.

»Soeben abgegeben worden.«

»Von wem denn?«

»Vom Kur-Blumenhaus.«

»Und wer schickt ihn?«

»Es ist keine Karte dabei...«

»Keine Karte? Aber das gibt's doch gar nicht...« Eva Sägert untersuchte alle Blüten und Stengel, aber nirgends war eine Karte angeheftet. Es war wahr... der Strauß wurde anonym geschickt.

»Fragen Sie bitte sofort im Geschäft an, wer den Strauß geschickt hat.« Sie ordnete die herrlichen Blütenzweige in einer Bodenvase, während die Schwester versuchte, Auskunft zu bekommen. Mit einem Achselzucken kam sie zurück.

»Das Blumenhaus hat strikte Anweisung, den Absender nicht zu nennen, ihn auch nicht zu beschreiben.« Die Schwester beugte sich zu den Blüten hinunter und roch an ihnen. »Der Strauß hat mehr gekostet als meinen Monatslohn«, sagte sie leise.

»Er könnte von Oberst Plötzke sein.« Eva Sägert kämmte sich die kastanienroten Haare. Nach ihrem Schwächeanfall sah sie wieder gesünder aus, fröhlicher trotz des Wissens, daß ihre Ehe endgültig gescheitert war. Aber der große innere Druck war von ihr genommen, die Ungewißheit, die Angst vor dem ersten Wiedersehen und dem Geständnis. Das alles war nun hinter ihr, und das Leben ging weiter, auf einem anderen Weg zwar, aber doch wieder in eine Zukunft.

»Warum aber sollte Plötzke mir solche Blumen schenken? Gerade mir?« fragte sie kopfschüttelnd. »Aber nur ihm allein sieht es ähnlich, solche Geschenke zu machen.«

Kurz nach dem Frühstück brachte ein Bote ein neues Geschenk. Eine Frisiergarnitur – Kamm, Bürste, Spiegel –, eingelegt in ziseliertes Gold. Wieder ohne Karte. Anonym.

»Ein Verrückter«, sagte Eva Sägert entgeistert. »Das kann nicht der Oberst sein.«

Eine Stunde später kamen zwei Mädchen mit einem großen Karton. Sie packten drei Perlonnachthemden aus, Gedichte aus Spitzen und golddurchwirktem Stoff. Dazu ein Morgenmantel wie ein königliches Gewand. Eva Sägert saß in ihrem Bett und starrte auf die Sachen, die man vor ihr ausbreitete.

»Ich nehme das nicht an«, sagte sie. »Bitte nehmen Sie alles wieder mit.«

»Das geht nicht.« Das eine Mädchen lächelte verlegen. »Es ist alles gekauft und bezahlt.«

»Von wem?«

»Das wissen wir nicht. Die Bestellung hat unsere Direktrice angenommen.«

»Ich nehme solche Geschenke von einem mir Unbekannten nicht an. Packen Sie alles wieder ein.«

Aber es half nichts. Die Mädchen ließen die Wäsche im Zimmer und entfernten sich schnell wieder. Mit zitternden Händen griff Eva zum Telefon und rief der Reihe nach Dr. Balcke, Dr. Weber und die Brommes an.

»Ein Irrer muß hier in Moorbach erfahren haben, was mit mir geschehen ist. Bitte kommt sofort zu mir ... Ich ahne, daß das nicht alles ist –«

Die Ahnung trog nicht. Kurz vor dem Mittagessen, als Irma und Paul Bromme in Evas Zimmer saßen und die Geschenke bewunderten, kam ein neuer Bote. Er brachte von dem ersten Juwelier Moorbachs ein kleines Kästchen.

»Ich mache es nicht auf!« rief Eva Sägert. »Ich habe Angst vor diesem Verrückten.«

Irma Bromme löste die Verschnürung aus Goldkordel und reichte den Kasten aus Krokoleder an Eva Sägert. Mit zitternden Fingern ließ sie den Deckel hochklappen.

Ein Ring stak in einem purpurnen Samtkissen. Ein Platinring mit einem einkarätigen Brillanten.

»Wahnsinn«, sagte Eva Sägert leise. »Absoluter Wahnsinn.«

Aber diesmal war eine Nachricht dabei. Der Bote überreichte sie wortlos. Ein Kärtchen. Eva schüttelte verständnislos den Kopf.

»Machen Sie es auf, Irma«, stotterte sie. »Ich kann nicht –«

Paul Bromme riß das Kuvert auf und zog die Karte hervor. Eine neutrale Karte ohne Namen oder Aufdruck. Mit einer Schreibmaschine war eine einzig Zeile geschrieben worden. Paul Bromme las sie langsam vor.

»Wollen Sie meine Frau werden?«

Weiter nichts. Kein Absender, keine Unterschrift.

»Wer hat Ihnen das gegeben?« fragte Bromme den Boten, der an der Tür stand.

»Ich weiß es nicht, mein Herr.«

Bromme hielt einen Zwanzigmarkschein hoch. »Junge, Sie müssen sich doch erinnern –«

»Es war ein Mann, mein Herr.«

»Natürlich. Wie sah er denn aus?«

»Ich weiß es nicht mehr. Ich habe nur die Aufgabe gehabt, seine Hände zu beobachten. Wir zeigten ihm eine Reihe wertvoller Stücke. Da beobachten immer zwei Mann von uns die Hände der Kunden.«

»Und er hat nichts gesagt?«

»Doch. Ich soll die Antwort mitbringen...«

»Na also – da haben wir's ja.« Bromme erhob sich. »Ich komme mit Ihnen, mein Junge. Ich werde die Antwort Frau Sägerts selbst überbringen –«

Eva Sägert starrte noch immer auf den wertvollen Ring und auf die Karte, die Irma ihr auf die Bettdecke gelegt hatte.

»Es ... es muß ein Wahnsinniger sein«, sagte sie fast ängstlich.

»Das werden wir gleich feststellen.« Paul Bromme klopfte dem Juweliergehilfen auf die Schulter. »Kommen Sie, mein Junge, gehen wir. Diesem merkwürdigen Herrn wird die Lust zu solchen teuren Scherzen vergehen –«

»Er wartet im Geschäft auf die Antwort –«

»Dann lassen Sie uns keine Zeit verlieren.«

»Nimm am besten einen Polizisten mit, Paul!« rief Irma und rannte ihm nach bis auf den Gang. »Ein Irrer ist unberechenbar. Soll ich nicht besser mitkommen?«

»Nein. Du bleibst bei Frau Sägert. Ich regle das schon allein.« Er wandte sich an den Juweliergehilfen, der mit ratlosen Augen die Aufregung um sich wahrnahm, aber nicht verstand. »Wie sieht er denn aus? Brutal?«

»Nein. Eher ruhig und gelassen.«

»Das sind die ganz Gefährlichen!« rief Irma Bromme und umklammerte Paul Brommes Arm. »Ich habe davon gelesen. Je harmloser so ein Wahnsinniger aussieht, um so gefährlicher ist er. Bitte ruf die Polizei dazu.«

Bromme befreite sich aus dem Griff. »Ich werde mich doch nicht blamieren!« sagte er laut. »Mit so etwas werde ich allein fertig.«

Voll Sorge sah Irma Bromme aus dem Fenster des Flurs ihrem Mann nach, wie er das Krankenhaus verließ und mit schnellen Schritten die Straße hinunterging. Der Bote hatte große Mühe, an seiner Seite zu bleiben.

Mit schmetterndem Martinshorn jagte in diesem Augenblick der städtische Krankenwagen um die Ecke und fuhr in den Vorhof der Klinik ein.

Bromme mußte zur Seite springen, um nicht vom Kotflügel erfaßt und niedergestoßen zu werden. Man sah, wie er dem Wagen nachschimpfte, die Jacke des Anzugs zurechtzog und schimpfend weiterging. Dann verdeckte die Mauer des Klinikvorgartens seine Gestalt. Irma Bromme ging ins Zimmer zurück. Sie sah nicht mehr, wer unten aus dem Krankenwagen ausgeladen und im Laufschritt auf einer Trage ins Haus getragen wurde. Dr. Weber kletterte hinterher, ihm folgte

Eberhard Thau und zuletzt kam der schwitzende Fritz Karchowski. Er wedelte sich mit seinem großen Taschentuch Luft zu und atmete ein paarmal tief, als habe ihn die Luft im Krankenwagen fast erstickt. Dann rannte er mit seinen kurzen, dikken Beinen der Trage und den beiden Männern nach in das Krankenhaus.

Auch Peter-Paul Bromme sah es nicht mehr. Er lief, als gälte es einen Rekord aufzustellen, durch die glühende Sonne zur Hauptstraße.

Ein Fremder, der einer unbekannten Frau solche Geschenke macht, *muß* ein Irrer sein, dachte er dabei. Mein Gott, was man so alles in seinem Leben durchmacht. Und ausgerechnet in einem vornehmen Bad, in dem sich Irma erholen sollte. In der Stille, im sanften Rauschen des Schwarzwaldes, im nervenstärkenden Klima, in einer Atmosphäre von Geselligkeit und Ruhe. So stand es damals in dem Hausprospekt des Kurheimes ›Tannenburg‹. ›Kommen Sie nach Bad Moorbach... mit Energie und Lebensmut geladen, kehren Sie zurück.‹

Bromme schüttelte heftig den Kopf und rannte weiter.

Im Geschäft des Hof-Juweliers, wie er sich nannte, weil der Großvater einmal den zu Gast weilenden Herzog von Mecklenburg bedient hatte, wartete unterdessen ein einsamer Mann auf die Antwort Frau Eva Sägerts.

Er saß auf einem der mit Samt bezogenen Sesselchen im Hintergrund des Ladens, scharrte mit den Füßen über den Teppich und rauchte hastig und nervös eine Zigarette nach der anderen.

Hof-Juwelier Ewald Schmorretz beobachtete ihn kritisch und mißtrauisch und ordnete zum siebentenmal schon den Ansichtskasten mit den Uhren und Armbändern.

»Er bleibt lange«, sagte der wartende Herr und zerdrückte die halbgerauchte Zigarette.

»Das finde ich auch.«

»Es macht Ihnen doch nichts aus, wenn ich hier warte?«

»Aber nein, mein Herr. Nein.« Der Ring hat 6500 Mark gekostet, dachte Juwelier Schmorretz. Dafür darf man auch warten ... auch wenn das alles so merkwürdig ist. Wirklich merkwürdig ...

Die zugedeckte Trage wurde mit dem Aufzug gleich hinauf zur ersten Etage, zum OP I gefahren, wo Dr. Balcke schon wartete. Dr. Weber rannte voraus in den Vorbereitungsraum, während Thau und Karchowski sich in eine Ecke drückten und gegen die Fensterbank lehnten. Die Träger mit der Trage verschwanden hinter den großen, sich lautlos öffnenden und schließenden Milchglastüren, auf denen in großen schwarzen Buchstaben stand: Operations-Abteilung. Zutritt verboten!

»Sie sind schuld!« sagte Karchowski und wischte sich wieder über das glühende Gesicht. »Sie allein ...«

»Erlauben Sie mal!« Eberhard Thau war trotz der Hitze und des schnellen Laufes gelbblaß und zitterte leicht am ganzen Körper. »Wer konnte denn ahnen ... Überhaupt, was berechtigt Sie dazu, so zu sprechen? Sie haben selbst ...«

Karchowski wischte mit der Hand durch die Luft. »Halten Sie den Mund!« schrie er grob. »Beten Sie lieber, daß nicht noch Ärgeres geschieht –«

Im OP wurde die Trage angehoben und der Körper auf den OP-Tisch gerollt. Dr. Balcke beugte sich über das schmale, bleiche, leblose Gesicht. Nur die Augenlider zitterten leicht. Es war der einzige Beweis, daß noch Leben in dem Körper war.

Dr. Weber kam in den OP, im weißen Mantel, mit ernstem, fast verkniffenem Gesicht. Ihm folgte ein Wagen mit Blutkonserven, ein Thermoswagen, in dem die Blutflaschen auf Körpertemperatur erwärmt wurden. Dr. Balcke sah auf, als hinter ihm die Tür leise in der Schiene quietschte.

»Nun?« fragte Dr. Weber kurz. Balcke hob die Schultern.

»*Noch* lebt sie.« Er betonte das *noch* stark. Dr. Weber wußte, was das ausdrücken sollte. Er schwieg und zog das Leinentuch vollends von dem ausgestreckten Körper. Ein helles, luftiges Sommerkleid kam zum Vorschein, durchtränkt mit Blut, das zu bizarren Falten getrocknet war. Mit einem Griff riß er das Kleid auf und legte sein Stethoskop auf die kleine, flache Brust.

»Kaum noch Atmung«, sagte er gepreßt. »Wir pumpen

ohne große Formalitäten das Blut rein. Jede Minute kann kostbar sein...«

»Glauben Sie, daß man noch –«

Dr. Balcke schwieg sofort, als er den verzweifelten Blick seines Freundes sah. Dr. Weber band den Arm der Leblosen ab und legte mit einem vorsichtigen Skalpellschnitt die kaum noch sichtbare Armvene frei, um die Transfusionskanüle einzuführen.

»Es gibt im Augenblick nur noch diese Möglichkeit«, sagte er heiser bei dieser Arbeit. »Das Herz muß schlagen... schlagen... nichts als schlagen... alles andere ist dann gerettet, und wir können in Ruhe überlegen.«

Die erste Blutkonserve war angeschlossen. Durch den hellen, durchsichtigen Kunststoffschlauch lief das Leben in den flachen Körper. Dr. Weber kontrollierte mit dem Stethoskop das Herz. Dr. Balcke schob die Lider hoch und sah in die starren, nach oben gedrehten Augen.

»Sie ist völlig ausgeblutet«, sagte er dabei.

Dr. Weber nickte und lauschte auf das Flattern des Herzens. Es war ein kaum wahrnehmbares, müdes Klopfen, in großen Abständen... es war ein gesundes Herz, durch das keine Kraft mehr rann und das sich wehrte gegen die Tatsache, mit der Arbeit aufhören zu müssen.

Nach einigen qualvollen, lautlosen Minuten hob sich die Brust mit einem tiefen Seufzer. Die Atmung wurde stärker, aber mit den ersten Atemstößen quoll blutiger Schaum zwischen den Lippen hervor und lief über das Kinn und den Hals bis zur Brust. Dr. Balcke und die OP-Schwester legten Zellstofflagen über den nackten Oberkörper und tupften den immer wieder hervorquellenden Schaum von den Lippen.

»Was Sie in die Vene einführen, läuft durch das Loch in der Lunge wieder heraus«, sagte Dr. Balcke leise. »Es ist zu spät, Weber –«

»Es ist zu spät, wenn sie nicht mehr atmet!« schrie Dr. Weber. Es war, als müsse er sich an seinem Stethoskop festhalten. Mit rundem Rücken stand er über den Körper gebeugt und lauschte auf den Herzschlag. Eins... zwei... drei... vier... langsam, etwas schneller, Pause, dann wieder ein Schlag, zerflatternd, von einem Seufzen begleitet... Aber sie atmete wieder, das Herz war stärker... das Leben kehrte zurück, auch wenn es nicht mehr in dem Körper festzuhalten war. Weber wußte es, er sah, daß es zu spät war, der blutige Schaum in dem verfallenden Gesicht ließ keine Selbsttäuschung mehr zu.

»Wie ist das bloß passiert?« fragte Dr. Balcke, als sich Weber aufrichtete und sein erlahmtes Kreuz dehnte.

»Im Wald. Bei einem Liebesabenteuer.«

»Auch das noch –«

»Sie lagen in einer abseits liegenden Schneise zwischen den hohen Farnen... Und plötzlich brach es aus ihr heraus... erst hustete sie wie wild, dann spuckte sie Blut... und dann kam der Schwall aus ihrem Mund und überflutete alles. Man muß sich das vorstellen... ein liebendes Mädchen in den Armen, wird man mit Blut übergossen. Und der Körper, den man eben noch genoß, blutet aus und stirbt unter den heißen Händen. Er ist wie ein Irrer, so blutig wie er war, auf die Straße gerannt, hat den nächsten Wagen angehalten, gebrüllt, man solle einen Krankenwagen holen und ist zurückgelaufen. Als wir sie fanden, hatte er sie wie ein Kind in den Armen und weinte wie ein kleiner Junge...«

Die OP-Schwester hob die Hand. »Sie wacht sogar auf... sehen Sie, Herr Doktor«, sagte sie leise.

Dr. Weber und Dr. Balcke traten an den OP-Tisch zurück. Veronika Aggartz hatte die Augen aufgeschlagen und starrte die beiden Ärzte an. Sie erkannte sie nicht, sondern sah an ihnen vorbei gegen die weißgekachelte Wand.

»Was ist...«, sagte sie kaum hörbar, »was ist denn? Ich bin so müde... so schrecklich müde...«

Dr. Weber biß sich auf die Unterlippe. Er legte seine Hand auf Veronikas Stirn, und ihre Augen wanderten zu ihm und schienen ihn wie durch einen wirbelnden Nebel zu erkennen.

»Der Chef...«, sagte sie schwach. »Wo bin ich denn?«

»Bei mir, Veronika –«

»Und der Thau?«

»Ist auch da. Was hast du bloß gemacht, Vroni.«

Veronika Aggartz lächelte ganz leicht. Nur die Mundwinkel

verschoben sich. Während sie sprach, blies ihr Atem neuen blutigen Schaum über ihre schmalen Lippen.

»Ich sterbe, nicht wahr?« fragte sie mit plötzlich leuchtenden Augen. Dr. Weber schüttelte den Kopf.

»Aber nein, Vroni –«

»Warum belügen Sie mich? Das ist nicht schön, Chef... Ich *will* ja sterben –«

»Du bist ausgesprochen dumm, Vroni«, sagte Dr. Weber gepreßt. »So jung wie du –«

»Ich wollte *so* sterben, Chef. In den Armen eines Mannes... mit dem größten Triumph einer Frau abgehen von dieser Welt... das war schon immer mein Traum. Im Glück sterben... gibt es Schöneres?«

»Weiterleben, Vroni –«

Veronika Aggartz schüttelte leicht den Kopf. Ihr Gesicht wurde wieder ernst... abe es verfiel immer mehr. Die Augen sanken ein, die Backenknochen drückten sich hart durch die Haut, das Kinn zitterte, und der Unterkiefer fiel herab und bewegte sich kaum beim Sprechen. Dr. Weber biß die Zähne aufeinander. Es geht zu Ende, dachte er. Hier versagt der Mensch mit all seinem Genie und seinem tausendjährigen medizinischen Wissen. Sie ist jetzt wie ein Faß ohne Boden... das Blut, das ich hineinpumpe, läuft aus dem Lungenloch wieder heraus. Es ist sinnlos, was ich mache... ich sehe es ein... aber ich kämpfe um sie bis zum letzten Seufzer.

»Ich bin so froh, daß alles zu Ende ist... so froh...« Sie hielt die Hand Webers fest, die ihr den Schaum von den Lippen wischte. »Sterben ist so leicht... so einfach... Ich bin müde, richtig müde... und gleich werde ich schlafen... wundervoll schlafen...«

Ihre Stimme wurde schwächer und schwächer. Man verstand die Worte nicht mehr; aber sie sprach noch immer, die Lippen bewegten sich noch, als die Augen sich schon nach oben drehten und die Lider schlaff herabsanken. Lautlos sprach sie, noch minutenlang, und hielt dabei die Hand Dr. Webers fest.

Dann war es nur noch ein langer Atemzug. Die Lider klappten noch einmal hoch, die starren Augen sahen Dr. Weber an.

Mit diesem Atem war alles vorbei ... gelbliche Blässe zog über den Körper, die Finger lockerten sich, das Sprudeln des Schaumes hörte auf.

Mit der flachen Hand drückte Dr. Weber Veronika Aggartz die Augen zu. Die OP-Schwester kniete am Kopfende des Tisches und sprach ein Totengebet. Dr. Balcke deckte das Leinen über das starre Gesicht, stellte die sinnlose Blutkonserve ab und zog die Kanüle aus der Vene. Er ahnte, was in diesen Minuten in Dr. Weber vorging.

»Machen Sie sich keine Vorwürfe«, sagte er leise. »Es war nichts mehr zu retten. Nach allem, was ich weiß, hat sie diese Stunde förmlich herbeigesehnt. Sie war ein merkwürdiges, fast unheimliches Mädchen. Sie faszinierte durch ihre Ablehnung aller menschlichen Moralbegriffe.«

»Es war ein Selbstbetrug, Balcke –«

Der Chefarzt nickte. »Betrügen wir uns nicht alle selbst, fortwährend?«

Dr. Weber schwieg. Er wußte, worauf Dr. Balcke anspielte. Draußen im Flur stand neben Eberhard Thau auch Fritz Karchowski. Ihm hatte er vor zwei Stunden, kurz vor der Katastrophe in der Waldschneise, einen neuen Vertrag unterschrieben. Als Chefarzt der neuen Kurklinik, deren Bau nach der Sommersaison beginnen sollte. Ein neunstöckiges Luxushotel, in dem man nach den neuesten Erkenntnissen die Regenerationskuren der Damen vollenden wollte. Eine Fabrik der neuen Jugend, wie es Karchowski selbst spöttisch nannte. Eine kleine Traumstadt, in der Eitelkeit und Selbstverleugnung, Langeweile und Gier, Sehnsucht und Resignation zu Hause sein würden. Er wußte das alles, der neue Chefarzt, und trotzdem hatte er unterschrieben. Ich werde in dieser großen Klinik meine Ideen realisieren, hatte er dabei gedacht. Ich werde meine Forschungen wieder aufnehmen und neben der Modetherapie ernsthaft Kranke heilen können.

War es auch Selbstbetrug?

Ein fahrbares Bett wurde in den OP gerollt. Man legte den langgestreckten Körper unter dem Leinentuch auf die harte Unterlage und rollte ihn hinaus. Zur anderen Seite, wo ein Fahrstuhl hinab in den Kühlkeller fuhr.

Dr. Weber blieb im OP, bis er das leise Surren des Fahrstuhls hörte. Dann erst verließ er das Zimmer und schob die Milchglastür zum Flur auf. Karchowski und Eberhard Thau, die feindlich weit voneinander gewartet hatten, stürzten auf ihn zu.

»Was ist?« rief Karchowski und verschluckte sich vor Aufregung. Er hustete mit hochrotem Kopf und hielt sich den dikken Bauch dabei fest. Eberhard Thau sah bleich den Arzt an, wortlos und bettelnd.

»Sie hat Ruhe«, sagte Weber langsam.

»Gott sei Dank!« rief Karchowski, nicht verstehend. »Ich werde ihr nachher einen riesigen Blumenstrauß schicken.«

Eberhard Thau aber verstand Dr. Weber. Er senkte den Kopf, schloß die Augen ... dann schwankte er und wäre auf den Steinboden gefallen, wenn ihn Dr. Weber nicht aufgefangen hätte. Ohnmächtig hing er an der Brust des Chefarztes.

»So 'n Schlappschwanz!« sagte Karchowski und half Weber, den Ohnmächtigen zu stützen. »Wenn Veronika etwas Ernsthaftes –«

Er schwieg, wie vom Wort abgeschnitten, als er die eiserne Miene Webers sah. Plötzlich verstand auch er, und es war, als halte er sich an dem besinnungslosen Thau fest.

»Nein ...«, stotterte er. »Nein ... nein ... das ist doch nicht wahr ...«

»Doch«, sagte Weber kurz. Er schleifte Thau zu einem Stuhl und setzte ihn darauf. Dann massierte er die Herzgegend und schlug ihm mit der flachen Hand ein paarmal ins Gesicht.

»Das lassen Sie mich machen!« schrie Karchowski wild. »Ich schlage ihm den Schädel ein! Ich schlage ihm –«

Dr. Weber stieß den wild umherfuchtelnden Karchowski zur Seite. Eberhard Thau rührte sich wieder und legte den Kopf seufzend auf die Stuhllehne.

»Wollen Sie Veronika sehen?« fragte Weber den röchelnd atmenden Karchowski. »Sie ist jetzt im Kühlkeller. Man wird Sie hinunterfahren –«

Karchowski sank in sich zusammen. Sein dickes Gesicht verlor alle Form. Es war, als würge er mit einem Brechreiz und schlucke bei jedem Atemzug den Mageninhalt wieder hinunter.

»Nein … nein …«, stotterte er. »Ich kann keine Toten sehen … ich kann nicht …«

Er rannte durch den Flur davon, hetzte die Treppen hinunter und stürmte aus dem Haus in die Sonne. Dort lehnte er sich an die Mauer und schnappte nach Luft wie ein aufs Trockene gesetzter Fisch.

Er kam sich so elend wie nie in seinem Leben vor. Und etwas war in ihm, was er nicht begriff und nun doch begreifen mußte: Er hatte Veronika Aggartz geliebt …

Nach einer halben Stunde kam Peter-Paul Bromme zurück.

Eva Sägert und Irma Bromme fuhren auf, als die Tür aufging. Wie aus einem Munde riefen sie: »Nun? Was ist?«

Bromme setzte sich auf die Couch und zog zunächst den Schlips herunter, öffnete seinen Hemdkragen und trank einen Schluck Sprudelwasser.

»Heiß ist's«, sagte er. »Mindestens 35 Grad im Schatten –«

Irma sprang auf. »Paul, laß die Witze! Was ist mit dem Mann? Hast du ihn gesehen?«

»Ja –«

»Und gesprochen?«

»Ja.«

»Und er ist wirklich ein Verrückter?« rief Eva Sägert.

»Nein –«

»Mein Gott, so rede doch!« Irma Bromme nahm ihrem Mann die Flasche mit Mineralwasser weg, aus der er sich erneut eingießen wollte. »Muß man denn jedes Wort aus dir herausziehen?«

»Nein –«

»Also, was ist?«

»Alles normal.« Bromme holte eine Rolle Pfefferminzbonbons aus der Tasche und steckte sich eines in den Mund. Es erfrischte sehr, man sah es ihm an. Sein Gesicht glänzte.

»Was heißt normal?« rief Eva Sägert.

»Ich konnte ihm nicht verwehren, um Ihre Hand anzuhalten. Ich habe ihm sogar recht gegeben –«

»Paul!« rief Irma Bromme entsetzt. »Du hast getrunken!«

»Er wird gleich hierherkommen.«

»Wer?«

»Der Mann, der Frau Sägert heiraten will.«

»Hierher?!« Eva Sägert wollte aus dem Bett springen, aber Irma drückte sie zurück und schellte gleichzeitig nach der Schwester.

»Sie haben *doch* zusammen getrunken«, sagte sie verbittert. »Wenn man Männer schon losschickt. So ein Irrsinn. Der Mann wird das Zimmer nicht betreten.«

»Aber ja...«, sagte Bromme freudig lächelnd.

»Ich werde der Schwester sagen...«

»Nichts wirst du. Der Mann wird sich mit Frau Sägert über die Probleme einer neuen Ehe unterhalten.«

»Dummheit. Ich bin doch noch nicht geschieden.«

»Das ist kein Hinderungsgrund, sich über kommende Probleme zu unterhalten.«

»Ich will ihn aber nicht sehen! Diesen Wahnsinnigen! Kommt daher und will eine Frau, die er nicht kennt und die ihn nicht kennt, einfach heiraten! Das ist doch ein kompletter Irrer!«

»Vielleicht.« Bromme eroberte die Mineralwasserflasche und goß sich das Glas voll. Dabei lächelte er still in sich hinein und schien eine große, innere Freude zu empfinden. »Damit man sich kennenlernt, kommt er ja gleich hierher. Er ist ein netter, lieber Mensch... wir waren uns gleich sehr sympathisch.«

»An der Theke, natürlich.«

»Nein. Beim Hof-Juwelier. Er saß da, als ich hineinkam, wie ein halbgefüllter Luftballon. Zusammengesunken und zerknittert.«

»Und dann habt ihr euch mit Alkohol wieder aufgeblasen!« rief Irma empört.

»Keinen Tropfen haben wir genommen. Wir haben uns nur angesehen, und dann haben wir gelacht. Es war eine komische Situation. Wenn man sie im Film sähe, könnte man sagen: Das ist älteste Klamotte. Aber das Leben ist nun mal so... es hat bestimmte dramaturgische Gesetze, die uralt sind und doch immer wieder neu. Und merkwürdigerweise auch noch logisch . . .«

»Wie heißt er denn?« Irma Bromme stopfte Eva Sägert die Kissen in den Rücken. »Hat er sich denn vorgestellt?«

»Ja, gewiß.«

»Und?«

»Den Namen will er Ihnen selbst sagen, Frau Sägert.«

»Und warum schickt er die ganzen Geschenke anonym?«

»Das ist ein Trick von ihm.«

»Also doch ein Verrückter?«

»Wie man's nimmt –«

Bromme trank durstig sein Glas leer. Irma vermied es, weiter mit ihm zu sprechen. Sie war wütend und glaubte fest, daß Bromme getrunken hätte. Außerdem schämte sie sich vor Eva Sägert, daß ihr Mann, wenn er einmal eine gute Tat zeigen sollte, so kläglich versagte. Stumm, aber mit blitzenden Augen ging sie im Zimmer hin und her, räumte auf und sah ihren Mann wie etwas Abscheuliches wegwerfend an.

Die Stationsschwester kam, weil die Zimmernummer im Leuchtkasten aufgeflammt war. Bevor Irma Bromme etwas sagen konnte, hatte Peter-Paul Bromme schon das Wort an sich genommen.

»Wenn gleich ein Mann kommt, Schwester«, sagte er laut, Irmas Worte damit übertönend, »ein Mann, der einen verrückt großen Rosenstrauß vor sich herträgt, dann lassen Sie ihn bitte durch . . . er will zu Frau Sägert und wird erwartet.«

Die Schwester nickte und verließ das Zimmer. Eva Sägert zupfte nervös an der Bettdecke und strich sich immer wieder durch das frisch frisierte Haar.

»Mit Blumen kommt er auch noch –«

»Wie's sich für eine richtige Werbung gehört . . .« Bromme lachte fröhlich. »Ein Kavalier der alten Schule, vom Scheitel bis zur Sohle.«

Irma fuhr herum. Mit der Faust hieb sie in die Handfläche der linken Hand. »Jetzt weiß ich's! Der Oberst ist's. Plötzke. Das alles sieht ganz nach Plötzke aus –«

Bromme sah seine Frau etwas dumm an und grinste wortlos. Eva Sägert wurde rot und unruhig.

»Unmöglich. Ich habe dem Oberst nie Anlaß gegeben ... im Gegenteil ... Sie waren doch dabei, Herr Bromme, damals, als Sie noch von Kammruh hießen ... Ich habe ihm gesagt, was ich von den Männern halte ...«

»Vielleicht hat ihm das imponiert.«

Irma wirbelte herum. »*Jetzt* hast du dich verraten. Es *ist* also der Oberst. Ich finde das schamlos von ihm, gerade jetzt, in dieser Situation ...« Sie drehte sich zu Eva Sägert herum, die sie ratlos anstarrte. »Wir werden ihn hinauswerfen. Was bildet sich dieser Mann bloß ein?! Erst fängt er mit Lydia v. Bercken an ...«

»... dann mit Irma Bromme«, setzte Bromme fort. »Das beweist doch Geschmack –«

Irma Bromme vermied es, auf diese Anspielung einzugehen. Sie und Paul hatten sich gründlich ausgesprochen, und Paul Bromme hatte eingesehen, wie sinnlos und dumm seine Eifersucht gewesen war. Daß er jetzt wieder davon anfing, empfand sie als taktlos.

»Wann kommt er?« fragte Eva Sägert.

»Er müßte schon dasein.« Bromme sah auf seine Uhr. »Er ist ein wenig ängstlich –«

»Plötzke und ängstlich!« rief Irma. Bromme nickte.

»Du mußt es beurteilen können –«

»Paul!«

In diesem Augenblick wurde zaghaft an die Tür geklopft. Eva Sägert richtete sich im Bett gerade auf. Wie eine verpackte Statue, unbeweglich und voller kalter Abwehr, starrte sie auf die Tür. Irma Bromme stellte sich neben das Bett wie eine zu allem entschlossene Leibwache.

»Da ist er ja«, sagte Bromme gemütlich. »Na, dann viel Vergnügen –«

Er ging rasch zur Tür und riß sie auf: Alles, was man zuerst sah, war ein riesiger Rosenstrauß, der die Gestalt verdeckte. Nur der untere Rand der Jacke und die Beine waren zu sehen. Irma Bromme sah verwundert zu ihrem Mann. Keine krummen Reiterbeine, wie sie Plötzke hatte? Kein weißes Haar, das man auch zwischen den Rosen sehen mußte?

»Sie werden erwartet«, sagte Bromme und winkte Irma mit

beiden Armen zu. »Kommen Sie rein. Und wir, Irma, wir verschwinden sofort und kommen erst morgen wieder –«

»Aber Paul!« stammelte Irma fassungslos.

»Komm!« befahl Bromme barsch.

»Bitte, bleiben Sie doch ...«, rief Frau Sägert und verlor ihre starre Haltung. »Bitte –«

»Hier haben wir jetzt nichts mehr zu suchen.« Bromme zog Irma an der Hand mit sich fort. Der Mann in der Tür trat zur Seite. Als Irma an ihm vorbeikam und sein Gesicht sah, wurden ihre Augen groß und leuchtend. Sie wandte sich noch einmal ins Zimmer und sah Eva hilflos und fast verzweifelt zwischen den Kissen sitzen.

»Ich würde seinen Antrag annehmen!« rief sie. »Ohne lange zu überlegen – und dann viel, viel Glück ...«

»Rein!« sagte Bromme und gab dem Mann einen Stups. »Und wenn Sie wieder rauskommen, will ich Lachen hören, verdammt noch mal!«

Dann schloß er die Tür hinter dem riesigen Rosenstrauß und wischte sich mit einem Taschentuch über den Kopf.

»Das war ein Stück Arbeit, Irma«, sagte er. »Wie kann ein Kerl nur so unbeholfen sein ...«

»Ja, wie kann er das?« sagte sie lächelnd und sah ihn dabei groß an. Und Bromme wischte sich wieder über das schwitzende Gesicht und wurde sogar rot.

Am Fahrstuhl trafen sie auf Dr. Weber. Er sah bleich und wie übernächtigt aus. Noch wußte niemand, was sich eine Etage höher im OP abgespielt hatte.

»Was ... was macht Frau Sägert?« fragte er stockend und merkwürdig tonlos.

»Der geht es gut«, rief Bromme und hielt Dr. Weber am Arm fest. »Sie hat Besuch. Jemand, der um ihre Hand anhält –«

»Das ist doch wohl ein fader Witz!« sagte Dr. Weber hart.

»Aber nein. Jetzt, in diesem Augenblick, hat er seine Rosen abgegeben, und ich wette, daß sie sich jetzt auch küssen –«

»Das ist ja verrückt! Ich muß sofort –«

»Nein. Bitte bleiben Sie, Doktor. Wir haben da alle nichts mehr zu helfen. Die helfen sich jetzt allein ...«

»Wer ist denn der Mann?« rief Dr. Weber.

»Der Prokurist Hans Sägert –«

Dr. Weber sah in diesem Augenblick nicht sehr geistvoll aus. Dann lachte er, und wenn es auch gequält klang, so war es doch ein Lichtstrahl in dem dumpfen Grau, das ihn seit einigen Minuten wie ein zäher Nebel umgab.

Dann drehte er sich brüsk um, ging wieder in den Fahrstuhl und fuhr hinunter in den Kühlkeller. Irma und Paul Bromme sahen dem abwärts gleitenden Fahrstuhl verblüfft nach.

»Was hat er nur?« fragte Irma. »Er sah so verstört aus –«

»Müde sah er aus. Hatte vielleicht eine schweren Fall hier im Krankenhaus ... Ist schon ein schweres Leben, Irmchen ... da stelle ich lieber Bilderrahmen her ...«

Die Versöhnung zwischen dem Ehepaar Sägert, die Abreise Lydia v. Berckens, ein Schwermutsanfall Peter Sagrellis, als Nils Oberreuther ihm die ›Flucht‹ der Geliebten so schonend, wie er es konnte, mitteilte – er sagte schlicht: »Nu is se weg, des Aas« –, vor allem aber der tragische Tod von Veronika Aggartz stürzten das Kurheim ›Tannenburg‹ in eine geradezu hysterische Aufregung.

Die quälende Langeweile wurde wie Rauch weggeblasen, vierzig Frauen hatten einen Gesprächsstoff, der unerschöpflich schien. Vor allem Carola Bornsiefen ging von Zimmer zu Zimmer und im Speisesaal morgens, mittags und abends von Tisch zu Tisch und erzählte Erlebnisse mit Veronika und Lydia, Beobachtungen und Erlauschtes. Die mit solchen Sensationen gefütterten Damen waren dankbar für diese Mitteilungen. »Nein so etwas«, war die allgemeine Meinung, und es klang Enttäuschung aus den Worten. »Da lebt man unter einem Dach, sitzt am Nebentisch und weiß von nichts ... Wer hätte das gedacht?«

Das Begräbnis Veronikas war ein Aufmarsch von Nerzen und raffiniert geschnittenen schwarzen Kleidern. Der Duft der Blumen an den Kränzen und Gebinden wurde überstäubt von dem intensiven Geruch französischer Parfüms aller Nuancen. Der Vater Veronikas stand am Grab, neben ihm Dr. Weber und Fritz Karchowski. Herr Aggartz starrte stumm, mit gefalteten Händen, auf den Eichensarg, der in der mit Tannengrün ausgeschlagenen Grube stand, umgeben von einer leuchtenden Blütenpracht. Sein Gesicht war versteinert. Dr. Weber hatte ihm vor dem letzten Gang in einer zweistündigen Unterredung seine Ansicht gesagt.

»Auch ein krankes Kind bleibt ein Kind!« hatte er fast gebrüllt. »Gerade ein krankes braucht die Wärme des Elternhauses, die Pflege, die Liebe, das Glück, verstanden zu werden. Glauben Sie, sich das alles mit Ihrem lumpigen Geld erkaufen zu können? Auch *Sie* sind mitschuldig an dem Tod Veronikas! Sie haben sie ausgestoßen aus der normalen Welt und sie gezwungen, in einem Panoptikum zu leben. Sie haben geglaubt, ein Mensch könne glücklich sein, wenn er nur recht viel Geld in der Tasche hat. Haben Sie gewußt, wie einsam Veronika innerlich gewesen ist?«

An diese Sätze Dr. Webers dachte Aggartz, als er am Grabe stand und die Worte des Pfarrers auf ihn einhämmerten, ohne daß er sie verstand. Es war nur der Ton, den er hörte. Es war sein einziges Kind, das in wenigen Minuten mit Erde zugedeckt werden würde. Er hatte sich nie die Mühe gemacht, sie näher kennenzulernen als nur in den wenigen Minuten, in denen er ihr über die Wangen tätschelte, so wie man auch einem Pferd den Hals klopft und sagt: »Brav, mein Liebes, ganz brav ...« Er hatte nie Zeit und ein Ohr gehabt für ihre Sorgen, die ihm lächerlich vorkamen. Für ihre kranke Lunge tat er alles. Er schickte sie in die besten Sanatorien, er konsultierte die besten Ärzte ... und er hatte geglaubt, daß er damit vollauf seiner Vaterpflicht genügte. Nun sah er, daß es zuwenig gewesen war. Es gibt Dinge auf dieser Welt, die man mit keiner Million erkaufen kann. Das war eine Erkenntnis, die Aggartz versteinern ließ. Er schloß die Augen und biß die Zähne aufeinander.

Veronika, dachte er, jetzt, wo es zu spät ist, bitte ich dich um Verzeihung. Und ich werde diese Schuld für immer mit mir herumtragen. Das habe ich jetzt begriffen ...

Eberhard Thau war nicht zur Beerdigung gekommen. Er lag bei Oberst Plötzke im Bett und hatte eine Art Nervenfieber. Sein Körper zuckte heftig in unregelmäßigen Intervallen, und wenn er schlief, lösten sich seine Gesichtsmuskeln, und er begann im Schlaf zu weinen und um Hilfe zu schreien. In Schweiß gebadet, wachte er dann mit einem Ruck auf und hörte beim Erwachen noch das Verklingen seines eigenen Schreies.

Plötzke pflegte ihn rührend. Die Medikamente des Arztes – Dr. Hollrein hatte die Behandlung übernommen – rührte er nicht an. »Chemischer Kram«, sagte er abfällig. »Und großes Brimborium. Mir haben sie mal – ich war damals Hauptmann – auch ein Medikament verschrieben. Gegen Schlaflosigkeit. Blaue Pillen, sahen ganz nett aus. Die habe ich erst zu einem Freund, der Chemiker war, getragen und analysieren lassen. Wissen Sie, was es war? Ein glatter Betrug. Harmlose Kalziumpillen mit einem blauen Zuckerüberzug. Als Schlafpillen. Der Mediziner nennt das Autosuggestion. Wer dran glaubt, schläft wie eine Ratte. Und sie glauben dran, die Rindviecher ... schon wegen der blauen Farbe. Das muß ja was Besonderes sein, denken sie. Also – Ihre Tröpfchen da lassen wir weg. Ich habe bessere Medizintropfen.«

Sie bestanden aus Rotwein, Kognak, Whisky und Wodka. »Ein Nervensystem, das unter Alkohol steht, kann nicht rebellieren«, sagte Plötzke mit zwingender Logik. »Also los, lieber Thau ... hinein wie Onkel Otto ... Ihre labilen Nerven werden wir schon auf Vordermann bringen.«

Die Therapie Oberst Plötzkes schien zu helfen. Nach vier Tagen ließ das Nervenfieber nach. Eberhard Thau lag geschwächt, aber ohne Zittern im Bett und bekam stündlich sein Glas Alkohol. Er hörte die Glocken von Moorbach läuten und wußte, daß jetzt Veronika begraben wurde. Plötzke saß neben ihm in dieser Stunde und erzählte zweideutige Reitergeschichten.

»Seien Sie doch still, Oberst«, sagte Thau gequält. »Sie reden von Weiberabenteuern, und unten wird Veronika begraben ... Die Glocken läuten ...«

»Sie sollen das gar nicht hören.«

»Aber ich höre es. Und ich will es hören. Hat Sie wirklich gesagt, daß sie froh ist zu sterben?«

»Dieser Karchowski – ein widerlicher Kerl – hat es mir erzählt. Er weiß es von Dr. Weber. Karchowski rannte wie ein Irrer durch meinen Garten und wollte Sie erschlagen. Erst als ich mit dem Jagdgewehr kam, lief er davon.« Plötzke goß wieder ein Glas Wodka ein. »Wenn Sie wieder auf den Beinen sind, sollten Sie eine Zeitlang verschwinden, bis Gras darüber gewachsen ist –«

»Ich werde nie mehr nach Moorbach zurückkommen.«

»Das wäre wieder so eine Dummheit.« Plötzke trank genüßlich das Glas Wodka. Er war mild und würzig zugleich. »In sechs Wochen gibt es rechts in ›Sonneneck‹ dreißig und links in der ›Tannenburg‹ vierzig neue Frauen. Im ganzen siebzig Herzen, die sich nach einem Abenteuer sehnen. Und an Veronika und die anderen denkt keiner mehr... Lieber Thau, wir wären doch Idioten, wenn wir aus der bestgefüllten Schachtel Konfekt, die man uns hinhält, nicht die besten Pralinen herausnähmen.«

Eberhard Thau drehte den Kopf zur Wand. Die Glocken schwiegen. Jetzt spricht der Pfarrer, dachte er. Jetzt werden die Blumen ins Grab geworfen und die drei Schaufeln Erde auf den Sargdeckel. Und alle werden einen Augenblick lang denken: In den Armen eines Mannes ist sie gestorben... Er hieß Eberhard Thau... War er ihr Mörder...?

Stöhnend schloß Thau die Augen und ballte die Fäuste. Plötzke beugte sich über ihn.

»Noch 'n Glas Wodka?«

»Lassen Sie mich in Ruhe!« schrie Thau. »Wenn ich Sie schon rieche, wird mir schlecht!«

Beleidigt stampfte Oberst Plötzke aus dem Zimmer. Die Wodkaflasche nahm er mit.

Das, was man früher Freunde nannte... das gibt's nicht mehr, dachte er.

Es dauerte nicht einmal sechs Wochen, wie Plötzke geweissagt hatte.

Schon nach vierzehn Tagen war in Moorbach alles vergessen. Und nach drei Wochen fand ein großer Wechsel in den Kurheimen statt, neue Damen reisten an, neugierig, was ihnen Moorbach zu bieten hatte, und mit einem inneren Beben vor den Aussichten, unbekannte Abenteuer auf sich warten zu sehen. Carola Bornsiefen reiste zurück zu ihrem Lehrersgatten, der neue philosophische Spruchweisheiten gesammelt hatte und diese beim Korrigieren der Klassenarbeiten von sich gab. Eva und Hans Sägert waren gleich nach Evas Entlassung aus dem Krankenhaus zurück nach Düsseldorf gefahren. Die Brommes gaben ihnen das Geleit bis außerhalb Moorbachs ... dann standen sie am Chausseerand und winkten der Staubwolke nach, bis sie zwischen den Tannen verschwand. Und dann reisten auch Irma und Peter-Paul Bromme ab. Hand in Hand, wie ein verliebtes junges Paar, gingen sie zum Bahnhof, saßen sich im Zug gegenüber und freuten sich auf zu Hause. Auf das Haus, auf die erwachsenen Kinder, auf die kleinen und die großen Alltagssorgen, auf das wirkliche Leben, das nun gar nicht mehr so sinnlos und dumm war, wie sie es in den letzten Jahren immer angesehen hatten. Bad Moorbach hatte gewirkt. Sie erkannten, wie sie mit tausend unsichtbaren Fäden an einen Lebensrhythmus gebunden waren, den sie nicht mehr, ohne Schaden zu nehmen, verlassen konnten. Sie hatten erkannt, daß es wirklich so etwas wie ein Schicksal gab, dem man nicht entrinnen konnte.

In der Tannenburg wurden die Zimmer geputzt, die Betten gelüftet, das Schwimmbassin abgelassen und die Kacheln gescheuert. Peter Sagrelli stand unten auf den gerillten Bodenkacheln und schrubbte mit einem langstieligen, harten Besen und einer Speziallauge die Beckenwände ab. Neben ihm stand ein Kofferradio und spielte Schlager. Er pfiff die Melodie mit, während er den dünnen grünen Algenbelag abscheuerte. Noch trug er um die Handgelenke einen Pflasterverband ... aber das war nur noch äußerlich. Bei seinem ersten Ausgang nach Moorbach hatte er ein junges Mädchen kennengelernt. Ein schwarzlockiges, süßes Geschöpf, das in einer Konditorei arbeitete. Noch nie hatte Sagrelli soviel Kuchen gegessen wie in den folgenden Tagen ... und als sie sich zum erstenmal küßten, zaghaft, scheu und rein, in wirklicher, atemstockender Zuneigung, verblaßte das Bild Lydia v. Berckens völlig und löste sich auf wie Rauch im Sommerhimmel.

»Er ist gerettet, Chef«, sagte Dr. Hollrein zu Dr. Weber, als Nils Oberreuther die Wandlung Sagrellis mitteilte. »Und dreißig neue Damen haben sich angemeldet ... es wird eine fette Nachsaison geben.«

Eberhard Thau war ebenfalls aus Moorbach abgereist, Fritz Karchowski pendelte zwischen Freiburg und der Tannenburg hin und her und schlug sich mit den Baubehörden wegen des Klinikneubaus herum. Man wollte keinen neunstöckigen Bau genehmigen, ›weil ein Hochhaus nicht in das Landschaftsbild eines romantischen Ortes und Bades paßt‹. Karchowski hatte alle Mühe, die Beamten von dem zu überzeugen, was man Fortschritt nennt, ein Wort, das in allen deutschen Amtsstuben kalte Schauer über die Rücken der Beamten jagt. Schließlich gelang es ihm, in Freiburg einen Ministerialdirektor zu überzeugen, daß Moorbach mit dieser neuen Kurklinik in die Spitzenklasse aufrückte. Die Pläne wurden genehmigt. Karchowski fuhr erschöpft nach Moorbach, um sich zu erholen.

Es war in den Tagen, in der die Nachsaison begann und in allen Kurheimen neue Gäste eintrafen. Die Züge spuckten wieder Legionen erholungsfreudiger Damen aus ... mit den Autos brummten sie sternförmig in den Ort, der laut Prospekt ›in würziger Waldluft und auf stillen Wanderwegen dem Körper neue Energien schenkt‹.

Oberst a. D. Plötzke holte seine Stiefel vom Schuster ab. Neu besohlt, neu in Schwarz eingefärbt ... als er sie anzog und vor dem Spiegel stand, konnte er sich selbst nicht verleugnen, eine wirkungsvolle Figur zu sein.

Vor der Tannenburg fuhren die Wagen vor. Plötzke eilte an sein Scherenfernrohr und visierte die Eingangshalle an.

Eine üppige, schwarzhaarige Dame in einem engen Kostüm stieg aus dem Wagen. Ein livrierter Chauffeur trug die hellen Lederkoffer in die gläserne Halle. Sie selbst blieb stehen und blickte sich um. Sie sah genau in das Fadenkreuz Plötzkes ... ein rundes, schönes Gesicht mit großen, schwarzen Augen, die fast verträumt die schöne Umgebung wahrnahmen.

Plötzke atmete tief auf und kratzte mit den Nägeln über das Scherenfernrohr.

»Ein Staatsweib!« sagte er anerkennend. »Es wird ein herrlicher Herbst werden –«

Er wartete, bis sie einige Minuten später auf einem der kleinen Balkons erschien und hinunter nach Moorbach blickte. Zimmer 19, dachte Plötzke. Er ging ans Telefon und bestellte einen Strauß großblütiger Dahlien. Abzugeben, ohne Absenderangabe, auf Zimmer 19 der Tannenburg.

Dr. Weber und Dr. Hollrein begrüßten die neuen Gäste, Karchowski bürstete sich die spärlichen Haare und zog einen hellen, vorteilhaften Anzug an. Auch er hatte die schwarzhaarige Dame erspäht und ein Zucken in der Herzgegend gespürt. So begann bereits wieder eine Gegnerschaft, und das Schicksal nahm seinen Lauf, unaufhaltsam, noch nicht erkennbar für die, die es zu ertragen hatten.

Die Sonne brannte noch immer über Bad Moorbach, das frisch eingelassene Wasser des Schwimmbeckens schimmerte blau, die Sonnenschirme über den Liegestühlen leuchteten in grellen Farben. Am Zaun seines Gartens stand Plötzke in Reitstiefeln und einem blütenweißen Hemd und beobachtete die Damen, die in den Park kamen, in Sonnenanzügen, in Badekostümen, in luftigen Kleidern. Auch Karchowski rollte in den Park ... er folgte der schönen, schwarzäugigen Dame, bei deren Anblick sich auch Plötzke straffte und über sein weißes Haar strich.

Eine andere, neu angekommene Dame musterte mit zusammengekniffenen Augen den Boy Peter Sagrelli, der in einer engen grünen Pagenuniform durch die Liegestuhlreihen ging und von einem großen Tablett Fruchtsäfte verteilte.

»Ein schöner Junge«, sagte die Dame zufrieden leise zu sich.

Das Leben ging weiter in Bad Moorbach. Unverändert, nur mit neuen Namen.

Der Bergwald rauschte im warmen Abendwind, im Kurhaus Moorbach spielte ein Sinfonieorchester, Oberst Plötzke wechselte die ersten Worte mit der schwarzäugigen Dame, Karchowski stand im Hintergrund der Halle, grün vor Wut, und sagte immer wieder: »Man sollte ihn heimlich umbringen. Wirklich, das sollte man.« Und Peter Sagrelli klopfte an die Tür des Zimmers 11 und sah eine dürftig bekleidete Dame auf der Couch liegen, die ihm zuwinkte und sagte: »Kommen Sie näher und schließen Sie die Tür. Die Hitze macht mich so müde ... stellen Sie den Orangensaft neben mich ...«

Und der Boy Sagrelli kam zögernd näher. Um die Handgelenke trug er noch immer die Pflaster, die die häßlichen Narben verdeckten...

Oben im Chefarztzimmer sahen Dr. Weber und Dr. Hollrein die Einweisungen der Ärzte durch und die Liste der neuen Damen.

»Nun Hollrein?« fragte Dozent Dr. Weber. »Was haben Sie Interessantes gefunden?«

»Nichts, Chef.« Dr. Hollrein warf die Krankengeschichten zur Seite auf den Tisch. »Das Übliche. Aber sieben ausgesprochen schöne Damen sind dabei. Ich verspreche mir einen turbulenten Herbst –«

Dozent Dr. Weber schwieg. Er packte seine Aktentasche ein und setzte den Hut auf.

»Gute Nacht, Hollrein!« sagte er. »Ich gehe zu Balcke ins Krankenhaus.«

»Gute Nacht, Chef –«

Dr. Hollrein trat an das große Fenster, nachdem er das Licht ausgedreht hatte. Im Dunkeln sah er hinaus über den Vorplatz, die Straße und das im Tal wie ein glitzerndes Märchen liegende Bad Moorbach.

Über die Straße, am Waldrand entlang, gingen zwei Menschen. Eine schwarzhaarige, schlanke Dame und ein Mann mit weißen Haaren und blitzenden Reitstiefeln.

Dr. Hollrein lächelte still.

Vielleicht ist dies das Schöne im Leben, dachte er, daß wohlvertraute Dinge immer neu erscheinen können. Man lebt im Kreise, und man merkt es nicht.

Über die schwarzen Wipfel des Bergwaldes klomm der Mond. Rund, prall, silbern leuchtend, wie ein Theatermond.

Die schwarzäugige Dame blieb stehen und hakte sich bei Plötzke ein.

»Sehen Sie nur«, rief sie. »Wie schön! Der Mond! Wie unwirklich –«

Oberst Plötzke schwieg. Er spürte die Wirklichkeit neben sich, das warme herrliche Leben.

Und was am wichtigsten war: Er fühlte sich wieder so jung...